BUZZ

Publicado originalmente em 2022 pela Pan, um selo da Pan Macmillan, uma divisão da Macmillan Publishers International Limited.

Título original: *Exodus*

Publisher ANDERSON CAVALCANTE
Executiva CÉFARA MORAES
Editores DIANA SZYLIT e NESTOR TURANO JR.
Editoras assistentes ÉRIKA TAMASHIRO e LAURA CAMANHO
Assistente editorial BEATRIZ FURTADO
Preparação ANGÉLICA ANDRADE
Revisão MARIANA GOMES, GIULIA MOLINA FROST e VICTÓRIA GERACE
Direção de arte GABRIELA CASTRO
Designer de capa MOESHA PARIRENYATWA
Designer LETÍCIA DE CÁSSIA
Imagem de capa DIVERSEPIXEL/SHUTTERSTOCK

Comercial VANESSA ALMEIDA, TACIANE FERREIRA, TAÍRES PEREIRA e ALINE CRUZ
Comunicação e marketing LEONARDO CAVARZAM, ISABELLE PELOZZO, RAFAELLA RHEIN e ANA CLARA DE OLIVEIRA
Eventos MARISA MARIANNO e RAYANA ALANA
Operações VERA DANTAS, FLÁVIO BOMBARDI, WILLIAM ARAÚJO, RAFAEL VALENTIN e ZENI MARTINS DOS SANTOS

Nesta edição, respeitou-se o novo Acordo Ortográfico da Língua Portuguesa.

Dados Internacionais de Catalogação na Publicação (CIP)
(Câmara Brasileira do Livro, SP, Brasil)

Stewart, Kate
Exodus / Kate Stewart
Tradução: Juliana Dias de Lima
São Paulo: Buzz Editora, 2025
(*The ravenhood*; 2)
448 pp.

Título original: *Exodus*
ISBN 978-65-5393-406-1

1. Romance norte-americano I. Título. II. Série

25-280375 CDD 813.5

Índice para catálogo sistemático:
1. Romances: Literatura norte-americana 813.5

Eliete Marques da Silva, Bibliotecária, CRB 8/9380

Buzz Editora Ltda.
Av. Paulista, 726, Mezanino
CEP 01310-100, São Paulo, SP
[55 11] 4171 2317
www.buzzeditora.com

THE RAVENHOOD

EXODUS

KATE STEWART

TRADUÇÃO **JULIANA DIAS DE LIMA**

Para minha querida amiga Donna Cooksley Sanderson.
Obrigada por me presentear com sua amizade incondicional.
Você despertou o melhor que há em mim e enriqueceu imensamente minha vida.

PARTE I PASSADO

1

— Então *você* é o Francês.

Ele responde com uma leve inclinação do queixo, o olhar hostil queimando minha pele com desprezo.

— Você se importa de não usar a merda desse apelido? — Cada palavra sua ondula com a cadência de um sotaque carregado, confirmando o que eu já sabia.

Dominic quase nunca falava francês, se é que falava, o que me fez suspeitar do apelido. Mas o homem parado diante de mim e o modo como se apresenta combinam perfeitamente.

Observo uma gota de suor escorrer pela têmpora dele. Tenho que reconhecer: o alfaiate que o vestiu escolheu um terno digno de rei. Cai como uma luva, exalando masculinidade. Embora a expressão dele seja hostil, é o rosto que me deixa sem palavras, com a boca seca. Este é, sem dúvidas, o homem mais bonito que já vi na vida. Atordoada, não consigo evitar contemplar a cor densa e escura do seu cabelo, que está penteado para trás em ondas com alguns centímetros de comprimento, nenhuma fora do lugar. O contorno acentuado do maxilar dele molda o rosto bronzeado e impecável. Abaixo das sobrancelhas grossas, os cílios espessos têm uma curva natural que realça a mistura de chamas amarelo-alaranjadas que lambem a lateral do meu corpo. O nariz é largo, alongado e ampliado pela dilatação das narinas. A boca é mais uma evidência de que o criador não teve pressa. Os lábios fartos têm perfeita simetria. Mas é a raiva que emana dos poros dele que me faz lutar pela inteligência que sua aparição inesperada está me roubando.

Ele é o demônio que ninguém deveria conhecer. Vestindo Armani.

E uma clara ameaça para mim.

Pego o controle remoto na mesa ao lado e clico furiosamente no botão de volume, agitada, ao procurar a parte de cima do meu biquíni.

— Eu não... sabia que era você. Não sabia nem que você *existia*.

— Não era para você saber. — O tom dele é ácido como bile, despejando dos seus lábios direto para o fundo da minha garganta, dificultando minha respiração.

Que bela mulher fatal você é, não, Cecelia?

Corro os olhos pelo deque à procura da parte de cima do biquíni, então cruzo os braços sobre os seios e sinto a humilhação arder no meu rosto.

— Então por que se dar ao trabalho de revelar sua existência para mim agora?

— Porque, aparentemente, não posso fazer nada sem que aqueles dois imbecis enfiem o pau no... — Os lábios dele se retraem. Caninos afiados surgem com seu... rosnado?

— No inimigo? — Balanço a cabeça. — Não sou sua inimiga.

Ele tensiona o maxilar, com o olhar cheio de julgamento.

— Não, você só gosta de gastar o dinheiro sujo do papai.

— Ah, que ótimo, isso nos seus olhos é desgosto. Estava preocupada que fosse outra coisa.

— Não transo com garotinhas — diz ele lentamente, o sotaque acentuando o asco. — E estou plenamente ciente de que você está fodendo com toda a minha equipe.

As palavras dele me machucam, mas não recuo.

— Só dois deles, e, a meu ver, parece que você também está precisando de um pouco de diversão. Parece bem tenso para o meu gosto.

Irritado, ele enfia as mãos nos bolsos da calça.

— Que porra você quer?

— Respostas. Eu quero ter *certeza* de que meu pai está seguro.

— Não posso garantir isso.

— Mas *você* não vai machucá-lo?

A hesitação dele me deixa irritada.

— Fisicamente, não. Em todos os outros aspectos que importam, sim.

— E eu?

— Você não faz parte disso.

— Agora eu faço.

— Não, você não faz. Me certifiquei disso. — A resposta presunçosa dispara um raio de clareza através de mim.

— Foi você... Foi *você* que obrigou os dois a se livrarem de mim.

Eu me lembro do que Dom disse poucos dias atrás e sinto as engrenagens da minha mente girarem.

Estávamos tentando provar uma coisa e falhamos demais.

Alguém que estava na reunião contou para ele de mim. Porque é a este homem que Sean e Dominic respondem.

O silêncio se prolonga entre nós, mas então o estranho hostil fala:

— Não era para você estar aqui.

— Você sabia de mim. Todos vocês sabiam de mim.

Claro que sabiam. A regra número um é conhecer o inimigo e suas fraquezas. Mas, para eles, eu era a filha que morava longe e não representava perigo para os seus planos — mais uma das razões pelas quais Sean hesitava em me deixar participar da vida deles.

— Quem é você exatamente? — pergunto.

Silêncio.

— Então por que aparecer aqui, *agora*, para falar comigo?

Ele permanece em silêncio, e eu reflito sobre a questão.

Alguém não conseguiu guardar segredo.

Alguém de uma das divisões relatou a ele nossa situação, e foi por isso que Sean e Dominic fizeram o que fizeram. Na noite em que me condenaram ao ostracismo, estavam tentando convencer os presentes na oficina e transmitir uma mensagem ao homem que me encara com ódio. Para me proteger.

Tudo se encaixa agora.

— É por isso que *eu* era o segredo — sussurro. — Você não sabia que eu vinha para cá. Achava que Roman e eu não tínhamos um relacionamento próximo.

Os olhos dele viram chamas quando um sorriso presunçoso brota em meus lábios. Agora entendo por que ele está com tanta raiva.

— Você nunca achou que eu fosse aparecer aqui porque foi uma decisão de última hora. Passei despercebida, e eles me esconderam de você. — Um breve arrepio me atravessa. — *Você* não sabe tudo. Como se sente?

Ele dá um passo ameaçador à frente.

— Você está pisando em terreno desconhecido, precisa deixar de lado a postura de garota durona e falar comigo *de verdade*, porque só vou te dar dois minutos.

E eu deixo. Abandono todas as pretensões porque estou lutando por muito mais do que meu orgulho.

— Não sou a pessoa nojenta que você acha que eu sou.

— Minha opinião sobre você não importa.

— Ah, importa. Importa muito. Você está me impedindo de...

— Você pode encontrar outra pessoa pra te comer, Cecelia.

Meu nome soa abominável vindo de seus lábios carnudos. Ele me considera uma ameaça... um espinho no seu corpo bestial e, definitivamente, um problema no seu maquinário bem lubrificado. Mas eu passei despercebida graças ao meu hiato de oito anos, e Sean e Dominic me esconderam.

Não consigo evitar a adrenalina que percorre meu corpo ao pensar nisso.

— Você pode odiar meu pai, mas está agindo como ele agora, como uma máquina. Um maníaco controlador sem nenhum pingo de humanidade e com complexo de Deus.

Suas narinas dilatam.

— Cuidado.

— Ou o quê?

Ele se curva sobre mim, os olhos faiscando em advertência.

— Você não quer me ver irritado.

— Isso aí não é irritado? E quem é *você* para dizer com o que eu devo ter cuidado, cacete? Você pode ter a maioria das cartas, mas não tem a minha. É do seu interesse bancar o bonzinho se quiser minha cooperação, meu silêncio.

Ele não responde, mas a postura resoluta que adquire é suficiente.

Essas eram as exatas palavras que não deviam ter saído da minha boca. Agora, nunca vão achar que sou confiável. Traí Sean e Dominic ao cair no jogo desse idiota. Ele está tentando descobrir brechas em tudo, inverter as coisas para provar que os dois erraram ao confiar em mim. Dominic ficaria muito desapontado.

As palavras de Dominic para Sean no dia em que saí de casa furiosa vêm à tona.

Ela não tem o que é preciso.

Dê um tempo para ela.

Tudo isso, as provações pelas quais eles me fizeram passar. As farpas entre Dominic e eu. Todo o tempo que Sean passou me ensinando sobre o que ele acreditava, o que a Sociedade acreditava, enquanto Dominic me provocava, distorcia minhas palavras. Os dois estiveram me preparando para um confronto como esse desde o momento em que decidiram me deixar fazer parte da vida deles. E tinha *tudo* a ver com o homem parado na minha frente. Enquanto estávamos nos apaixonando, eles estavam me preparando para a tempestade que é *O Francês*. O retorno dele era inevitável.

— Consigo guardar segredo. Só quero saber qual é o plano.

— Só porque você está aqui não significa que tem um papel a desempenhar. *Eles* tomaram uma decisão ruim e *eles* sabem disso, e transar com os dois não dá a você nenhum direito. Eu sei que você não vai contar a ninguém — diz ele, com convicção —, mas pelos motivos errados.

— Como assim?

— Você está fazendo isso com base na sua lealdade a eles. — O Francês aponta o queixo em direção à floresta. — Na sua incapacidade de separar seus sentimentos, em vez de abraçar a ideia de que Roman fez coisas imperdoáveis e merece sofrer por isso. Então, deixa isso para lá, assim como *eles* estão deixando, e... vá viver sua vida.

— Isso é uma ordem?

— Não, é um conselho. E você deveria aceitá-lo.

Estou deixando-o à flor da pele, o que eu consideraria uma coisa boa se não estivesse à sua mercê.

— Eu só quero vê-los.

— Isso não vai acontecer.

— Não sou uma filhinha de papai que está chateada por ter perdido os amiguinhos. Fala com eles. Sean e Dominic vão lhe contar tudo sobre mim. Vão atestar meu caráter.

Ele me encara com repulsa.

— Já sei tudo de que preciso saber.

Deixo meus braços caírem, descobrindo os seios para irritá-lo. Não vou deixar que ele me envergonhe sem motivo algum, nem que me faça sentir desconfortável em uma situação com a qual passei um verão inteiro lidando. Meu esforço passa despercebido quando os olhos dele permanecem fixos nos meus. Nos encaramos de lados opostos da linha invisível que ele traçou entre nós.

— Você vai mesmo fazer isso?

— Vivemos em realidades diferentes, e você nasceu no seu lado das coisas. Não vou guardar rancor se escolher deixar tudo isso de lado. A ignorância é uma verdadeira bênção no seu caso, Cecelia. Você deveria se lembrar disso.

— Mesmo que não sejamos próximos, e não somos, não quero que ele se machuque. Se prometer a segurança do meu pai, posso ajudar você.

— Não vou prometer nada. Ele tem vários inimigos que não têm nada a ver conosco. São negócios.

— Não para mim.

— Isso é problema seu.

— O que eu devo fazer, então, cacete?

Ele se vira em direção à floresta, me dispensando.

— Vá fazer as unhas.

Indignada, pego a primeira coisa que consigo alcançar, o protetor solar, e arremesso nele. O frasco o acerta no meio das costas. O Francês se vira para mim, e eu me sobressalto, recuando em direção à cadeira até que sou forçada a cair de bunda. Ele me puxa pelo braço. O que acontece entre nós não é química; é um fogo ardente cheio de ódio, ressentimento e um rancor que não tem nada a ver comigo. Este homem não está de brincadeira. Ele detesta minha existência.

— Da próxima vez que você foder comigo, eu vou foder com você. — Seu olhar âmbar acende labaredas em meu peito, e ele me aperta ainda mais. Mordo a língua para não soltar um gemido.

— Está cometendo um erro. Travou uma guerra por pessoas como *eu*. Como minha mãe. Acima de qualquer coisa, Sean e Dominic são meus *amigos* e eu quero ajudá-los. Eles têm sido leais a você. Eu nem sei seu nome! Você pode odiar Roman, mas eu sou inocente nisso. Eu não sabia de nada. Ainda não sei.

— Você *era* inocente, mas não vai ser se continuar pressionando. Você é um alvo muito fácil. — O insulto me atinge profundamente, espalhando sal nas minhas novas feridas. — É muito jovem e muito ingênua. Acreditou em cada palavra que os dois lhe disseram e, neste ponto, precisa aceitar que eles conseguiram o que queriam.

Acesso. Eu era um meio de obter acesso. Sinto o estômago revirar quando me lembro do dia em que Sean voltou com um pedido de desculpas pronto depois da nossa briga. Dominic entrou na minha casa pouco depois enquanto Sean me distraía. Eu posso ser uma idiota, mas...

Eu não *sou uma vadia.*

Você está lutando contra a sua consciência, não contra a minha.

Mas, depois daquele dia, tudo mudou. Talvez antes eu fosse um alvo, mas depois me tornei uma decisão. Os dois me deixaram fazer parte do mundo deles porque me queriam lá. Tenho certeza. Sean confessou isso para mim. Correu um grande risco ao me permitir entrar. Dormir comigo era dormir com o inimigo; revelar seus segredos me mantinha ligada a eles e ficar comigo significava arriscar a credibilidade e a posição na irmandade.

Se alguma vez precisei de uma prova de seus sentimentos, eu a tenho agora.

— Eu me importo com eles. *Profundamente.* Só me deixe fazer minha parte.

— Se isso for verdade, pare de ser tão egoísta. Eles estão contentes em te deixar partir, e você precisa ser mulher e fazer o mesmo.

— Você não pode me manter longe deles!

— Você sabe que posso. Todas as portas em que você bater vão se manter fechadas. Ninguém vai chegar perto de você. A partir deste momento, agora... você não existe mais. E nunca existiu.

Uma raiva que eu não sabia ser capaz de sentir me domina e eu vomito meu veneno.

— Vai se foder, seu falso do caralho, aspirante a Robin Hood! — Puxo o braço, e ele me solta. — Dá o fora daqui!

Ele dá um passo para trás, deslizando as mãos gigantescas pelas calças, os olhos flamejantes, a voz glacial.

— É exatamente por isso que não quero você perto de nós.

Levanto uma das mãos.

— Se liga, cara. Você está usando o fato de eu estar na TPM como desculpa para erradicar minha existência da tribo? Você e seu grupo de vigilantes deveriam ser os mocinhos, certo? Devemos ser gratos ao seu círculo de babacas sórdidos? — Solto um bufo. — Bom, permita-me agradecer em nome de todos nós, predadores de pessoas indefesas... — Eu exagero uma reverência. — Muito obrigada, mas, de novo, não sou sua inimiga. — Ergo a cabeça. — Eles confiaram em mim porque sabiam que eu era capaz de lidar com isso e garantiram que eu seria. Confiaram em mim porque eu os amo e sabiam que eu os protegeria *por causa* desse amor. Ignore o quanto quiser, mas essa é uma força motriz que vai assegurar minha lealdade, e não a anular, e vai me dar forças para fazer de tudo para protegê-los, assim como eles fariam por mim. *E por você.*

Um lampejo de reconhecimento passa por suas feições, mas, com a mesma rapidez, evapora.

— Você nunca devia ter se envolvido.

— Mas agora já estou envolvida, então me deixe fazer minha parte.

— Seus dois minutos acabaram.

Ele se vira para caminhar na direção da floresta, e eu falo alto, porque sei que nenhuma trama vai me devolver sua audiência.

— Eu os amo *de verdade.* Talvez eles tenham estragado tudo, mas o que me envolveu nisso foi a fidelidade deles a *você* e à sua causa, tudo o que todos vocês representam coletivamente. Os dois não esperavam me amar de volta, esperavam me usar, mas o fato de não serem capazes de me enganar nesse nível é o motivo pelo qual estou aqui, lutando para estar ao lado deles. Ainda estou com raiva, mas entendo. Eles me fizeram entender. E talvez isso não tivesse nada a ver comigo, mas agora tem *tudo* a ver comigo. Por favor. Me. Deixa. Ajudar.

Seco as lágrimas de fraqueza e o encaro. Ele é magnífico e cruel, e muito além de qualquer coisa que eu esperava enfrentar hoje. O que eu de fato queria era meu sol dourado ou minha nuvem fria e escura, e eu não suporto a ideia de nunca mais os ver. Estou implorando, e não deveria. Deveria fazer as malas e ir embora lançando um beijo de despedida para esta cidade inteira. Foda-se meu pai e o problema que ele criou para si mesmo. Não temos nenhuma relação, e eu poderia tentar achar outro jeito, um jeito mais seguro, de cuidar da minha mãe. Mas quando o pensamento me ocorre, as imagens de Sean e Dominic e o medo do desconhecido me paralisam. Não consigo me afastar. Ainda não.

— Eu acredito nisso, em tudo o que você está fazendo, em tudo o que você representa. Quero fazer parte.

É verdade, mas acho que a confessei tarde demais.

De costas, ele puxa a parte de cima do meu biquíni do bolso e a solta na beirada no deque.

— Vou pensar a respeito.

2

Os primeiros indícios do frio do outono confirmam a decisão dele. E o silêncio é minha resposta. Eu sempre soube que seria não.

Faz apenas algumas semanas desde a discussão com aquele homem estranho e hostil, mas é o ar fresco que me atormenta de forma definitiva. Acabaram as noites de verão sob as estrelas com Dom; nunca mais vou fazer caminhadas com Sean. Meu amor, meu carinho, minha lealdade e minha devoção não significam nada.

O fim da estação marca o fim de tudo o que aprendi a valorizar durante meu tempo aqui. Foram pouco mais de três meses, mas sinto que mudei. Não sou mais aquela menina curiosa que era quando cheguei a esta cidade.

Minha realidade está mudando tão depressa quanto a folhagem que me cerca e que vai adquirindo vários tons de marrom, carmesim e calêndula. Mas, no estado em que me encontro, não consigo perceber a beleza, enxergo apenas a mensagem nisso tudo.

O verão não é eterno.

Acabou.

Comecei na universidade pública esta semana e mergulhei nos estudos. Meus turnos na fábrica são mais exaustivos agora que

Sean pediu demissão — ele o fizera assim que me abandonou naquele escritório.

Cedi à curiosidade uma única vez e caminhei pelo extenso gramado do quintal de Roman até a clareira arborizada, onde me deparei apenas com o mais absoluto silêncio. Os bancos de piquenique não estão mais lá, e a paisagem começa a desaparecer rapidamente. É como se nunca tivesse existido. Exceto pela vegetação e o farfalhar das árvores, o espaço está completamente sem vida.

Meu bronzeado sumiu, e eu sei que perdi peso, meu corpo fica esquelético à medida que meu coração murcha, sobrevivendo apenas das memórias dos meses anteriores — meses em que sorrir não era uma tarefa árdua.

São meus sonhos que às vezes trazem alívio. Sonhos de longas caminhadas sobre uma nuvem nebulosa, de olhares ardentes, de trovoadas e beijos apaixonados. Acordar é o que me causa mágoa, dor e sofrimento.

Melinda tem me apoiado de forma surpreendente. Passa turnos intermináveis me atualizando sobre todas as fofocas de Triple Falls, tomando cuidado para evitar qualquer comentário sobre aqueles de quem eu mais desejo ouvir.

Não é como se ela soubesse.

Sean disse que um dia consertaria as coisas.

Um dia.

Um prazo tão vago, tão aberto a interpretação, que cada dia parece uma sentença.

Quanto mais o tempo passa, mais percebo que não era uma promessa ou garantia, mas uma esperança.

Todo esse sofrimento se deve a dois fantasmas cumprindo seu dever de assombrar. Honrei o pedido de Sean. Nunca passo em frente à oficina, nunca tento mandar mensagem para nenhum deles. É inútil. Os dois tomaram suas decisões e declararam sua lealdade. Nosso tempo juntos não foi importante o suficiente. *Eu* não fui importante o suficiente para fazê-los questionar o próprio esquema.

Ao menos é como o silêncio deles faz eu me sentir.

Minha amiga Christy me ajuda a manter a sanidade com as longas conversas sobre o futuro que temos por chamada de vídeo. Sobre nossos planos e a ideia de que daqui a um ano vamos retomá-los. Isso me conforta. Desde o começo, esta situação era para ser apenas momentânea. No final das contas, provou ser um ponto de partida, mas agora não tenho um lugar seguro onde pousar.

Quanto mais tempo dura o silêncio deles, mais meu coração se parte. Eu me esforço todos os dias, mas cada passo, cada tique-taque do relógio, me afundam em tristeza como uma âncora em águas marítimas. Todas as manhãs afasto meus sonhos da memória, determinada a proteger meu coração, como se eles já não o tivessem destruído. Mas quanto mais as folhas caem, mais os pedaços se acumulam, chacoalhando no meu peito.

Fui estúpida ao pensar que já tivera o coração partido antes, e talvez eu tenha tido, mas nunca senti como se tivesse perdido um pedaço de mim mesma, até agora.

Sou uma andarilha na minha própria vida, vivendo apenas em função das memórias, dos meus sonhos, deleitando-me em uma dor infinita, a dor de sentir falta deles, à beira de perder a mim mesma novamente. Voltei determinada a largar os maus hábitos, mas não esperava perdoá-los. Não esperava que o tempo fosse o fator determinante, a razão para deixá-los partir.

Um dia.

Hoje, me forcei a sair da cama e me vesti distraidamente, decidida a tentar passar algumas horas fora da minha cabeça. Chego ao centro da cidade, arranjo uma vaga para estacionar e me apresso em me juntar às hordas de moradores de Triple Falls, que saem dos carros com sorrisos estampados no rosto. Melinda tem falado sem parar sobre o Festival da Maçã, e, quando dobro a esquina e observo a praça, quase dou risada.

É uma feirinha, no máximo. Um daqueles eventos de cidade do interior, com vendedores ambulantes distribuindo amostras de pratos dos restaurantes locais e artesãos em tendas armadas com trabalhos expostos. Não é nem de longe um festival de cidade grande, mas, ao chegar, me convenço de que tem certo charme. E, claro, há maçãs, cultivadas e colhidas por locais. Um rápido olhar para um logotipo em uma faixa na mesa do pomar onde Sean e eu nos encontramos para nosso piquenique à meia-noite me deixa abalada. Quanto mais passeio pelo festival, mais me arrependo de ter vindo e a caminhada de volta para o carro se torna mais tentadora a cada segundo. Memórias de quando fui venerada entre fileiras de árvores selvagens emergem, me sufocam, me fazem lembrar que não sou mais a mesma garota que era quando cheguei, e talvez nunca mais serei. Em vez de voltar depressa, caminho devagar pela calçada ao lado das fileiras de lojas adjacentes às tendas do festival. Sou interrompida de forma brusca quando uma porta se abre, revelando um grupo de garotos que sai de um estúdio de tatuagem. De repente, ouço as palavras "Eu conheço você" e olho para cima. Encontro um rosto familiar.

Demoro alguns segundos para me lembrar de onde o conheço.

— RB, certo?

Ele é quinze centímetros mais alto do que eu, e seus olhos cor de mel me encaram com um misto de diversão e calor.

— Isso mesmo. E você é a garota do Dom — afirma ele.

— Eu... — gaguejo, tentando pensar em uma resposta quando meu olhar se fixa na tatuagem exposta que espreita para fora da gola da camisa dele: a ponta de uma asa plumada.

Meus olhos saltam para fora e o sorriso de RB se alarga, os olhos se tornando notavelmente gélidos à medida que os lábios se curvam em compreensão. Ele tira o curativo branco, revelando as asas negras recém-tatuadas que adornam o braço.

— Acho que é uma coisa boa que nem todos nós *pensemos* como *você*.

Atordoada, me esforço para encontrar as palavras apropriadas, minha postura transbordando mortificação. Ele viu meu medo e minha hesitação naquela noite, mas, principalmente, testemunhou minha tendência a tirar conclusões precipitadas.

— Relaxa, garota. Não esquenta com isso.

Eu poderia dar a ele uma série de desculpas. Poderia mencionar que meu medo surgiu do fato de estar em um território desconhecido, da presença inesperada de uma arma no colo de Dom, da troca de palavras rápida e da insinuação na conversa deles, mas nada disso seria o bastante. Presumi o pior, tanto sobre Dominic quanto sobre RB. E eu não poderia estar mais errada.

— Sinto muito.

Ele responde com um sorriso, exibindo as asas de forma orgulhosa.

— Acho que faz diferença quando você sabe que estou *do seu lado.* Respeito ao seu namorado, ele enxergou potencial em mim quando ainda éramos *crianças.*

Sem palavras, tento não baixar a cabeça e, em vez disso, o encaro, esperando que ele enxergue a verdade no meu olhar: estou envergonhada, ele está certo. Mais uma vez, fui educada de uma maneira que me deixa desconfortável, mas aprendi que é o único jeito de crescer. Sean me ensinou muito nos últimos meses, mas me mostrou principalmente a beleza da humildade, e isso é tudo o que sinto quando olho para RB.

Um dos amigos se manifesta atrás dele, com o braço coberto pelo mesmo curativo branco.

— RB, precisamos vazar, temos coisas para fazer.

Dois novos Corvos.

E eu os invejo, pois não tenho permissão para segui-los para aonde estão indo.

Eu me aproximo do garoto que se dirige a RB e estendo a mão.

— Oi, meu nome é Cecelia.

Ele lança um olhar divertido para a minha mão e a aperta.

— Terrance.

— É um prazer conhecê-lo. Parabéns.

Ele sorri de lado, mas não há como ignorar o orgulho em seus olhos.

— Valeu. Você é a garota do Dom?

— É. Bom, eu era. Agora não tenho mais tanta certeza.

Olho para RB, meus olhos suplicantes, sabendo que para onde quer que ele esteja indo, em breve vai encontrar os dois homens que estou desesperada para ver.

— Não tenho o direito de pedir favores, mas quando você... os vir, quando vir... Dominic... — Balanço a cabeça, sabendo que a mensagem nunca vai ser transmitida como eu gostaria que fosse. Não falo com Dominic desde que descobri a verdade sobre a morte dos seus pais e o papel do meu pai em encobri-la. — Deixa para lá.

RB inclina a cabeça com as sobrancelhas franzidas, os olhos castanhos me examinando.

— Tem certeza?

— Tenho.

— Tudo bem então, a gente se vê por aí? — sugere ele, a pergunta carregada de insinuação, então compartilhamos um sorrisinho conciliador.

— Espero que sim. Um dia — digo, torcendo, com todo o meu coração, para que esse dia chegue. Para que eu possa circular livremente em meio à irmandade de novo, um privilégio que antes eu considerava garantido.

Eles se afastam, e engulo o nó de remorso na garganta. Mais uma vez, a verdade me atinge em cheio. Por mais que ache que sei de tudo, não sei de nada. Com o peito latejando e a mente girando, desvio de um carrinho de bebê e sou atingida por uma chuva de sidra. Um homem com duas crianças pequenas, sem mãe à vista, se desculpa enquanto limpo as gotas do braço.

— Não se preocupa — asseguro, dando um passo para fora da calçada e entrando na rua principal.

Uma multidão de moradores da cidade navega pelas intermináveis fileiras de barracas de vendedores. A maioria ostenta sorrisos, felizmente alheios à guerra que está em curso. Ao fato de que para além das árvores e dos parques estaduais, existe um grupo de homens lutando em seu nome para que a economia local prospere e os sanguessugas não tirem vantagem deles.

Quanto mais reflito sobre os últimos meses, mais meus olhos se abrem para o que aconteceu e o que está sendo feito a respeito. Uma parte de mim gostaria de poder fechá-los e apagar da mente o que descobri, mas fazer isso também apagaria meus fantasmas, e ainda estou profundamente apaixonada por eles, agora mais do que nunca.

Mesmo enquanto meu ressentimento cresce devido à ausência e ao silêncio dos dois.

Há uma razão para tudo que eles fazem. Posso odiá-los por conta das minhas perguntas sem resposta, por me fazerem duvidar deles, ou posso confiar no que me revelaram, no que me imploraram para que eu acreditasse, nas confissões, e *neles*, antes de desaparecerem.

Em dias ensolarados, sinto falta de Sean, do seu sorriso, dos seus braços, do seu pau e das risadas que compartilhamos. Seus beijos quentes, maliciosos e impregnados de nicotina. Do toque da sua língua na minha pele. As piscadas lentas que ele dava para dizer que sabia o que eu estava pensando. Em dias tempestuosos, anseio que minha nuvem me cubra, anseio pelos beijos que me deixavam desesperada, pelo toque ávido da sua língua, tão perversa e suave, por um meio sorriso que me incendeia por dentro. Por ovos com gema mole e café preto.

Esses homens me acolheram sob suas asas, me ensinaram por meio do exemplo, despertaram minha sexualidade e se tornaram inesquecíveis. Como esperam que eu siga em frente depois disso?

Por mais que eu tente, não posso mais voltar atrás.

Lágrimas escorrem dos meus olhos e desmorono pelas ruas movimentadas enquanto me forço a tentar me adaptar à realidade em que fui jogada de volta. Fungando como uma idiota, navego pela multidão crescente em frente à prefeitura, onde uma banda toca em um palco elevado bloqueando a entrada. Uma dúzia de casais, que parecem ter ensaiado durante o ano todo, exibem seus passos de dança, movendo-se em sincronia ao dançarem pela rua. Observo o casal mais próximo de mim dançar em harmonia e sorrirem um para o outro como se compartilhassem um segredo. Percebo a conexão silenciosa entre eles, tudo o que sinto é inveja, porque vivi isso com Sean e Dominic.

Eu tive isso.

E estou eternamente condenada a guardar meus segredos. Nunca vou poder compartilhá-los. Mas vou guardá-los, porque ninguém seria capaz de realmente entender a importância disso ou compreender plenamente a verdade. A história em si soaria como um conto de fadas irreal, repleto de reviravoltas, sensualmente provocativo e com um desfecho trágico, ou, pior ainda, sem desfecho algum.

Quando cheguei aqui, tinha o desejo de pôr um fim nos meus princípios morais rígidos e afrouxar minha castidade para prosperar em meio ao caos.

Realizei meu desejo.

Deveria estar grata.

Mas não estou, então só me resta chorar.

Mas não posso fazer isso aqui.

Coloco um pé na frente do outro e vou abrindo caminho pela multidão para fugir de todos os sorrisos, das risadas e das pessoas contentes que não têm a menor ideia da batalha que estou travando para não gritar com elas, implorando que acordem para a vida.

O que faria de mim apenas mais uma charlatã. Percebo a ironia da situação. Mas se ao menos soubessem o quanto eles arriscam diariamente, talvez me ouvissem. Quem sabe até se unissem a eles, à causa.

Ou talvez sejam inteligentes, conscientes da tirania, mas optem por ignorá-la de propósito. Não faz muito tempo que eu estava alheia a tudo isso.

A batalha do bem contra o mal não é novidade. Na verdade, é travada diariamente, diante dos nossos olhos. Mas, a esta altura, nem mesmo o noticiário é confiável, já que, muitas vezes, é projetado de forma que exige de nós decifrar o que é fato do que é ficção ideológica. Mas escolhemos enxergar aquilo que queremos, e essas pessoas parecem ter escolhido com sabedoria. Talvez minha resposta não seja fugir, mas me tornar um deles, me misturar e bancar a ignorante diante de tudo que está errado neste mundo fodido, apenas para conseguir respirar um pouco mais tranquila, para que um dia eu possa sorrir à toa novamente. Mas, com o passar do tempo, fica cada vez mais evidente que isso é só uma ilusão, porque não posso voltar atrás.

Os homens na minha vida abriram meus olhos, me alertaram sobre a guerra que declararam. E se tivesse escolha, agora eu que gritaria minha decisão: *estou dentro.* Para sempre.

Na extremidade da multidão, perto de um beco entre dois edifícios, minha atenção é desviada para a banda, cujo vocalista nos saúda. Um ruído ensurdecedor escapa do microfone e o rapaz se desculpa.

— E agora que temos a atenção de vocês — diz ele, e ri, então o som se dissipa e ele faz um sinal para o baterista —, vamos começar com o pé direito.

Quando a música começa a tocar e os sons da guitarra e do baixo ecoam, limpo o rosto e o nariz na manga do suéter fino.

Sou um desastre emocional ambulante no meio da porra do Festival da Maçã.

Não consigo fazer isso. Ainda não.

O cantor começa a entoar entusiasmado uma música animada, e eu a absorvo por hábito conforme ele canta sobre estar perdido, enfrentar tempos difíceis e nos encoraja a continuar sorrindo. Não consigo conter uma risada irônica quando outra lágrima quente desliza pelo meu rosto e eu a enxugo com a manga da blusa.

É, tô fora.

Um dia.

Eu me viro na direção em que estacionei e sou surpreendida por uma mão no meu quadril. Lanço um olhar para trás assim que o cheiro de cedro e nicotina me envolve. Uma expiração chocada irrompe do meu peito, e eu uso isso a meu favor respirando profundamente, derretendo no peito dele assim que seu hálito quente atinge meu ouvido.

— Ótimo.

Ele desliza a mão para baixo para segurar meu pulso e, no segundo seguinte, me viro e me vejo frente a frente com Sean.

— Oi, bebê.

Mais lágrimas enchem meus olhos quando o encaro de queixo caído. Vejo o brilho nos seus olhos diminuir à medida que ele lê minha expressão.

— O que você está...

Antes que eu possa fazer a pergunta, ele envolve minha cintura com um braço e junta a mão livre a uma das minhas, depois nos guia para o meio da multidão.

— O que você está fazendo? — Eu dou um sussurro gritado.

Ele encaixa o joelho entre os meus e se abaixa, dá um salto, dois. Fico imóvel em seus braços enquanto ele aperta nossas mãos entrelaçadas.

— Vamos lá, bebê — diz ele quando começamos a chamar atenção. Sean nos embala no ritmo perfeito, mergulhando e balançando, me incentivando a fazer o mesmo. — Vai, gata — suplica, o sorriso começando a desaparecer quando permaneço imóvel —, me dá um sinal de vida.

Borboletas se espalham por meu corpo à medida que ele acena para mim, impossível de ignorar ao dançar sobre os calcanhares com uma inclinação sexy dos quadris. No passo seguinte, eu me entrego, deixando a música me alimentar, e danço com ele até começar a rebolar. Ele pisca para mim em encorajamento e dá um giro rápido, segurando minha mão atrás das costas e executando o movimento com facilidade. Alguns expectadores próximos a nós gritam palavras de incentivo e nos aplaudem, e um rubor se espalha pela minha nuca. Mas Sean é assim, este é o seu superpoder, e ele o domina. Portanto, faço a única coisa que posso. Eu me entrego.

E então estamos dançando enquanto ele canta para mim. Seu corpo escultural se mexe ao som do baixo, que marca o ritmo da música, e ouvimos o soar de uma gaita. Dançamos pela rua lotada, nossos passos se encaixam sem esforço quando giramos para longe um do outro e depois voltamos a nos juntar. Dançamos como se nos conhecêssemos há anos, e não há alguns meses. É nítido o orgulho nos olhos esmeralda de Sean quando ele percebe meu entusiasmo. Na metade da melodia, o som para de repente, bem como os dançarinos que nos cercam, e mãos voam para o alto conforme as pessoas entoam a letra em conjunto, uma pausa suspensa no ar por uma fração de segundo antes que todos voltem a se movimentar.

Nunca tinha ouvido esta música antes, mas sei que nunca vou esquecê-la — a letra é muito irônica. E eu me identifico no nível mais íntimo. Aceito-a como o presente que é. Aqui, na rua principal, ganhamos tempo e voltamos um para o outro, e simplesmente... dançamos. Juntos, somos donos deste momento roubado e ignoramos o mundo de merda ao redor, as situações em que estamos e todas as barreiras que existem contra nós. E, durante esses breves minutos de verão, respiro um pouco mais aliviada, e a dor diminui.

Nada importa além de mim, do meu sol dourado e do amor que sinto por ele. Balanço a cabeça de forma irônica, e ele nos exibe, provocativo, desafiando qualquer um que ouse estragar nosso momento. É então que percebo que não vamos deixar que eles, ou qualquer outra pessoa, estraguem o que temos. Quando a música termina, a multidão irrompe em aplausos. Sean se inclina e segura meu rosto, então se curva brevemente, a uma respiração de distância, e reivindica meus lábios em um beijo tão sincero, que a dor que acabei de evitar dá lugar à agonia.

Por instinto, sei que hoje não é *um dia.*

— Eu preciso ir — sussurra ele em meu ouvido, e afasta o cabelo do meu ombro, os olhos implorando por compreensão.

— Não, por favor...

— Eu tenho que ir. Sinto muito.

Balanço a cabeça e baixo o olhar, as lágrimas começam a cair. Sean levanta meu queixo e analisa meus olhos, cuja devastação está refletida nos dele.

— Por favor, bebê — continua ele, e passa o polegar pelo meu queixo —, coma, dance, cante, sorria.

— Por favor, não vai embora.

Com a expressão sombria, ele deposita um beijo suave nos meus lábios, e um soluço irrompe de mim, interrompendo tudo rápido demais.

— Sean, espera...

Quando ele me solta, cubro meu rosto, um grito agonizante escapando de mim à medida que seu calor desaparece.

Sufocada, balanço a cabeça entre as mãos, incapaz de suportar a fissura que rasga meu peito. As lágrimas encharcam minhas mãos, e a multidão se reúne à minha volta. Sinto cada passo que ele dá para longe de mim.

Não consigo deixá-lo partir. Não dá.

Afastando minhas mãos do rosto, relutante, procuro qualquer sinal de Sean e abro caminho pela multidão cada vez maior, disposta a impedir que essa seja nossa última dança, porque nunca será o bastante. Meu peito se aperta quando o perco de vista. Olho para todos os lados e sou engolida por uma aglomeração de pessoas que correm em direção ao palco. Lutando em meio a uma enxurrada de corpos, começo a entrar em pânico.

— Sean! — grito, então vislumbro um lampejo de cabelos loiros espetados e saio em perseguição. — Sean!

Empurro uma família, quase derrubando um garotinho com as mãos grudentas de maçã caramelada. Eu o seguro e peço desculpas, depois corro na direção em que Sean foi. Girando, localizo um banco perto dali e subo nele, vasculhando as calçadas e os becos nas imediações.

— Não, não, não!

O pânico me consome quando me deparo com o vazio. Com ouvidos atentos, continuo procurando inutilmente até que ouço o ronco fraco, mas distinto, de um motor. Disparo em direção ao som e corro por um beco, depois viro a esquina. Eu me choco contra uma parede invisível ao me deparar com um olhar prateado. Dominic está encostado no carro de Sean, de braços cruzados, encarando-me. Sean, do lado oposto do carro, dá uma última olhada em mim sobre o capô e se acomoda no banco do motorista. Volto o olhar para Dominic, que me olha da cabeça aos pés. Com o coração acelerado, dou um passo hesitante à frente, e ele balança a cabeça em negativa, rejeitando-me.

— Por favor — sussurro, sabendo que ele pode ler claramente o pedido em meus lábios.

Minhas lágrimas caem sem parar. Vejo a emoção nos olhos prateados quando Dominic se abre para mim, os dedos tremendo ao lado do corpo. Sei que ele quer eliminar o espaço, secar as lágrimas que se impõem entre nós.

— Por favor — imploro, sem suportar a dor. — Por favor, Dom, por favor, não vai embora — grito.

Consigo sentir o quanto é difícil para ele quando lentamente nega com a cabeça em resposta. São seus olhos, não a postura, que transmitem o mais importante. Nesse olhar, vejo saudade, arrependimento e ressentimento. E é o suficiente. Tem que ser.

Não sabia a dimensão do afeto que ele sente por mim. Nunca tinha imaginado, em nenhum dos momentos que passamos juntos. Ninguém pode menosprezar ou ignorar o que tivemos. Ninguém. E eu nunca vou deixar que uma pessoa tire isso de mim.

Mas não recebo garantias de nenhum deles ao permanecer ali, sangrando, e é isso que mais me apavora.

Dominic puxa a maçaneta e abre a porta, Sean mantém o olhar fixo à frente, seja para nos conceder este momento ou porque não consegue mais olhar para mim. Mas isso não me conforta em nada. Observo Dominic uma última vez e deixo que ele veja minhas lágrimas, meu amor. Cobrindo meu peito com as mãos, fecho os olhos e sussurro a verdade.

— Eu amo você.

Quando os abro, vejo sua reação à minha confissão. Ele dá um passo à frente, o rosto marcado pela indecisão um segundo antes de romper nossa conexão e se juntar a Sean no carro. No instante seguinte, os dois desaparecem.

É então que eu sei que, seja lá qual batalha tenham travado para me manter, eles perderam.

E o "um dia" pode nunca chegar.

3

Em um dos filmes da saga Crepúsculo, há uma cena em que Bella permanece imóvel em uma cadeira, dominada pelo sofrimento, enquanto observa pela janela as estações passarem diante dos olhos. Em minha varanda, à medida que as árvores se desfazem e murcham antes de darem nova vida a flores frescas, percebo que vivi as últimas três estações da minha vida de forma semelhante a ela quando foi abandonada pelo amor.

O amor pode ter me acompanhado durante o último verão, mas, quando os primeiros flocos de neve começaram a cair, foi meu ódio que floresceu. Ódio por um homem sem nome que tirou grande parte da minha felicidade ao me deixar em um exílio.

Agora, quando lembro daqueles que me abandonaram, substituo o sofrimento por ódio pelo homem dos olhos de fogo que ordenou que eu me mantivesse no meu devido lugar — que não é lugar nenhum.

O final do ano passou em branco, eu fui para casa. Passei as férias de inverno com minha mãe e Christy, o tempo todo cuidando do meu coração despedaçado, um coração transbordando amor e sem uma alma para regá-lo. E nenhuma vez durante esse tempo eu me arrependi de um minuto que passei com qualquer um deles.

Eu era grata.

Eu me conheci melhor ao viver aquela experiência com eles. Não foi apenas um verão, mas uma temporada de descobertas. Imagino que a maioria das pessoas passa pela vida sem se explorar tão profundamente quanto eu fiz. Aqueles encontros repletos de luxúria, assim como as noites que passei com meus amantes sob um dossel de árvores verdes e estrelas cintilantes, me redefiniram.

Mesmo com o passar dos minutos, das horas, dos dias e dos meses, eu não me recuperei. Simplesmente deixei a vida me levar.

Mantive as memórias acesas, até que um dia me forcei a começar a viver novamente. A faculdade era fácil, e meu trabalho ficava mais simples à medida que eu me aproximava de Melinda e de alguns outros da equipe noturna. Ninguém da irmandade falou comigo... ninguém. Fosse na cidade, em um posto de gasolina ou em um encontro casual em qualquer outro lugar, eu era invisível para aqueles que tinham a tatuagem. Eu não tinha perdido só meus homens, tinha perdido meus amigos, incluindo Layla e todos os outros associados à irmandade.

O bastardo manteve a promessa. Eu estava completamente sozinha.

Quanto mais o tempo passa, mais parece que estou melhor assim. Qualquer comunicação ou associação com alguém relacionado a Sean e Dominic só me daria esperanças de um futuro que não vai existir.

No final da primavera, concluí com sucesso meus dois primeiros semestres na faculdade com notas quase perfeitas e agora estou na reta final do ano trabalhando para meu pai. Estou a três quartos do caminho para honrar nosso acordo, pois faltam apenas alguns meses.

Um último verão em Triple Falls e estarei livre de Roman Horner e de minhas obrigações para com ele, e minha mãe estará financeiramente segura.

A liberdade está próxima.

Roman não voltou de Charlotte desde nossa última conversa, e eu não espero que volte. Tudo que ele faz é enviar um e-mail semanal. Como eu suspeitava, nunca morou aqui. Pelo contrário, esta casa parece ter sido projetada como um santuário para o sucesso dele.

Ao final deste verão, não vou mais precisar lidar com a ansiedade persistente de um possível encontro cara a cara. Não só isso, mas também vou ter uma grande parte de sua fortuna entregue a mim, e nossos laços serão cortados.

Curiosamente, não tenho pressa alguma de sair de Triple Falls.

A cidade e seus moradores me conquistaram. Já não me importo com a monotonia dos dias de trabalho. Mas agora que o semestre acabou, os dias de folga são meus novamente, e preenchê-los está se provando uma tarefa difícil.

Tenho utilizado esses momentos com sabedoria.

Faço caminhadas com frequência. Nunca nas trilhas que Sean me levou, não sou mais masoquista nesse sentido. Mas fiquei mais forte, meus músculos já não gritam depois de longas horas fazendo trilhas pela floresta e pelas montanhas. Aperfeiçoei meu francês em um aplicativo, depois de decidir passar meus verões no exterior quando tiver uma conta bancária recheada. E agora que a temperatura ficou mais amena, retomei o hábito de me bronzear, nadar e ler no quintal de Roman.

Eu me permiti sonhar com um novo normal, saindo para beber de última hora com meus colegas de trabalho e participando de alguns eventos familiares de Melinda só para passar o tempo. Estou tentando ser uma amiga presente para ela, da maneira como ela tem sido para mim.

Mas a noite de hoje apresenta um novo obstáculo. Após oito meses de um silêncio doloroso dos meus amores perdidos, disse sim para um encontro.

Depois de um banho escaldante, passei um batom vermelho intenso nos lábios. Me lembrei de Sean os tocando quando estavam ao redor do pau dele. Tentei me livrar da memória dos sons que ele fazia, dos grunhidos de prazer, da exalação longa que soltava quando gozava.

— Você tem um encontro. Um encontro, Cecelia.

Fecho os olhos, tentando afastar as lembranças da última vez que fiz isso.

O sorriso quase perceptível de Dominic cruza minha mente quando me lembro vividamente de traçar sua pele musculosa com os dedos dos pés descalços no banco da frente de seu Camaro.

Xingando, pego um lenço de papel e limpo a mancha do delineador labial.

— Encontro, Cecelia. Foca no seu encontro. O nome dele é Wesley. E ele é educado e gostoso.

Não é gostoso como Sean. Nem como Dominic. E, apesar do meu imenso ódio por ele, nenhum homem na Terra é gostoso como o Francês.

E ele que se foda por isso.

Cada vez que penso naquele desgraçado arrogante, meu sangue ferve. Posso nunca mais voltar a ter contato com a irmandade, mas me recuso a deixá-lo ter o poder que uma vez exerceu sobre mim. Ele tirou minha felicidade de mim sem pensar duas vezes, emitindo a sentença desumana antes de partir. Meses atrás, eu teria concordado com qualquer um de seus planos só para estar perto de Sean e Dominic. Mas o tempo abriu meus olhos. O tempo me curou. O tempo me fortaleceu e me deixou irada.

Eu o desafio a cruzar meu caminho depois da maneira como nos separou.

Mas Sean e Dominic também permitiram... e, para mim, isso é imperdoável.

O rancor que guardo me mantém racional depois de tudo o que aconteceu. Também me mantém furiosa e ressentida — todas as armas de que preciso para seguir em frente. Um dia, quando não precisar da raiva, eu os perdoarei pela forma como me machucaram, e farei isso por mim. Mas isso não vai acontecer tão cedo.

Sacudindo a cabeça, concentro-me nos olhos, caprichando no rímel. Minha mente não está bem para um encontro, e eu sei disso. Mas preciso desse último passo. Preciso voltar a sair.

Parei de esperar por "um dia", e agora estou focada em "algum dia" ou "algum outro cara".

E talvez esse "outro cara" seja Wesley.

Meu celular vibra na penteadeira com a notificação de uma nova mensagem. Libero o portão para Wesley, optando por não dar a ele o código. Aprendi a lição.

Ansiosa, desço as escadas usando um vestido frente única justo que a dona da minha loja favorita me ajudou a escolher. Preparada para todas as possibilidades, corro os dedos pelo cabelo quando alcanço a porta.

Só quero poder rir de novo sem a pausa triste no final. Sem anular meu presente por estar presa ao passado. Quero sentir algum tipo de intimidade de novo, uma que *nada* tem a ver com os homens que se recusam a sair dos meus sonhos do mesmo jeito que saíram da minha vida. Mais do que isso, quero ver se sou capaz de sentir uma palpitação, um fio de sentimento, qualquer sinal de vida que não seja apenas reconhecer a surra que meu coração levou.

O simples fato de saber que existe uma chance será o suficiente.

— Por favor — sussurro para quem quer que esteja ouvindo. — Só uma faísca, um sopro, *alguma coisa* — imploro no exato momento em que Wesley estaciona e desce da caminhonete.

Quando percorre meu corpo com os olhos castanhos, que se iluminam, e ele me mostra um conjunto de dentes perfeitos, sei que, para mim, o encontro já era.

*

Nada.

Foi o que senti. Absolutamente nada. Nem durante o jantar, nem agora, enquanto Wesley segura minha mão e me conduz de volta para a caminhonete. Nenhum tipo de palpitação, nem mesmo uma gota de excitação quando ele abre a porta do passageiro e gentilmente afasta o cabelo do meu rosto para se inclinar em minha direção.

Esse gesto me desperta, e eu viro a cabeça no último segundo, incapaz de suportar. Não é a carícia de Sean e não são os lábios de Dominic. Wesley baixa o queixo e olha para mim.

— Alguém magoou você?

— Sinto muito. Achei que estivesse pronta.

— Tudo bem. É só que... eu senti que você não estava acompanhando a conversa durante o jantar, e eu não conseguia calar a porra da boca.

— O problema não é você...

Eu me encolho, e percebo, pela mudança na expressão de Wesley, que atirar nele teria sido melhor.

Ele tem a elegância de dar uma pequena risada.

— Essa doeu.

Minha vontade é de rastejar para baixo da caminhonete. Ele me ajuda a entrar na cabine e se inclina para mim.

— Está tudo bem, Cecelia. Eu já passei por isso.

Olho para ele cheia de culpa.

— Vou pagar pela minha parte do jantar.

— Você pretende me insultar ainda mais hoje? E que tipo de babacas você tem namorado?

Babacas inesquecíveis com uma pitada de filhos da puta.

— Eu não culparia você se me fizesse pegar um táxi de volta para casa a esta altura.

— Você é brutalmente honesta, mas eu gosto disso. — Ele morde o lábio e ergue os olhos para os meus. — Brutalmente linda também. É um honra ter sido sua primeira tentativa. E quem sabe — diz ele, dando de ombros — não podemos tentar de novo qualquer dia desses.

— Eu adoraria.

Ambos sabemos que é mentira, mas me conformo com isso quando travo meu cinto de segurança ao mesmo tempo que ele dá a volta na caminhonete. Um silêncio se instala quando ele se junta a mim, mexendo no rádio durante o caminho de volta. Agradeço mentalmente quando ele finalmente fala.

— Então, era alguém daqui?

— Não. Só um idiota que namorei quando ainda morava na Geórgia.

As mentiras ficam mais fáceis de contar. Mas dizer a verdade não é uma opção.

Wesley me deixa na porta da frente com um abraço amigável e a oferta para ligar para ele quando estiver pronta. À medida que ele se afasta com o carro, eu xingo meu coração fiel e bato a porta da frente, irritada comigo mesma.

Desanimada, subo as escadas e me arrasto até meu quarto. Tiro as sandálias, pego o celular da bolsa e mando uma mensagem para Christy.

O plano Siga em Frente foi um fracasso total.

CHRISTY: Não desiste, amiga. Seja quem for, é só uma distração...

Eu ainda não estou pronta.

CHRISTY: E tudo bem. Não precisa ter pressa. Você vai conseguir.

O que você vai fazer agora?

CHRISTY: Netflix e...;-). Te conto tudo amanhã.

Aí sim, garota! E é melhor me contar mesmo. Amo você. Boa noite, bjs

Decido ficar em paz com meu progresso. Com ou sem sucesso, fui a um encontro. É um começo.

Depois de colocar o celular para carregar, afasto as cobertas, me sento à beira da cama e deslizo os pés pelo tapete macio.

Tentar levar uma vida "normal" depois de dois relacionamentos explosivos é exaustivo. Meses depois, ainda sinto falta das noites caóticas, do mistério, da expectativa, da conexão e do sexo. Ah, o sexo.

Eu me dei tempo suficiente para lamentar. Se meu coração simplesmente seguisse minha cabeça, eu estaria muito melhor. Passo os dedos por meus lábios intactos e decido tirar a maquiagem no banho de manhã. Afastando as almofadas para fora do edredom, me acomodo na cama com um novo livro e congelo quando vejo o colar de metal sobre meu travesseiro.

Seguro o pingente e o elevo até a altura dos olhos, incrédula com o peso e o significado do objeto, então pulo para fora do colchão. Meu coração acelera enquanto saio do quarto.

— Sean? Dominic?

Entro no banheiro. Vazio.

Varanda. Vazia.

Desesperada, reviro a casa, mas todas as portas estão trancadas.

Não que isso pudesse impedi-los de entrar; nunca impediu. A prova está em minhas mãos.

Cheia de esperança, coloco-o no pescoço e corro em direção à porta dos fundos. Enfio as galochas nos pés e pego a pequena lanterna no bolso da minha capa de chuva. Segundos depois, percorro o pátio com a luz fraca.

— Sean? Dominic?

Nada.

Sigo pelo caminho mais curto em direção à floresta, passando pelo campo de futebol com a grama recém-aparada, e o metal quente no meu pescoço me dá o primeiro indício de esperança entre os escombros. Estou a ponto de correr quando alcanço a pequena colina que leva às árvores e à clareira.

A visão que me recebe ali é de tirar o fôlego. Gramíneas altas balançam diante de mim, repletas de uma luz verde amarelada emitida por centenas de vaga-lumes. Eles flutuam do mato até os galhos grossos, cintilando como diamantes no alto antes de desaparecerem no raio da lua cheia.

— Sean? — Procuro em todos os cantos da clareira, varrendo cada sombra nas árvores com a lanterna. — Dominic? — grito baixinho, orando para que um deles, ou ambos, esteja esperando por mim. — Estou aqui — anuncio, procurando na floresta escura por qualquer sinal de vida, a luz em minha mão fazendo pouco para ajudar. — Estou aqui — digo, tocando o pingente do colar.

— Estou aqui — repito em vão, para ninguém.

Não há ninguém aqui além de mim.

Completamente confusa, procuro vertiginosamente, à espera, rezando por qualquer sinal de vida, mas não vejo nada.

Toda a esperança que senti minutos antes se dispersa ao vento, farfalhando entre os pinheiros altos e reluzentes acima de mim. Mas não fico pensando na dor. Coloco a palma da mão no peito e observo a sinfonia de luzes que soa acima de mim e aos meus pés, a melodia silenciosa, mas cativante. Enfeitiçada pela lua e pelo espetáculo de luzes, toco a asa do corvo e a seguro entre o polegar e o dedo indicador.

Um deles, ou ambos, me reivindicou como sua.

Alguém colocou o colar no meu travesseiro.

Chamo por eles mais uma vez.

— Sean? Dominic? — O ar parece congelar quando o indício da presença de alguém me atinge, com força. Fico ereta como uma vara quando uma voz profunda, com sotaque francês, soa a poucos metros de distância.

— Desculpe desapontar você.

4

Ele surge das sombras formadas pelo aglomerado de árvores à esquerda. Eu me afasto, acendendo a lanterna e apontando o feixe de luz para ele.

— O que você quer?

— O que eu quero? De você, *nada*. — Seu tom de voz destila desprezo.

Ele se revela por completo.

Com a ajuda da pequena lanterna de bolso, posso ver seu rosto nitidamente, sem uma única sombra obscurecendo a superfície suave, o nariz forte e o corte angular da mandíbula. É uma pena que eu o odeie, do contrário, poderia apreciar sua beleza. Apago a luz da lanterna, desejando que as sombras o engulam, mas, mesmo na escuridão, sua beleza reluz sob a lua intensa em meio aos insetos que nos cercam como pequenas fadas. Ele está vestido da mesma forma que estava quando o conheci, exceto pelo paletó e a gravata preta fina. Parece completamente fora de lugar com a camisa social, as calças de alfaiataria e os sapatos engraxados.

— O que você está fazendo aqui? Vestido assim?

— Eu poderia te perguntar o mesmo.

Exceto pelas galochas de bolinhas, ainda estou com a roupa do encontro, a maquiagem impecável e o cabelo penteado. Também arrumada demais para uma voltinha noturna na floresta.

— Eu moro aqui.

— Não, você não mora *aqui*.

— Isso é só um detalhe. E esta não é mais a sua área.

— Minha área é onde eu quiser.

Os olhos dele estão tomados pela mesma crueldade flamejante que lembro de nosso encontro no ano passado. A voz igualmente carregada de condescendência e ressentimento. E, por mais fácil que seja simplesmente ir embora, quero que ele saiba o que penso dele, assim como ele deixou claro o que pensa de mim.

— Você é nojento. Esse seu ar de superioridade. — Ergo a mão e aceno em sua direção. — Como se tivesse o direito de agir dessa forma, de me tratar como bem entender.

— Este será um discurso do tipo "trate os outros do jeito que gostaria de ser tratado"? Porque juro que você já me fodeu o suficiente só por existir.

— Você é ridículo e nem um pouco digno de uma conversa.

— Você se esquece de com quem está falando.

— Pois é, pode guardar seu pau nas calças, idiota. Isso não é uma competição de mijo.

— Você fala de um jeito asqueroso.

— Você é um filho da puta imbecil, minha educação e meus bons modos estão reservados a seres humanos civilizados, não a sociopatas arrogantes sem compaixão.

Ele se impõe sobre mim neste momento, seu cheiro tomando conta do ar. Ele é alguns centímetros mais alto que Sean e Dominic. Sua estrutura é monstruosa, ameaçadora, como se tivesse passado direto de criança para homem, sem meio-termo.

— Você é uma garotinha com uma boca suja. E se eu não sou digno de uma conversa, por que ainda está discutindo comigo?

— Ótimo ponto. Vai se foder.

Eu me afasto dele no exato momento em que a sua mão dispara e prende meu pulso em um aperto forte. Luto contra ele, mas seus olhos não estão em mim, estão vidrados na asa de corvo que pende do meu pescoço.

— O que é isso?

Não consigo conter o sorriso.

— Acho que você sabe muito bem o que é *isso*.

— Quem te deu isso?

— Não é da sua conta. Me solta.

Ele me puxa para mais perto e eu largo a lanterna, arranhando a mão que me prende, mas a outra mão dele se move até onde meu colar repousa. Quando percebo sua intenção, perco a cabeça. Minha palma livre se choca contra o seu rosto, queimando, e eu recuo para dar um tapa mais forte.

— Nem sonha, porra!

Não sou páreo para o brutamontes quando ele me puxa para junto de si, me sacudindo como uma boneca de pano antes de me jogar na grama e montar em mim.

— SAIA DE CIMA DE MIM! — grito com todas as forças, lutando contra ele, arranhando sua camisa, incapaz de encontrar apoio na pele.

Ele me domina com facilidade, como se estivesse lutando contra um inseto, e prende meus pulsos na grama fria.

Pairando acima de mim, os olhos dele ficam incandescentes de fúria.

— Me fala logo quem caralhos deu isso pra você.

Eu cuspo e me parabenizo quando acerta a mandíbula dele em cheio. Rapidamente, ele recolhe meus pulsos com uma mão e os pressiona no chão, depois limpa a saliva com a manga da camisa. É então que vejo um clarão de dentes e percebo que o filho da puta está... sorrindo, de um jeito que me deixa nauseada.

— Eu já matei por menos.

— Você não me assusta. Não passa de um brutamontes idiota.

A risada sombria faz um arrepio correr pela minha espinha.

— Você ainda nem sabe que está molhada. — O sussurro quente dispara novos sinais de alerta. — Talvez eu devesse ter esperado até que descobrisse sozinha, até que tirasse a calcinha e agonizasse sobre ela.

— Vai se foder.

Ele se inclina, e sinto o cheiro de frutas cítricas com especiarias e couro.

— Você tem se sentido sozinha, Cecelia?

— Sai de cima de mim.

Luto contra ele, usando toda a minha força, sem sucesso.

— A brincadeira acabou. Quem te deu o colar?

— Mesmo se eu soubesse, não diria a você.

Merda. Merda. Merda.

— Você não sabe. — Os lábios carnudos dele se esticam em um sorriso irritante. — Isso é épico. Você não sabe qual deles foi.

Ele se inclina, a voz cheia de outra promessa contundente.

— Vou garantir que você *nunca* saiba.

Ele segura o colar, e eu luto com tudo o que resta em mim.

— Não, não! Por favor, não! — imploro, agarrando a mão quando ele a coloca em minha nuca e pressiona o fecho de metal, que cede e se rompe.

Irada, grito de frustração. Lágrimas cheias e enfurecidas queimam meus olhos quando ele me parte ao meio em um único ato.

— Por quê? Por quê? Aquilo era meu. Ele me ama!

— Quem... *Quem* ama você, Cecelia?

— É para mim, para minha proteção! É minha promessa!

— De quem você precisa de proteção?

De você.

Mas eu não me atrevo a dizer. Não importa se eu dou a ele o poder de me aterrorizar ou não; ele não é o tipo de homem que pede permissão.

— São suas regras! Você não tem permissão para foder com elas. Ele me escolheu!

— Você é patética. — Ele me solta e se levanta, segurando o colar quebrado e olhando para mim. — Você acha que uma bugiganga pode te proteger? Isso não significa nada.

— Significa para mim!

— Você é uma garotinha apaixonada.

— Eu sou uma *mulher* de vinte anos, seu filho da puta ignorante. — Eu me levanto para enfrentá-lo, apesar do tremor nas pernas. — E eu pertenço a ele.

— Porque ele disse? Não é você quem decide. Você está corrompida. E não, querida, você não pertence a ele. Ele é meu irmão.

— Seu irmão é o caralho. Ele é só um garoto com quem você brincou antes de chegar à puberdade. Você está o quê... beirando os trinta? E ainda fica por aí matando dragões imaginários enquanto brinca de *senhor feudal.*

— Acredite no que quiser, mas você viu do que somos capazes.

— Pequenos furtos e festas? Isso não é grande coisa. — Estou mentindo descaradamente, mas não quero que ele saiba o quanto realmente sei. — E eu *sei* a quem pertenço.

Ele se inclina para que fiquemos no mesmo nível.

— Tem certeza?

— Eu o amo.

— Diga o *nome* dele.

— Isso não importa...

— Sim, sim, você ama os dois. Já ouvi esse discurso antes, poupe seu fôlego.

— Você vai pagar por me machucar assim.

— Você acha mesmo? — Ele olha ao redor. — E quem exatamente vem te salvar?

Sinto a lâmina da verdade me cortar profundamente. Ele tem razão. Nenhum dos dois está aqui para me salvar deste louco desgraçado. Mas eles me ensinaram direitinho como me proteger.

Como se lesse meus pensamentos, ele baixa o tom de voz em uma clara ameaça.

— Eu garanto a você que escapei de coisas muito piores.

A ondulação de sotaque francês combinada com a evidente hostilidade nas palavras, de alguma forma, torna a ameaça mais perigosa. Mas eu não recuo, deixei meu ódio fermentar por meses e estou mais do que pronta para liberá-lo.

— Por que tanta raiva, senhor? Eu o interrompi enquanto matava e torturava animais indefesos? É sexta-feira à noite e você não tem nada melhor para fazer do que perseguir *garotinhas apaixonadas?* Quem será que é patético?

Reúno minhas forças, endireito a postura e deixo a raiva transbordar.

— Você não passa de um garotinho assustado que se tornou um maníaco controlador porque não recebeu atenção suficiente quando criança.

Num segundo, estou de pé; no seguinte, estou de costas no chão de novo. Meu coração para de bater e perco o fôlego no instante em que minha boca é assaltada por algo que se assemelha a um beijo. Ele explora cada centímetro do meu corpo e investe contra meus lábios, separando-os com a língua. Fico imóvel, de olhos arregalados, a boca dele domina a minha, e eu engasgo. Ele continua me beijando, completamente no controle da situação, apagando o último beijo de Sean, e o beijo anterior a este, e o toque inebriante da língua de Dominic. E eu luto, me agarrando àqueles beijos com tudo o que há em mim enquanto eles escapam por entre meus dedos e para fora do meu alcance. A perda e o ódio me alimentam quando tento virar a cabeça e rejeitá-lo, tarefa que ele torna impossível.

Ele me rouba a cada investida de sua língua, me envolvendo completamente, e na lambida seguinte me toma como prisioneira. De repente, sou lançada em um fogo ardente. O calor consome minhas barreiras até que desmoronem, a fumaça nublando meu julgamento enquanto permaneço impotente sob ele, cercada por chamas azuis.

Eu me afundo em destruição carnal e perco a batalha a fim de recuperar o fôlego. O toque torturante da língua dele é implacável, e ele se alimenta da minha boca sem misericórdia. Um gemido escapa de meus lábios à medida que ele me consome, e um incêndio avassalador queima em mim até ser finalmente destruído.

Até eu ser destruída.

E renascer com um beijo feroz.

Um beijo que me devolve a vida, uma vida que definhou durante meses de negligência e isolamento. Por baixo dele, meu corpo me entrega com a inegável mudança de intensidade, a fome começa silenciosa, mas se espalha pelos meus membros. Minha língua se choca contra a dele em um duelo feroz, tão implacável quanto minha entrega ao meu inimigo. Minhas pernas se abrem quando ele se movimenta e empurra sua ereção em meu corpo faminto.

A indignação somada ao desejo me fazem lutar, agora por uma razão completamente diferente, agarrando-o, arranhando-o, tentando trazê-lo mais para perto, minhas unhas cravadas no couro cabeludo quando inclino a cabeça para dar acesso a ele.

Ainda lutando por ar, roubo o dele, nossas línguas duelando enquanto ele chupa minha boca com uma força descontrolada.

Uma luxúria insaciável toma conta de mim e sou arrastada em direção à correnteza escura. Permito-me afundar dentro dela. Presa, me alimento na onda, consumindo um novo tipo de ar, renovada por uma boca ávida, meu corpo incha, se abre, dá as boas-vindas. Cruzo as pernas ao redor do seu quadril enquanto ele desliza o pau pela minha entrada. O tecido fino entre nós mal consegue me proteger do contato direto. Minhas costas se curvam, e meu corpo inteiro pulsa. Meus seios pesam e meus mamilos enrijecem. Com o clitóris latejando, eu o aperto junto a mim enquanto ele investe e conquista, o toque hostil. Mas tudo bem, porque sei que uma única gota de afeto me arruinaria.

Mortificada, arranco meus lábios dos dele e o encaro boquiaberta.

— P-para — gaguejo, apavorada com o quanto quero isso.

Ele ignora o protesto inútil, e eu tento travar uma nova guerra contra a luxúria que me domina. Ele afasta minhas mãos trêmulas e abaixa a cabeça, mordendo meu pescoço e meu ombro, para depois abocanhar meu seio, encharcando o algodão fino por baixo. Meu mamilo enrijece ainda mais quando ele afasta a cabeça por tempo suficiente para baixar o tecido com mãos selvagens e arrancar meu sutiã, deixando meus seios expostos em oferta. Ele se abaixa, leva um deles até a boca e suga, mas então sinto uma mordida que perfura a pele com um dente afiado.

Um instante depois, ele ergue minha saia e pressiona minha coxa com força enquanto eu tento tirar o cinto dele. É o tilintar da fivela que me paralisa, e no segundo seguinte ele me solta de forma brusca. Eu recuo, boquiaberta, arrastando-me para longe à medida que seu olhar predatório me acompanha. Tenho certeza de que o horror do ato que acabei de cometer está estampado na minha cara. Com o peito arfando e os seios à mostra, balanço a cabeça furiosamente, mas ele me puxa de volta para baixo de si com facilidade. Ele se inclina e me beija novamente, a língua revestida de um gosto metálico, sondando, explorando todos os lugares que nunca deveria ter permissão de alcançar, incluindo aqueles que ainda não haviam sido tocados. Quando ele afasta a boca da minha, nos encaramos, nossas respirações ofegantes são o único som entre nós.

— Tu n'y connais rien à la fidélité. — *Você não sabe absolutamente nada sobre lealdade.*

Embora não consiga entender toda a frase, sei que qualquer veneno que ele esteja cuspindo é agressivo. Eu me movo para dar um tapa em seu rosto, mas ele segura minha mão, mordendo a palma. Sou incapaz de conter um gemido quando ele pressiona novamente a ereção firme em mim, e a sensação da extensão em meu clitóris encharcado me leva à beira da loucura. Com o próximo impulso dos quadris dele, quase chego ao orgasmo.

— Tu ne peux pas échapper à la vérité. Tu me veux. — *Não pode escapar da verdade. Você me quer.*

Ele me coloca de joelhos e faz o mesmo antes de segurar minhas mãos, enganchando meus dedos no cós de sua calça. Respiramos como se tivéssemos acabado de correr uma maratona. Eu o encaro, e ele arqueia as sobrancelhas grossas em desafio.

— Sua vez.

Recolho minhas mãos quando ele solta uma risada sombria.

— Fico imaginando como seus *namorados* se sentiriam se soubessem que você retribuiu o beijo.

Sim. Eu retribuí o beijo e muito mais. Muito mais.

Eu o queria.

Não há bebida nem bode expiatório que eu possa culpar.

Por dentro, apodreço e morro. Por fora, me ajoelho em uma poça de ruína, e ele me lança um sorriso debochado.

— Eles vão odiar você.

— É mesmo? Me diz, Cecelia, onde estão eles?

Ele afivela o cinto antes de se levantar, me deixando ajoelhada diante dele.

— Eu podia ter comido você, e você sabe disso. Não consegue ser fiel nem mesmo àqueles a quem você diz *amar.* — O sotaque transforma a palavra em algo pútrido, o completo oposto do significado. É então que ele deixa o colar pender na altura dos meus olhos e o balança entre os dedos, me provocando de forma diabólica. — Ainda acha que merece sua declaração? A devoção *dele?*

Meu queixo treme, meus lábios inchados e doloridos enquanto tento lidar com o que acabou de acontecer.

— Eu odeio você.

— Não dou a mínima.

— Por favor. — Desvio o olhar do colar que ele segura numa tentativa de me reerguer e ajustar meu vestido, procurando pela dignidade que ele roubou. — Só me deixa em paz.

Não consigo encará-lo. Ele sabe que venceu. E não sei se teria sido forte o suficiente para manter minha dignidade intacta com os homens aos quais jurei meu coração, minha lealdade. Durante quase um ano, tenho me dedicado a eles. Honrei nossas lembranças, permaneci fiel mesmo sem qualquer indicação de que meu afeto fosse correspondido, até esta noite, até eu ver aquele colar. E, em questão de minutos, estraguei tudo.

Estraguei tudo ao beijar um monstro que espreitava nas sombras e ao permitir que ele se alimentasse de mim, da minha fraqueza.

E fui cúmplice.

Qual é o meu problema, cacete?

Será que eu sou o que ele está me acusando de ser? Apenas uma garota estúpida que se apaixonou por dois homens com quem deu uns amassos no verão passado? Dez minutos atrás, eu teria afirmado com tudo o que há em mim que isso era impossível.

Mas agora?

Não.

Não, eu não posso deixá-lo vencer. Ele está brincando comigo, e não vou permitir que descarte o que eu sinto para fazer parte desse jogo doentio.

Não sou idiota. Os dois me ensinaram a ser mais esperta do que isso.

— É uma pena que seu encontro não tenha dado certo, mas você vai ter que achar outra pessoa com quem brincar, Cecelia.

Não me preocupo em perguntar como teve acesso a essa informação, está claro que ele sabe de todos os segredos, incluindo os meus. O fato de invadir minha privacidade só prova que não confia em mim. Tem me observado. *Atentamente.* E fui tola por pensar o contrário.

É também uma indicação clara de que ele ainda me vê como uma ameaça.

Pensando rápido, eu me levanto e diminuo a distância entre nós. Minha vontade de brigar é avassaladora e, portanto, pela primeira vez em meses, deixo meu lado diabólico se manifestar completamente. Desvio o olhar para o volume entre as suas pernas.

— Você ainda está excitado.

Os olhos cor de âmbar dele cintilam em advertência.

— Não significa nada.

— Você me queria tanto quanto eu a você. *Ainda quer.* Se eu sou uma garotinha tão estúpida e boba, por que está tão ansioso para ocupar o lugar de seus *irmãos* na minha cama?

— Eu estava provando meu argumento.

— Diga isso para o seu pau.

Dou um tapa no peito dele e deslizo a mão pelo abdômen sarado. Ele não vacila, mas não se move. Segurando-o, percebo o tamanho e a grossura, mas obrigo meu rosto a não reagir. Ele teria me partido ao meio se tivesse transado comigo com a mesma violência com que me beijou.

Eu o seguro com mais força e ouço sua respiração falhar. Uma pequena vitória que não me dou ao trabalho de comemorar.

— Antes de você ir — digo, e o acaricio firme com uma mão, deslizando a outra por suas costas —, pelo menos tenha a decência de me dizer qual o nome do meu inimigo.

Ele nem se preocupa em responder, apenas se afasta. Balança o colar na palma da mão e o guarda no bolso.

— Melhor assim. Tenho certeza de que vou me divertir muito descobrindo.

Ele estreita os olhos, com um ar de superioridade.

— Faça o seu pior — provoca ele, totalmente à vontade com o que acredita ser uma vantagem.

Eu me afasto e deixo cair um objeto entre nós. Ele desvia o olhar para baixo, e eu me deleito com o brilho de surpresa em seus olhos, que se arregalam ao ver a carteira na grama. Ao me distanciar, pego a lanterna de onde a deixei cair e ergo o documento dele até a luz.

— Jeremy me ensinou esse truque. — Sorrio, examinando a identidade. — Seduza as pessoas na cara delas enquanto você as fode por trás. Eu aprendo rápido, Ezekiel Tobias...

Não. Não. Não. Não!

— *King* — diz ele, cantando vitória novamente quando dá um tapa na minha não, derruba a lanterna e arranca o documento de mim. — Tobias *King*. O *irmão* de Dominic.

A verdade me apunhala como uma faca cega.

— Isso não é... ele teria...

— Te contado? Não, não teria. E agora esse fardo é *seu* também. Então eu não revelaria essa informação para ninguém se fosse você.

— Eu não sei de nada.

— Sean te contou coisas demais.

Rezando para não ter me encolhido ao ouvir isso, endireito as costas.

— Não sei do que você está falando.

— Ah, você não sabe? Foi por isso que perguntou sobre a segurança do seu pai na nossa primeira conversa? Mentir para mim não vai melhorar sua situação. Mas quase tudo o que ele disse a você todos nesta cidade sabem.

Sean também disse que meu pai era o inimigo número um, o que me levou à teoria de que meu pai é, muito provavelmente, a razão por trás da Sociedade dos Corvos.

Pense nisso como uma promessa.

Uma promessa. Uma promessa entre dois jovens órfãos e seus amigos de fazer justiça no momento certo. Dominic me disse que tinha quase seis anos quando os pais morreram. Tobias não é muito mais velho. Sean tinha dito que eles foram pacientes. Porque tinham que ser; precisavam crescer primeiro, se educar, construir um exército.

— Mas você não parece...

Não há muita semelhança entre eles além da cor do cabelo e da pele. Os traços de Dominic são elegantes, e Tobias tem linhas marcadas e traços largos. Presumi que os dois tinham alguma relação devido à conexão francesa, mas nunca pensei que fossem *irmãos*. Sean tinha confessado na fábrica que a mãe de Dominic estava fugindo do ex-marido.

— Vocês são meios-irmãos?

Ele guarda a identidade de volta na carteira, ignorando a pergunta.

— Estou certa, não estou? Vocês são irmãos por parte de mãe.

— Não importa, porra. Ele é um ponto fraco. — A voz letal quando fala, o aviso claro. — E um dos seus também, então, se você sente o que diz, não diga uma palavra a ninguém.

Qualquer pessoa poderia usar Dominic para atingir Tobias.

— *Ninguém* sabe? Acho difícil acreditar. Você cresceu aqui.

Ele aparenta ter idade o suficiente para ter saído de Triple Falls há anos. E não estava por perto. Se estivesse, não teria demorado tanto para descobrir sobre mim.

— Você não estava aqui nos EUA. Não estava nas redondezas. Estava na França?

Ele permanece em silêncio, confirmando minhas suspeitas.

— Não é você naquela foto. É o seu pai, não é?

Ele está usando uma foto falsa em um documento de identidade emitido pelo governo? Ou é falso? Essa merda saiu de um livro de espionagem, não da vida real.

— Então vocês têm a mesma mãe, mas você pegou o sobrenome do pai de Dominic? Por quê?

Mais silêncio. Mas se a mãe fugiu da França por causa do pai *dele*...

— Seu pai deve ser um monstro pior do que você.

— Cuidado — retruca ele.

Acertei um nervo, um nervo muito sensível.

— Você estava na França o tempo todo? Fazendo o quê? — Passo as mãos pelo cabelo. — Cacete. Até onde isso se estende?

— Você não quer saber. — Ele inclina a cabeça. — Não estamos brincando com armas de mentira, vidas e dinheiro de Monopoly. Deixamos o forte para trás e incendiamos qualquer vestígio da existência dele há muito tempo, Cecelia.

Faz sentido. Ele permaneceu anônimo em uma organização anônima porque é o homem por trás da cortina. Tenho certeza disso.

E se ele é o mandante por trás de tudo, definitivamente há uma hierarquia. Se esse for o caso, Sean é equivalente a um peão, e Dominic é, pelo comportamento, tanto o cérebro quanto o capanga.

Mas Tobias é o diabo que você encontra apenas quando estragou tudo a ponto de não ter mais volta.

Há uma mudança no tom dele. Entendo como algo grave. Vai muito além do que eu poderia ter imaginado.

E eu não quero fazer parte disso. Não mais. Não sem eles.

Perdi metade da sanidade só com uma desilusão amorosa.

— Não posso pagar pelos erros do meu pai. Já é difícil ser filha dele. Mas eu sinto muito, ok? Sinto muito pelos seus pais. E por qualquer papel que o Roman tenha desempenhado nessa história. Não é meu papel pedir desculpas, mas também não é meu dever *pagar por isso.* Sua guerra é com ele.

Suspiro, meus membros drenados por causa da luta.

— Estou aqui pela minha mãe. Estou aqui para garantir que ela seja cuidada e que não falte nada a ela. Minha mãe está doente. Tenho certeza de que Sean contou isso a você — continuo, e fecho os olhos por um momento. — Ou talvez não, mas esse é o meu propósito, a razão pela qual ainda estou aqui. Ela é a minha prioridade e não posso perdê-la. Então, sinto muito que tenha acontecido. Mas, pela última vez, eu não sou sua inimiga.

Com a pele ardendo e o corpo inchado de desejo, balanço a cabeça em frustração.

— Eu sei que você não dá a mínima para mim, porque acabou de arrancar do meu pescoço qualquer segurança que você poderia garantir. Meu Deus, que merda tudo isso.

Caminho até o limite da clareira, determinada a manter o que resta da minha sanidade.

— Já chega, tudo bem? Cansei. Só fica longe de mim.

Eu me recomponho e viro na direção da minha casa.

— Você está segura.

As palavras dele interrompem minha partida e me envolvem como um bálsamo. Eu me viro para vê-lo parado muito perto, como se tivesse me seguido silenciosamente.

— Bom, me perdoe por não acreditar em você. O reino é todo seu. Vou estar bem longe daqui até o final do verão.

— Eu vou garantir isso.

Profundamente exausta, deixo que ele dê a última palavra. Sinto seu olhar sobre mim durante toda a caminhada de volta para casa.

5

Dias depois, sento-me diante da penteadeira, encarando meu pescoço e as marcas acima dos seios. Dá a impressão de que fui violentamente atacada e, de certa forma, fui... até não ser mais.

Na manhã seguinte ao nosso confronto, passei uma hora tentando cobrir a mordida no pescoço, até descobrir os hematomas nos pulsos e ligar para o trabalho para dizer que não poderia ir. As marcas foram de vermelho a roxo a um amarelo pálido, mas ainda estão visíveis, e não estou nem perto de bem o suficiente para fingir que nada aconteceu durante um turno inteiro com Melinda.

Nos últimos dias, permaneci o tempo quase todo enfurnada no quarto, incapaz de escapar da memória constante daquele beijo e de tentar decifrar tudo o que me foi revelado.

O irmão de Dominic.

Eu o beijei.

Mas não foi só um beijo.

Traí a memória de Dominic e Sean com aquele ato, e isso já é difícil de enfrentar, mas minha cabeça ainda está cheia de perguntas. Por trás disso, a culpa me arrasta, um peso que continua me puxando para baixo.

Foi Sean ou Dominic quem me reivindicou? *Os dois?* Será que me odiariam se soubessem que eu quase dei para o filho da puta que nos separou?

Será que isso importa? Já se passaram meses e eles não me deram nada além de uma bugiganga. Estive no escuro sem absolutamente nada a que me agarrar, e esse é o fio que deveria manter minha esperança?

Não é suficiente. Nem de longe. Meu desprezo pela contínua ausência deles me levou a um estado de rebeldia. E talvez tenha sido por isso que retribuí aquele beijo.

Senti o fio começar a se desfazer no instante em que a boca daquele desgraçado atacou a minha. Ainda consigo sentir a pressão dos lábios dele, enquanto os ossos da floresta se cravavam em minhas costas. Em segundos, o beijo selvagem me transformou de lutadora a submissa. E isso me fez questionar a mim mesma de um modo completamente diferente.

Fiz um inventário nos últimos dias, juntei as partes do quebra-cabeça que conheço e formulei novas teorias. Mas não importa, quanto mais tento entender, quanto mais tento me recompor de toda essa história, mais prolongo minha sentença.

Preciso aceitar. Preciso abrir mão de tudo. Agora, mais do que nunca.

Porque não foi o beijo de Tobias a parte mais imperdoável, e sim o fato de que eu deveria esperar e exigir mais para mim mesma. E as pessoas na minha vida tornam difícil que eu acredite que mereço.

Quando meu pai ficou sabendo sobre minha ausência na fábrica, respondi a seu e-mail questionador dizendo que estava com uma virose. Ele ficou satisfeito com a resposta, despreocupado. Não insiste mais em nosso relacionamento medíocre. Não vale a pena. De qualquer forma, vai se livrar de mim em breve.

As ligações de minha mãe também estão se tornando cada vez menos frequentes. Não tenho certeza se ela se isolou ou não, mas não consigo ajudá-la se ela não se abrir comigo. Quando ficar rica, talvez ela busque a ajuda de que precisa. Mas isso não muda o fato de que me sinto órfã aos vinte anos.

Permito-me odiá-los um pouco por isso. Quanto mais essa situação dura, mais meu relacionamento com cada um deles enfraquece. Não há uma única alma no mundo, além de Christy, que se importe comigo a ponto de me manter por perto. Que se importe a ponto de me ter como prioridade.

Talvez a pessoa que enviou esse colar seja a exceção. Mas mesmo *ele* não foi corajoso para aparecer e me reivindicar, para sustentar a declaração, a decisão. Para lutar por mim. Não da maneira como deveria.

E não da maneira como eu preciso que faça.

Minha autoestima também sofre.

Não consigo afastar a sensação de que o que aconteceu com Tobias não foi só uma disputa de egos com um homem determinado a me destruir, mas uma análise mais profunda do meu reflexo.

Eu o queria, *o irmão de Dominic.*

Eu o queria.

Tanto que abomino cada parte de mim que ele tocou.

No chuveiro, esfrego a pele impiedosamente para tentar me livrar de todos os vestígios, dando boas-vindas à ardência e agravando as marcas no pescoço e nos seios. Ele realmente rompeu a pele em volta do meu mamilo, e foi um gosto metálico misturado com o da traição que provei no seu beijo.

Doente do caralho.

Mas se ele é doente, eu sou o quê? Não consigo parar de imaginar o que teria acontecido se eu tivesse cedido. O que isso diz sobre mim? Não foi só o jeito como ele me beijou. É o fogo inevitável que transita entre nós toda vez que ele está por perto. No dia em que nos conhecemos, atribuí minha reação inicial a ele a uma combinação de nervosismo e choque. Não posso dizer o mesmo agora. Quando acordei hoje de manhã, notei minha calcinha encharcada por causa de um sonho estrelado pelo homem que eu detesto, antes de dar a mim mesma um orgasmo delirante.

Saio do chuveiro e não me importo em limpar a condensação do espelho. Não quero mais encarar meu reflexo. Deixando a água pingar no chão de mármore, procuro a toalha que jurei ter deixado sobre a pia e ando com cuidado até o quarto para pegar outra no armário. Ao abrir a porta, grito quando vejo Tobias em pé, devastador e perigoso em outro terno feito sob medida, minha toalha perdida pendurada nos dedos dele enquanto seus olhos me devoram devagar.

Ignorando a adrenalina que sua absoluta atenção traz, aponto para a porta.

— Sai. Dá o fora daqui.

Ele continua a percorrer meu corpo com o olhar abrasador, do cabelo encharcado no meu pescoço até meus seios, uma satisfação imoral no olhar, até se fixar no fino caminho de pelos entre minhas pernas.

Eu me viro de costas para ele, negando-lhe a visão, abro a cômoda com raiva, pego uma calcinha e uma camiseta longa.

— Você precisa ir embora, ou...

— Ou o quê?

Sinto ele atrás de mim. A respiração quente atinge a pele entre minhas omoplatas, e meus mamilos enrijecem.

— Eu perdi alguma coisa? — digo, arrancando um sutiã da gaveta. — Não disse uma palavra para ninguém. Não fiz nada.

Devagar, ele me vira para encará-lo e enrola uma toalha ao redor do meu corpo molhado. Ele fixa os olhos nos meus, e alguns segundos carregados de tensão se passam antes que ele se afaste.

— Precisamos conversar. Vista-se e me encontre lá embaixo.

*

Coloco um vestido leve e viro a cabeça ao ouvir o distinto barulho de panelas no andar de baixo. Confusa, desço as escadas de dois em dois degraus até chegar ao último nível, então atravesso a sala de jantar para encontrar Tobias na cozinha de Roman... cortando alguma coisa.

— O que você está fazendo? — reclamo, na soleira da porta.

— Cozinhando — responde ele, em um tom seco, sem tirar os olhos da tarefa.

— Você sabe que está na cozinha do Roman Horner, né?

Ele... sorri, e eu fico surpresa. Vê-lo sem o paletó, com as mangas da camisa dobradas até os cotovelos revelando antebraços musculosos me faz sentir coisas desagradáveis.

— Você está sorrindo por estar na cozinha dele, cozinhando para a filha dele?

— Acho isso estranhamente satisfatório.

Ele joga na boca uma azeitona retirada de um vidro aberto no balcão, quando a porta dos fundos bate. Eu me assusto e olho para

Tobias, que está completamente à vontade, até que Tyler aparece na porta da cozinha.

— Tudo em ordem.

Tobias acena em resposta, parecendo satisfeito. Os olhos de Tyler suavizam quando ele me nota do outro lado da ilha. Não consigo evitar a ardência no fundo dos meus olhos quando sua covinha aparece e ele se aproxima de mim.

— Olha só para você. Cada vez mais bonita.

De onde está, posso sentir o olhar curioso de Tobias sobre nossa troca.

Quanto mais Tyler se aproxima, mais noto as diferenças nele. Embora o cabelo ainda esteja próximo do corte militar habitual, ele parece mais insular agora, a pele bronzeada pelo sol. Há um brilho nos olhos castanhos que não estava lá da última vez que o vi na casa de Delphine. Ele parece saudável e feliz. Eu me contenho para não jogar os braços ao redor dele e fazer todas as perguntas que estou desesperada para fazer, pois a presença do desgraçado a apenas alguns metros me sufoca ao ponto de *eu* me sentir a estranha.

E esta é a verdade — *eu* sou a estranha.

O fato de eles estarem no mesmo ambiente parece bizarro, mas apenas reitera que eu apareci no meio de algo que começou há muito tempo. Os dois não só se conhecem, como consideram-se irmãos. Próximos ou não, a lealdade de Tyler não é minha, mas do homem parado do outro lado da cozinha, abrindo buracos em nós dois com o olhar.

Tyler para a uns trinta centímetros, hesitante.

— Senti sua falta, garota.

Nossos olhares se cruzam, e eu cruzo os braços.

— Ah, quer dizer que agora eu existo? Que conveniente.

Ele suspira.

— Eu sei que você está com raiva...

— Com raiva? Para dizer o mínimo.

— Cee...

Balanço a cabeça, sem vontade de ouvir a desculpa de merda.

— Não gaste saliva. O que está fazendo aqui?

Ele faz uma careta.

— Umas coisas.

Lanço um olhar para Tobias, que o corresponde sem remorso por longos segundos, recusando-se a me dar qualquer explicação. Tyler percebe o clima entre nós e pigarreia, erguendo o polegar sobre o ombro.

— Acho que... já vou indo.

Tobias assente.

— Falo com você mais tarde.

— Tudo bem, cara. — Tyler me olha, relutante em sair. — Foi bom ver você, Cee.

Não me dou ao trabalho de responder. Minha mágoa vem à tona quando ele pausa antes de se virar, a postura murchando.

Ele está a meio caminho da cozinha quando um pensamento desonesto me ocorre.

— Foi você? — Olho para Tobias, cuja mandíbula se contrai, então volto minha atenção para Tyler. — Você prometeu que estaria do meu lado, que me protegeria. Eu te considerava um amigo.

— Eu estou do seu lado. Sempre vou estar. — Ele se aproxima de mim e pega minha mão. — E eu sou seu amigo — jura, lançando um olhar para Tobias e depois de volta para mim. — Mas não, Cee, não fui eu. E acredite em mim, estou pagando por aquilo.

Acredito nele. Ele esteve lá desde o início. A ideia de que nos traiu é ridícula e seria um insulto se ele não tivesse virado as costas para mim.

— Eu sei que não foi — admito, a contragosto, e engulo em seco. Ergo os olhos para ele e me ressinto do tremor na minha voz. — Estou com tanta raiva de você.

— Eu sei. Ele também está. — Tyler inclina a cabeça na direção de Tobias. Ele se abaixa e pressiona um beijo na minha bochecha. — Sinto muito. E eu só queria agradecer.

Não tenho tempo de perguntar pelo que está agradecendo, porque ele se vira e segue para a porta dos fundos. Um segundo depois, ele a fecha suavemente.

Um silêncio longo e inquietante pesa entre Tobias e eu até ele retomar seu corte. Corro os dedos pelo cabelo molhado e o prendo em um coque frouxo com o elástico no meu pulso.

— O que ele tinha que fazer?

Tobias olha para a marca recém-descoberta no meu pescoço ao responder.

— Ele vasculhou a casa e resetou o sistema de segurança.

— Dominic cuidou disso meses atrás.

Ele ancora a faca.

— Bom, foi feito *de novo*.

A voz cortante combina com a lâmina da faca que ele empunha... coitados dos tomates.

Ocupo o banquinho à ilha e não consigo evitar perguntar:

— Por que você está aqui... fazendo isso?

Aponto na direção onde ele trabalha, dissecando um pepino com habilidade. Ele para o que está fazendo e olha para mim brevemente antes de voltar à tarefa.

— Vamos jantar e conversar.

— Por quê?

— Porque estou lutando com todas as forças para não me tornar o monstro que você tão facilmente desperta em mim. Isso são negócios.

— O que exatamente você espera de mim? Amizade? — pergunto, com um bufo, incrédula. — Talvez seja você quem não consegue lidar com o fato de que eu desprezo...

Ele ergue olhos brilhantes para os meus.

— Amizade, não. E não dou a mínima se você me odeia.

— Então o quê?

— Meu Deus... — Ele larga a faca com tudo no balcão. — Estou fazendo o jantar. Você vai comer. Vamos ter uma conversa, e eu vou embora.

— Tudo bem!

— Tudo bem! Bordel de merde! — *Puta que pariu*.

Eu me levanto e abro a geladeira, pego duas garrafas d'água e deposito uma ruidosamente na frente dele.

— Aqui!

— Obrigado — resmunga ele, abrindo a garrafa.

Nossos olhos se encontram por uma fração de segundo e ambos explodimos em gargalhadas. Vê-lo neste estado é ofuscante. E errado, tão errado. Eu não posso — não vou — gostar da alegria que dança nos olhos dele, do branco deslumbrante dos dentes perfeitos, ou do contraste entre a pele escura e a camisa branca impecável. Não posso gostar da firmeza do maxilar ou da definição dos ombros nem da visão do cinto na cintura esbelta. Em segundos, estou de volta àquela clareira, me imaginando de joelhos, aliviando-o.

Não demora muito para eu perceber que ele parou de rir e observa o sobe e desce do meu peito, assimilando a expressão em meus olhos. Ele fica parado como uma sentinela, ainda do outro lado da ilha da cozinha, à medida que seu olhar escurece.

Ao largar a faca, ele passa a mão pelo cabelo e segura a parte de trás do pescoço. A voz é baixa quando ele fala.

— O que aconteceu na outra noite foi... — Ele fixa os olhos nos meus. — Só curiosidade.

— Quer dizer que aquele não era você? Porque se parecia muito com você.

— Você não sabe porra nenhuma sobre mim.

— E não tenho o menor interesse em saber.

Ele passa a mão pelo balcão, recolhendo os legumes cortados em uma tigela. Outro silêncio tenso se instala, e eu nem me dou ao trabalho de notar o indício de culpa que ele demonstra. Mesmo se pedisse as desculpas mais sinceras do mundo, nunca seria o bastante.

— Então, se não foi o Tyler, foi alguém da reunião que disse a você que eu estava aqui. Foi assim que descobriu sobre mim?

Ele faz uma breve pausa, parecendo ponderar se deve responder, mas, por fim, concorda.

— A equipe de Miami. Estamos tendo problemas de lealdade com alguns deles.

— Isso tem a ver com o motorista que quase matou Sean? Aquele em quem Dominic deu uma surra?

Ele nega com a cabeça.

— Isso só piorou um problema já existente. Fiquei preocupado quando Dom me contou o que aconteceu e parou de dar notícias com tanta frequência. Meu irmão nunca tinha sido tão difícil. Nem Sean.

— Então você quebrou a regra número um e perguntou...

— Não me deixaram a porra de outra alternativa — responde ele, na defensiva. — Nunca precisei fazer isso até... — A implicação paira densa no ar até que ele solta um suspiro pesado. — Meu irmão e eu não concordamos em muitas coisas hoje em dia, especialmente quando se trata dos extremismos militantes dele. Mas não posso culpá-lo pela reação que teve naquela noite.

Tobias se volta para o fogão e mexe a massa, e acho estranho vê-lo nesse papel doméstico. Ele parece ser o tipo de homem que domina uma sala de reuniões, um negociador direto que dita as regras e depois sai para comer a secretária, puxando a saia dela para cima enquanto a fode, fumando um charuto de comemoração.

Com certeza não dá a impressão de ser o tipo de pessoa que realiza tarefas banais, como fazer compras no supermercado. No entanto, nada é o que parece quando se trata desses malditos Corvos.

— Posso sentir seu olhar em mim — comenta ele, de costas para mim.

— Só curiosidade — repito. — Você foi ao mercado?

— Geralmente é onde as pessoas compram comida para cozinhar.

— Espertinho.

— Posso sentir o seu olhar na minha bunda também.

Culpada, desvio o olhar rapidamente.

— Você está terrivelmente à vontade nesta cozinha. E se meu pai entrasse pela porta?

Ele lança um olhar mortal para trás que deixa claro que eu deveria ser mais esperta.

— Deixa pra lá, você provavelmente sabe até os horários em que ele vai ao banheiro.

Desta vez, ele se vira para mim, segurando firme no balcão atrás de si.

— Seu pai está em um avião. E a única coisa que ele sabe sobre mim é que recebi o dinheiro de um acordo que ele assinou quando me tornei órfão aos onze anos. Tenho certeza de que não deu a mínima para o que aconteceria com a gente no momento em que nos pagou.

Tobias tinha onze anos, então deve ter algo em torno de trinta e um agora.

— Você tem certeza de que ele é culpado?

— Tenho certeza de que ele encobriu tudo. Tenho certeza de que é um corrupto de merda nos negócios, e isso é o suficiente. Mas isso não é só sobre mim. Meus motivos não são apenas egoístas.

— Eu nunca disse que eram.

— São negócios.

— Negócios. Então, suponho que aquele beijo também foi um negócio?

— Foi para provar algo, e você questionando o que aconteceu é a única razão para nossa conversa.

— Se isso é uma proposta, não estou interessada. Leve seus negócios para outro lugar. Esta conversa é inútil, assim como sua presença nesta casa. Já disse que não cabe a mim pagar pelos erros dele, e você não tem poder nenhum sobre minha vida. Não devo *nada* a você. E assim encerramos nossos *negócios*, então pode se retirar.

Num piscar de olhos, ele atravessa a cozinha e pega meu rosto em uma das mãos, com força, imobilizando minha boca.

— Minha *curiosidade* vem do fato de que eu fui enganado e dilacerado pelas duas pessoas em quem eu mais confiava neste maldito mundo. Acredito que você saiba como é desesperador se sentir assim. Tenho quase certeza de que você já passou por isso, e não faz tanto tempo.

Um longo silêncio se estende antes que ele continue.

— Passei mais da metade da minha vida fazendo planos e colocando-os em prática até você aparecer... — Ele aumenta a força com que segura meu rosto e meus lábios se espremem. — Estou tentando ter uma conversa adulta com você. Estava com raiva, ainda estou, e isso não vai mudar tão cedo. Mas vou me esforçar ao máximo para tentar dialogar com você, porque é o que *adultos* fazem. Então, vou soltar seu rosto, e você vai se esforçar para colaborar comigo, porque, querendo ou não, precisamos chegar a um *acordo.* Neste momento, ambos temos cartas de que o outro precisa. E talvez, se você se comportar bem, eu te dê algumas das respostas que quer. Uma conversa é o que estou pedindo. Nada mais. Se eu estivesse atrás de boceta — diz ele, e faz uma pausa, desviando os olhos para meu peito arfante —, já teria conseguido. Minha paciência está se esgotando, por isso estou propondo uma trégua temporária para resolvermos isso antes que fique ainda mais desagradável. Pisque uma vez se concorda, duas se discorda.

Furiosa, resisto a seu domínio, e seus olhos fulminam em advertência.

Pisco uma vez.

Ele me solta, e eu movo a mandíbula para aliviar a sensação de dormência.

— Meu Deus, você é um desgraçado. — Ele desvia os olhos de mim e caminha até o fogão. — É isso que você faz com as mulheres? Invade a casa delas, as agride e depois as obriga a comer à força?

Ele retira um escorredor do armário e escorre o macarrão.

— Não consigo imaginar como uma mulher suporta essa merda por tanto tempo. É ridículo. Que tipo de vida se pode construir com alguém que se baseia em mentiras?

— Confiança — corrige ele, com amargor. — É baseado em confiança, não em mentiras. E, neste momento, é o que me falta.

— Você fala em confiança. Mas para mim são omissões e meias-verdades. Pelo menos foi o que eu consegui com isso.

— Isso depende de com quem você está.

— Que bom que não estou *com ninguém.*

Ele sequer me lança um olhar ao jogar a massa debaixo da água fria.

— Seus sentimentos a tornam uma ponta solta imprudente, Cecelia, o que é péssimo para os negócios. Eu falei quando nos conhecemos: você era leal a eles pelos motivos errados.

— Você quer dizer amor. Mas esse motivo não importa mais. Estou seguindo em frente. Estou voltando a ter encontros. E você sabe disso.

Ele olha para mim com as sobrancelhas erguidas em ceticismo.

Adoto sua postura e ergo o queixo.

— Espera... é disso que se trata? Porque estou saindo, tentando seguir em frente, você acha que vou contar seus segredos para o próximo cara com quem eu for para a cama?

O silêncio dele me enfurece.

— Aqui vai uma notícia bombástica: já estive em situações bem piores, mais furiosa, muito mais ressentida, e não disse uma palavra. Nem mesmo para as pessoas mais próximas a mim. Sua lógica é ridícula.

Ele não pestaneja.

— Você ainda estava esperando. Portanto, ainda era leal. Pense nisso de forma prática por um momento. Se estivesse no meu lugar, colocaria o destino de toda a porra da sua operação nas mãos de uma garoti... — começa ele, e revira os olhos quando minha expressão se torna severa —... uma *mulher* sentimental de vinte e poucos anos?

— Talvez devesse ter pensado nisso antes de...

Ele balança a cabeça ironicamente.

— Levar embora seus namorados? Você continua confirmando minhas teorias. E, se formos considerar o histórico...

— Não se atreva a terminar essa frase! Você já me insultou o bastante para uma vida inteira. É um canalha machista.

— Diga o que quiser, mas vi você permitir que suas emoções ofuscassem seu julgamento *duas vezes*, e não estou disposto a apostar nisso.

É aí que me ocorre.

— Isto não é uma conversa. É uma *negociação.*

Ele está aqui para fazer um acordo.

Nunca, em todo o meu tempo aqui, me aproveitei da minha posição. Mas aprendi bem que tudo tem seu preço. E pareço ser a única que está pagando. Até agora.

— Você realmente não acredita que amor e lealdade andam de mãos dadas?

— Duas palavras distintas com definições distintas. Mas, se procurar os sinônimos de amor — diz ele, e fixa os olhos nos meus —, tenho certeza de que encontrará fraqueza entre eles.

— E o que exatamente você acha que tem para barganhar? Você me tirou a única...

Ele arqueia as sobrancelhas.

Minha herança.

— Minha mãe...

— Se eu me envolver agora, você perde tudo. Tudo. Mas não posso correr esse risco, posso? — pergunta ele, e dá de ombros. — Então, o que são mais alguns meses?

Essa é a jogada dele. Vai esperar para agir contra meu pai até eu assinar minha herança. Sean me disse que tentaria segurá-lo, e, algumas noites atrás, confessei a ele o motivo de eu estar aqui, mas não importa como ele obteve a informação, não deixa de ser uma vantagem.

Porra.

Chegou a hora de revelar minha carta na manga, mas já sabemos o que é: meu silêncio. Se eu falar, talvez consiga impedi-lo de tomar minha herança, de buscar vingança. Ele percebe no momento que eu entendo.

Ele ergue o queixo.

— Diga seu preço.

— Você não acredita mesmo que sou capaz de manter a boca fechada sem ser chantageada?

— Isso não é chantagem. E sua verdadeira pergunta é: eu confio em você? Porra nenhuma. Mas não leve para o lado pessoal.

Abro a boca para soltar uma resposta à altura, mas ele ergue a mão.

— Vamos guardar os insultos para a hora da sobremesa. Precisa pensar sobre o que você realmente quer.

Quero que ele pague, é isso que eu quero. Quero tirar um pouco da confiança dele, humilhá-lo do jeito que fez comigo. Quero ferir o orgulho e os sentimentos dele, se é que é capaz de ter algo assim. E é aí que me ocorre a ideia.

Seus olhos se incendeiam ao ler meu preço na minha expressão.

— Cecelia...

— Prometa que meu pai vai permanecer em segurança.

— Você só pode estar de brincadeira.

Ele xinga e balança a cabeça, incrédulo.

— É a única coisa que quero. Talvez ele mereça tudo o que fizer com ele financeiramente, mas você mesmo disse que nunca iria machucá-lo fisicamente, então qual é o problema de jurar?

— Como eu disse, ele tem outros inimigos.

— E você sabe quem são?

Outro aceno de cabeça.

— Melhor ainda. Você será o responsável por cuidar dele.

— Está colocando uma importância exagerada no seu papel, Cecelia. De qualquer jeito, ele vai cair. Cabe a você decidir quando.

Descanso a palma de uma das mãos sobre o balcão e me inclino para a frente.

— Quer comprar minha lealdade? Então espere até que essa grana caia na minha conta bancária e garanta a segurança do meu pai.

— Você está pedindo demais.

— Ele é meu pai, Tobias. O que quer que tenha feito, garanto que ele está pagando por isso. O homem já está falido na vida. A empresa é tudo o que resta para ele. Tire isso, e vai ter arrancado tudo dele. Apenas lhe dê a chance de fazer algo diferente depois que você acabar com isso. — Dou a volta no balcão e ergo o olhar para Tobias, que se ergue imponente diante de mim, a postura estremecendo de raiva, os olhos sombrios. — Tire a riqueza e o status, e ele não tem mais nada. Não é como se desse para se vingar de um cadáver. Pense nisso como se estivesse protegendo seu próprio interesse.

— Eu falei, isso vai além de mim.

— Mas a vitória será muito mais doce se você assumir o controle enquanto ele é obrigado a assistir.

Nós nos encaramos por quase um minuto até que, enfim, ele baixa o queixo em concordância.

— Palavras, Tobias.

— Ele está sob nossa proteção a partir de agora, até que terminemos com isso.

— Prometa pra mim.

Os olhos dele faíscam.

— Não vou repetir.

— Tá. E agora?

Ele acena na direção da tábua de corte.

— Jantar.

6

Tobias está sentado no chão em frente a mim, de calça social e com a camisa engomada, o cabelo bagunçado enquanto estuda as peças no tabuleiro antes de avançar para capturar um de meus peões.

O jantar transcorreu em silêncio, uma prova de resistência enquanto ele me observava comer. Não o elogiei nem agradeci pela comida, mas também não discuti à medida que devorava cada pedacinho de frango e salada grega, quase sem conseguir conter um gemido de satisfação. Presumi que ele iria embora assim que conseguisse o que queria. Mas ele me mandou para a sala de estar principal e declarou que iríamos jogar xadrez.

Ele me deu uma surra na primeira partida, o que não é surpresa alguma. Eu estaria morrendo de tédio se não fosse pela companhia. Guardo esse pensamento e tento ignorar o efeito que Tobias tem sobre mim estando a menos de um palmo de distância. Tem sido uma luta ficar sentada de frente para ele. Estou exausta de lutar contra o crepitar de eletricidade constante devido à proximidade.

Meu ódio por ele só aumenta, assim como minha atração. Estou num estado contínuo de raiva e excitação quando ele está por perto, o olhar ardente sempre calculando, avaliando, quando o pego me observando.

Não se trata de intimidação ou do poder que ele possui. É a intimidade que senti naquele beijo e o fato de que suas palavras e ações são completamente contraditórias.

Duas vezes o flagrei me observando com a mesma curiosidade, e duas vezes ele me manteve refém com seu olhar âmbar. Mas nenhum de nós disse uma palavra.

O que poderíamos dizer?

Nenhum dos dois quer desejar o outro. Nenhum dos dois quer sentir nada além de ódio e desprezo e, ainda assim, a atração é tão intensa, tão escancaradamente óbvia, que chega a ser desconcertante.

Estou mais do que feliz em negar isso até o amargo fim do nosso acordo. Mas o simples fato da existência dele é, por si só, uma revelação. Tobias é um enigma. Se não tivesse vindo até mim naquele dia na piscina, eu nunca saberia que ele existia. O fato de Dominic e Sean o terem escondido com tanta facilidade é perturbador.

Mandaram bem, rapazes, mandaram muito bem.

Esses caras são mestres na arte da dissimulação, camuflando-a como confiança. Mas agora, quando penso no início, vejo o contexto geral. E a realidade é que não faço ideia de quão grande tudo isso realmente é.

— Ainda é inacreditável, sabia? — digo, movendo um peão e então observando-o ser varrido para longe.

Tobias tem antecipado minhas jogadas, assim como fez desde que entrou na minha vida, há quase um ano.

— Como assim?

Ele sabe exatamente a que estou me referindo, o que me perturba ainda mais. Antecipar os pensamentos alheios é um indício de intimidade.

Solto um suspiro de frustração. Tenho que escolher as palavras com sabedoria. Opto pelo silêncio. Jogos mentais são exaustivos.

— Em teoria — diz ele, sabendo que não estou disposta a refletir sobre minha escolha de palavras —, quando você pega o que os ladrões roubam, eles não podem exatamente registrar um boletim de ocorrência.

— É, eu sei, mas eles já deram o troco?

— Estupidamente, sim, e *com frequência*. — Ele leva meu cavalo. — E por que é tão inacreditável? Você já não viu o suficiente?

— De certa forma, sim, mas...

— Mas o quê? Está perto demais para se sentir confortável com a ideia? Essa é a beleza da coisa. Você não pode, nem por um segundo, acreditar no que está acontecendo em seu próprio quintal, e isso é o mais difícil de aceitar.

— É verdade.

Os olhos cor de âmbar dele cintilam ao examinarem meu rosto.

— Você sabe que gangues existem. Mas nunca esteve nesse ambiente. Nunca presenciou um tiroteio ou testemunhou uma iniciação, não é?

— É.

Ele se inclina para trás e cruza os braços, interrompendo o jogo.

— Você acredita na existência do Cartel?

— Sim.

— Da máfia?

— Claro.

— Por que? Só porque assistiu a *Os bons companheiros*? — Ele balança a cabeça, com um leve sorriso nos lábios. — Então por que é tão difícil acreditar que um grupo de pessoas se uniu por uma razão que consideravam justificável o suficiente para recorrer a extremos na tentativa de despertar mudanças?

— É que é tão...

— Quando a arrastaram para dentro disso, você era tão ignorante quanto qualquer um, até ver por conta própria.

— É.

— Mas acabou de admitir que é inacreditável mesmo depois de tudo que viu. Então, podemos concordar que sua ignorância é compartilhada pela grande maioria?

Concordo com um aceno da cabeça, ponderando o que ele diz.

— Acho que sim.

— Aquele ditado "ver para crer" pode ser aplicado a tantas pessoas que chega a ser ridículo.

— Já ouvi isso umas cem vezes.

Ele sorri, mas vejo orgulho brilhando em seus olhos. O orgulho de um professor.

— Sean.

Você.

— Os cartéis são corruptos — digo, fazendo minha jogada — e a máfia também.

Levanto meus olhos para os dele.

— E...

Vocês também. Eles fazem de tudo, desde chantagem e extorsão até pequenos furtos. A Sociedade é tão corrupta, tão sem lei, quanto qualquer outra organização extremista.

— Então é o mal contra um mal menor? — continua ele, e acena para que eu jogue.

Assim que o faço, sua contra jogada lhe garante uma vantagem ainda maior no tabuleiro.

— Como você justifica? O que diferencia a Sociedade? O fato de vocês não machucarem pessoas inocentes?

— Se você acha que não está em perigo, é bem menos inteligente do que pensei. No momento que estipulamos que vamos destruir alguém, ganhamos alvos em nossas costas... todos nós, sem exceções. Não há regras para inocentes em guerras como essas. As baixas decorrentes se resumem à decência humana. Quer nosso oponente tenha humanidade suficiente para deixar os inocentes de fora ou não.

Ele reforça o argumento ao varrer meu peão do tabuleiro.

— Podemos terminar esse jogo por aqui?

— Não — responde ele rapidamente. — Estou a três jogadas de vencer.

Faço meu movimento, e ele já ergueu o cavalo.

— As tatuagens são meio idiotas, não acha? Comprometedoras. Como espera manter isso em segredo?

— Sempre existirão evidências para incriminar alguém.

— Isso não é um pouco arrogante?

— Não, não é arrogância. Sempre existirão evidências, assim como sempre vai existir uma exceção para cada regra. Eu prevejo isso. Prevejo oposição. Prevejo retaliação. Prevejo ser surpreendido, porque a natureza humana está envolvida... como é o caso com *você*. Mas não se engane, a América é uma corporação, um negócio, Cecelia. Seu pai sabe disso, todos em posição de poder que lutam por trás da bandeira *sabem* disso. Roman não é burro. Está bem ciente de que tem inimigos, quer consiga identificá-los ou não. Como *todos* os jogadores, também sabe que um passo em falso pode custar tudo. E para cada pessoa em posição de poder, sempre haverá alguém à espreita, pronto para detectar fraquezas, antecipar a próxima jogada e tentar tomar o que não pertence a eles.

Tobias avança o cavalo. Xeque-mate.

— Foram só duas jogadas — destaco.

Não deixo de notar o sorriso sutil, porém familiar, que ergue seus lábios. Quando encontra meu olhar, ele percebe minha reação e franze o cenho.

— O que foi?

— Nada.

— Você viu meu irmão quando me olhou agora.

— Por que está falando isso?

— É a primeira vez hoje que você não me olha como se quisesse dar para mim ou me matar.

— Não quero dar para você. Mas a ideia de te matar é tentadora.

— Talvez tenha a oportunidade, um dia.

Ele abre um sorriso diferente, um que é nitidamente dele, e eu tento não derreter. Por que ele precisa ser tão lindo? Por que não poderia ser um Dom genérico? Eu conseguiria lidar muito mais facilmente. Não acredito que ele percebeu que eu o estive comendo com os olhos. É simplesmente repugnante.

Mas estou começando a entender o motivo de parte da minha atração. Quando olho para ele, enxergo traços de Dominic *e* Sean. Quando ele fala, ouço fragmentos de ambos. Ainda devo estar olhando para ele daquele jeito esquisito, porque ele ergue o queixo, me provocando.

— Que foi?

— Você é o charlatão original.

Ele faz uma careta.

— Elabore.

— Não.

Ele se recosta junto à lareira, secando o gim que pegou sem cerimônia no bar ricamente abastecido do meu pai.

— Então, se você *sabe* que é apenas uma questão de tempo até encontrar um adversário à altura...

Ele fixa os olhos nos meus.

Destemido. Ele é destemido.

Ele está esperando que alguém o supere. Que, em algum momento, irá pagar aos inimigos que acumula com a própria vida e com a vida das pessoas a quem está associado, e convive diariamente com essa possibilidade.

Todos eles convivem.

Eles são, essencialmente, soldados.

Eu me incomodo com o fato de respeitá-lo por isso.

Tobias se levanta e pega o paletó no sofá. Ele o veste, mantendo os olhos nos meus. Eu me levanto devagar, a mente acelerada enquanto tento assimilar tudo o que ele confessou.

— Segurança é realmente uma ilusão — concluo, e o restante da minha abençoada ignorância se esvai.

Ele abaixa a cabeça.

— E a mais poderosa de todas, mas, uma vez que você faz as pazes com isso, fica mais fácil correr riscos maiores para tentar alcançar recompensas melhores. Mas isso não é desculpa para dar um passo em falso.

É verdade. Em cada aspecto da vida, a segurança é uma ilusão. Posso trancar essa casa bem direitinho, mas uma tempestade pode arrancar o telhado sobre minha cabeça. Posso proteger meu coração e nunca deixar alguém entrar, mas ainda assim sofrer com a solidão. Posso tomar todas as decisões certas todos os dias da minha vida por medo, mas, com um movimento do adversário, ser completamente varrida do tabuleiro.

Cada decisão que tomamos na vida é uma jogada, nosso oponente é invisível. Seja uma doença ou a pessoa com quem você divide a cama, você só descobre quando o oponente se revela.

A lógica dele é que todos nós somos peões jogando contra oponentes invisíveis, a apenas um movimento errado ou decisão idiota de revelar nosso inimigo. Posso ter trocado de oponentes e dado um outro curso para minha vida simplesmente por me enfiar nesse grupo de homens perigosos. Até agora, eu me considerava meio imortal, e Tobias acabou de arrancar isso de mim com a verdade.

Imagino que todo mundo já tenha vivido um momento desse tipo, mas, assim como tudo que descobri no último ano, minha aprendizagem do mundo real começou cedo. Ele deve ter percebido meu medo, porque dá um passo em minha direção, mas pensa melhor e, em seguida, vira as costas, saindo da sala. Pouco depois, fecha a porta da frente.

— Valeu pelo jantar e pela confusão que você fez na minha cabeça — resmungo, espiando pela janela ovalada e embaçada ao lado da porta.

Eu o vejo se afastar em um sedã preto. No piloto automático, tranco a porta e ativo o alarme. Um segundo depois, a ironia me atinge, e tudo o que consigo fazer é rir.

Fiz um pacto com o diabo para guardar seu segredo se ele mantivesse meu pai a salvo, mas, porque a segurança é uma ilusão, é impossível garantir qual será o fim dele.

Então me ocorre que minha conclusão inevitável foi a terceira jogada de Tobias.

Seu verdadeiro xeque-mate.

Balanço a cabeça e subo cautelosamente as escadas para meu quarto.

— Connard.

Filho da puta.

7

Ao despertar, eu me espreguiço na cama, o último sonho retornando em imagens intermitentes até se desenrolar diante de mim. Dizem que os sonhos são uma forma de o subconsciente processar situações que você tenta evitar durante as horas em que está acordado. Depois de anos acordando e sempre me lembrando dos meus, acredito plenamente nisso. Noite passada, sonhei com o sol, mas ele estava próximo, tão próximo que eu poderia estender a mão e tocá-lo. No entanto, o calor não queimava; na verdade, era acolhedor. O sol não estava longe. Pairava a alguns passos. Mas as nuvens se moveram e, em segundos, explodiram. Eu podia sentir a névoa fresca no meu rosto, e um arco-íris apareceu à distância. Mais alguns passos, e eu poderia tê-lo alcançado.

Num piscar de olhos, o arco-íris desapareceu, e eu permaneci sozinha na clareira, olhando para um céu sem vida. Foi então que ouvi a voz da minha mãe no vento, me chamando, pedindo que eu voltasse para casa, mas eu ignorei a súplica dela, à procura do meu sol perdido.

Um lágrima ameaça cair quando afasto as cobertas.

Abro as portas francesas que dão para a sacada, e a manhã me cumprimenta, um sussurro do vento brincando com meu cabelo enquanto dou as boas-vindas ao dia de verão. Se há uma coisa de que vou sentir falta quando for embora da mansão de Roman, é a vista.

O som suave da água abaixo atrai minha atenção para a piscina. Braços másculos desbravam as águas, provocando ondas pequenas, mas fortes, em seu rastro. Eu não tinha percebido, quando ele arregaçou as mangas, mas agora vejo as asas de corvo profundamente tatuadas ao longo das omoplatas dele, confirmando seu lugar na hierarquia real. Queria poder arrancá-las, desfigurá-las. Tobias não é digno de ter dois irmãos, sejam eles de sangue ou não, tão dedicados a ele.

E a afronta adicional é que ele é magnífico. Músculos firmes e pele macia deslizam pela água com fluidez, as pernas musculosas impulsionando-o através da piscina. Eu o admiro por um minuto, enquanto ele faz a virada para dar outra volta, as costas ondulando à medida que a água cai em cascata pelo corpo atlético.

Poderoso, formidável, intimidador. Ele é um predador sem coração e sem alma.

E agora está invadindo e entrelaçando nossas vidas, apenas para provar que me possui, pelo menos por um tempo.

Um dos três celulares toca onde repousam sobre uma toalha à beira da piscina. Dois deles são iguais aos celulares descartáveis que Sean usava. Ouço um "Oui?" distante e desço para encontrá-lo.

Quando chego à beira da piscina, Tobias está furioso, dando ordens e soltando palavrões numa mistura de inglês e francês. Ouço com cautela enquanto ele fala de costas para mim, e não consigo captar muito além do fato de que ele está irritado. Seu francês é fluido, denso, sexy e sedutor. Ele fica ereto, então se vira e me vê bisbilhotando descaradamente. Dando uma última ordem, ele encerra a ligação e joga o telefone ao lado dos outros, depois estica os braços na borda da piscina.

— Parecia sério.

— E o que você acha que ouviu?

— Le pleck, le cuspida... — Arrebito o nariz com desdém e moldo minhas feições na minha melhor imitação de uma francesa esnobe. — Le plá, le babaca, mais cuspidas, e *merde*.

Nos encaramos por um segundo, então ele joga a cabeça para trás e ri. Ignoro a vontade de sorrir ao som da risada dele, cruzo os braços e jogo o quadril para o lado.

— Não sou fluente. *Ainda*. Mas fica esperto, Francês.

A risada dele diminui, e Tobias balança a cabeça, soltando uma última risadinha, antes de percorrer meu corpo com o olhar, se divertindo.

— Então, quais crises você está enfrentando hoje?

— Não precisa se preocupar.

— Não estou preocupada, mas estou curiosa sobre por que está aqui de novo. Você não tem casa?

— Tenho várias.

— Então por que fixar moradia aqui?

— Só estou aproveitando minha posição. Você deveria fazer o mesmo. A água está ótima.

Ele me encara. Estou de shortinho e uma regata.

— Eu passo. Sério, você não pode resolver seus problemas em outro lugar?

— Existem duas formas de lidar com problemas — começa ele, e eu reviro os olhos com desdém.

— Ótimo, mais uma palestra.

— E existem dois tipos de pessoas — continua ele, completamente tranquilo. — Aquelas que passam por cima de um fiapo irritante no chão todos os dias e se convencem de que alguma outra pessoa vai lidar com isso. E aquelas que pegam o fiapo assim que o veem, descobrem de onde veio, jogam no lixo e não voltam a pensar nisso. Para as pessoas que passam reto, o fiapo vai se tornar um problema. Vai começar a incomodar. Vai virar mais uma coisa com a qual elas vão ter que lidar. Mais uma pedra no sapato. Apesar da presença do fiapo ser um incômodo, essas pessoas vão dizer a si mesmas que vão pegá-lo e resolver tudo amanhã. Até que, um dia, o fiapo vira uma crise muito maior do que elas imaginavam.

— Deixe eu adivinhar. Você não tem nenhuma pedra no seu sapato.

Ele ergue um lado da boca em desdém e depois diz:

— Eu detesto pedras no sapato.

— É só um fiapo.

— Para a pessoa que o pegou.

— Confúcio diz "recolha os fiapos". Entendi, mais algum ensinamento que você queira compartilhar antes de *se retirar*? Ou devo contar com sua aparição súbita e indesejada *todos os dias* de agora em diante?

— Pode contar comigo estando onde preciso estar até que nossos negócios estejam concluídos.

— Tanto faz. Agora, se me der licença, tenho coisas mais interessantes para fazer do que deixar você mexendo com a minha cabeça.

— Não seja tão apressada em descartar o que estou propondo, Cecelia. Poderíamos aprender um com o outro.

— Você quer dizer que poderia me pressionar a revelar mais informações sobre meu pai? É, acho que vou passar essa.

— Eu já sei o suficiente, mas são os detalhes que me interessam. Conheça seu adversário.

— Não tenho o menor interesse em saber mais sobre você.

— Seus olhos dizem o contrário.

Ele não sorri, não há um traço de presunção no seu tom, nenhum espaço para discussão. Talvez ele consiga perceber minha atração tão facilmente quanto eu consigo detectar a dele. Só mais um motivo pelo qual ele é a maldição da minha existência.

— Você é um cara bonito, Tobias. Não vou negar. Tenho certeza de que usa isso a seu favor e com frequência.

Ele se impulsiona na minha direção, deslizando os braços pela água com facilidade ao se aproximar. A luxúria me invade da cabeça aos pés, mas não me movo nem me encolho quando ele sai da piscina e se levanta, pairando imponente sobre mim e invadindo meu espaço de propósito, a água escorrendo pelos músculos. Os segundos se arrastam enquanto ele se seca, me deixando molhada e com os mamilos duros. Tobias não deixa passar nada, descendo os olhos até meus seios, depois subindo-os lentamente para meu rosto.

— Você quer o que estou oferecendo. Só é teimosa demais para pedir. Está na ponta da sua língua.

— Não quero nada além da sua ausência.

Ele se aproxima, e gotas de água gelada castigam meu peito e minhas pernas.

— Você quer minha confiança. Isso é algo que eu não posso dar.

— De você, eu não quero nada.

Eu dou as costas para ele, que segura meu pulso para me impedir de ir embora.

Nós nos encaramos, a água encharcando minha roupa.

— Eu *não posso* confiar em você. O que você mais quer é isso, mas é caro, e você não tem condições de bancar. No entanto, *podemos* aprender um com o outro.

— E o que, exatamente, você acha que pode me ensinar?

Levanto as mãos e as deslizo ao longo dos ombros dele, e depois por todo o corpo, roçando as unhas sobre a pele úmida, satisfeita quando o percebo tenso, então ergo lentamente os olhos para os dele. Tobias pega minhas mãos e as aperta, depois as solta.

— Como eu disse, podemos *aprender* um com o outro.

Bufo.

— E, afinal, o que exatamente você acha que pode aprender com uma pedra no seu sapato?

Há uma mudança no olhar dele que me faz hesitar, mas eu a ignoro. Isso é só mais um joguinho no qual não estou disposta a me envolver.

— Você também não pode me bancar, Tobias. Não conseguiria arranjar o *meu* tipo de moeda.

A tensão sobe pela minha barriga quando nossas respirações se entrelaçam.

— Você tem perguntas. É só fazê-las, Cecelia.

Desvio o olhar, ignorando a adrenalina que dispara em minhas veias. Um segundo passa e depois outro, e ele se inclina sussurrando no meu ouvido.

— Minha proposta não tem nada a ver com a fome nos seus olhos, mas se eu tocasse você — diz ele, devagar — do jeito que quer que eu faça *neste instante*, você não me rejeitaria.

— Seu jogo está ficando previsível.

— É? — sussurra ele. — Talvez eu melhore a abordagem. — Ele se inclina, a respiração quente atingindo a pequena gota de água fresca em minha nuca. — Pergunta, Cecelia.

Viro a cabeça para evitar que ele continue me decifrando.

— Como quiser.

O telefone que repousa do outro lado da piscina toca, e ambos lançamos um olhar naquela direção, até que ele se vira novamente para mim.

Com os ombros tensos, Tobias se afasta e vai até o celular, e eu sigo em direção à casa. Ele já está gritando quando chego à porta. Não preciso olhar para trás para saber que seus olhos estão vidrados em mim. Consigo sentir o calor de longe.

8

Irritada com o Jaguar estacionado em frente à casa, entro já me preparando para a batalha, apenas para ouvir uma enxurrada de francês acalorado vindo da cozinha.

— Trouvez-le. — *Encontre-o.*

Uma breve pausa.

— Pas d'excuses. Vous avez une heure. — *Nada de desculpas. Você tem uma hora.*

Tobias encerra a ligação assim que eu dou as caras. Parece perplexo, digitando furiosamente em um laptop na ilha da cozinha. Passaram-se apenas alguns dias desde nosso confronto na piscina, mas está claro que ele pretende aproveitar ao máximo sua posição.

— Quer me contar o que você está fazendo aqui, cacete?

Passo por ele para abrir a porta da geladeira e pegar uma água.

Estou coberta de suor por causa da trilha. Ele mal me olha quando responde.

— Protegendo meus interesses.

— Acha que consegue fazer isso em outro lugar, de preferência bem longe daqui?

Ele olha para a tela do laptop e fecha a tampa com força.

— Putain! — *Porra.* Com o peito arfando, ele pega um dos celulares no balcão à frente e disca. — Traga os *novatos* aqui. Você tem dez minutos.

Ele atravessa a cozinha, pega uma garrafa de gim e despeja uma dose generosa em um copo cheio de gelo. Balança o copo em círculos, mergulhado em pensamentos, os cubos de gelo tilintando à medida que ele mexe o líquido transparente, uma, duas, três vezes, antes de dar um longo gole.

— Não está meio cedo para um drink? — Silêncio. — Ótima conversa.

Reviro os olhos. Estou a meio caminho da sala de jantar quando ele fala atrás de mim.

— Você está errada, sabia? Não são pessoas como você e sua mãe.

— O quê?

— Quando conversamos pela primeira vez, você disse que eu estava lutando por pessoas como você e sua mãe.

— É, o que há de errado nisso?

— Tudo de errado — responde ele, com raiva. — Tudo. Vocês querem se destacar.

— Eu quis dizer...

— Eu sei o que você quis dizer. Não são apenas os operários da fábrica do seu pai ou de qualquer outro lugar, aliás. Isso é pensar de forma secular.

— Maravilha. Eu penso errado, amo errado, minha lealdade está no lugar errado, e eu sou uma completa idiota em todos os aspectos. Desculpa, mas eu não dou a mínima para o fato de não estar à altura dos seus padrões.

Ele mexe o gelo na bebida de novo, uma, duas, três vezes, depois dá outro gole.

— Você já está monitorando cada passo meu. Será que realmente precisa estar presente para fazer isso?

— Estou dando um jeito na porra da bagunça que deixaram para mim.

— Não entendo por que está fazendo vista grossa. Não sei se foi a alguma "festinha" recentemente, mas já reparou nas pessoas que trabalham para você?

Ele me encara de forma confusa por cima da borda do copo, depois o abaixa.

Justo quando está prestes a falar, a campainha toca e eu reviro os olhos.

— Isto aqui não é seu QG. É minha casa temporária. Arrume outro lugar para bolar seus grandes planos de senhor do mal.

Ele passa por mim, ignorando o comentário, e abre a porta. Um segundo depois, RB e Terrance entram.

— E aí, garota! — cumprimenta RB, assim que Terrance se manifesta, olhando de Tobias para mim e vice-versa.

— Pensei que você fosse a garota do Dom. Tá pegando todo mundo, hein?

Sinto o rosto arder de vergonha, e Terrance me observa de uma forma que deixa claro exatamente o que ele pensa de mim.

O comportamento de Tobias muda, e ele se vira para mim, sua expressão se torna dura como pedra.

— Me dá suas chaves.

— O quê?

Ele baixa os olhos para as chaves na minha mão.

— Me dá as chaves do carro, Cecelia.

— Hm, acho que não.

Ele se aproxima de mim e estende a mão, e eu solto um suspiro, mas as entrego. Tobias se vira e as lança em direção a Terrance, que mal consegue pegá-las junto ao peito, fazendo uma careta de dor pelo impacto. O tom de Tobias é implacável quando ele fala.

— Lave e encere o carro dela... sabão, esponja, água e cera, e é bom que ela consiga ver a porra do próprio reflexo nele quando você terminar.

Eu dou um passo à frente.

— Isso não é necessário, eu...

Tobias me interrompe, e RB lança um olhar para Terrance como quem diz "Você acabou de foder tudo". Em seguida, Tobias se dirige a RB.

— Você fica de olho nele.

RB assente com a cabeça, olhando para Tobias com um respeito evidente. Tobias os ignora enquanto eles observam o saguão.

— Você vem comigo.

— Ah, não vou. Preciso de um banho...

— Voltamos em uma hora — avisa ele, me segurando pelo braço para me conduzir até o lado de fora. — Ninguém passa por esta porta. Tyler vai encontrá-los aqui em dez minutos.

— Entendido — responde RB.

Puxo meu braço de volta assim que Tobias contorna o lado do motorista do Jaguar.

— Quero falar com Tyler.

— Não.

— Bem, eu não estou com a roupa adequada — retruco, os braços cruzados na tentativa de me manter firme.

— Isto não é a porra de um encontro. E nós não terminamos nossa conversa. Entra. No. Carro.

Nós nos encaramos por um segundo, depois dois, até eu deslizar para o banco de couro. Pouco depois, estamos voando pela estrada deserta em direção à cidade.

— Quer me contar por que está dando acesso à casa de Roman para qualquer um que tenha uma tatuagem? — Silêncio. — Você não precisava fazer aquilo lá atrás, sabe? Eu *sei* cuidar de mim mesma. — Outro silêncio exasperante. — Se desrespeitar mulheres é algo que você simplesmente não tolera, talvez seja hora de olhar para seu próprio reflexo no espelho.

Ele navega pelas estradas com facilidade enquanto eu faço careta para o seu perfil, ciente de que devo estar fedendo após uma caminhada de duas horas, minha pele grudenta de suor seco. Meu cabelo bagunçado.

— Aonde estamos indo?

Ele permanece em silêncio, relaxado no assento enquanto dirige mais dez minutos até parar de forma brusca no estacionamento do meu banco.

— Vai fazer um depósito?

Ele dá ré e estaciona em uma vaga do lado oposto da porta, de frente para a entrada.

— Deixa eu adivinhar, planejando o próximo grande golpe?

— Meu Deus. — Ele balança a cabeça. — Só presta atenção.

— O que estou procurando?

— Criminosos. Quero que você dê uma boa olhada naquele prédio e me avise quando identificar um.

— Sério mesmo? Estamos caçando bandidos com base *na aparência*?

— Diz a garota que acabou de perguntar se eu já vi as pessoas que trabalham para mim.

— Eu só quis dizer...

— Não tem como justificar essa afirmação. Agora, seguindo *essa* linha de raciocínio, vamos caçar uns criminosos.

Um senhor mais velho sai do banco. Aparenta estar na casa dos oitenta e segura a porta para uma mulher mais jovem que está entrando.

— Não.

— Como você sabe? Porque ele segurou a porta para ela?

— Eu não tenho certeza. Mas ele não parece ser desse tipo.

— Qual é o tipo? Todo mundo de moletom? Todo mundo com tatuagens? Quem cheira a maconha? Usa calças jeans largas? Cor da pele? E o corte de cabelo? Dá para saber pelo corte de cabelo?

— Tá ok, já entendi.

Sinto um calor subir pela nuca.

— Não, não entendeu. Presta atenção.

E eu faço. Por vários minutos, examino minuciosamente cada pessoa que entra e sai do banco e as descarto.

— Não está vendo nenhum?

— Isso é ridículo. Como eu vou saber?

— E aquele?

Um cara de quarenta e poucos anos sai do banco vestindo um uniforme sujo e então entra em uma caminhonete.

— Um trabalhador. Parece ser da região e provavelmente está totalmente focado em sustentar a família. Isso está errado. Eu entendo que o que eu disse foi generalizando, mas...

— Onde está o criminoso, Cecelia?

— Eu não sei.

— E aquele cara?

Tobias aponta com o queixo para um homem de terno que está passando.

— Eu não sei!

— Então continue procurando.

Reviro nossa conversa até perceber que tenho olhado para as pessoas, não para o prédio em si.

— É o banco, não é?

— Você acha que o crime organizado é o pior que pode acontecer? — pergunta ele, encarando o logotipo do banco, e se vira para mim. —

Pergunte a si mesma: por que uma funcionária de vinte anos se sente ameaçada pela gerência a ponto de trazer sua avó idosa até a agência e abrir uma segunda conta bancária de que ela não precisa?

— Porque é o trabalho dela?

— É para que a neta alcance sua meta diária de oito contas abertas e assim possa manter o emprego. Porque há milhares como ela em cidades pequenas, que pensavam estar ingressando em uma instituição renomada com uma reputação impecável, mas, apenas uma semana depois, descobriram que eram massa de manobra. Todos os dias sentiam-se pressionadas a abrir contas. Uma artimanha das forças superiores para impulsionar os preços das ações a um status intocável, para engordar uma vaca já entupida, porque ser "rico como Midas" não é ser rico o bastante. Alguns chegaram ao ponto de abrir contas para pessoas já *falecidas*. Isso acontecia diariamente por anos a fio, enquanto essas pessoas, esses funcionários de baixo escalão, desesperados por um salário, eram abusados emocionalmente a ponto de cometerem atos criminosos.

— *Eu* tenho conta aqui.

— Então você está contribuindo para o problema sem nem perceber. Tudo escorre de cima para baixo. Se você acha que os caras maus são aqueles vendendo drogas na rua, isso não é nada comparado a estes bandidos aqui. E a parte triste é que alguns dos clientes atuais nem pestanejariam se isso fosse trazido à tona, porque é problema de outra pessoa. O dinheiro deles está coberto pelo governo, então poucos se importam se estão fazendo negócios com um criminoso conhecido e exposto. Mas se um número significativo desses clientes se importasse, eles não estariam saindo impunes. Mas estão, e continuam assim. O alto escalão devia ter sido crucificado pelo que fez. Houve uma audiência. Pagaram uma multa robusta, algo que não fez nem cócegas no bolso deles. O CEO renunciou após a audiência, mas não cumpriu pena, e aqui estão eles hoje, ainda funcionando.

Ele volta a atenção para o banco, com uma clara expressão de desdém no rosto.

— Quer descobrir os *verdadeiros* criminosos? Olhe para onde o dinheiro está indo. Sempre olhe para onde o dinheiro está indo. Não estou dizendo que nada foi conquistado de forma legítima, só que aqueles que têm conquistas legítimas estão no mesmo saco daqueles que não têm. É um mundo muito pequeno quando você junta os pontos. É uma bagunça incestuosa. Todo mundo já fodeu todo mundo em algum momento, e a maioria deles continua dormindo na mesma cama pelo mesmo motivo.

— Está falando daquele um por cento?... Os ricaços.

— É aí que a coisa fica complicada, porque essa sujeira também escorre lá de cima.

— Isso aconteceu de verdade e eles saíram impunes?

Ele concorda devagar.

— Mas a maioria das pessoas está prestando atenção a Janet Jackson pagando peitinho no show do intervalo ou algo do tipo, porque isso desvia o foco dos verdadeiros bandidos.

— Uma distração?

— Eles as criam e, muitas vezes, as financiam. A mídia é facilmente comprada ou influenciada pelas mesmas pessoas que dividem a porra da mesma cama, e o mundo é gentil o suficiente para se encarregar do resto.

Ele dá partida no carro e sai do estacionamento em alta velocidade. Eu o observo dirigir e não consigo evitar não o enxergar de outra forma. Ele está de saco cheio. Não só pelos trabalhadores da fábrica desta cidade, mas por todos ao alcance dos abutres que se alimentam diariamente de cidadãos desavisados. E eu, de certa forma, tenho mantido uma relação indireta com esse criminoso desde que tinha idade suficiente para abrir uma conta no banco.

— Então fecho minha conta. Isso faz alguma diferença?

— Você fecha sua conta e sente um alívio em relação à parte que desempenha. Você conta para dez pessoas, e talvez duas ouçam e fechem as delas também. Esse é o caminho difícil, o processo mais lento e doloroso, e, no final, eles ainda saem ganhando.

— O que você faria, então?

— Mire na *cabeça*, não no *pé*.

Reflito e viro para ele, focando os cílios escuros e densos.

— Se você não confia em mim, por que quer tanto que eu entenda?

— Fizemos um acordo. Estou mantendo minha palavra. Se está se perguntando se tenho coisas melhores para fazer, a resposta é sim, com certeza. Você me questionou sobre fazer vista grossa, mas posso contar nos dedos as pessoas que *realmente* conhecem você.

Ele liga a seta no semáforo e se vira para mim.

— Aquelas pessoas nas festas, todas têm um papel a desempenhar que não tem absolutamente nada a ver com o pé.

Roman. Meu pai faz parte do pé.

— Então, estão todos procurando jeitos de chegar à cabeça do monstro?

Ele demora os olhos em mim por longos segundos, absorvendo minha presença com o short e a regata, então Tobias pisa fundo no acelerador.

Seu negócio com o Roman é pessoal, mas ele acabou de me dizer em outras palavras que o velho paizão é só a ponta do iceberg. Há pouco tempo, perguntei a Tobias o quão grande isso era, até onde ia, e ele simplesmente me deu uma visão panorâmica... do espaço.

Estamos jogando xadrez de novo. Mas desta vez, eu dei uma estudada. Avanço para capturar um dos peões de Tobias e percebo a expressão divertida no olhar dele quando se dá conta da minha jogada.

— O melhor verão da minha vida — resmungo, e ele mexe o gelo no copo.

— O que vai fazer quando acabar?

— Tenho certeza de que você está por dentro dos meus planos para a faculdade.

— Estou ciente. — Ele move um peão, e uma mecha espessa de cabelo cai sobre a testa. Ignoro a súbita vontade de estender a mão e afastá-la. — Mas o que você vai *fazer*?

— Depois? Não tenho certeza ainda. Definitivamente não vou seguir os passos do meu pai e assumir o negócio da família. Não que você esteja me dando muita opção.

— Você não está nem aí para a empresa dele.

— Isso não é verdade, eu me importo bastante com o futuro dos funcionários dele.

O silêncio se estende, e ele mexe o gelo no copo.

— Roman deu uma de Zuckerberg antes de falir o primeiro sócio para tomar o controle da empresa. Era um negócio pequeno, mas essa manobra lhe proporcionou ganhos monetários suficientes para dar a primeira cartada em um jogo mais arriscado.

Eu recuo, atordoada pela revelação sobre as ações sujas do meu pai.

— Quando foi isso?

— Anos antes de você nascer. Isso rendeu a ele o primeiro inimigo. Jerry Siegal. A ironia? Ele está dando a volta por cima sendo igualmente filho da puta.

Mordo o lábio e ergo o olhar. Ele está me observando.

— Você tem certeza?

Outro girar suave do gelo, uma, duas, três vezes, então ele vira o líquido e se levanta.

— Você dorme no meio da floresta?

Ele veste a jaqueta.

— Quem sabe. — Ele acena na direção de onde eu estou sentada perto da lareira. — Não mexa no tabuleiro.

— Ah, que beleza, você vai voltar. — Eu me levanto. — Mal posso esperar.

Ele dá um passo ameaçador em minha direção, e eu dou um passo para trás, virando a cabeça para evitar o efeito dele sobre mim. Com a beirada do sofá roçando minhas coxas, estou sem espaço e, com o próximo passo dele, sou envolvida em chamas, a conclusão paralisante de que se ele simplesmente estender a mão e me tocar, meu corpo reagirá. Prendo a respiração para evitar sentir seu perfume, e Tobias me inspeciona de perto.

— O que você tem de especial? — pergunta ele, a voz quase um sussurro.

Encaro isso como apenas mais um insulto, uma indagação sobre o que Sean e Dominic viram em mim.

Dou um passo para o lado, tentando respirar, e ele se aproxima.

— Você pode me dar um pouco de espaço? É só isso que estou pedindo. Talvez bater na porta antes de entrar?

Ele se inclina, correndo o nariz pela lateral do meu pescoço sem tocar, mas o efeito é o mesmo.

— Não.

É um sussurro suave, mas a mensagem é recebida como se ele tivesse gritado. Pouco depois, quando a porta da frente se fecha, fico ali, com o olhar fixado no ponto em que Tobias estava, sem conseguir me mexer. Ele é irritante, e brigar com ele está começando a perder o sentido.

À noite, sonho com olhos cor de âmbar e vaga-lumes.

9

Acordo na manhã seguinte com uma voz familiar ecoando do primeiro andar. Irritada, escovo os dentes e dou uma última olhada na minha roupa para garantir que estou decente. É a adição da segunda voz que me faz descer as escadas dois degraus de cada vez. Ao entrar na cozinha, sou impactada pela visão de Tobias, impecavelmente vestido e arrumado. O aroma do perfume recém-aplicado é a primeira coisa que sinto, antes mesmo de colocar os olhos em Jeremy. Ele está ocupado desembrulhando um laptop novo quando me nota e abre um largo sorriso.

— Oi, você, faz um tempinho.

Ele desvia os olhos da tarefa, e encosto o quadril no balcão. Fico olhando fixamente para o perfil dele. Meus olhos sedentos absorvem essa familiaridade, o que faz meu coração doer. A barba dele cresceu um pouco nos últimos oito meses (e contando) desde a última vez que o vi, e ele está usando as roupas de sempre: jeans escuros e suspensórios sobre a camiseta. Suspensórios listrados, que encontrei em um brechó e comprei porque pensei nele e o considerava um amigo. Lembro-me das conversas noturnas que tínhamos, mas afasto a emoção e permito que meu ressentimento assuma o controle. Ignorando os olhos âmbar que me observam, vou até a cafeteira e ligo a pequena TV no balcão para pegar o finalzinho do noticiário da manhã.

Quando vou colocar açúcar no café, percebo que a caixa está vazia. Lançando um olhar rápido para trás, não deixo de notar o sorrisinho nos lábios de Tobias. Ele ergue sua caneca, e eu estreito os olhos na direção dele.

Jeremy corre o olhar entre nós sobre o laptop que acabou de ligar.

— Estou vendo que vocês dois andam se dando bem.

Ambos lançamos um olhar fulminante para ele, e sua risada é inconfundível. Com ódio, viro-me e abro o armário acima da cafeteira, avistando outra caixa de açúcar na segunda prateleira, bem fora do meu alcance. Erguendo-me na ponta dos pés, tentando em vão alcançá-la, sinto Tobias se aproximar de mim por trás.

— Eu consigo sozinha — resmungo, puxando uma espátula da gaveta e usando-a para fisgar a caixa e puxá-la.

A caixa cede com facilidade, acertando em cheio meu rosto. Com o nariz ardendo, estou prestes a surtar, quando um ronco irritante escapa da garganta de Tobias e ele se afasta. Deixo o constrangimento de lado, preparo meu café e os ignoro, mantendo os olhos na TV. Jeremy fala um minuto depois.

— Como vai a vida, Cee?

Com os cotovelos apoiados no balcão, inclino-me para a frente e aumento o volume.

— Ainda está puta comigo, né?

Posso sentir quando eles trocam olhares atrás de mim. Não dou a mínima. Mas a sensação de ardência às minhas costas me avisa que talvez eu esteja mostrando um pouco mais de pele do que deveria. Olho por cima do ombro para identificar a fonte do desconforto. Com a cabeça inclinada, Tobias me olha de um jeito peculiar, depois desvia os olhos para Jeremy.

— Tudo certo?

— Assim... ele só me mostrou como fazer isso uma vez, mas...

Jeremy dá uma olhada em mim, e eu sei a quem ele está se referindo. Estão preocupados com a segurança do laptop.

Eles trocam outro olhar silencioso, e volto para o meu café, fingindo assistir às notícias. Algumas teclas são pressionadas, e Jeremy fala:

— Acho que está tudo certo.

— Acha ou *tem certeza*? — retruca Tobias, em um tom implacável.

Jeremy suspira com exasperação.

— Ajudaria se você me deixasse...

— Deixa que eu me viro — corta Tobias.

— Orgulhoso demais para pedir ajuda ao seu próprio irmão, hein? — digo, de costas para os dois.

Mais silêncio.

— Como *ele* está, Jeremy?

Um pausa significativa.

— Não sei, Cee.

Um segundo depois, sinto Jeremy ao meu lado. Não consigo encará-lo. Não posso deixar que ele veja que sua mera presença está me afetando.

— Sentimos sua falta, sabia?

— É mesmo? — Dou um gole no meu café e engulo, incapaz de esconder o tom amargo na voz. — Belos suspensórios.

Jeremy passa o polegar por eles.

— São os meus favoritos.

— Bom saber que você se importa com alguma coisa.

— Eu me importo com você.

O suspiro dele soa mais como um grunhido de frustração. Tenho certeza de que Tobias o encara diretamente, uma clara ameaça a apenas alguns metros. Jeremy quer se desculpar, mas está com medo de enfrentar a punição certa. Pelo jeito, nenhum deles é corajoso o suficiente para encarar esse imbecil de frente.

— Não esquenta. Você não se importa comigo há oito meses.

— Ei, você sabe que a gente não podia... — começa ele.

— Quer saber como estou? — Viro a cabeça e lanço um olhar furioso para Jeremy. — Bom, pode avisar Sean que agora eu sei *exatamente* o que acontece com pássaros engaiolados.

— Ok — responde Tobias abruptamente para Jeremy, obviamente para encerrar nossa conversa. — A gente se fala mais tarde.

Pouco tempo depois, o alarme dispara, e a voz de Russell ressoa de onde ele chama, da porta da frente.

— E aí, cara, temos que abrir em vinte. A sra. Carter quer que a parada dela seja resolvida agora de manhã.

Ele está falando da oficina — um lugar que eu costumava considerar minha segunda casa. É surreal o que o tempo e a distância podem fazer. Agora parece que foi há uma eternidade. Preciso me esforçar muito para não virar a esquina e encontrar o olhar de Russell. Mas não faço isso porque ele não parece minimamente interessado em me ver. Talvez tenha tudo a ver com Tobias e sua presença ameaçadora.

Mas isso não importa. Esses caras não são meus amigos. Têm segredos aos quais não tenho acesso. A onde antes eu pertencia, agora sou apenas um fardo.

— Até mais, Cee — diz Jeremy ao meu lado.

Não viro o rosto para olhar para ele. Não digo uma palavra sequer. E consigo sentir sua decepção, mas então ele me dá as costas e sai.

Aumento o volume da TV para impedir qualquer conversa com Tobias. Fico aliviada quando ele se ocupa com o laptop. Passam-se alguns minutos até que ele para de digitar quando o âncora anuncia uma notícia urgente.

— *Na noite passada, um famoso líder terrorista foi morto em uma operação bem-sucedida liderada pelas Forças Armadas dos Estados Unidos. Logo após a divulgação da notícia, o alvo foi retratado por um grande veículo de imprensa como um "austero estudioso religioso", o que deixou alguns indignados, levando-os a expressar suas objeções nas redes sociais...*

— Mentira!

— Mentira!

Nossa reação compartilhada me faz virar para Tobias, que permanece igualmente perplexo do outro lado do balcão. Ele passa a mão pelo rosto, frustrado, e eu me viro e desligo a TV. Ficamos em silêncio por alguns segundos, até que ele se vira e joga o café na pia.

— Que merda.

— É. Desde quando é aceitável que repórteres humanizem o terror?

— Estou falando do café. Você precisa de uma prensa francesa e de um moedor decente.

Perplexa, encaro as costas dele, a camisa azul-clara ajustada para contornar perfeitamente o corpo atlético.

— Bom, foi você quem deixou sua língua francesa mal-acostumada. Tenho certeza de que tinha uma infinidade de sabores para escolher.

Ele vira a cabeça e apoia a palma da mão na bancada, depois me encara com uma sobrancelha arqueada.

— Ainda estamos falando de café?

— É claro que estamos — retruco, perplexa. — E, a esta altura, estou surpresa por você ainda não ter trocado seu endereço de entregas *para cá*.

O riso tranquilo dele preenche a cozinha. Coloco a mão na cintura, e ele me observa atentamente.

— Você se importa mesmo com eles.

Respiro fundo em busca de paciência.

— Já te disse várias vezes. Nosso acordo nem era necessário. Foi *você* quem deu o trunfo para *mim*. Eu teria mantido meu silêncio com ou sem acordo.

Ele ergue um canto da boca.

— Não faz mal ser cuidadoso. Sabe como é. "*Uma mulher de coração part...*"

Eu ergo a mão para interrompê-lo.

— *Um pássaro incapaz de voar ainda é um pássaro; mas um humano incapaz de amar é uma pedra sem valor* — retruco, em tom irônico, e me aproximo dele, colocando minha xícara na pia, então ergo os olhos para os dele. — Como eu disse, você não tem o *meu* tipo de moeda para negociar.

Sinto a adrenalina pulsar, e é inevitável. Seus olhos brilham mais intensamente a cada segundo que passamos nos encarando.

— Carinho, adoração, devoção, desejo, apego; *também* sinônimos de amor.

Eu me viro para subir as escadas, mas ele agarra meu cotovelo, me puxando para perto. Eletricidade faísca entre nós, me deixando atordoada por vários segundos. É como se fosse um relâmpago seguido de um trovão sem aviso. Entre seus atributos físicos marcantes, o fogo no olhar dele e o perfume delicioso que exala, está ficando impossível resistir. A intensidade da minha atração vai e vem. Quanto mais eu tento negar, mais ela aparece sem pedir licença.

— Chega de hematomas, por favor, eu trabalho hoje à noite.

Ele afrouxa o aperto.

— Você se machuca fácil demais. Acha que eu não te entendo?

— Você não me conhece.

Ele se inclina, a respiração atingindo meu ouvido.

— Eu te *conheço* — murmura ele. Afasta os fios de cabelo do meu ombro, e mal consigo controlar o arrepio que o toque leve provoca. — E você tem medo do *quanto* eu sei. — Ele levanta um dedo e o desliza suavemente pela extensão da minha clavícula. — Pensa que é amor, mas a verdade é que está viciada. — Ele desliza lentamente a ponta do mesmo dedo pela minha garganta, e então o roça nos meus lábios. A mudança de intensidade é desconcertante, pois meus membros começam a formigar. — Você está sob o efeito disso agora. Essa *adrenalina* é sua moeda.

Eu me afasto de repente, e ele se aproxima, os olhos se arrastando do meu peito acelerado até meus lábios. Tobias dá um passo para trás, pega o laptop e sai da cozinha resoluto.

10

Você é uma viciada.

O peso da afirmação me acompanha durante todo o expediente.

— Tem certeza? — pergunta Melinda ao juntar os últimos tubos.

— Desculpa, o quê?

Ela olha para mim. Uma preocupação evidente marcando seus traços enquanto tento me lembrar do que estávamos conversando. Ah, Melinda estava tentando arranjar um encontro para mim com o novo pastor jovem da igreja. Ela não é boba, na verdade, tornou-se especialista em avaliar meus humores. Na maioria das vezes, traz um lanche extra para garantir que estou me alimentando. É reconfortante saber que ela se importa, a preocupação comigo é maternal.

— Sim — digo, limpando a estação de trabalho. — Vou para casa.

Ela faz uma pausa enquanto empacotamos as coisas.

— Querida, já se passaram meses e meses. Só não quero mais ver você definhando assim.

Meses e meses. E hoje, mais do que nunca, sinto o peso desse tempo.

Você é uma viciada.

— Estou bem — garanto a ela. — Saí para um encontro um dia desses.

Isso parece animá-la.

— Ah, é mesmo?

— É. Um cara legal. E vamos sair de novo, em breve.

A mentira sai naturalmente, mas não sinto culpa ao ver o alívio nos olhos dela. Apesar de Melinda ser invasiva e às vezes me deixar louca com a tagarelice, desenvolvi um carinho genuíno por ela e a considero uma amiga.

— Que ótimo ouvir isso. — Ela se irrita. — Bem, me desculpe por dizer, mas ele é um completo idiota. E prometo a você que ele vai se arrepender, se já não está arrependido. Não acredito que ele simplesmente foi embora desse jeito, sem mais nem menos.

Nós duas sabemos que o *ele* a quem ela se refere é Sean, mas eu desvio o olhar. Quando a esteira para, sinalizando o fim do turno, ela se aproxima e, hesitante, me puxa para um abraço.

Eu a abraço com força.

— Vou sentir saudades de você também.

Ela recua e segura meus ombros.

— Você não vai sentir falta da minha matraca. — Ela ri e cutuca meu braço. — Mas vou sentir falta do seu ouvido. Quanto tempo falta para você?

— Só alguns meses.

Ela dá uma piscadela.

— Vamos fazer valer a pena.

Concordo com a cabeça e consigo esboçar um sorriso verdadeiro quando ela se afasta para bater o ponto. Sigo atrás, meus pensamentos voltando para a conversa que tive hoje de manhã na cozinha. Para todos que são próximos a mim, sou esta garota agora — aquela que teve o coração partido e se afastou de tudo e todos.

Tobias me enxerga da mesma forma — fraca —, mas a ironia é que são pessoas como Melinda que batalham diariamente para sobreviver, e é meu carinho por ela e pelos que estão ao nosso redor que me mantém em silêncio, obediente. Se eu sequer cogitasse a ideia de que os planos de Tobias envolvessem machucar a ela ou as pessoas pelas quais criei afeto, eu já teria denunciado tudo há muito tempo. Mas não é esse o caso. E apesar do meu ódio por ele, sei que seus planos envolvem devolver o poder para o povo desta cidade.

E esse é um plano do qual sou totalmente a favor.

Pode ser que estar disposta a deixar meu pai sofrer por causa disso faça de mim uma pessoa má.

Mas este é o papel que escolhi desempenhar.

E talvez parte do meu desprezo pelo bem-estar dele tenha a ver com a mágoa de ter escolhido seu império em vez de mim. Talvez perder tudo o que tem lhe traga um pouco da humildade que tanto precisa e lhe dê uma segunda chance para escolher tomar outro rumo na vida. Encontrar um propósito mais significativo. Tenho certeza de que a humildade me transformou. E não subestimei essas lições, mesmo que os outros tenham subestimado a mim durante o processo.

Mas, se eu achava que Dominic era frio, o irmão dele é ainda mais insensível. Uma muralha impenetrável, que acha que o amor não é nada além de um incômodo.

Ruim para os negócios.

Você é uma viciada.

A raiva cresce enquanto pego o celular no armário e checo as mensagens. Há uma de Christy dizendo que está em um encontro e que vai me ligar amanhã. Ela tem me dado atenção todos os dias ultimamente. E eu sei que parte disso é porque sente pena de mim. Porque se preocupa comigo.

Mal consigo fazer meu pior inimigo me levar a sério porque ando por aí com a palavra "desiludida" escrita na testa, o que se tornou minha sina.

Bato a porta do armário, a irritação serpenteando à espreita. As pessoas na minha vida estão pisando em ovos, preocupadas com minha fragilidade. É aí que um pensamento nauseante me atinge.

Estou me tornando minha mãe.

Uma viciada.

Uma viciada.

Sou *mesmo* uma viciada em adrenalina?

Para ser honesta, isso resume muito do que eu sentia quando estava com os dois. Eles alimentavam isso a cada momento. Mas essa é a essência do amor, não é? É como uma droga, uma sensação intensa pela qual as pessoas anseiam. Uma que pode dilacerar sua alma caso você a perca.

E talvez seja meu desespero por adrenalina que me faz quebrar as regras hoje à noite. Já se passaram oito meses sem uma palavra. E, se eu sou uma viciada, faz um tempo absurdo desde a última dose. Fisicamente, consigo sentir a tensão extra no tênue fio que une nós três, agora mais do que nunca, enquanto relembro o que aconteceu na cozinha.

Mais uma vez, Tobias me provocou.

E mais uma vez, eu o desejei.

Sentindo-me culpada e rendida ao mesmo tempo, sigo pela estrada que leva à casa na rua sem saída. Nunca, nem uma vez, me comportei como a ex-namorada louca que passa na frente da casa do cara, mas já passou da hora de eu fazer isso.

Quando meus faróis iluminam uma placa de ALUGA-SE na casa deles, sinto o fio ceder um pouco mais.

A raiva se apodera de mim e saio do carro ainda ligado. Eu me aproximo da casa, apoiando as mãos na janela do alpendre para espreitar lá dentro. Vazia. Nem sinal de vida. Nenhum vestígio das lembranças criadas aqui.

Tudo se foi.

Ao voltar para o carro, percebo que a grama tem pelo menos trinta centímetros de altura, o que indica que a casa foi desocupada há um mês ou até mais. Minha intuição diz que foi há mais tempo ainda.

De volta ao volante, acelero pela estrada, o sangue pulsando nas têmporas enquanto tento entender o porquê disso tudo. Onde será que Tyler está morando? Eu o vi faz pouco tempo, então ele não pode estar muito longe, o que significa que eles também não estão. Sean devia saber que pedir para eu não procurar seria pedir demais. E até agora, tenho respeitado isso, esperando por "um dia".

Indignada, dirijo pelas estradas que conheço de cor, determinada a encontrar respostas. Quando chego ao estacionamento da oficina e piso no freio com força, sinto alívio ao ver a luz acesa na recepção. Um sinal da minha antiga vida, inalterado. Uma música suave vem de dentro, e Russell entra no meu campo de visão, me lançando um olhar antes de eu chegar à porta e bater suavemente, sabendo que ele me viu. Quando ela não se abre, bato de novo, desta vez com muito mais força.

— Abre a porta, Russell — exijo, meu coração batendo forte com a imagem da casa abandonada.

Nada.

— Russell!

Dou um passo à frente e o encaro através do vidro espesso da recepção quando minha batida permanece sem resposta. Russell vira a cabeça para evitar meu olhar furioso, justo no momento em que Jeremy se junta a ele. Assim que Jeremy me vê, abaixa a cabeça.

— Só quero falar com você — imploro através do vidro, sabendo que podem ouvir cada palavra. No próximo segundo, a luz se apaga e Russell recua em direção à oficina. Jeremy segura a porta para segui-lo, mas hesita quando me ouve falar.

— Não faz assim — imploro, batendo na janela. — Por favor, não faz isso comigo! Jeremy!

Ele para onde está, e posso ver o arrependimento sincero em seus olhos.

— Por favor, Jeremy!

Eu o observo colocar as mãos ao redor da boca em um gesto de frustração, sem nunca olhar para mim, e então ele entra na oficina. Eu me afasto da janela, indignada, e é aí que encaro a verdade com a qual tenho lutado durante todo o dia.

Eu *sou* uma viciada.

Sou aquele tipo de garota patética que simplesmente não consegue captar a mensagem não dita, que se recusa a deixar para lá.

Para ser honesta, já vi isso no rosto de cada pessoa que olha para mim nos últimos tempos: pena e preocupação. A partida deles levou meu orgulho, minha autoestima e o respeito daqueles que me conhecem.

Levou muito mais do que qualquer descarga de adrenalina custaria.

E já está mais do que na hora de eu lembrar como revidar...

11

Depois de saborear um pouco do uísque gelado que me servi em um dos copos de cristal de Roman, mergulho na piscina e retorno à superfície na noite abafada. A lua semiencoberta me ilumina enquanto dou algumas braçadas, curtindo a sensação da água morna na pele e liberando parte da raiva.

À medida que me canso, sinto a frustração me dominar. Tento pensar em qualquer razão pela qual eles se dariam ao trabalho de desaparecer. A decepção, a humilhação; fiz papel de boba por causa de dois homens que nem se deram ao trabalho de dar as caras durante meses.

E para quê? Para sentir adrenalina?

Agora tudo o que sinto é a dor, a raiva inevitável. Nos últimos meses, tentei me convencer de que estava seguindo em frente, mas a verdade é que eu estava esperando.

Não vou mais mentir para mim mesma, e não posso continuar amando em vão.

Nenhum dos homens aos quais entreguei meu coração saiu das sombras para me reivindicar.

Fui iludida ao acreditar que tinha um futuro com qualquer um deles.

Quão intensos poderiam ser seus sentimentos quando havia tantas mentiras entre nós? O que tivemos foi lindo aos meus olhos, mas com o passar do tempo ficou claro que era unilateral.

Já se passaram pouco mais de oito meses desde que dancei com Sean na rua. Meses em que tentei viver normalmente. Olhando para trás, tudo parecia tão real. Era isso que me fazia continuar.

É assim que os viciados agem. Negam o problema e dão desculpas. Mas cabe a mim me salvar.

Então estou fora.

Cansei dessa fixação doentia por dois homens que não merecem oito meses de devoção não correspondida. Não quero mais entender seus motivos ou a cruel justificativa da ausência deles.

A esta altura, tudo que desejo é cortar o fio que nos une e me livrar da dor de ter um amor não correspondido.

Exausta do treino e embalada pelo uísque, saio da piscina e entro debaixo do chuveiro externo para tirar o cloro do cabelo. Com a toalha enrolada no corpo, subo as escadas e estou quase na metade quando percebo que não estou sozinha.

Irritada, subo o restante e dou de cara com Tobias folheando o livro da minha mesa de cabeceira. Ele está vestido em um terno, a gravata frouxa em volta do colarinho e o cabelo perfeitamente penteado para trás. Eu o ignoro, deixo cair a toalha e sigo para pegar um shorts e uma camiseta. Paro a mão na cômoda quando sinto o olhar dele sobre mim.

— Você está aqui a *negócios* ou para me *punir*?

Ele fecha o livro com um estalo.

— Conseguiu as respostas que queria. Eles tomaram uma decisão. E não foi eu.

Aceitação. Esse é um dos cinco estágios do luto, né? Então não deixo o ferroar das palavras de Tobias penetrar meu coração, que aos poucos se endurece. Reviro as gavetas em busca de roupas.

Segundos se passam, e ele fica em silêncio, mas posso sentir seu olhar firme.

Determinada a neutralizar essa tentativa de me intimidar, viro para encará-lo, desamarro o top do biquíni e o deixo cair. O mesmo top que ele usou para me humilhar no dia em que nos conhecemos.

— Mais alguma coisa? Outra palestra sobre pedras no sapato ou peões?

Fico parada, os mamilos enrijecendo, a água escorrendo da minha pele e do biquíni e se acumulando aos meus pés no tapete. Ele está na beirada da minha cama, aparentemente indiferente à minha nudez e atitude descarada, enquanto desato devagar os laços de cada lado dos meus quadris e deixo o tecido cair aos meus pés. Não é nada que Tobias não tenha visto, mas posso ver a surpresa nos olhos dele quando ergo o queixo e o encaro, completamente nua. Eu me recuso a deixá-lo me intimidar por mais tempo.

Chegou a hora de cortar o fio.

Ele encara minha pele nua e contrai o maxilar ao avaliar a guerra que estou travando.

— Eu conheço você muito bem — diz ele, por fim, no mesmo tom de advertência que dança em seus olhos.

— É mesmo? Acho que não — provoco.

Ele dá um passo na minha direção, mas não recuo. O clima fica mais denso quando ele descaradamente traça as linhas firmes e curvas do meu corpo com olhos famintos. Fica cada vez mais difícil de ignorar a atração conforme ele se aproxima.

— Cecelia Leann Horner, nascida em 8 de junho de 1995, com um metro e setenta e cinco de altura, sessenta e cinco quilos. — Ele dá mais um passo na minha direção, e então outro. A água escorre em filetes pelas minhas costas. — Filha do CEO Roman Horner e de Diane Johnston, nunca casados.

Ele me devora com os olhos, e eu me alimento da gravidade que pesa.

— Isso era para me impression...

— Uma garota tímida que cresceu lendo histórias de amor e vivendo indiretamente as aventuras da melhor amiga enquanto a mãe colecionava namorados e infrações por dirigir embriagada.

Prendo a respiração, e ele dá o último passo para pairar sobre mim. Seu perfume me invade. Tobias levanta uma mão e segura meu queixo, deslizando o polegar sobre o lábio inferior, depois mergulha a ponta na minha boca, passando-a pelos meus dentes. Eu viro a cabeça, mas ele se inclina e sussurra:

— Você é a imagem da negligência. Cresceu distante do pai ausente e assumiu a responsabilidade de cuidar da sua mãe, sendo sempre a certinha. Uma boa menina, até a curiosidade dominá-la e você pular o baile de formatura porque estava ocupada demais perdendo a virgindade.

Eu me viro para encará-lo, chocada.

— Talvez porque achasse que ele já tinha esperado um tempo razoável, e não porque estava apaixonada do jeito que tanto quer.

Desvio os olhos quando ele se inclina para capturar meu olhar, me mantendo refém. Meu corpo responde, pulsando com uma mistura de raiva e desejo que se intensifica rapidamente. Ele acaricia meu rosto de modo suave, ao mesmo tempo que disseca minhas escolhas de vida em detalhes minuciosos.

— Você passou a adolescência toda desempenhando o papel da adulta responsável em casa e fracassou de propósito em uma prova final, colocando-se em terceiro lugar na turma de formandos da Escola Secundária de Torrington. Fosse para evitar os holofotes e contrariar o papai, passando despercebida mesmo com as notas perfeitas e as conquistas acadêmicas, ou para poupar sua mãe de se sentir culpada por não poder bancar uma universidade de elite caso o papai não desse uma força. Afinal, era muito mais seguro ficar fora do radar e usar os erros da sua mãe como desculpa para não arriscar nada.

— Já chega — rosno.

Não consigo desviar o olhar nem por um instante enquanto ele analisa minha vida, minhas decisões.

Tobias se aproxima, pressionando o corpo no meu.

— O lado bom disso? Você usou o surto psicótico da sua mãe como desculpa para se libertar da responsabilidade, mas ainda se presenteou com a habilidade de bancar a mártir. O que nos traz até aqui. Onde você diz estar por causa da sua mãe, mas a verdade é que estar aqui representa uma *saída*. Foi aqui que você provou sua primeira dose de liberdade.

Tobias, me despindo para além da minha nudez, segura meu rosto com força bruta.

— E agora está se escondendo de novo porque arriscar viver de verdade pela primeira vez não deu certo do jeito que você esperava. Mas eu entendo, Cecelia. Eu. Entendo. Você continua tentando se entregar, entregar seu coração, sua lealdade, para quem quer que seja, por motivos que você mesma não entende, mas são tão dolorosamente claros. Sua mãe é uma narcisista egoísta, seu pai deu as costas às próprias responsabilidades, você sente que meus irmãos a usaram e a abandonaram, e agora tenta parecer forte, mas está despedaçada por dentro.

Ele inclina meu queixo, e uma lágrima solitária percorre minha bochecha. Concedo a ele a visão, o último resquício da minha fragilidade se reunindo até que ele gentilmente a afasta com o polegar.

— Você está triste e solitária, trancada nesta casa dia e noite, e eu não deveria dar a mínima, mas sei que tenho minha parcela de culpa. Revirei sua vida e...

O estalo da minha mão contra a bochecha dele é extremamente satisfatório. Tobias urra, segurando meus pulsos e me prensando na cômoda.

Com nossos olhares fixos um no outro, ele esmaga a boca na minha. Pela forma como me beija, percebo que *ele* está *se alimentando* da minha dor, e tudo que fiz foi recompensá-lo com minha reação, minhas lágrimas de raiva. Tobias adora minha resistência e a tristeza que inflige com a verdade brutal — a abordagem dele para me derrubar, tão psicológica quanto estratégica.

Eu me afasto bruscamente, sacudindo a cabeça, enojada.

— Você está adorando isso, seu filho da puta doente.

— Infelizmente, você também está — retruca ele, possuindo minha boca novamente de um jeito de que não posso, nem quero, escapar.

Retribuo o beijo porque meu corpo nunca obedece. Afinal, Tobias está certo. Meu coração implorava por amor nos lugares errados, saltando em qualquer direção em busca de um lar. Mas não é meu coração que ele quer. É meu espírito que ele está determinado a destruir.

Tobias ergue a mão livre para acariciar meu rosto, e eu seguro seus pulsos, tentando me soltar, mas é em vão. Ele me despiu completamente, despedaçando ainda mais meu orgulho com a avaliação tranquila. Detesto que ele possa ver tudo tão claramente, *me ver* tão claramente.

Ou que podia.

Porque já não sou mais a mulher que era ontem, nem mesmo a que era uma hora atrás.

As palavras dele escapam em um sussurro.

— Você é uma guerreira. Tenho que admitir. — Seus lábios estão a centímetros de distância, ele examina meus olhos. — Mas você se entrega demais por muito pouco. Confia fácil demais porque tem vivido na solidão a vida toda.

— Diz um rei solitário para a garotinha solitária.

Nossos peitos arfam em uníssono enquanto nos encaramos por longos segundos.

Pela primeira vez na minha vida, estou no fundo do poço e já não quero encontrar meu impulso; tudo o que desejo é me afogar... no inimigo. Ele é o caminho. O único caminho.

E quando eu fizer isso, não há como voltar atrás.

É como se ele percebesse minha decisão quando levanta uma mão para agarrar e puxar os cabelos da minha nuca, deixando meu pescoço exposto. Sua respiração chega segundos antes dos lábios cheios e quentes pousarem em meu ombro e sua língua lamber as gotas de água. Sedento, ele as suga, e eu reprimo um gemido na ponta língua.

Corte o fio, Cecelia.

Com calma, ele desliza pela minha clavícula, bebendo mais, saboreando a água ao longo do meu torso e descendo até meu estômago enquanto lágrimas furiosas ameaçam escapar e eu seguro um soluço.

Determinada a levar isso adiante, cravo as unhas no couro cabeludo dele à medida que sua boca traça um caminho ardente pela minha pele. Ele me devora, cobrindo cada centímetro do caminho, e então afasta minhas coxas com as palmas das mãos para começar a me lamber.

Puxando seu cabelo, grito com a intensidade com que ele me chupa. Os fios grossos fazem cócegas nas minhas coxas e sua língua se projeta, me abrindo, atingindo meu clitóris com precisão. E, com um golpe certeiro, eu perco as forças e minhas costas se chocam contra a cômoda. Jogo a cabeça para trás e começo a cavalgar no rosto dele.

— Porra — digo, e bato nos ombros dele com as palmas das mãos abertas enquanto as lambidas aceleram e ele desliza um dedo para dentro de mim.

Tobias me devora, a fome alimentada pelos meus gritos, e eu desabo em silêncio na cômoda, os puxadores pressionando minhas costas. Com dor na alma, meu desejo por ele me consome assim que começo a tremer incontrolavelmente. Estou prestes a ter um orgasmo, mas o suprimo, odiando Tobias, odiando a mim mesma, odiando como nada nunca pareceu tão intenso.

— Tu te retiens. — *Você está segurando.*

Isso eu entendo perfeitamente.

Ele levanta o olhar para o meu e me penetra com dedos molhados. A visão do meu sexo úmido envolvendo seus dedos incendeia meu sangue.

— Je gagnerai. — *Eu vou vencer.*

A luxúria toma conta de mim quando ele me arrasta para o tapete, abrindo minhas pernas e pairando sobre mim. Em silêncio, Tobias domina meu olhar ao abaixar a cabeça e iniciar uma segunda investida. Com dedos habilidosos e outra longa sugada no meu clitóris, explodo na boca dele. Tobias faz movimentos circulares com a língua, provando até a última gota do meu orgasmo.

Ofegante, ele me solta para tirar o paletó e desabotoa a camisa lentamente. Com o olhar penetrante, estende a mão para pegar um preservativo na carteira e o joga perto de onde minha cabeça repousa no tapete. Desvio o olhar para o preservativo, um claro aviso de onde isso vai dar se eu não interromper.

Este único ato romperá todos os laços, nos destruirá e aniquilará as poucas esperanças que ainda me restam. Para Tobias, eu sou uma ameaça que ele quer conter, e é assim que ele garante que eu não tenha espaço, nenhum futuro entre eles. Cabe a mim impedir que isso continue.

Mas não impeço. E não vou impedir mais. Porque já não tenho motivo para esperar.

E porque eu *sou* uma viciada.

Um produto miserável da minha própria imaginação, fruto da minha própria criação.

Carente.

Pervertida.

Insaciável.

E com Tobias, é como se eu estivesse inalando energia, cada respiração se tornando mais pesada, me puxando mais para dentro dele, para um lugar onde eu nunca estive.

Ele desabotoa a calça, libertando o pau duro e acariciando-o, depois começa a colocar a camisinha com calma. Eu o analiso, devorando cada centímetro nu que minha mente sedenta exige que eu memorize. A pele oliva do peito amplo e sarado com poucos pelos, e os músculos bem definidos que percorrem o abdômen firme e a cintura esguia. Um V incrivelmente profundo abraça uma trilha de pelos até a pelve. Uma vez que coloca a camisinha, ele ergue meu pescoço, inclinando minha cabeça para me dar uma visão clara. Ele quer que eu seja testemunha até o fim, até sua suposta vitória.

E isso eu me recuso a negar a mim mesma, mas por uma razão completamente diferente.

Ele faz uma pausa breve, alguns segundos, como se esperasse alguma objeção, então começa a se afundar em mim. Centímetro por centímetro, ele me preenche por completo, e eu perco o fôlego com seu tamanho. Xingando, ele me invade ainda mais, observando atentamente o momento em que minha boca se abre e um sibilo quase inaudível escapa. Seus traços se retorcem em concentração e seu corpo vibra com uma raiva residual. Não há como negar.

Essa é a vingança *dele*. Contra meu pai, contra os irmãos que o desobedeceram e o enganaram de propósito. Contra mim, por ter participado mesmo sem saber. E estou deixando que ele leve a melhor. Estou permitindo minha própria degradação.

Mais uma vez, me entrego ao meu demônio. Mas é diferente, porque desta vez fiz as pazes com ele. Permito isso de propósito, com toda a intenção de levar até o fim. E, se estou me condenando, vou abraçar o fogo.

Grito quando ele me invade novamente, me alargando de maneiras inimagináveis ao mover os quadris e se acomodar em mim aos poucos.

— Putain de merde. — *Putinha.* — Tellement serrée. — *Tão apertada.*

— Brûles en enfer. — *Vá para o inferno.* As palavras escapam da minha boca com uma pronúncia perfeita, e os olhos do meu inimigo se arregalam por um instante antes de ele se afundar em mim por completo.

É neste momento que sinto o estalo... e sou consumida pela ressaca ardente.

Gememos juntos e ele me xinga em uma mistura de inglês e francês, saindo e entrando de mim até o fim. Quando estamos unidos, seu hálito quente atinge meu pescoço e eu agarro os ombros dele, tentando respirar em meio ao desconforto e me deleitando no prazer indescritível.

Ele desliza as mãos pelas minhas coxas, afastando-as ainda mais e investe contra mim, os olhos descendo até onde nos unimos. Eu grito e meu corpo estremece enquanto ele percorre cada lugar sagrado dentro de mim, me arrastando para fora. Com apenas mais algumas investidas, estremeço, resistindo, mas basta um lampejo de chamas cor de âmbar e o toque de seu dedo para eu despencar no abismo.

Eu me entrego à queda, meu orgasmo vindo à tona e meu prazer escorrendo entre as pernas quando um grito de êxtase escapa dos meus lábios. Arqueio as costas e me contorço, purificando-me em um fogo branco que se espalha pelos meus braços e pernas ao mesmo tempo que meu corpo inteiro estremece.

Os olhos de Tobias se fecham abruptamente, e ele joga a cabeça para trás, a boca se abrindo em um gemido silencioso quando estimulo seu pau, e o estremecer do corpo dele sacode nós dois. Ao abrir os olhos semicerrados e fixá-los nos meus, ele perde o controle.

E então estamos fodendo loucamente — punhos cerrados, suspiros e gemidos e suor sobre a nossa pele úmida enquanto ele me devora, possuído por uma luxúria desenfreada. A dor diminui, e eu acompanho seu ritmo a cada estocada, fodendo-o com fervor até que um segundo orgasmo me pega de surpresa. Eu me contraio em volta dele, e seus olhos se tornam vulcânicos.

— Putain, putain — *Caralho, caralho*. Ele xinga, as mãos percorrendo meu corpo em um toque elétrico, enquanto eu começo a me reconstruir a cada investida forte dos seus quadris. Faíscas se acendem pelo meu corpo à medida que ele me penetra, o som do impacto das nossas peles me levando ao limite quando outro orgasmo se anuncia. Bato no peito dele, o atrito é demais para aguentar. Meu queixo treme, e eu me desfaço. Pulso ao redor dele, que aumenta a velocidade, me fodendo de forma implacável e reivindicando meu corpo por completo. O ódio me consome e arranho seu peito, determinada a coletar uma amostra de sua pele sob as unhas.

Com cada estocada firme e condenatória, inimigo ou não, sei que nunca mais vou ansiar por outro toque como ansiei pelo dele.

O pensamento me faz estremecer, e minha coluna se curva mais uma vez quando ele incha dentro de mim, prestes a gozar. Sua mão se contrai sobre meu seio com o primeiro pulsar do orgasmo. Seu corpo vibra, e os olhos se abrem com o impacto avassalador. Ele me encara, ofegante, e vejo um terror inconfundível refletido em seus olhos.

E sou grata por isso.

Sou grata por cada segundo de vulnerabilidade, porque vejo em seu olhar quando ele se dá conta do que eu já sei. Tobias não queria sentir nada, mas acabou sentindo *tudo*.

Acabamos de nos arruinar com nosso ódio um pelo outro.

Ele segura as laterais da minha cabeça e me encara com algo que parece choque. É apenas um lampejo de emoção, mas está lá. Ele baixa os olhos quando sai de mim e, sem dizer uma palavra, pega a toalha na tentativa de me cobrir. Eu a afasto com um movimento brusco, indignada com a covardia dele. Se tenho que testemunhar isso, ele também vai ter. Não haverá piedade de nenhuma das partes.

— Você também vai ter que conviver com isso.

Minhas palavras o atingem exatamente onde eu pretendia. O rosto dele se contrai, o medo rapidamente substituído por fúria. Mas não é comigo que está irritado.

Tobias se levanta de repente, arremessa a camisinha na lixeira da penteadeira e veste a cueca. Está sério ao abotoar lentamente a camisa.

As chamas se apagam, e ele me encara enquanto arruma o colarinho da camisa.

— Você devia saber que não tem nada de mais nisso. É só sexo. E negócios. Não leve para o lado pessoal.

Balanço a cabeça ainda deitada no tapete, sem acreditar na negação imediata dele.

— Você precisa deixar de ser tão convencido.

Ele para de se vestir brevemente, olhando para mim.

— Não culpo você, Cecelia. Desde cedo ensinaram você a solucionar problemas. A desejar afeto não correspondido e, de alguma forma, a acreditar que seria recompensador.

Ele inclina a cabeça na direção do exemplar surrado de *Pássaros feridos* na minha mesa de cabeceira.

— Mas essa é a diferença entre um garoto da ficção e um homem da vida real. Alguns de nós não querem conhecer os segredos da sua mente e do seu coração, ou abrir mão do orgulho, ou contar segredos e confessar amor. Alguns de nós só querem trepar com você até cansar e depois seguir a vida.

Eu me levanto e não deixo escapar o olhar minucioso dele sobre meu corpo.

— Exceto que você não vive no mundo real. Decidiu criar o seu próprio. E *nunca* vai se cansar de mim. Esse é seu castigo por tê-los traído, assim como o meu.

Com o semblante apático, ele puxa os punhos da camisa sob o paletó e passa uma mão por entre o cabelo escuro e espesso.

— Belle et délirante — *Linda e louca.*

Isso eu entendo.

— Acho que sou mesmo. Afinal, sou só uma *garotinha* com quem você não conseguiu deixar de *trepar.*

Tobias quer me machucar. Consigo sentir isso, o ódio e a raiva emanando dele.

Ele foi longe demais, e eu fui junto, mas por motivos totalmente diferentes.

Mas vou dividir a punição.

E vou desejar meu inimigo.

Porque é isso que somos.

— Não sou a única louca aqui — retruco, pegando a toalha e enrolando no corpo. Os olhos dele se estreitam. — E você está maluco se acha que um dia vou querer conhecer os segredos da sua mente e do seu coração. — Pego o paletó dele que estava no chão e o jogo na sua direção. — Não leve para *o lado pessoal*, mas suma daqui.

Os olhos dele se inflamam e eu me viro, batendo a porta do banheiro com força.

Estou na varanda, dando um trago em um baseado, contemplando o horizonte ao longe e sentindo o efeito tranquilizante de cada respiração profunda.

Em sete semanas, serei livre. Livre da vigilância de Roman, livre da posição dele na minha vida. Em sete semanas, estarei fora do alcance do Tobias também, de seu olhar crítico e do julgamento. Tenho dois dos homens mais poderosos disputando o controle sobre mim enquanto ocupo esse espaço na cidade. Até lá, vou dar a Roman e a Tobias o que exigem de mim para acalmá-los até eu partir, mas será nos meus termos.

Porque não sinto mais o peso do pêndulo balançando sobre minha cabeça.

Tobias planejava acabar comigo com nosso ato compartilhado de traição, mas, sem que soubesse, ele me libertou.

Doce liberdade.

Nuvens violetas deslizam sobre o fim de mais um dia e eu dou uns tapas no baseado que consegui bolar com um pouco da maconha que roubei do quarto de Dominic meses atrás. Não sei por que peguei, mas ao soltar a última baforada de fumaça, fico feliz por ter feito isso.

Passo a mão pela parte de trás do pescoço, onde existe uma pequena cicatriz do momento em que Tobias arrancou o colar de mim. Ele cortou minha pele e uma casquinha se formou. Eu a arranquei, para lembrar que aconteceu, para lembrar que, uma vez, alguém se importou o suficiente para me reivindicar, para me chamar de sua, mesmo que tenha sido breve.

Mas o colar e o significado por trás dele não significam mais nada para mim.

Não tem como significar. Tobias quebrou essa conexão, cortou o fio. E eu permiti, então não me sinto mais ligada a eles.

Ficou claro qual era a intenção dele, mas eu também tinha um objetivo.

Tudo o que sinto agora é justificável, motivada a seguir em frente e pôr fim à minha espera.

Se aparecessem agora, estariam atrasados. Mesmo assim, eu nunca vou desejá-los da mesma forma. Todas as minhas ideias e esperanças tolas se foram na noite em que permiti que meu inimigo me fodesse no chão da casa do adversário dele.

E embora deteste Tobias com cada fibra do meu ser, estou em paz com a revelação que ele me trouxe. Cruzei uma linha com a qual minha mente e meu corpo concordaram e ignorei meu coração, tudo por esse alívio meio amargo.

Então, enquanto meu amor vacilante por dois homens se apaga, meu desejo incendeia por outro. E a melhor parte? Não preciso *sentir* nada.

Vergonha, arrependimento e culpa são meus novos inimigos.

Sem remorso, estou criando minhas próprias regras para eliminar minhas fraquezas.

Posso até detestá-lo, mas ele estava certo sobre muitas coisas.

Ao apontar minhas fraquezas, Tobias me libertou de um coração que insiste em me arrastar para baixo.

Um coração que se mostrou totalmente sem valor.

Ninguém o quer, e eu o entreguei muito fácil. Isso me tornou imprudente e frágil. Então vou parar de alimentá-lo com esperança e mentiras. Negarei sua existência e as aspirações tolas. Vou deixá-lo morrer, tentar retirar sua força e qualquer poder que ele exerça sobre minhas decisões. E, enquanto meu tempo aqui não se esgota, permitirei a mim mesma tornar-me a filha do meu pai — fria, cruel, mentirosa, calculista e sem remorsos.

Mas é a aceitação de *uma coisa* que realmente me liberta.

Não há lugar para meu coração aqui.

12

"Weaker Girl", de Banks, soa pela cabine do meu novo jipe e meu cabelo recém-cortado chicoteia ao vento.

Carro novo e cabelo novo, para combinar com meu novo começo.

Reinvenção é uma coisa poderosa.

Agora, mais do que nunca, estou determinada a retomar o controle. Sobre mim mesma, minhas emoções, meu rumo e minhas decisões.

Com o passar dos dias, percebo que me importo cada vez menos com a moral e os bons costumes e mais com meu próximo movimento.

Porque o jogo que estamos jogando não é xadrez, mas outro completamente diferente.

Passei a semana anterior comemorando minha libertação no bar do Eddie. De acordo com Melinda, os rumores correm mais rápido em cidades pequenas, e eu construí uma reputação e tanto em questão de dias.

Sem dúvida, todo mundo me considera uma vadia.

Ela passou o turno da noite passada na fábrica tentando me convencer de que eu precisava ser salva e dizendo que era bem-vinda na igreja a qualquer momento para confessar meus pecados e me purificar de todas as minhas transgressões.

Nada disso me atrai.

Não quero perdão.

Transei com Tobias voluntariamente, ciente de que aquilo romperia o fio.

E funcionou, talvez até demais.

Não apenas decidi libertar meu lado diabólico, como me convenci a deixá-lo reinar. Amor e final feliz não são um incentivo para mim.

Essa linha de pensamento será útil quando se tratar do idiota que tentou me humilhar no chão do meu quarto.

Mas é essa ânsia pelo demônio que eu deixei se deitar em minha cama que quero apagar agora.

— Vadia mesmo — concordo, à medida que disparo para a praça e estaciono em frente à loja da minha marca de vestidos favorita.

Tessa me cumprimenta com um sorriso acolhedor e arregala os olhos quando nota meu cabelo e o sorriso que estou exibindo.

— Garota, você está incrível.

Ela se aproxima, mexendo em uma arara cheia de vestidos. Já gastei uma fortuna hoje, mas não dou a mínima se zerar minha conta. A liberdade tem esse poder. Não dou a mínima para nada. Passo os dedos pelo cabelo, que volta ao lugar por causa do corte impecável.

— Valeu, ainda estou me acostumando.

— Combina com você — comenta ela, se aproximando da arara ao meu lado.

Não demorou para nos tornarmos amigas depois que comecei a frequentar a loja, que parece estar bombando, talvez devido a uma ajudinha da irmandade. Mas ela não comentou nada a respeito; nem comentaria. Mesmo que tivesse acontecido, eu manteria meu envolvimento em segredo. Não quero reconhecimento — o fato de que ela está se dando bem já é suficiente para mim.

Dou uma olhada rápida na loja movimentada. Várias mulheres estão retirando vestidos de araras.

— Parece que as coisas estão indo bem.

— Você não faz ideia. É incrível o que pode acontecer em um ano.

— Ah, eu sei. E é tão bom ouvir isso.

Tessa passa os dedos pelo cabelo e a elogio pelo vestido. Ela é linda, pequenininha, loira e com olhos inocentes. Então uma ideia me vem à mente; bem, Tyler me vem à mente. Por um instante, considero bancar o cupido, embora ainda esteja chateada. Mas tenho um carinho especial por ele, apesar do papel que desempenhou. E a tristeza que vi nos olhos dele no dia em que visitamos Delphine me assombra. Tyler está em um bom lugar agora, ou pelo menos parecia estar da última vez que o vi.

— Você está saindo com alguém? — pergunto, num sussurro, e uma das mulheres que mexe nos vestidos me encara.

Dou uma piscadinha para ela, analisando o julgamento em seus olhos, sem dúvida por causa dos escândalos recentes que me envolvem, depois volto a atenção para Tessa.

— Nenhum namorado, não — responde ela. — Não tem muita opção por aqui.

— Talvez eu tenha alguém para você.

Ela se anima.

— Por favor, só me diz que ele não é daqui.

— É, sim, mas está servindo no exército há anos. Ele é um pouco mais velho que você, então duvido que o conheça. É um cara legal.

— É mesmo?

Assinto.

— Mesmo.

— Bem, fala para ele vir ver um vestido para a mãe.

— Acho que vou fazer exatamente isso.

— Ele tem nome?

— Confia em mim. Você vai reconhecê-lo assim que o vir.

E talvez ela já até o tenha visto; afinal, ele é o Frade. Por outro lado, eu não sei mais nada do dia a dia dos negócios da Sociedade.

— É mesmo? Ele é gostoso nesse nível?

— Pode apostar.

— Vou ficar de olho.

Ela me observa examinar as roupas na arara novamente.

— Conheço esse sorriso. Para quem vamos vestir você esta noite?

Pego um vestido na arara e o levo até o pescoço, observando meu reflexo em um espelho de corpo inteiro antes de me virar para ela.

— *Eu mesma.*

— Entendi. Eu tenho o vestido perfeito.

Acordo com o tilintar de gelo em um copo e cheiro de gim, especiarias e couro. Um segundo depois, a luminária ao lado da minha cama se acende, preenchendo o quarto com uma tonalidade amarela suave. Tobias está sentado na beirada do meu colchão, invadindo-me com sua presença. Ele está impecavelmente vestido com um paletó de abotoamento simples, a mandíbula forte contraída ao me observar com os olhos brilhando em um tom de dourado alaranjado. Ele afasta as cobertas, revelando-me no meu novo vestido justo que deixa à mostra parte dos seios nas laterais. Esta noite, optei por dispensar a calcinha enquanto bebericava uísque em um dos bancos do bar do Eddie. Toda vez que entro no bar, sou recebida com um olhar desagradável, mas ele me serve, e tenho sido generosa com as gorjetas — uma espécie de acordo silencioso.

Bem diferente do que tenho com o cara sentado na minha cama, que lança adagas flamejantes na minha direção.

Já se passou mais de uma semana desde que transamos. Estupidamente, presumi que, depois de tanto tempo, não teria mais notícias dele.

Pela expressão em seus olhos, eu estava completamente enganada.

Eu o encaro de volta, deitada de bruços e com a cabeça acomodada no travesseiro.

Devagar, ele levanta a mão e pega uma mecha do meu cabelo recém-cortado depois a esfrega entre os dedos. O comprimento, que antes chegava perto da cintura, agora vai até os ombros, em tons mistos de castanho claro e escuro. Ele solta a mecha e desliza a palma da mão pela extensão das minhas costas, depois cobre a curva da minha bunda e para no meio da coxa para apertar.

— Dia difícil?

— Você não transou com eles. *Por quê*?

Sei exatamente a que ele se refere. Meus encontros no bar. Embora eu tenha considerado a ideia de entregar meu corpo a um homem sem nome e sem rosto para tentar apagar Tobias, apagar todos eles, não consegui. Não por lealdade, mas porque eu sabia que isso só me degradaria de um modo que eu nunca mais conseguiria encarar meu próprio reflexo.

Em vez de me arrastar ainda mais para o fundo do poço, optei por me agarrar à minha convicção sobre o tempo que passei com Sean e Dominic no verão passado. A convicção de que eu havia sido uma garota apaixonada e que compartilhara meu corpo com dois homens que considerava dignos. A constatação de que isso significava muito mais para mim do que para eles ainda foi difícil de engolir, mas minha dignidade estava no controle.

Em relação a Tobias, não tenho qualquer convicção. Ele é a personificação de um lobo solitário. E eu estou muito familiarizada com a frase: "Lobos não perdem o sono devido à opinião de ovelhas".

Na presença dele, é só isto que ele acha que eu sou. Uma presa. Uma presa para brincar. Um brinquedinho novo para passar o tempo. Negócios.

Vou bancar a ovelha sacrificial para fazê-lo acreditar que conseguiu a vitória, mas nunca vou me submeter aos julgamentos dele sobre mim, nem vou trepar com homens aleatórios só para provar que ele está certo. No que depender de mim, Tobias não encontrará mais satisfação.

A única certeza que tenho neste momento é a de que somos um erro traiçoeiro.

Ele me encara com expectativa, aguardando a resposta, mas eu devolvo o mesmo silêncio que ele e os irmãos já me deram inúmeras vezes.

— Ainda acredita que eles virão atrás de você?

Ele me vira com uma das mãos, girando-me suavemente para me deitar de costas e deslizando os nós dos dedos pela lateral do meu seio, os olhos demorando-se em minha pele antes de subirem para os meus.

— Ou é porque está esperando por mim?

— Eu não suporto você.

— Isso não significa nada. Você poderia ter ido a qualquer lugar. Em vez disso, optou por rondar meu bar só para tentar provar alguma coisa.

— Talvez você tenha estudado sobre mim, mas eu garanto que não dou a mínima para você, quem você pegou na sua festa de formatura ou que bares você frequenta. Muito menos estou preocupada com a psicologia por trás do seu jeito de agir.

Ele para a mão e arqueia as sobrancelhas, levemente surpreso.

— Alguém está de mau humor.

— Culpe os hormônios. Imagino que seja uma justificativa mais plausível para um machista como você.

— Machista. — Ele ri sombriamente. — Tenho que admitir, quase achei graça.

Ele já tomou mais de um drink, e suponho que seja a desculpa que deu a si mesmo para estar aqui.

— Não sou machista, como você bem sabe, mas fique à vontade para fazer todas as suposições que quiser sobre mim.

Ele coloca o copo na mesa e se inclina para a frente, o nariz percorrendo minha clavícula.

— Você andou fumando maconha? — pergunta.

Todos os dias.

— Quem diria? — murmura ele, roçando os lábios pela minha mandíbula. Meus mamilos ficam duros e eu tento não inalar o cheiro dele. Não quero ficar excitada. Não quero reagir. — E qual mensagem você estava tentando passar?

— Não tem nada a ver com você.

— Achou mesmo que eu viria atrás de você? Que eu viria reivindicar o que é meu?

— Eu não estava pensando em você.

— Não preciso correr atrás. Você já é minha.

— Você jamais vai me ter. Não da maneira que eles tiveram.

Os olhos dele faíscam e eu seguro sua mão no exato momento em que ele arrebenta a alça do meu vestido.

— Acabei de comprar isto, seu desgraçado.

Tobias nem sequer pisca quando abaixa o tecido para tocar meus seios e eu cravo as unhas na pele de sua mão.

— Sob meu *controle* — pondera ele, levantando o vestido, e então desliza o polegar pela minha barriga e desce, passando pelo osso pélvico e pela fina camada de pelos, devagar, até pressioná-lo em meu clitóris.

— Você me odeia — insiste ele, pressionando com mais intensidade, e eu me retraio, afastando a mão dele. Tobias lambe a ponta do polegar e retoma o toque, me massageando em círculos vertiginosos. — Eu também odeio você um pouco. — Ele expira um hálito impregnado de gim. — Mas você me deu uma espécie de presente. Nunca imaginei que estaria aqui sob o teto dele, tocando seu tesouro.

Tobias interrompe o movimento quando deixo escapar uma risada autodepreciativa.

— Está completamente enganado se acha que estou perto de ser o tesouro dele. Roman é incapaz de sentir qualquer coisa. Assim como você. — Por instinto, empurro meus quadris em direção ao toque e fecho os olhos. — Há alguns meses, *papai* disse que me amava tal qual costeletas de cordeiro.

Ele para o movimento do dedo por completo e o retira.

Abro os olhos. Ele está me encarando intensamente. Inclino a cabeça e, com a voz repleta de malícia, falo:

— Não fique tão surpreso. Eu falei para você que o único filho dele é a empresa. Achou que eu estava blefando? A herança que ele está me dando é um acerto de contas por cada recital que perdeu, por cada dança de pai e filha que evitou, por cada manhã de Natal que ignorou, pela *ausência*. — Puxo a mão dele de volta para mim, abrindo as pernas ainda mais. — Minha mãe montou minha primeira bicicleta, construiu minha casa na árvore. Minha mãe fez tudo isso. Então, como eu disse, estou aqui para cobrar, por *ela*. Diferente de você, nem toda palavra que sai da minha boca é uma mentira.

Ao analisar a expressão dele, eu poderia muito bem ter lhe dado um tapa no rosto. Ele me arranca um sorriso preguiçoso devido à minha vitória.

— Você realmente não achou que um monstro como Roman Horner seria capaz de uma emoção boba como o amor, né? — Ele me encara completamente imóvel. — Como eu disse, vocês dois são iguais.

A expressão dele faz meu sangue ferver.

— Não ouse sentir pena de mim, Tobias. Cumpra seu papel. Caso tenha esquecido, *você* é o vilão desta história.

— Como? — pergunta ele, se inclinando para a frente, o tom impregnado de desconfiança. — O que você está tramando?

— Tramando? Nada. Eu estava tentando dormir, mas aparentemente isso não vai acontecer tão cedo, então...

Cutuco a mão ociosa dele e fecho os olhos. Um segundo se passa, depois outro, e a mão de Tobias retoma a tarefa de me cobrir em uma carícia suave. Abro os olhos, irritada com a ternura indesejada do toque. Ao ver a compaixão nos olhos dele, lhe dou um tapa no rosto. Num piscar de olhos, estou sendo pressionada no colchão, meus pulsos sob controle enquanto ele rosna para mim, nariz a nariz.

— Para. De. Me. Bater. Caralho.

Ele esmaga a boca na minha e, assim que deixo escapar o primeiro gemido, desliza a língua entre meus dentes. Nossas bocas se moldam, eu rasgo a camisa dele, que enterra o rosto no meu pescoço, abaixando a mão para enfiar o dedo em mim. Já estou encharcada. Ele geme ao contornar minha boceta e desliza um segundo dedo até o anel atrás. Eu grito na boca de Tobias e o agarro pelo pescoço enquanto ele me sonda em um lugar intocado.

Ele se afasta, os dedos entrando e saindo suavemente enquanto observa minha reação. Com os olhos em chamas, se retira e se levanta para se livrar das roupas. Com os seios expostos e as pernas abertas, me apoio nos cotovelos para assistir.

Mal consigo formar outro pensamento coerente, porque ele tira o pau da cueca, que balança duro na minha frente. Faço o possível para controlar a evidência da minha fome, mas Tobias me puxa até a ponta da cama e enrola meu cabelo no punho, depois se inclina para me beijar. Meu interior se incendeia quando ele mergulha a língua na minha boca repetidamente até que eu esteja gemendo e estendendo as mãos para alcançar seu pau. Eu o seguro firme quando ele recua, os olhos semicerrados. Passo a língua pelos lábios, embriagada de desejo por causa do beijo.

— Chupa — ordena ele, e fico boquiaberta.

A audácia desse cara. Os olhos dele são implacáveis enquanto eu negocio com meu demônio, olhando para a cabeça, com a boca salivando. Para ganhar tempo, encaro-o com raiva e o acaricio da base grossa até a cabeça inchada. Ele está pingando, e fico satisfeita com isso.

É minha jogada.

Continuo acariciando-o enquanto ele percorre meus lábios manchados de rosa com o dedo, e então empurra um, depois outro, para dentro da minha boca. Chupo os dedos dele num impulso, e ele solta um palavrão antes de substitui-los pela cabeça do pau, deslizando-o para dentro.

— Putain. — *Porra.*

Engasgo com o volume e minha mandíbula dói, tentando furiosamente acomodá-lo. Seus olhos cor de âmbar me observam enfeitiçados. Luto para engoli-lo, murchando as bochechas e abrindo a garganta. Ele é enorme, mal consigo colocar metade na boca quando ele começa a mover os quadris. Arranhando suas coxas, dou o meu melhor, e Tobias trava a mandíbula diante do meu esforço, estreita os olhos e abre um sorriso presunçoso. O cara é absurdamente bem-dotado e sabe disso.

Relaxando a mandíbula, fico de joelhos e finalmente consigo abocanhá-lo. Um rastro de saliva escorre entre nós. A visão o deixa excitado. Eu me engasgo com o tamanho e a grossura, e ele começa a passear as mãos pelo meu corpo. Meus dentes deslizam pela ponta aveludada, e ele ordena que eu fique de quatro, então me vira para o outro lado, de modo que consiga me penetrar com os dedos enquanto eu o chupo. Minha mandíbula arde a cada investida, mas sou recompensada pelos suspiros e palavras sujas dele.

Eu me afasto para tomar um pouco de ar e acaricio as bolas, fazendo movimentos longos com a mão. Ele desliza os dedos pelo meu rosto e pelos meus lábios. Não há pressa, ele pretende seguir no próprio ritmo.

Meu núcleo se aperta ao redor dos dedos dele e meu orgasmo se aproxima enquanto o acaricio, enquanto dou prazer a ele, um homem que desprezo profundamente.

Mas adoro a sensação dele na minha boca, a visão dele nu e sob meu controle. Eu o acaricio e o chupo, brincando com o fogo que não fez nada além de me queimar desde o momento em que descobri sua existência. O pau de Tobias incha na minha boca, então ele me ergue e me puxa para a beirada da cama, abrindo minhas pernas, depois alinha nossos corpos.

— N-não.

Eu me afasto dele, gaguejando e balançando a cabeça, negando-o. Ele me imobiliza e aperta minha garganta, cravando a ponta dos dedos, então se posiciona sobre mim, traçando meus lábios com a língua antes de me alimentar com palavras impregnadas de álcool.

— Você tem DIU, e eu não estou transando com mais ninguém, Cecelia. Não sou uma ameaça para você. — Ele pega a calça de volta e tira uma camisinha da carteira, então a joga sobre minha barriga e me puxa de volta para a posição anterior, abrindo ainda mais minhas pernas. — Estou encarando minha punição. — Nossos olhares se encontram. — Enquanto isso estiver acontecendo, é só com você.

Não consigo me conter. Observo-o deslizar a ponta inchada entre meus lábios, pressionando-a contra meu clitóris, provocando e torturando a nós dois. A camisinha ainda está em cima de mim, mas não faço nenhuma menção de pegá-la enquanto ele esfrega a cabeça do pau para cima e para baixo pelo meu sexo encharcado.

Minha jogada.

Ele me dá apenas mais um momento para quaisquer possíveis objeções, e respondo com um leve movimento dos quadris.

Deixo escapar um suspiro suave enquanto ele me penetra, nosso olhar fixo à medida que ele me reivindica da maneira mais íntima. Assim que ele se acomoda, seus olhos se estreitam como fendas, e nossas bocas se abrem completamente.

Odeio o fato de amar a forma como os olhos dele brilham intensamente ao observarem minha reação. Odeio o fato de que, lá no fundo, uma voz está louca para ser libertada, aquela que deseja que isso nunca acabe, e a voz pertence a mim, à minha escuridão, à mulher pervertida dentro de mim que não consegue se cansar desse filho da puta diabólico.

Ele volta a me penetrar, deslizando a palma da mão pelo meu corpo até apertá-la ao redor do meu pescoço.

— Diga o meu nome — ordena ele, a voz comedida. — Já que vamos para o inferno, vamos aproveitar a viagem juntos.

A intensidade é avassaladora; muito carnal, muito íntima, é simplesmente demais, e está me levando à beira do precipício. Seus movimentos ficam mais intensos, e eu começo uma rápida escalada, a pressão dos dedos dele em torno do meu pescoço flutua a cada movimento dos quadris.

Seguro a mão dele, quase sem fôlego, sentindo a intensidade aumentar a cada aperto. Meu desejo cresce a cada movimento.

— Diga o meu nome — rosna ele, investindo contra mim, e eu seguro sua mão, incapaz de me estabilizar.

Estou à beira da escuridão quando ele recua e dá batidinhas na minha boceta com a cabeça inchada do pau.

Meu corpo se contorce sob o dele, meu interior latejando com sua ausência. Tobias quer me quebrar completamente, alterar meu cérebro, marcar meu corpo, treiná-lo para ansiar por ele... apenas ele.

Por que não pode simplesmente ficar satisfeito com o que já conquistou?

Ele me penetra novamente, o peito inflando, a voz grossa cheia de autoridade.

— Diga o meu nome, Cecelia.

— Não.

Ele já me tirou todo o resto. Não vou dar isso a ele. Não posso dar a esse cara mais do que ele claramente não merece. Tobias analisa meu rosto e sabe o que estou pensando, então se joga sobre mim. Eu me inclino para fora da cama, meu corpo convulsionando de prazer, e ele se curva, tomando minha boca, fodendo-a com a língua, me sufocando com seu beijo, a mão ainda em volta do meu pescoço. É uma tortura agonizante. Quando ele se afasta, os movimentos aceleram. Atinjo o ápice novamente e ele aperta minha garganta, cortando minha respiração no momento em que atinjo o orgasmo. Meu corpo cede à onda avassaladora de êxtase que me atravessa, e no instante em que meu pescoço é liberado, eu solto um gemido, vibrando, e desmorono.

Com o corpo tremendo, ele entrelaça nossas mãos e as prende ao lado da minha cabeça. Nossas bocas se encontram ao mesmo tempo que ele se movimenta dentro de mim, o som estalado da nossa pele se chocando mais uma vez me levando à beira do precipício. Quando ele me sente apertada ao redor dele, na expectativa de outro orgasmo, ele afasta a boca. Estou cada vez mais perto, e ele me mantém presa, os olhos fixos em meus lábios. Pouco antes de eu gozar outra vez, ele solta minhas mãos e me pega no colo. Tobias me ergue do colchão. Sustenta minhas coxas com os antebraços, enrosca os braços nos meus e crava os dedos em meus ombros, me ancorando em seu corpo. É preciso apenas algumas investidas para que eu exploda, mordendo os lábios, segurando o nome dele na ponta da língua, gozando tão forte que vejo tudo escurecer. Totalmente saciada, relaxo enquanto ele me deita de volta na cama. Tobias segura meu queixo com firmeza e me força a olhá-lo nos olhos ao me invadir uma vez, duas vezes, e então goza.

Vejo o imenso prazer no seu olhar à medida que ele me preenche com seu orgasmo, um longo gemido irrompendo da sua garganta antes que ele feche os olhos e desmorone ao meu lado.

Ele se esforça ao máximo para não me tocar enquanto recupera as forças. Viro a cabeça e o observo encarar o teto, parecendo perdido em pensamentos.

Minutos intermináveis se arrastam, eu sinto a fadiga se instalando e, de maneira curiosa, o sono começa a me chamar. Algum tempo depois, abro os olhos. Ele está me observando.

Por um momento, ele abaixa o olhar para minha pele exposta, mas logo o desvia.

— Isso foi um erro.

Uma risada sarcástica me escapa.

— Você *acha*, Tobias? — Balanço a cabeça. — Seja honesto e admita que esta noite foi tão intencional quanto a *primeira*. Se eu tenho que assumir, você também tem.

— Você se parece muito com Sean. — Ele avalia minha expressão ao responder. — Isso a agrada.

Percebo o desdém em seus olhos. Ele está com ciúmes, ou algo parecido com isso. E é, no máximo, ciúme territorial, porque não há a menor chance de esse cara se importar comigo.

— Você não pode me dizer com quem devo dormir.

— Não preciso. Você não vai trepar com mais ninguém além de mim. Você pediu isso. E eu não concordo com todos os ideais dos meus irmãos.

Mulheres. Ele não compartilha mulheres. Seus olhos faíscam em advertência.

— Daqui para a frente, sugiro que você não me teste.

— Bem, deixa eu pensar em uma resposta. — Finjo refletir. — Vai se foder. Você não é meu dono. E é louco se acha que vou seguir suas ordens só porque transamos.

— Mas você não vai.

O sorriso confiante dele me irrita. Tobias se levanta, e eu me ajeito na cama enquanto ele veste a cueca.

— Você não vai ficar. Eu não quero você aqui.

Ele me encara de onde está, vestindo um braço da camisa.

— Por que caralhos você acha que eu quero ficar aqui?

Ele veste a calça e afivela o cinto, o cabelo solto formando uma cascata sobre a testa, me distraindo. As roupas sociais dele contrastam com os jeans e camisetas aos quais estou acostumada, e, por um breve momento, me pergunto qual eu escolheria em circunstâncias diferentes.

Mas com Tobias, agradeço por ainda sentir apenas ódio e desejo. E a suavidade de seus olhos diante das minhas confissões esta noite só me deixou com mais raiva. Ele decidiu me magoar. E fez isso. Mas ele mesmo me deu o poder de permanecer imune a ele.

— Tu me crains autant que tu me détestes — digo. *Você me odeia tanto quanto tem medo de mim.*

Tenho me esforçado ao máximo para dar uma turbinada no francês e, mesmo que ainda esteja longe de ser fluente, aos poucos me lembro do que aprendi.

Ele olha para mim, balançando a cabeça ao abotoar a camisa.

— Jésus, toujours aussi délirante. — *Meus Deus, você ainda está louca.*

— Eu tenho você exatamente do jeito que quero. E seu francês é uma merda.

— Mas, mesmo assim, você me entendeu, e eu dei meu recado. Você é só mais um *objeto*, Tobias, em todos os sentidos da palavra. Fecha a porta quando sair.

Posso sentir o olhar dele sobre mim quando lhe dou as costas, puxando as cobertas sobre meu corpo nu. E quando ele sai, deixa a porta aberta.

13

Posso senti-lo.

Em todo lugar.

E mesmo tendo lavado os lençóis, juro que ainda consigo sentir o aroma persistente da presença dele impregnada em meu quarto. Não olho no retrovisor, mas sei que estou sendo seguida, que cada movimento meu está sendo observado. Para falar a verdade, já sinto isso há algum tempo, muito antes das últimas semanas.

Não me dou ao trabalho de tentar fazer alguma besteira. Não vai demorar muito para que eu retome o controle da minha vida. Comecei a traçar alguns planos para o futuro e providenciar tudo de que preciso para viver minha nova vida. Preciso ser esperta em cada jogada. Cada vez que bato o ponto no trabalho, cumpro minha parte do acordo com Roman. No último dia, vou fazer uma transferência que vai mudar a vida da minha mãe. Quanto a mim, vou usar o dinheiro, mas isso não muda nada, exceto pelo fato de que não vou mais precisar me preocupar em ganhar um salário no futuro.

Além disso, tenho planos maiores para mim do que receber uma herança. Todos os dias me sinto um pouco mais forte, como se pudesse dar a volta por cima e deixar para trás as cicatrizes que acumulei, não importa o quão profundas ainda possam ser.

Tenho me dedicado a passar o restante do meu tempo aqui sem incidentes, dispensando cervejas depois do expediente e encontros na casa de Melinda, enquanto pesquiso sobre cursos para o próximo ano. É uma diferença gritante em relação ao meu último verão, mas me recuso a ficar remoendo isso. Todos os dias, afasto os pensamentos sobre os homens que me dominaram por dias e meses intermináveis, mas a adição mais recente ao grupo está se tornando a mais difícil de ignorar. É durante a noite que meu subconsciente toma conta e tenho sonhos vívidos, sendo, na manhã seguinte, obrigada a reviver cada momento, amaldiçoada com o dom de me lembrar dos meus sonhos.

A ressaca pode levar horas ou, às vezes, um dia inteiro para passar. Permito que queime porque espero que isso faça parte do processo de cura — que me fortaleça.

Não há lugar para seu coração aqui.

Achei que ganharia asas no ano passado, mas elas praticamente desapareceram a esta altura. Meu consolo é que estou mais focada do que nunca no que vai acontecer quando o cronômetro de Roman zerar.

Estou pensando em me matricular em uma faculdade bem longe, do outro lado do país, ou talvez até mesmo em um país diferente. Com a conta bancária recheada e um histórico acadêmico decente, não há limites para minhas possibilidades. Posso começar do zero, obter uma educação completa em uma instituição mais renomada. Estou estudando há apenas alguns meses e, embora goste da universidade, minha jornada acadêmica em Triple Falls tem sido uma coleção de lições difíceis.

No entanto, meu fogo voltou com tudo, e eu não vou deixar essa chama de esperança se apagar por nada; ela é minha força motriz. Meu único arrependimento é que continuo mentindo nas videochamadas que faço com Christy e inventando desculpas para mantê-la afastada, para protegê-la de tudo com que estou envolvida. Eu a engano de propósito em cada conversa, deixando que ela conheça apenas uma porcentagem da vida que levo agora. Seu novo namorado, Josh, é minha salvação. Se não fosse por ele, eu estaria em maus lençóis.

Mas não quero Tobias perto dela de jeito algum, e me recuso a falar sobre ele. São apenas negócios para mim, e estou lidando com isso. Ele não merece ser reconhecido como uma presença na minha vida.

Vou encarar e lidar com meus negócios *sozinha*.

Mas talvez seja melhor seguir nosso plano inicial, já que já nos candidatamos à Universidade da Geórgia. Talvez voltar para perto de Christy ajude a consertar as brechas na nossa relação. Voltar para ela pode me fazer lembrar mais da mulher que eu era antes de esconder tantos segredos.

E eu os escondo com prazer. Ninguém vai sair ganhando se eu quebrar meu silêncio, e, além disso, muitos vão sofrer.

Empoleirada na cama, começo a preencher mais um formulário de inscrição de última hora, só por precaução, quando ouço alguém se aproximar da porta. Percebi que tenho um sexto sentido meio distorcido em relação a Tobias.

Ele hesita na soleira. Um toque de seu perfume amadeirado invade o ambiente. E eu detesto a resposta do meu corpo. Meus dedos ainda estão voando sobre o teclado quando finalmente ergo os olhos.

— Estou naqueles dias — anuncio de forma seca, sem nem me dar ao trabalho de olhar na direção dele. — E não quero ver você.

Ele permanece onde está, a silhueta elegante na minha visão periférica.

— Eu disse...

— Ouvi o que você disse — retruca ele —, e você não tem o direito de escolher quando quer me ver.

Tobias se aproxima da cama e arranca o laptop das minhas mãos, pegando meu celular da mesa de cabeceira e empilhando-o sobre o computador, depois sai pisando firme do quarto. O estrondo da porta em um dos quartos de hóspedes me avisa onde posso encontrá-los quando ele for embora. Assim como Sean e Dominic, Tobias se recusa a permitir que eu use qualquer aparelho eletrônico enquanto ele está aqui. Mais de uma vez, percebi que minhas coisas sumiram assim que ele saiu de casa e tive que procurar em todos os cantos para encontrá-las — o desgraçado. Ele não tem absolutamente nenhum respeito pela minha privacidade, até mesmo em relação ao método contraceptivo que eu uso. Esse demônio está tendo acesso a todas as minhas informações.

— Eu estava mexendo naquilo! É importante!

A voz grave ecoa pelo corredor.

— Eu não vou brigar com eletrônicos pela sua atenção.

— Já ouvi isso antes — resmungo, em tom seco. — E ninguém pediu para você vir aqui!

Levanto o olhar quando ele volta ao meu campo de visão, ignorando a adrenalina nas minhas veias quando nosso olhar se encontra.

— Acho que você já deu seu recado. Até quando acha que vou permitir que isso continue?

— Por que você acha que pode impedir?

Ele volta ao quarto, jogando uma caixa na minha cama, e eu a encaro.

— Seja o que for, pode levar de volta.

— Só abre a porra da caixa.

— Não sou sua garota de programa. Não quero presentes.

Ele mexe no laço da caixa, falando entre os dentes cerrados.

— Abre.

Desamarro a fita e tiro a embalagem. É um conjunto novo de camisola e um roupão de seda. Caros. Arremesso o pacote no peito de Tobias e ele cai aos seus pés.

— Para alguém que fazia questão de não ser rotulada como a princesinha do papai, você está agindo como a nobre mais insuportável de todas.

— Quer que seja grata a você? — Balanço a cabeça. — Sua arrogância é realmente surpreendente. — Lanço um olhar para a oferta dele. — Pode levar com você quando for embora.

No segundo seguinte, meu cabelo está enrolado no punho grosso de Tobias. Ele me prende, os olhos faiscando de irritação. Eu viro o rosto, a ardência no meu couro cabeludo aumentando enquanto ele me posiciona como bem entende. Suspiro, cedendo, meu corpo ganhando vida com a proximidade.

— Vai embora. Não tenho nada a oferecer para você.

Ele aperta minha mandíbula, fazendo meus lábios se abrirem um pouco, e eu o encaro com raiva.

— Por favor, me diz que você não é nojento *nesse nível*.

— Você está facilitando muito para que eu seja *esse nível* de babaca.

— Eu não quero seu presente, nem *você*.

Ele me empurra na cama e encosta a testa na minha.

— Vim pedir desculpas por ter rasgado seu vestido.

— Vai se desculpar por estragar meus relacionamentos, invadir minha privacidade, arrebentar meu colar, me morder, me beijar e me foder?

— Não.

— Então por que pedir desculpas por qualquer outra coisa?

— Bom ponto.

Ele se inclina e me beija, e eu resisto a ele. Meu fogo retorna em ondas, e ele pressiona o corpo no meu, deitando sobre mim, roubando meu fôlego e abalando meus sentidos até eu ceder. Eu o agarro, desalinhando seu cabelo, correndo meus dedos pelos fios grossos. Retribuo o beijo com o mesmo fogo, com a mesma paixão que senti segundos antes quando estava armada para lutar. Porque eu o detesto, detesto o fato de que penso nele, detesto a sensação ameaçadora que senti no meu peito gélido no momento em que nossos olhos se encontraram. Detesto ter achado a camisola bonita e imaginado ele me fodendo enquanto eu a vestia. E detesto amar a forma como ele me beija.

É posse, quase uma obsessão agora, e não é isso que eu deveria estar sentindo. Não vou permitir. Mordo os lábios dele, que retribui, e então gememos um no outro, nossas línguas se encontrando. Com ele tão perto não consigo fazer nada além de senti-lo, de desejá-lo, e ele sabe disso.

Tobias se afasta e eu vou com tudo para cima dele, agarrando e sugando seu pescoço, inalando seu cheiro e adorando os sons que ele emite ao deslizar as mãos pelo meu corpo.

É quando percebo que estava esperando e, pior ainda, torcendo para que ele aparecesse. Não é nenhum mistério para mim que Tobias pareça tão familiar. Porque eu o conheço, e a razão pela qual o conheço é que a essência dele me foi alimentada aos poucos por Sean e Dom. Ironicamente, grande parte de mim se sente atraída por ele porque, no verão passado, quando era apaixonada por Sean e Dominic, de certa forma também era apaixonada por Tobias. Suas ideias, suas ambições, sua missão, sua filosofia de vida. Me desvencilho dele e caio de costas na cama, frustração transbordando ao virar minha cabeça para evitar o seu olhar.

— Só vai embora. Nada de bom vai sair disso aqui. E não fazia parte do nosso acordo.

Ele se abaixa e beija meu pescoço, mas, quando não obtém nenhuma reação, fica tenso, a respiração audível.

— Talvez eu sinta muito por outras coisas além do vestido.

Se ele está arrependido, já era, é tarde demais. Ele não pode ter um coração. Não estava nos planos. Ele não tem permissão para isso, nem eu.

— Por favor, não.

Um longo silêncio se estende enquanto ele paira acima de mim. Sinto sua urgência, nosso anseio um pelo outro ricocheteando entre nós. Ele está se tornando familiar, e isso é aterrorizante.

Isso não deveria acontecer.

Nós não deveríamos acontecer.

Não podemos acontecer.

Eu me recuso a permitir que aconteçamos.

— Eu baguncei sua vida por raiva...

Ele engole em seco, e eu balanço a cabeça.

— Não venha se explicar para mim, Tobias. Eu sei por que você fez o que fez. Você se sentiu tão traído quanto eu, mas fomos além, e não dá para voltar atrás agora. Nenhuma quantidade de desculpas vai consertar isso. Você fez o que planejou, então lide com isso de uma vez por todas. — Viro meu rosto para encará-lo. — Somos apenas negócios.

Sua expressão é feroz enquanto ele se senta.

— Acha que isso é sobre amor? Era só um pedido de desculpas que virou um dramalhão. É uma camisola, não uma declaração. — Uma leve pontada de rejeição atinge seu rosto, e eu percebo que o acertei em cheio outra vez. — Acha que não vou transar com você se eu estiver a fim?

Planto meu pé descalço sobre o peito dele de onde estou deitada, meu short jeans subindo pela coxa.

— Então transa comigo, Tobias. Paga para ver. Vai em frente, seu monstro idiota — provoco, franzindo o nariz. — Vamos foder para caralho e transformar isso aqui em um verdadeiro espetáculo.

Ele resmunga.

— Você está sendo ridícula.

— Claro que estou. — Eu me sento. — Sou apenas uma garotinha idiota.

Ele segura meu queixo, os olhos descendo para meus lábios.

— Eu disse solitária, não *idiota*.

— Pessoas solitárias tomam decisões idiotas. Permitir que você se deite na minha cama é prova disso. Desculpas não aceitas. Pode sair.

Pego um folheto de universidade da pilha de correspondências em cima da cama e começo a folheá-lo.

Ele fica em silêncio por um longo momento, então diz:

— Você tirou as conclusões certas. Eu sabia de você. Foi minha decisão, minha escolha, mantê-la fora disso. Fui eu quem a escondeu.

Ele tira o folheto da minha mão e a pega para repousar entre as suas.

— Fui eu quem decidiu mantê-la fora disso anos atrás. Eu falhei com você. Me distraí e vacilei. Há muito tempo, prometi a mim mesmo que, não importava o quão longe eu decidisse ir para derrubar seu pai, você não sofreria por isso. Que nunca a deixaria pagar pelos erros dele.

Tento afastar minha mão, mas Tobias me puxa, me forçando a olhar para ele.

— Eu falhei com você. Não foi Sean nem Dominic. *Fui eu*. E quando descobri que você tinha sido envolvida nisso... e o quanto... — A voz dele está cheia de ódio. — Já era tarde demais. Então, quando eu disse... quando *digo* que você nunca deveria fazer parte disso, estou falando sério. Eu falhei com você, Cecelia. Lidei com isso de um jeito do qual não me orgulho. De uma forma que poderia potencialmente destruir tudo pelo que tenho trabalhado por mais da metade da minha vida.

Estamos frente a frente, a atração se tornando irresistível quando ele me solta e esfrega o rosto com a mão antes de se sentar na ponta da cama. Tobias tornou impossível para mim sentir compaixão, mas entendo a frustração, a luta, a necessidade de acreditar que somos um erro cataclísmico. Nenhum de nós é culpado pela atração que sentimos. Assim como o último ano da minha vida, por mais clichê que pareça, simplesmente aconteceu.

E nós queríamos que acontecesse, mas por razões egoístas.

Porém seria tolice acreditar nele. Até agora, Tobias não fez nada que prove sua sinceridade.

E não cabe a mim reconfortá-lo. Porque ainda estamos cambaleando em meio ao caos que é Cecelia Horner e Tobias King, agarrados ao nosso propósito como inimigos e à nossa lealdade às pessoas que amamos. As mesmas duas pessoas que jamais podem saber que isso aconteceu, porque, se aqueles homens se importam comigo, isso não vai causar nada além de destruição.

— Você não contou para eles.

Silêncio. Está clara na expressão de Tobias a batalha que ele trava consigo mesmo e com a pergunta que não consegue me fazer, porque não tem o direito.

Mas sou eu quem fala em voz alta.

— Você não quer que eles saibam.

Tobias fica em silêncio por vários minutos. A resposta é baixa.

— Isso a tornaria cúmplice, não vítima, que é o que você é. E eu não sei se posso viver com isso.

— Eu sabia exatamente o que estava fazendo.

Ele olha para mim, e eu percebo que provavelmente falei mais do que devia.

— Bom, eu não sabia — admite ele, em uma rara demonstração de vulnerabilidade.

— Você não me forçou. E se este for um segredo que eu decida guardar, não se engane, vai ser *minha decisão*. Cabe a *mim* decidir esconder isso deles, não a você.

Tudo se resume a isso. O alicerce sobre o qual estou de pé, a base de tudo o que ele construiu na vida... Segredos, mentiras e uma conexão com os irmãos que é maior do que tudo.

Posso guardar mais um segredo?

Será que quero?

Quero aliviar a punição de Tobias? Quero me sentir culpada por seguir os princípios que me foram ensinados pelo próprio homem que os arrancou de mim?

Faça o que quiser, quando quiser, sem arrependimentos.

Palavras de Sean.

Observo Tobias, tentando avaliar se isso não passa de mais uma artimanha dele para conseguir o que quer.

— Não importa — digo. — Olhe em volta. Está vendo qualquer um deles aqui? Você é o único... — Eu me afasto, sentindo nojo de mim mesma. — Você quase me convenceu. — Balanço a cabeça. — Quase. — Eu me movo para sair da cama, e ele me impede com uma mão na minha coxa. — Não vou comprar essa história — declaro.

Tobias é só mais um oportunista tentando tirar tudo o que consegue de mim. Sua presença constante me desconcerta, mas tenho certeza de que há uma razão por trás disso. Tem que ter. Ele transformou em missão ser o único cara na minha vida apenas para provocar os irmãos.

Ele se inclina, os nós dos dedos roçando minha bochecha.

— Eu sei o que você está fazendo e não a culpo.

— Não faço ideia do que você está falando.

Tobias me força a encará-lo, desmascarando minha jogada com um único olhar. Mas o fato de que ele me conhece o suficiente para perceber que eu estava ponderando de verdade me irrita.

Mas se a confissão dele tem algum fundo de verdade, então ele esteve tentando me proteger. É por isso que não contou aos irmãos. Não pelo fato de eu estar escondida; mas por ter sido *descoberta*.

Agora o desgraçado quer que eu acredite que o coração peludo dele estava cheio de boas intenções, apesar do modo como me tratou.

— Questione tudo — diz ele, suavemente, lendo meus pensamentos. — Eu também não mereço sua confiança.

— É, *isso* seria um milagre.

Ele solta um suspiro, deslizando o polegar pelo meu lábio inferior.

— Mas você está certa. Esta decisão é sua. A jogada é sua, e é sua carta mais alta. Vou respeitar sua decisão, seja qual for. Não vou mais tocar nesse assunto com você.

— Não está se esquecendo de nada?

Ele franze o cenho.

— *Você* é a grande fronteira entre a gente. Eles simplesmente sumiram do mapa para mim, Tobias. — Meus olhos se estreitam, e eu me afasto do toque dele. — O que você não está me contando?

— Muita coisa.

— Some daqui.

— Quem me dera fosse tão simples.

— É simples. Você se levanta, sai por aquela porta e não volta. E some do mapa também.

Ele se aproxima e me obriga a encará-lo.

— Queria poder. Eu faria. Eu deixaria você aqui e nunca mais olharia para trás.

— Então o que está o impedindo? — retruco.

Ele engole em seco e se levanta, me puxando para ficar de pé, e, como uma idiota, eu permito. Com cautela, ele desliza os nós dos dedos do vale entre os meus seios até o botão do meu short.

— Tobias — protesto, interrompendo suas mãos.

— Deixa eu fazer isso. — Seus olhos imploram aos meus. — Por favor?

Palavras que eu jamais imaginei que soariam sinceras saindo da boca dele. Fico em silêncio, observando-o com um olhar acusatório, mas a expressão dele permanece séria enquanto desce o short pelas minhas coxas e segura minha mão para ajudar a tirá-lo. Lentamente, ele levanta a barra da minha camiseta e a passa sobre minha cabeça, então se inclina para pressionar um beijo no meu ombro nu ao mesmo tempo que desabotoa meu sutiã, descartando-o na crescente pilha no chão. Nua, vestindo apenas minha calcinha básica de algodão, cruzo os braços para me cobrir, agradecendo por ter escolhido usar absorvente interno hoje de manhã. Minhas bochechas queimam, mas ele gentilmente afasta minhas mãos, os olhos deslizando pelo meu corpo com satisfação.

Meu coração se acelera quando ele pega a camisola do chão e levanta meus braços. Ele me veste. Sinto a seda deslizar pelo meu corpo até a altura das coxas.

Ele dá um passo para trás.

— Exquise. — *Deslumbrante.*

Mordo o lábio, e o clima se torna mais tenso. Tobias retira a carteira da calça e joga algumas notas de cem na cama atrás de mim. Ele percebe o insulto que a ação causa e me segura junto ao corpo, o polegar deslizando pelo meu quadril.

— Eu não sabia onde você comprou o vestido, então não pude substituí-lo. Mas a camisola me lembrou você. Suave — diz ele, com a voz calorosa, e pressiona um beijo abaixo da minha orelha —, sensual — e outro —, delicada. — Ele recua para avaliar minha reação, e então lambe meu lábio inferior. — Linda.

Tobias me solta e dá um passo para trás, olhos me incendiando antes de virar as costas e me deixar encarando-o, coberta em seda, seduzida e perplexa.

14

Tomo um banho após o dia de trabalho exaustivo, optando por ligar para Christy amanhã. Nem sei o que dizer a ela neste momento. Tenho estado meio atordoada, deixando a vida me levar desde a confissão de Tobias. Até Melinda me deixou um pouco sozinha enquanto eu me arrastava pelos meus últimos turnos no piloto automático.

Cada vez mais, tenho me sintonizado com meu entorno depois dos expedientes na fábrica, às vezes com medo, apesar da presença de outras pessoas indo para seus carros e voltando para casa. Mesmo sabendo que estou sendo vigiada e que tenho a proteção do Tobias, às vezes sinto um aperto no peito. Estou tendo cada vez mais pesadelos e, na maioria das vezes, demoro para dormir. Não sei se pelo papel que estou desempenhando na ruína do meu pai, ou pelo amante que escolhi, ou pelas verdades assustadoras que me foram reveladas. Só sei que algo não está certo.

Cheguei a um ponto em que não confio em nada nem ninguém.

Falei para Tobias que ele me odiava tanto quanto me temia, mas, pelo que aconteceu há alguns dias, está claro que ele está tentando virar o jogo e se retratar.

Não consigo acreditar. Ele é muito traiçoeiro para que o pedido de desculpas seja sincero. Tenho que considerar a súbita mudança de comportamento como uma tentativa de manipulação. Há algo que ele quer, e eu preciso descobrir o que é e se vale a pena para mim.

A mudança de atitude repentina é conveniente demais, tão fora da realidade que é difícil levar a sério. Ele foi convincente, admito, mas não vou me deixar levar por ele ou pela sua atuação. Ser enganada duas vezes? Nem pensar.

Não vou ser manipulada novamente. Não importa o quanto eu o deseje.

Quanto mais penso em nossa conversa, mais curiosa fico sobre o medo que ele tem de sermos descobertos. Sean e Dominic realmente se importariam a esta altura?

Já se passaram quase nove meses de silêncio absoluto.

Mas algo na confissão de Tobias sugeriu que os dois se importariam — e muito — se soubessem que dormimos juntos. Mesmo assim, dias vão se passando sem uma palavra, sem um indício de que eles existem.

Durante a conversa na clareira, no entanto, Tobias não sabia ao certo. Presumiu que o colar era de Dominic.

Por quê?

O que ele não está me contando? É isso que eu preciso descobrir.

Mas a última confissão dele foi munição, e ele disse que não ia mais tocar no assunto. Ele me entregou uma granada e colocou meu dedo no pino, com a opção de detonar. Não entendo como isso pode estar a favor dele, a menos que Tobias pense que pode me manipular para manter nosso segredo.

Ou talvez confessar seja exatamente o que ele quer que eu faça.

Talvez esse seja o motivo dele.

Esse cara é uma confusão ambulante.

Estou no meio do processo de enxaguar o cabelo quando uma súbita e distinta eletricidade aguça minha percepção.

Esfregando os olhos, olho através da porta de vidro e vejo Tobias parado do lado de fora, gloriosamente nu, com uma sede inconfundível evidente no rosto. No momento em que nossos olhos se encontram, todos os meus pensamentos desaparecem e minha libido assume o controle.

Já que vamos para o inferno, vamos aproveitar a viagem juntos.

Ele abre a porta e entra. Eu me aproximo dele, e nossa boca se encontra. O beijo dele é implacável, a língua explorando cada canto da minha boca faminta, e eu retribuo com a mesma intensidade. Em segundos, ele está dentro de mim, com a boca presa ao meu pescoço enquanto me fode furiosamente nos azulejos até eu amolecer em seus braços. Ele estremece e para o movimento, gozando dentro de mim.

— *Putain. Putain.* Você é tão deliciosa — diz ele, sem fôlego, e me dá um beijo vertiginoso.

Arranho suas costas e passo a mão no cabelo dele, até que se afaste do meu toque. É então que percebo que seu cabelo está encharcado, e não é da água do chuveiro. Uma gota carmesim atinge seu ombro, e eu me sobressalto quando percebo que ele está sangrando.

— O que é isso?! Você está machucado!

Eu me ergo na ponta dos pés para inspecionar o ferimento, e ele gentilmente me empurra para longe.

— Estou bem.

— Você está sangrando. Tobias, isso parece sério.

Ele inverte nossa posição, a água atingindo seu couro cabeludo e escorrendo cor-de-rosa entre nossos pés e até o ralo. Ele passa a mão pelo cabelo, e eu brigo com ele para dar uma olhada mais de perto.

— O que aconteceu?

Insisto, até que, finalmente, Tobias cede, sentando-se no banco do chuveiro para que eu possa examiná-lo. O corte de quase dois centímetros em sua cabeça poderia levar uns dois ou três pontos.

— Você precisa levar pontos.

— Vai cicatrizar.

Depois que se enxágua, ele me segue para fora do chuveiro e tropeça, mas se apoia no balcão.

Ele fecha os olhos, e seu rosto fica pálido.

— Você perdeu muito sangue.

Ele morde o lábio.

— Estou bem.

— Senta. *Agora.*

— Estou bem.

— Se você desmaiar e bater a cabeça, eu *vou* deixar você morrer.

— Não vai, não. Você não é essa pessoa.

Ele segura minha mão e olha para mim com um sorriso fraco.

— Senta logo.

Ele obedece, e eu o seco.

Luto com todas as forças para não pressionar meus lábios em sua pele como gostaria de fazer.

Isso é afeto, e talvez seja a impotência dele que me faz desejar algo tão íntimo.

Reprimo a ideia com toda a força. Já fui gentil o suficiente cuidando dele.

Não vou voltar a ser aquela garota idiota.

Ele observa cada movimento meu enquanto seco seu corpo fazendo-o se sentar na beirada da cama.

— Acha que transar comigo foi uma decisão inteligente, considerando o seu estado?

— Acho que transar com você valeu a dor de cabeça extra que você está me dando.

Reviro os olhos, e ele tenta me puxar para o colo.

— Tobias, você está a segundos de desmaiar. Para com isso, está mais pálido que um lençol.

Ele dá de ombros.

— Melhor do que estar no caixão.

— Isso é discutível.

Não deixo de notar seu sorriso.

— Talvez você não me odeie tanto agora.

— Isso não é discutível.

Pego as roupas dele do chão e vejo que a gola da camisa está coberta de sangue, assim como a parte de trás do paletó.

— Há quanto tempo você está sangrando desse jeito? Você perdeu muito sangue.

Ele aponta para as roupas.

— Queime tudo.

— Receio que meu incinerador não esteja funcionando direito.

Mordo os lábios para conter o riso.

Ele revira os olhos.

— Coloque numa sacola. Vou levar de volta.

Eu mostro as roupas para ele, brincando.

— Então isto está coberto de provas incriminatórias, tudo o que preciso para destruir você, né?

Nada disso o diverte.

— Estou brincando.

Ele não está.

— Você já tem tudo de que precisa para me destruir.

Essa confissão me deixa desconcertada, e nós nos encaramos, até que ele faz uma careta.

Eu jogo o quadril para o lado e dou uma batidinha.

— Você *precisa* levar pontos. Ainda está sangrando. Não tem algum médico meio suspeito na folha de pagamento?

Ele solta uma risadinha.

— Você viu filmes demais, mas não é uma má ideia. O corte não é profundo, e *vai* fechar hoje à noite. Eu me contentaria com uma enfermeira de humor péssimo.

— Tudo bem. — Reviro os olhos. — Fica aqui.

Eu me visto rapidamente, vou até o armário do corredor e pego um saco de lixo e o kit de primeiros socorros. Volto para o quarto e borrifo antisséptico no corte. Não consigo segurar o riso quando ele solta um gemido ao sentir a pressão do curativo na ferida. Eu o mando segurá-lo por um tempo.

— Bebê chorão.

— Isso está doendo para caralho — diz ele, com o corpo tenso enquanto segura o curativo na cabeça.

— Vou pegar algo para você vestir.

Ele segura minha mão.

— Não.

— Não está aberto a negociação, Tobias.

No andar de baixo, vou até o quarto do Roman e dou uma olhada no armário de remédios. Pego alguns analgésicos. Reviro as gavetas e tiro cuecas novas e uma camiseta, depois passo na cozinha. De volta ao quarto, entrego a Tobias os remédios e o suco. Ele os engole e examina as roupas em minhas mãos — roupas de um homem que despreza.

— São só roupas. Você não pode ficar andando por aí pelado.

— Quem disse?

— Não seja ridículo. As cuecas ainda estão na embalagem.

Ele não diz uma palavra ao abrir a embalagem, colocar a cueca e vestir a camiseta. Estendo o guardanapo, segurando o sanduíche rápido que fiz, um croissant com queijo suíço.

— Toma. Come isso. É uma iguaria francesa.

— Não estou com fome.

— Come, senão você vai desmaiar.

Ele pega e enfia metade do croissant na boca, mastigando devagar, sem tirar os olhos dos meus.

— Está agindo feito um mimado. Como se a mãe o tivesse obrigado a raspar o cabelo. Apenas agradeça. Não é tão difícil assim.

Ele diz bem baixinho, mas ouço quando apago a luz do banheiro.

— *Merci.*

— Então, isso é algum tipo de tática para me assustar? Porque vou deixar a cidade em breve.

— Não, é só um dia difícil.

— Retaliação?

Ele dá um gole no suco, ignorando completamente a pergunta.

— Sabe, seu irmão fez a mesma merda. — Reviro os olhos. — Fico imaginando a quem ele puxou.

Puxo o edredom e arrumo as almofadas enquanto ele termina o sanduíche. Tobias permanece sentado, como se estivesse confuso sobre como veio parar aqui. Também estou. Em vez de questionar, estendo a toalha usada sobre o travesseiro ao lado do meu e sinalizo para que ele se deite.

Mas ele se levanta, amassando o guardanapo na mão e entrando no banheiro. Um segundo depois, ouço água correndo.

— O que você está fazendo? — pergunto, da beirada da cama.

— Escovando os dentes.

— Você está falando sério?

Ouço um resmungo em torno da escova de dentes.

— Bafo de queijo suíço é o pior.

Explodo em uma risada.

— É melhor você não estar usando minha escova de dentes.

— Tinha uma reserva no armário.

Alguns segundos depois, vejo a luz piscando uma, duas, três vezes antes de ele se juntar a mim na cama.

— Melhor?

Pressiono os lábios juntos.

Ele revira os olhos.

— Ria à vontade.

Quando meu sorriso se desfaz, ficamos ali em silêncio, encarando um ao outro, deitados nos travesseiros.

— Por que você veio aqui? Eu não sou sua namorada.

— Não, você não é.

A voz dele é cautelosa, assim como o olhar. Ele está exausto.

— Não vai responder à pergunta?

— Não.

De perto, observo a leve ondulação dos cabelos úmidos, os cílios negros como a meia-noite, os planos suaves do rosto, a sua boca. O lábio superior tem um arco mais masculino, ligeiramente menor que o inferior. Ele retribui meu olhar, os olhos percorrendo meu rosto, tão inquisitivos quanto os meus.

Sou a primeira a falar.

— Qual é a sua jogada?

Ele responde imediatamente.

— Qual é a sua?

Ficamos ali, em silêncio, desafiando um ao outro com o olhar.

— Nunca vou conseguir acreditar em uma palavra que você diz, Tobias.

— Não espero que você acredite.

— Então por que se dar ao trabalho? Depois de me tratar como lixo, de repente você tem uma consciência? De repente eu sou digna de — digo, e agito uma das mãos no ar — seja lá que merda você está fazendo?

— Tratando você com respeito? Como se tivesse ofendido você? Tratado você de um jeito horrível e estivesse me desculpando por isso? Eu não sou um monstro, Cecelia.

— Discutível.

Ele suspira.

— Como eu disse, não espero que você acredite em mim.

— Eu não acredito, nem vou acreditar.

Ele passa os olhos pelo meu ombro rapidamente, uma ruga profunda se formando entre as sobrancelhas.

— Você está bem?

Ele volta a se concentrar em mim.

— Te soucies-tu vraiment de moi? — *Você realmente se importa comigo?*

— Tobias, eu não sou fluente.

Ele pigarreia, mas a pergunta parece doer nele.

— Você realmente se importa?

— Eu perguntei, não perguntei?

— Você deveria me odiar.

— Eu odeio.

— Não, você não odeia. Você quer, mas não é esse tipo de pessoa. É do tipo que quer acreditar no melhor dos outros.

— Isso é tão errado assim?

— Não. — Ele engole em seco. — Não é.

— Só não é bom para os negócios — concluo.

Noto uma leve inclinação do seu queixo e os olhos dele ficam vítreos.

Eu me aproximo, incapaz de conter o sorriso.

— Os comprimidos estão fazendo efeito, né?

Um sorrisinho se forma nos lábios dele e puxa as cordas do meu coração. Neste momento, as palavras de Tobias soam verdadeiras. Tenho procurado o lado bom dele. Mas não posso confiar em meu inimigo, o que nos deixa em lugar nenhum. Ele afunda na cama um segundo depois, e meu sorriso se alarga.

— Aaaah, você está muito chapado. — Monto no colo dele e me inclino para a frente para tocar meu nariz no dele. — Doidão.

Ele sorri para mim. O sorriso é tão deslumbrante que sinto aquelas familiares asinhas batendo.

Mas esse sorriso começa a desaparecer enquanto eu o encaro. Ele se ergue devagar e me beija, os dedos acariciando meu rosto de um jeito que me faz virar a cabeça para ignorar minha reação. É íntimo demais.

— Não faz isso.

Eu faço menção de sair do colo dele, mas Tobias me impede colocando as mãos nas minhas coxas.

— O quê?

Mudo de assunto.

— Vai me contar o que aconteceu?

— É melhor você não saber.

Recuo e assinto.

— Imaginei que sua resposta seria essa. Não consegue ceder nem um pouquinho, né?

Não deixo de perceber a torção irônica de lábios enquanto ele ergue suavemente os quadris, a ereção deixando claro o que Tobias prontamente cederia.

Revirando os olhos, vou para o lado dele e apago o abajur. Nós nos deitamos na escuridão, a poucos centímetros de distância, sem nos tocar. Nunca dividimos a cama, não no sentido doméstico da coisa. E eu xingo minhas emoções estúpidas por sentirem o que não deveriam quando ele começa a deslizar as pontas dos dedos pelo meu braço.

Um completo desastre.

Minutos se passam, e eu fico em silêncio ao lado dele. Seu toque me embala e acalma por um minuto, até que ele para.

— Por que dormiu com os dois?

— Uau.

Acendo a luz novamente e me sento com as costas apoiadas na cabeceira da cama, olhando para ele. Se a dilatação em suas pupilas servirem de indicativo, ele está profundamente dopado. Ou esses analgésicos são potentes, ou ele é sensível. Do contrário, nunca deixaria transparecer o ciúme na sua voz. E é inegável.

— Por que quer saber?

Ele dá de ombros.

— Estou curioso.

— Não está, não. Está me julgando. E não é da sua conta.

A voz dele é fraca quando fala.

— Je n'en ai aucun droit. — *Não tenho esse direito.*

— Inglês, Tobias.

— Não tenho esse direito. Responde.

A voz dele é séria, como se ele estivesse remoendo isso há um tempo e doesse perguntar. O que tenho a perder sendo sincera? Nada. Esse cara me conhece melhor do que a maioria das pessoas que eu conheço há quase toda a minha vida. Mas apenas porque ele me estudou como oponente.

— A parte sexual começou, para mim, como uma adolescência tardia. Eu só tinha transado com dois outros caras, que foram meus namorados, antes de conhecer Sean e Dominic.

— Você estava longe de ser adolescente.

— É modo de dizer.

— Eu entendi — responde ele, com uma pontada de sarcasmo, mas seu olhar não é de censura, e sim de curiosidade.

— Eu sei que não sou a primeira mulher que eles compartilham, então não pense que trazer isso à tona vai me afetar. E não seja tão careta. Não foram os franceses que inventaram o *ménage à trois*?

Ele estreita os olhos.

— Qual é? Já estive no seu lugar. Sei que não é nenhum santo.

— Não sou.

— Então por que se importa?

Ele me encara com expectativa.

— Se vai arrancar isso de mim, quero algo em troca.

Ele abre a boca para falar, e eu levanto a mão.

— E tem que ser bom. Uma confissão de verdade.

Tobias sorri de lado, uma expressão de garoto travesso, e eu me permito apreciar, sabendo muito bem que este é um lado que ele raramente revela. Está com a guarda baixa, ainda que por efeito do remédio.

— Quando eu tinha vinte e um anos, dormi com todas as mulheres da edição de junho de um catálogo de lingerie francês.

Talvez eu não precisasse dessa confissão.

Seus lábios se curvam diante da minha reação.

— Não olhe para mim assim. Não estou com ciúme, estou...

— Me julgando?

— Também não. Mas quantas garotas foram exatamente?

— Era uma butique.

— Você só pode estar brincando.

Ele balança a cabeça lentamente e aperta os lábios como se estivesse tentando conter um sorriso ameaçador.

— Como isso é possível?

— Eu estava entediado.

— Você estava... entediado.

— É. — Ele dá de ombros. — Mas foi só uma vez.

O sotaque torna o comentário quase cômico. Quase.

— Os outros onze meses do ano não tiveram apelo para você?

— Foi uma adolescência tardia — diz ele, displicente.

— Bem... — Pigarreio. — Aí está sua resposta. — Me movo para apagar a luz, e ele me impede.

— Isso não responde nada.

Posicionando o corpo para me sentar de pernas cruzadas, olho para ele e franzo a testa.

—Você realmente quer saber?

— Eu não perguntaria se não quisesse.

— E você já não sabe? Não foi você quem mapeou minha vida inteira até agora, meus motivos?

Silêncio.

Eu o encaro, e ele se acomoda no travesseiro, o braço esculpido se destacando. Abro a garrafa d'água que está na mesa de cabeceira, imaginando Tobias, dez anos mais jovem, sozinho em um quarto de hotel com modelos de lingerie nuas.

E, por algum motivo pervertido e possessivo, isso me excita.

Seus olhos se iluminam quando Tobias percebe, e ele desliza a mão até o meio das minhas coxas. Eu a afasto com um tapa. Um riso escapa de seus lábios, e minhas bochechas queimam.

— Vamos dormir.

Tento alcançar o abajur novamente, e ele segura meu pulso em uma ordem silenciosa. Nossos olhos se encontram, e eu solto um suspiro.

— Tudo bem. Quando cheguei aqui, percebi que ninguém me conhecia. Era uma chance de me reinventar. Então decidi aproveitar e me deixar levar. Como você disse, eu estava furiosa com Roman por roubar um ano da minha vida e me sentindo um pouco rebelde. Consegui minha liberdade, como você apontou de modo tão inteligente. Quando conheci Sean, foi como se o universo me entregasse um convite. A atração entre nós foi instantânea. Nos conectamos tanto física quanto espiritualmente, mas Dominic me odiou desde o início.

Ele me encara em silêncio, um estímulo para que eu continue. Sou uma tola por entregar ao diabo, livremente, ainda mais detalhes da minha vida.

— Confiei em Sean porque ele soube esperar, ele conquistou minha confiança. Então, quando me contou que percebia minha atração por Dominic e disse que não me julgaria se eu agisse, eu me permiti. Confiei em Sean para explorar meu corpo e meu coração. Já estava me apaixonando por ele e tinha uma relação de ódio e desejo com Dominic. Depois que aconteceu, nós só... evoluímos para algo mais. Tive a oportunidade de conhecê-los por dentro e por fora, e nenhum deles me fez sentir mal pelo que tínhamos. Nós simplesmente nos encaixamos, juntos.

Com cuidado, Tobias ergue os dedos para afastar o cabelo úmido dos meus ombros, o gesto extremamente íntimo. Sinto um arrepio, mas tento não me perder no olhar dele.

— Vou dizer que, no início, foi contra minha natureza, me incomodou muito mais do que eu deixei transparecer. Mas quanto mais o tempo passava mais eu não conseguia imaginar... não queria pensar em abrir mão de um dos dois. E eles não me fizeram escolher. Estávamos todos bem com isso. Na verdade, estávamos felizes, até que eles...

Lágrimas ameaçam cair, e, num instante, estou de volta àquela oficina, vivendo os segundos mais dolorosos da minha vida. Tobias segura meu queixo.

— Até que eles o quê?

— Eles me chamaram de vadia indiretamente e de uma forma muito escrota. Você já ouviu "Cecilia", de Simon and Garfunkel?

Ele faz que não com a cabeça.

— Enfim, a música fala sobre uma garota promíscua, e a letra é humilhante. Foi assim que terminaram comigo. Eles tocaram essa música quando eu apareci na oficina e me humilharam *publicamente*, tentando transmitir a mensagem de que estavam me usando. Eles me despedaçaram de uma maneira que sabiam que funcionaria. E deu certo. *Eu* captei a mensagem, ainda que você não tenha captado. Acho que eu *nunca* senti dor pior do que aquela.

— *Je suis désolé.*

— Em inglês, Tobias.

— Sinto muito.

Quero acreditar nele. Sua expressão e sua postura me dizem que ele está sendo sincero, mas não consigo. E Tobias deve entender que não *posso.*

Mordo o lábio e, por um instante, considero abrir o jogo por completo.

Ele leva a ponta do meu indicador até os lábios e o beija, numa tentativa de me dizer que meu segredo está seguro. Sei que minha melhor aposta é acabar com tudo isso, mas continuo mesmo assim.

— Agora percebo que alguns dos aspectos sexuais eram eu travando uma guerra contra a minha própria personalidade retraída até chegar aqui. Você estava certo. Eu raramente arriscava. Sempre seguia as regras. Quando meu pai me disse que *tentou* me amar, o corte foi profundo demais para cicatrizar. Não estou dizendo que saí por aí procurando sabotar a mim mesma de propósito, mas com certeza isso não me impediu de agir por impulso. Mas não vou culpá-lo, nem vou culpar minha liberdade recém-descoberta. Eu me apaixonei por eles. Pelos dois. E a melhor parte foi que Sean e Dom se recusaram a me deixar pedir desculpas por isso. Eles se recusaram a deixar que eu me humilhasse. Foi o mais segura que já me senti com alguém, pela maneira como eles me acolheram. Não me arrependo de nada. *Nunca* vou me arrepender. E não tenho vergonha disso. Quanto a amá-los, você os *conhece*, né? Eles são as pessoas mais próximas a você, não são?

— Oui.

— Então como eu poderia *não* os amar?

Nós nos olhamos fixamente até que ele me dá um leve aceno com a cabeça. Recusando-me a tentar decifrar qualquer reação adicional, desligo a luz e encosto a cabeça no travesseiro, virada de costas para ele, quando Tobias fala:

— Nunca mais vou tocar nesse assunto com você.

Desta vez, sou eu que me escondo atrás da sua língua nativa.

— Es-tu jaloux? — *Você está com ciúme?*

— Non. — *Não.*

Ignoro o desconforto que a resposta curta me causa.

— Eu fui honesta com você.

Ele me puxa para perto, minhas costas em seu peito enquanto ele descansa a cabeça no meu travesseiro, a respiração quente atingindo minha orelha.

— Eu também. Je ne veux pas n'être qu'une phase pour toi.

— Inglês, Tobias. Por favor.

Silêncio.

E, em questão de segundos, ele está dormindo.

Na manhã seguinte, acordo e vejo meu celular sobre o travesseiro ao meu lado. Desbloqueio-o e, quando a tela se ilumina, percebo que meu e-mail estava aberto, o mais recente é do meu pai.

É uma convocação — uma convocação para assinar minha herança. *Amanhã.*

Tobias leu o e-mail. O que significa que nosso acordo termina no momento em que a tinta da caneta secar.

Assim que aquele dinheiro for transferido com segurança para minha nova conta bancária, não teremos mais nada. Eu estarei livre, e ele estará livre para acabar com Roman.

15

No meio do meu quarto, tomo a rápida decisão de separar uma muda de roupas, reservar um quarto de hotel e dirigir até Charlotte para me preparar mentalmente. Não quero sentir o perfume dele em meus lençóis nem encarar as gotas de sangue no meu edredom enquanto reflito sobre os sentimentos que se manifestaram depois que compartilhamos histórias íntimas.

Ignorar o que aconteceu entre nós na noite passada é a jogada mais esperta. Pareceu que houve uma mudança clara na nossa relação de ódio/sexo. Mas preciso deixar de lado qualquer possibilidade de que aquilo vire algo mais do que uma confissão noturna entre dois inimigos que haviam selado uma trégua temporária.

Mas e se cada palavra, cada beijo, cada toque tiverem sido de verdade? Não existia absolutamente motivo algum para ele ser tão falso. Tobias não tinha por que confessar ou fazer as perguntas que fez para me tocar do jeito que tocou. Para me olhar do jeito que olhou.

Ele está brincando com você. Assine os papéis, bata o ponto, pegue o dinheiro e volte para a Geórgia.

Assim que eu assinar os papéis, há uma boa chance de eu nunca mais ver Tobias.

E que assim seja.

Certo?

Não tenho como entrar em contato com ele.

Assim como foi com os dois homens antes dele, quando nosso acordo acabar, vou ser deixada de lado.

Essa é uma vantagem que ele planejou e tem. E, de qualquer forma, o que eu diria a Tobias se tivesse a chance?

De certa forma, ele se infiltrou em mais lugares do que apenas minha cama. Conseguiu ocupar meus pensamentos. Mas, por enquanto, ainda consigo escapar sem uma nova cicatriz.

Ele é um mentiroso. As palavras, os olhares, os toques... é tudo mentira. Tobias me quer como aliada apenas para alcançar os próprios objetivos. Nada além disso. Eu nem sei onde ele mora.

O que nós temos são apenas negócios.

— Não seja idiota, porra — repreendo a mim mesma, jogando um par de calças e uma blusa de seda na bolsa, junto aos saltos que escolhi.

Depois de fazer a mala, tranco a casa no exato momento em que recebo do hotel um e-mail de confirmação sobre minha reserva. Eu me acomodo no jipe, mando um e-mail rápido para meu supervisor na fábrica e peço dois dias de folga. Sinceramente, não dou a mínima se for demitida. Estou surpresa que Roman tenha concordado em assinar os papeis logo, considerando que ainda tenho pouco mais de seis semanas para cumprir minha parte do nosso acordo.

Levo cerca de duas horas para chegar a Charlotte. Dirigi sem pressa, sabendo que não tinha nada me esperando quando chegasse ao hotel.

Amanhã vou ser milionária, mas, por algum motivo, hoje me sinto falida.

Qualquer mulher normal estaria pedindo serviço de quarto, estourando champanhe ou comprando sapatos. Ou, pelo menos, enchendo consideravelmente o carrinho de compras.

Tudo o que sinto é pavor.

Sentada na beirada da cama, passo o dedo pelos lábios quando a memória me vem.

Tobias me acordou no meio da noite com os lábios, a língua, e então me possuiu.

Mas ele não fez apenas isso, ele me consumiu, prendendo minha coxa, meu quadril e me penetrando por trás. Sinto o sangue latejar no meio das pernas, o peito queimar e o rosto arder.

— *Diga o meu nome,* Cecelia — *murmura ele, investindo lentamente contra mim com movimentos deliberados, me preenchendo, enquanto suga meus dedos e os guia até onde nossos corpos se encontram, pressionando-os em meu clitóris para prolongar meu orgasmo.*

— Merda!

Eu me levanto e ando de um lado para o outro no quarto, e então preparo um banho quente. Afundando na água escaldante, eu franzo a testa com a sensação de ardor entre as pernas e coloco uma toalha no rosto. Dias atrás, eu o queria o mais longe possível de mim.

Eu ainda estava na linha tênue entre o desejo e o ódio.

Não posso gostar desse cara.

É melhor que acabe agora.

Já acabou. Não precisa de despedidas.

E talvez o celular à espera no meu travesseiro tenha sido o jeito dele de dizer que para ele também tinha acabado.

Beleza.

Vivemos em lados opostos do universo. Nossos mundos são completamente diferentes.

— Ele não sente absolutamente nada por você, cacete. Só vai te enrolar se você permitir.

E agora, com nosso acordo cumprido, ele vai sumir tão de repente quanto apareceu.

Ótimo. Já vai tarde.

Depois de sair de Triple Falls, vou para a faculdade, me formar e dominar a área que escolher. Quem sabe, um dia, eu me case e tenha filhos.

Mas é o martelar nas minhas têmporas e a angústia no meu peito que refutam esse tipo de futuro. Eu quero essa vida?

Todos os meus planos cuidadosamente elaborados parecem simplórios agora, senão um pouco chatos e previsíveis. Antes de me mudar para Triple Falls, minha única preocupação era sobreviver e ajudar minha mãe. Sempre sonhei com o dia em que teria liberdade, mas não planejei o depois. Agora, esse dia está quase chegando, e todos os planos que fiz recentemente parecem pouco para mim.

Saio da banheira, visto meu pijama e dou um gole no uísque do cantil que trouxe, então ligo para minha mãe. Ela atende no segundo toque.

— Oi, querida. Como você está?

— Estou em Charlotte. Tenho uma reunião com o papai de manhã.

— Hum. — Ela permanece na linha.

— Mãe, eu vou assinar amanhã.

— Você não parece muito feliz com isso.

— Dinheiro não me faz feliz.

— É bom que você tenha descoberto isso cedo. Mas não ter dinheiro é uma porcaria.

— É. Eu detestava não ter dinheiro quando nós éramos pobres, sabe? Quando você se preocupava tanto com isso a ponto de ficar doente, mas...

— Nós nos viramos bem, não foi? — pergunta ela, e posso ouvir o sorriso em sua voz.

— Com cinco dólares de gasolina e batatinhas fritas.

— Sinto saudades de você, garota.

— Eu também. Mas liguei por um motivo específico.

— Ok.

— Olha, eu sei o que você vai dizer, mas preciso dos dados da sua conta bancária.

— O quê, querida? Não. Esse dinheiro é todo seu. Tem que ficar com você.

— E eu não quero um centavo dele. Esse desgraçado é multimilionário e nos fez passar necessidade durante anos, pagando o mínimo possível enquanto tínhamos que nos virar para pagar as contas. Vai ser meu dinheiro e, portanto, minha decisão. Quero que você seja bem cuidada. E quero que você... procure ajuda.

— Você quer que eu vá a um psiquiatra?

— É. Se achar que vai ajudar. Sim... eu quero que você busque ajuda. Acho que você precisa.

— Nossa. A sutileza não é mais sua especialidade. O que aconteceu com a minha garotinha doce?

— Desculpa. — Dou um gole no uísque, agradecendo pela ardência e pela dormência que se segue. — Não era a minha intenção falar assim.

— Me conta o que está acontecendo.
— Nada, estou bem. A conversa é sobre você.
— Então eu estou bem.
— Dá para parar com essa palhaçada, mãe?
— Não, não dá.
— Eu estou bem. Só... cansada.
— O mesmo cara?
A insinuação na voz dela faz com que todos os meus pensamentos dispersos sobre Tobias parem abruptamente. Mesmo que seja minha mente que ele está invadindo, ele me deixou vulnerável. Eu odeio que minha mãe consiga perceber isso.
Assim, num estalar de dedos, todos os meus escudos voltam a se erguer.
Chega. Chega de pensar nele. Chega de fantasiar sobre ele.
— Mãe, a gente conversa sobre isso em outro momento, tudo bem? Vou mandar uma grana assim que o dinheiro cair na minha conta. Vai mudar a *sua* vida. Quero que *você* fique feliz com isso.
— Você sabe que não posso aceitar dinheiro de você.
— Então aceite dinheiro de *Roman*.
— Ele não é o homem sem coração que tenta parecer.
— Tarde demais.
— Eu não quero o dinheiro dele, Cecelia.
— *O que* você quer dele?
Consigo ouvir o clique do isqueiro e a expiração dela.
— Nada. Ele me deu a melhor coisa que poderia me dar.
— Por que você não fala dele? Se quer tanto que eu lhe dê uma chance, então me dê um motivo.
— Porque ele é seu pai.
— Não é o suficiente. Será que ele acha que você tentou dar um golpe nele? É por isso que está sendo tão mesquinho com o dinheiro?
— Você diz o golpe da barriga? Não, não, nada disso.
— Então me conta o que é. Eu realmente gostaria de saber. Você não acha que eu mereço saber?
— Haverá um dia em que vou explicar as coisas para você, mas, por enquanto, você pode tentar ser paciente com ele?
— Não. — Sou firme. — Minha paciência se esgotou. Ele não me deu nada, e eu só estou aqui...

Eu me interrompo no meio da frase. Não quero que ela saiba que passei meu tempo em Triple Falls para garantir que ela seja bem cuidada.

— Os pais amam os filhos, Cecelia, mesmo que alguns sejam incapazes de demonstrar isso do jeito que deveriam.

— Por que você está defendendo Roman? Eu não entendo.

— Eu só esperava que morar com ele mudasse as coisas.

— Ele mora *aqui*, em Charlotte. Não o vejo desde o 4 de julho do verão passado.

— O quê?! Caramba, Cecelia, você ficou sozinha naquela casa esse tempo todo?

— Basicamente. Mais ou menos. Eu fiz... amigos.

— Cee, por que eu não sabia disso?

— Não quis incomodar você. De qualquer forma, não tem nada que possa fazer.

Ouço ela fungar.

— Mãe, não chora. Eu estou bem. Mais algumas semanas e dou o fora daqui. Estou indo para casa. Vou para a Universidade da Geórgia, então você vai me ver o tempo todo.

— Me sinto péssima.

— Não se sinta. Por isso não contei. Não tem motivo para se sentir culpada. Ele com certeza não se sente.

— Se sente, sim. Eu sei que sim.

— Acho que estamos falando de duas pessoas totalmente diferentes.

Ela funga de novo, xingando baixinho.

— Droga, Roman.

— Mãe, me manda seus dados, ok?

— Não. Que tipo de mãe eu seria? Timothy e eu estamos muito bem. Estamos pensando em comprar uma casa no lago.

— Bom, agora você pode ter uma, e por conta do Roman. E depois pode ir para o México comemorar bebericando uma margarita. Nunca tiramos férias. Prometa que vai fazer isso. Prometa. E prometa que, quando voltar, vai procurar ajuda.

— Cecelia...

— Isso não está aberto à discussão, mãe.

— Meu Deus, que mandona. O que deu em você?

— Muita coisa — respondo, sabendo que ela vai entender.

— Fala comigo.

— Não estou pronta, ok? E acho que você não acreditaria se eu contasse. Vou ser a próxima na fila se o seu terapeuta for bom.

Eu me levanto e abro a cortina do quarto de hotel. Tenho uma visão clara do prédio do meu pai do outro lado da rua. Ele é dono de um edifício, e minha mãe e eu comíamos macarrão com queijo e salsichas para sobreviver até o salário seguinte. Ela nunca mais vai precisar passar por isso, a menos que esteja se sentindo nostálgica ou fique chapada. Só essa certeza já valeu cada desafio que enfrentei neste ano.

— Por favor, mãe. Por favor, me deixe fazer isso por você.

— Eu não posso, Cecelia. Desculpa. Parece errado. *É* errado.

— Não é.

— Estou abraçando você muito forte agora, criança.

— Mãe, espera...

— Eu te amo.

Suspiro, decidindo deixar essa briga para outro dia. Tecnicamente, eu nem tenho o dinheiro ainda. Mas vou vencer essa batalha.

— Também te amo.

Dou mais um gole no uísque e me deito na cama. Uma cama diferente em um mundo diferente onde não me masturbo pensando no bicho-papão. Um mundo onde as coisas não são tão complicadas, onde sou livre para fazer o que quiser.

E, de repente, a liberdade não parece tão atraente.

Não consigo dormir de jeito nenhum.

16

Meu pai entra na sala de reuniões onde estive esperando por quase uma hora e se senta ao meu lado. Dou um gole na água, sentindo os olhos dele em mim. Encaro a pilha de papéis na mesa, ainda incapaz de compreender totalmente a dimensão do que ele está me dando.

— Como você está, Cecelia?

— Bem, senhor — respondo, endireitando a postura.

— Como está a fábrica depois das melhorias?

— Está boa, senhor.

— O advogado a informou sobre o que você vai assinar hoje? Você entende...

— Sim, senhor.

Resisto à vontade de agradecer, afinal, nunca pedi por isso. Quando finalmente levanto meus olhos para os dele, vejo que ele de fato me observa atentamente.

Da última vez que o vi, eu o tinha ignorado, muito ocupada com os homens na minha vida e muito ressentida para aceitar seja lá o que ele estivesse oferecendo naquele dia. A conversa com minha mãe me fez passar a noite toda refletindo sobre maneiras de abordar a situação, mas decido pela honestidade brutal.

É agora ou nunca.

— Me ajuda a entender isso, por favor.

— Entender o quê?

— Você — respondo, simplesmente. — Por que fazer isso?

Ele abaixa o olhar para a papelada.

— Eu já disse por quê.

— Então é um acerto de contas? Porque você não quis me criar?

A reação dele é quase imperceptível, mas eu não deixo de notar.

— Isso garante que você terá segurança financeira pelo resto da sua vida e, se administrado corretamente, até mesmo pelo resto da vida dos seus filhos.

— Por que se importar com eles se você não se importa com a sua *própria* filha?

Os olhos dele suavizam, mas há uma nota de severidade na voz quando ele fala.

— Já expliquei para você.

— Não, você não explicou. Disse que seus pais eram ricaços bêbados descendentes de europeus, que desperdiçaram a fortuna deles e que você não foi criado em um ambiente amoroso. Mas eu não estou pedindo um abraço, Roman. Eu quero saber o porquê.

Ele se irrita, mas permanece em silêncio, e eu até penso em me levantar e deixá-lo com a merda da fortuna suja dele. Mas é o olhar vazio e aterrorizante da minha mãe que me faz continuar sentada, pronta para cobrar. Ela está em um bom lugar agora, mas e se voltar para onde estava antes? Embora recusar a fortuna dele e ir embora seja o jeito perfeito de dizer "Vá se foder", eu não posso. Não posso fazer isso.

— Sinto muito por ter falhado com você, Cecelia.

— Essa é a segunda vez que você admite ter falhado comigo, e uma vez admitiu ter tentado amar minha mãe, me amar. Mas essas são desculpas e justificativas sem explicações reais. "Sinto muito por ter falhado com você" não é uma explicação, e tenho ouvido bastante isso ultimamente.

— Talvez o problema seja a turma com quem você anda.

Há uma insinuação clara no tom dele, e eu o encaro.

— O que você quer dizer com isso?

— Você ainda está desfilando pela cidade com marginais em carros rebaixados?

— Pode ficar tranquilo, eu fiz um upgrade. O atual dirige um sedã, mas *ele* também é temporário. Os homens na minha vida não têm o costume de ficar por muito tempo — debocho. — Tenho certeza de que você sabe como é. Já ouvi dizer que laços afetivos são ruins para os negócios.

— Normalmente são, sim.

É ali, encarando meu pai em uma sala de reuniões feita para vinte pessoas, que tenho um momento de absoluta clareza. Não preciso mais descobrir o que vou fazer pelo resto da minha vida. Ao observá-lo, vejo claramente que meu propósito, meu futuro, começa nesta sala.

— Bom, então vamos colocar toda essa merda sentimental no devido lugar por enquanto e partir para o que interessa, né?

Roman não hesita ao se levantar e abrir a porta para a equipe à espera.

Quase uma hora depois, sou uma multimilionária.

Assim que a equipe sai e a porta se fecha de novo, Roman se levanta com uma desculpa pronta.

— Tenho uma reunião.

— Tenho certeza de que tem, mas só preciso de mais um minuto do seu tempo. — Eu me levanto e o encaro, espalmando as mãos sobre a mesa. — Quero que você seja o primeiro a saber. Daqui para a frente, vou cuidar financeiramente da minha mãe.

Ele nem sequer se retrai com minha confissão, o que está muito longe da reação que eu esperava.

— Não tenho problema com isso. É o seu dinheiro, faça o que quiser com ele.

Essa era minha única carta na manga, e ele me tirou isso. Tudo o que posso fazer é manter a boca fechada.

— Como assim não tem problema com isso?

— Não tenho, Cecelia. Desejo tudo de bom para sua mãe. Você ainda pretende frequentar a Universidade da Geórgia?

Cerro os dentes.

— É a ideia.

— Vou cuidar para que suas despesas estejam cobertas. Minha assistente vai encontrar um apartamento para você perto do campus.

— Você acabou de me dar milhões de dólares e uma participação de trinta por cento na sua empresa. Tenho certeza de que consigo pagar a mensalidade sozinha.

— Como seu pai, é um privilégio garantir que sua faculdade seja paga.

— Você não conquistou o privilégio de se chamar de meu pai — retruco, sem conseguir conter a raiva por mais tempo.

— Entendi. Eu realmente deveria ir...

— Foi um prazer fazer negócios com o senhor — retruco, ignorando-o, e me viro para pegar a bolsa.

Roman abre a porta brevemente, mas logo a fecha e dá alguns passos na minha direção. Para a cerca de um metro, capturando minha atenção. Ele me avalia com uma expressão fria que tenho certeza de que intimida qualquer oponente, mas me recuso a recuar. No entanto, é nos olhos dele, iguais aos meus, que vejo um lampejo de arrependimento. Engulo o nó na garganta e sinto uma ardência ameaçar surgir nos meus olhos.

— Sua mãe fez um trabalho excepcional ao criá-la. Você é educada na maior parte do tempo. Respeita as autoridades. É uma mulher extremamente inteligente e bonita. Vai longe. Não tenho dúvidas de que tem um futuro brilhante pela frente.

Com os olhos brilhando, faço o possível para controlar o tremor na minha voz.

— Não graças a você.

— Sua mãe fez as escolhas dela, e eu fiz as minhas.

— Escolhas. Quer dizer abandonar sua filha? Se isso foi uma escolha, você fez parecer fácil demais.

Silêncio. O silêncio mais enfurecedor que já suportei.

— Ela merecia sua compaixão. E sofreu muito.

Os olhos dele ficam brilhantes por um instante, até que ele endireita a postura.

— Diga o que quiser. Vou permitir, Cecelia. Se isso a fizer se sentir melhor.

— Talvez seja *você* quem quer se sentir melhor, mas eu me recuso a deixar que você saia desta tão fácil.

— Ótimo. Espero que exija mais dos homens na sua vida.

— *Qualquer* homem seria melhor do que o covarde que *você* é.

Desta vez, a reação dele é perceptível, e fico irritada por não encontrar satisfação nisso.

— Mais alguma coisa?

— Você deveria saber que só fiz isso por ela. Para cuidar dela, porque *ela* é a figura parental que merece.

— Entendi.

Ele aperta os punhos brevemente, e eu abro o jogo.

— No ano passado, quando você voltou para casa, naquele dia...

— Eu não tinha o direito de impor...

— Exija o direito — sussurro. — Lute por *mim*. Pela primeira vez na minha vida, lute por mim, porra. Lute pelo *seu lugar* comigo.

— Cecelia, eu fiz escolhas, escolhas difíceis, e só pensei no seu melhor quando as fiz.

— Como assim? Não deveria ser uma escolha. Pais deveriam amar as filhas. Deveriam ser o mundo delas, a vida delas, e parece que para você eu valho mais no papel do que parada bem na sua frente. Por favor, me ajude a entender.

— Esse dinheiro não era para ser um insulto...

— Por quê? Só me diz o que eu fiz! Foi ela? Você a odeia tanto a ponto de se recusar a se envolver comigo porque eu o lembro da minha mãe? Me diz por que você não pode ser o pai que eu mereço. Me diz por que você não pode me amar. Me diz por que ela claramente ainda ama você!

Ele engole em seco várias vezes, e eu desmorono.

— Agora é a hora, Roman. Eu vi algo naquele dia em que você foi me procurar. Estou retribuindo, aqui e agora. Aqui. Você percebe? Lute por mim. — Eu me engasgo em soluços. — Eu quero um pai, não uma fortuna.

Roman fica completamente imóvel. Ele baixa os olhos, e todas as esperanças tolas me abandonam. Nada. Nem uma palavra, nem uma única coisa que pedi, apenas uma parte da fortuna e o maldito silêncio dele. Me sinto oca por dentro enquanto declaro guerra às minhas emoções, tentando desesperadamente juntar o que resta da minha dignidade.

— Beleza — digo, enxugando os olhos. Engulo em seco. — Tudo bem. Mas você devia saber que acabou com a vida dela.

Os olhos dele brilham outra vez, e eu posso sentir a mudança apesar da pose tranquila.

— Você partiu o coração dela, e saiba que foi o primeiro homem a partir o meu também. Pelo menos com ela, foi uma ruptura só — digo, e balanço a cabeça —, mas você vem partindo o meu por vinte longos anos. Às vezes, penso que foi uma maldição herdar o coração da minha mãe, mas agora penso que é bem melhor não ter herdado o seu.

— Eu não quero nada além de...

Bato a mão na mesa.

— O melhor para mim? Obrigada, eu acho. — Balanço a cabeça, enojada. — Negócios concluídos, Roman. — Estendo a mão para ele. — Aperte minha mão.

— O quê?

Ele encara minha mão estendida e empalidece.

— Isso foi uma negociação, não? Ainda não sou experiente, mas tenho quase certeza de que é assim que se conclui um negócio. Um aperto de mão para selar o acordo. Aceito suas condições. Aceito seu pagamento, sr. Horner. Considere seu dinheiro bem gasto.

— Não era para ser...

— Sim, era. Aperte minha mão.

Com os ombros caídos, ele coloca a mão na minha, e quase não consigo evitar que meus joelhos cedam. Minhas intenções com esse gesto são puramente egoístas, porque é a primeira e última vez que vou segurar a mão do meu pai.

— Agora olhe nos meus olhos — falo, com a voz rouca — e diga adeus.

Quando ele ergue os olhos para os meus, não sinto satisfação alguma.

— Diga adeus, Roman.

— Cecelia, isso é ridículo.

Puxo a mão.

— Você merece cada pedacinho do carma que viver. E há uma beleza no carma: você nunca sabe quando ele se volta contra você.

— Vou levar isso em consideração. — Ele pigarreia, a voz rouca quando fala. — Você já terminou?

Lágrimas que já não consigo conter escorrem pelo meu rosto, e eu assinto.

— Sim, senhor. Isso é tudo. Está se sentindo melhor?

— Entendo que você está chateada, mas...

— Adeus, Roman.

Sou eu quem caminha para a porta desta vez, com uma pasta cheia de dinheiro na mão. A voz dele não passa de um sussurro quando fala atrás de mim.

— Por favor, me mantenha informado sobre seu progresso na faculdade.

Olho para trás e vejo o remorso brilhando nos olhos dele. Um segundo depois, ele os desvia.

— Vá para o inferno.

17

Mesmo tendo mais uma noite paga no hotel, volto para casa, porque me sinto mais segura lá. Para ser sincera, me senti mais protegida e segura sob o olhar de Tobias durante o curto tempo que passei com ele do que com meu próprio pai naquela sala de reuniões.

No caminho de volta, pensei em mil maneiras melhores e coisas diferentes que eu poderia ter dito, mas pelo menos deixei minha mensagem clara, e isso não fez a menor diferença. Nenhuma mesmo.

Depois de ir embora, não derramei uma única lágrima. Nem no elevador, nem quando peguei a bolsa, nem no trajeto de volta. Mas a ardência em meus olhos começa a ficar insuportável quando estaciono em frente à casa e percebo mais uma vez o que é: uma estrutura sem vida, imitação de uma vida que não existe.

Um lar que nunca abrigará uma família.

Deixo a bolsa no carro e subo lentamente os degraus até a porta, quando ouço o barulho suave de um motor. Eu me viro a tempo de ver o Jaguar de Tobias acelerando pela entrada. Com as emoções em conflito e os punhos cerrados, me viro justo quando ele contorna a entrada e estaciona.

Ele sai do carro, vestido para matar, e caminha de forma resoluta na minha direção, parando ao pé da escada. Cruzo os braços, e ele me percorre dos pés à cabeça, com uma expressão semelhante à preocupação. Mas estou tão imersa em meus pensamentos que nem sequer tento decifrar o que isso poderia significar.

— Não consigo lidar com você. Não hoje, Tobias. Me dá só um dia.

Ele morde o canto do lábio, sem se mover.

— Por que você está aqui? — pergunto, minha voz me traindo com um tremor enquanto dou um passo em direção à escada. — Os papéis estão assinados. Nosso negócio está concluído, Tobias. Você venceu. O reino está à sua disposição. Você só precisa pegá-lo. Não vou impedir você.

Controlo minha expressão, sentindo as pequenas fissuras começarem a se abrir em meu peito.

Não. Não. Não. Por favor, coração, não faça isso comigo.

Ele engole em seco, enfia as mãos nos bolsos da calça e baixa os olhos.

— Vai embora! Porra, se ainda resta um pingo de decência em você, vai embora agora. Seja lá do que você precise, pode esperar.

Ele ergue os olhos devagar até os meus, e eu pressiono as mãos na barriga, tentando de todas as formas manter a calma mais um instante.

— Você conseguiu o que queria! Acabou. Vou embora em breve. Você não precisa mais confiar em mim. Então vai lá! O tabuleiro é todo seu.

Ele permanece em silêncio, observando enquanto eu desmorono aos poucos.

— Veio aqui para se gabar? Bem, não deveria. Eu sou uma mulher muito rica agora, sabia?

— Cecelia...

— Você venceu! — Abro os braços e os ergo bem acima de mim. — Tudo seu. Faça o que quiser.

O rosto de Tobias se contrai e ele sobe um degrau, depois outro.

Eu recuo em direção à porta.

— Não. Acabou. Xeque, a favor do rei. Só mais uma jogada e ele está acabado.

Ele balança a cabeça lentamente.

— Meu Deus, você acabou comigo, eu não tenho nada nem *ninguém*, mas tenho um monte de dinheiro. Não preciso de ninguém. Não *preciso* de ninguém! Me ouviu? Quero que você vá embora!

Silêncio.

— Não finja se importar comigo. É um insulto!

Ele segura a parte de trás da cabeça e suspira, o arrependimento dominando suas feições, sua postura. Culpa.

Meu queixo cai quando percebo o porquê.

— Meu Deus, você ouviu, não ouviu? Ouviu cada palavra. — Respiro fundo e balanço a cabeça, incrédula. — Você não pode sequer me dar um momento que eu merecia. Um momento de privacidade, só um.

Solto uma risada amarga, os olhos cheios de lágrimas de humilhação.

— Uau, você deve achar que eu sou patética. É por isso que está aqui? Para me dizer o quão patética eu sou. Então vamos lá. Diga!

Tiro meus saltos e os arremesso aos pés dele.

— Eu o decepcionei? Você veio me dizer que não é assim que os adultos agem? Como lidam com *negócios*? Bem, não perca seu tempo. Você deixou perfeitamente claro que eu não sou uma adversária digna. Vai embora! Vai lá acabar com ele. Terminamos por aqui.

Um longo silêncio se passa, e ele não se move, os olhos suplicantes, inabaláveis.

— Fala alguma coisa! Diga alguma coisa, seu desgraçado, diga qualquer coisa, mas vamos terminar isso com um adeus. Eu não quero você. Nós não somos nada. Nada além de negócios. Vai embora!

Ele fica onde está, em silêncio, com uma expressão de culpa e cheia de pena, o que só me enfurece mais.

— Você está na metade do caminho. Arruinou a filha dele, é hora de mirar na cabeça. Acabe com ele. Por favor — imploro, minha determinação desmoronando. — Acabe com ele.

Ele se aproxima, subindo os degraus, mas eu recuo em direção à porta.

— Não, nem pense nisso! — Eu me viro para fugir quando ele me alcança, me puxando para seus braços no exato momento em que meu escudo cai. — Eu odeio você — digo, chorando, em meio aos soluços abafados, e enterro meu rosto no pescoço dele.

Tobias acaricia meu cabelo, murmurando palavras apressadas.

— Sinto muito, Cecelia. Sinto muito mesmo.

A entonação suave da voz dele só me faz chorar mais, e eu agarro seu paletó. Tobias me ergue do chão, acabando com o espaço entre nós.

— Só respire. Ok? Respire — sussurra ele, enquanto eu soluço em seu pescoço, meu rosto ardendo com lágrimas, a queimação insuportável.

— E-e-le me subornou, Tobias. Ele me subornou.

Ele me abraça forte, e eu choro sem parar. Depois de vários minutos suspensa nos braços de Tobias, ele se senta nos degraus da varanda e me acomoda em seu colo enquanto eu descarrego vinte anos de rejeição.

É aqui, no alpendre da casa do meu pai, nos braços do inimigo dele, que encontro consolo. Tobias murmura em meu ouvido, alternando entre pressionar os lábios no topo da minha cabeça e na minha têmpora, ao mesmo tempo que desliza as mãos quentes pelas minhas costas. É inacreditável que o homem mais determinado a me destruir é o mesmo que está juntando meus pedaços com o toque de suas mãos, com o contato suave de seus lábios em minha pele. Eu me afasto e o encaro, sem entender. Com dedos delicados, ele limpa as manchas de rímel do meu rosto. E nós apenas... ficamos nos encarando.

— Eu achava que não veria mais você.

Silêncio.

— Você estava em Charlotte?

Ele acena lentamente.

— Você me seguiu até lá?

Outro aceno, e ele encosta a testa na minha.

— Não é ele quem determina o seu valor. *Ninguém* pode fazer isso. Eu sei que isso não melhora as coisas, mas ele não merece você.

Mordo o lábio e duas lágrimas escorrem pelas minhas bochechas.

— E ambos sabemos que eu também não mereço o seu perdão.

— Tobias, nós não podemos...

— Shhh. Agora não.

Ele me acalma e me abraça mais forte, como se estivesse me confortando... como se eu fosse apenas uma menininha.

Eu me pergunto se ele ainda me vê assim, especialmente agora, quando estou neste estado, fazendo um escândalo. Eu me pergunto se Tobias entenderia caso eu expressasse meus pensamentos em voz alta. Se eu admitisse que, de algum jeito, a partir do que ele ensinou aos irmãos, do que *ele* me ensinou, ele se tornou mais uma figura paterna para mim do que meu próprio pai. Meu choro diminui, e quando ele ergue meu queixo, me perco nas chamas suaves de seus olhos.

Fungo, alisando a lapela do paletó.

— Não sei se você é um homem muito mau que faz coisas boas ou um homem bom que faz coisas muito ruins.

— O que você acha? — pergunta ele, com a voz rouca.

— Acho que sou louca por tentar descobrir.

Ele suspira, passando os nós dos dedos pelas trilhas de lágrima nas minhas bochechas.

— Com você, Cecelia, percebi que a raiva pode tornar alguém tão imprudente quanto qualquer outra emoção. E ainda assim, aqui estou eu, fazendo coisas muito ruins com algo *muito bom* — sussurra ele, e então me dá um beijo salgado de lágrimas.

18

Acordo de um sono profundo e sem sonhos no sofá, para onde Tobias me levou após minha crise. Lá, ele me segurou junto ao peito e ficamos sentados em silêncio. Não consigo lembrar do momento em que fechei os olhos e adormeci, mas, ao despertar, estou quente sob um cobertor e com a cabeça apoiada em uma das mantas. Um pouco desorientada, ouço uma música francesa suave vindo da cozinha. Ao chegar à porta, vejo Tobias abrindo uma garrafa de vinho. Sem olhar para mim, ele despeja duas porções generosas em taças sem haste e se vira para me oferecer uma delas.

— Bem na hora do espetáculo.

Curiosa, pego a taça e aceito a mão que ele estende, então o sigo até a porta dos fundos. Caminhamos em silêncio com as mãos entrelaçadas. O som dos insetos cresce, ecoando por todos os lados. O ar esfria rapidamente, o sol se pondo devagar atrás das montanhas, levando consigo a maior parte do calor. A grama é fresca e úmida sob meus pés descalços enquanto ele me conduz até a pequena colina e para dentro da clareira.

— Une table pour deux. — *Uma mesa para dois.*

Ele estende o paletó no chão e faz um gesto para que eu me sente. Ainda estou com a calça de tweed e a blusa amassada, meus saltos esquecidos há muito tempo. Tobias ainda veste a mesma calça social e a camisa que manchei de lágrimas. Ele coloca o vinho no chão, tira os sapatos e as meias, e planta os pés na grama.

Nós ficamos sentados por muito tempo, apenas saboreando o vinho e apreciando a vista.

Quando o céu começa a escurecer e a lua cheia aparece, os vaga-lumes dançam ao som de uma melodia silenciosa. Dou mais um gole e meus ombros relaxam. Começo a afundar na terra. Completamente à vontade, me encosto ao lado dele, tentando ao máximo não dar muita importância para as palavras que me disse antes, a suavidade em seus olhos, a ternura daquele beijo. Mas estou esgotada demais para manter a guarda elevada. Anestesiada demais pelos eventos do dia para analisar a situação, para me proteger ainda mais da dor que Tobias poderia causar tão facilmente neste momento de fraqueza. Não consigo me importar. Ele estava ao meu lado no momento em que mais me senti sozinha no mundo e, por isso, tudo o que consigo sentir é gratidão.

Por intermináveis minutos, apenas seguimos as luzes do chão até a expansiva linha de árvores lá em cima. O céu noturno se enche de estrelas cintilantes, e somos transportados para um mundo diferente. Nunca na minha vida vi algo tão deslumbrante. Isso, até eu me virar para o cara sentado ao meu lado, que me observa atentamente.

— Queria ver tudo isso com os seus olhos — sussurra ele.

— Como assim? Você também está aqui, tendo a mesma vista.

— Não, não é a mesma coisa. Mas estou começando a enxergá-la de novo. — Ele fica tenso e solta um longo suspiro. — A esta altura da vida, você está experimentando muitas coisas pela primeira vez. E, de certa forma... estou com inveja.

Arqueio uma sobrancelha.

— Isso foi bastante sincero. Quantas taças de vinho você já tomou?

Ele ergue um dos cantos da boca, e então toda a diversão desaparece. Tobias desvia o olhar do meu.

— O-obrigada por hoje.

— Não agradeça — diz ele, assim que as palavras saem de meus lábios. Ele ergue o queixo assim que a luz ao nosso redor se intensifica. — Olha.

Como um sinal, os vaga-lumes parecem se multiplicar aos montes, e é simplesmente mágico. Parece que estamos cercados por uma luz sobrenatural. Lendo meus pensamentos, ele se manifesta, a voz levemente enigmática.

— Este lugar. Bem aqui. É mágico.

Eu bufo.

— Você é muito realista, muito prático, para acreditar em magia.

— É magia prática — retruca ele —, porque, aqui, podemos capturar a luz. — Ele estende a mão e agarra um vaga-lume, que brilha na palma. — Nenhuma decisão a tomar, nenhum fardo, nenhuma dívida para pagar, nenhum acordo para fazer, não aqui, não agora.

— Que conveniente.

— Ah. — Ele abre a palma da mão, e o inseto alça voo entre nós e se afasta. — Agora, *essa* é uma palavra mágica. Porque se tem algo que você quer, aqui, tudo o que precisa fazer é sonhar, e então estender a mão e pegar.

— Talvez seja o vinho e a vista, mas, neste momento, isso não parece tão absurdo. — Dou outro gole. — Então, imagino que este lugar seja importante para você, né?

Ele assente.

— Este lugar me *moldou*. Ele guarda cada segredo que eu carrego.

Lanço um olhar para ele, que mantém o foco nas árvores cintilantes lá em cima. Por um instante, fecho os olhos, deixando que o resto do estresse do dia desapareça. É a dor que permanece, que provavelmente sempre permanecerá, mas, por enquanto, é suportável.

A voz dele é rouca quando fala, impregnada de memórias do passado.

— Um dos momentos mais assustadores da minha vida foi quando percebi que não sabia absolutamente nada que *alguém* não tivesse me ensinado. Foi aí que estive no ponto alto da minha vulnerabilidade. Quando percebi o quanto precisava das pessoas.

— Quando foi isso?

— Foi na noite em que perdi meus melhores professores. — Ele engole em seco, como se sentisse dor, as palavras roucas. — Naquela noite, quando Delphine veio nos contar que nossos pais não voltariam... eu me levantei, saí pela porta e continuei andando. Não lembro como cheguei aqui, mas sabia que estava procurando por algo, precisava de *alguma coisa*, e por alguma razão acabei nesta clareira, olhando para essas árvores, buscando respostas no céu.

— Então, é aqui que...

Ele se vira para mim, o cabelo bagunçado, a barba por fazer.

— Para *mim*, foi aqui que tudo começou. No começo, este lugar virou uma espécie de templo, um santuário. Selvagem, gigante e intocado. Eu era atraído por esta pureza. Ao longo dos anos, parecia que este lugar me convocava. No começo, era aqui que eu me lamentava, porque não queria que Dom visse. Com o passar do tempo, vim mapear meu futuro, clarear a mente. Noite após noite, quando Dom ia dormir, eu corria quilômetros para chegar aqui. Às vezes, quando Delphine dormia, eu pegava o carro dela.

— Então é por isso que você estava aqui naquela noite?

A noite em que saí correndo pela floresta chamando pelos irmãos dele. A mesma noite em que ele me beijou, me deixando completamente fora de mim.

Ele balança a cabeça ironicamente, com uma expressão séria.

— Este era o *meu* lugar. Não sei se o destino desempenha algum papel na nossa vida, mas eu soube quando o encontrei. De alguma forma, eu sabia que este lugar tinha sido feito para mim.

Ele arranca um pedaço de grama e a esfrega entre os dedos.

— Foi por isso que não fiquei surpreso quando Roman começou a construir sua fortaleza a apenas alguns metros de onde eu estava traçando meu futuro *e o dele*.

Tento imaginar Tobias aqui quando era apenas um garoto, recém-órfão e completamente sozinho, na floresta, olhando para o céu noturno. A imagem me deixa emocionada. Ser tão jovem e perder tudo num piscar de olhos... é inimaginável.

Ele bebe o vinho, engolindo de forma audível.

— Ainda consigo me lembrar de como o nosso pai falava com entusiasmo sobre seus sonhos grandiosos. Os planos que tinha para nós, o jeito como defendia este lugar, nos fazendo imaginar aquele novo mundo, aquela nova realidade na qual acreditava tanto e que acabou por tirar a vida dele. Quando os perdi, me afastei do mundo. Não confiava em ninguém. Estava tão enfurecido que me isolei completamente. E quanto mais eu aprendia sobre o mundo em que ele acreditava, sobre as pessoas nas quais ele confiava e depositava sua fé de forma cega, mais meu ódio aumentava. — Ele me observa atentamente. — Meu propósito começou a mudar com o passar dos anos. Não tinha tempo para mais nada. Desde então, tenho feito exatamente o que planejei fazer. Cada plano que tracei *aqui*, coloquei em prática. Cada decisão que tomei *aqui*, fiz acontecer. — Ele se vira para mim. — Mas, em algum momento no meio do caminho, me esqueci de olhar ao redor, de olhar para cima, de focar alguma coisa que não fosse meu objetivo. Fiquei tão determinado a levar meus próprios planos adiante, que estraguei este lugar. Eu o compartilhei simplesmente para cumprir meu objetivo. Alguns anos depois, já não era mais meu santuário, porque minhas ambições o transformaram em uma zona de guerra. É por isso que gosto do jeito como você olha para tudo aqui. Você está vendo este lugar do jeito que eu o vi pela primeira vez.

Tobias toma mais um gole generoso de vinho enquanto penso sobre o que ele acabou de dizer e decido falar um pouco também.

— Eu acredito no destino — declaro —, acredito de verdade. Senti isso mais cedo, naquela sala de reuniões. Eu estava no meu momento mais vulnerável quando alguma coisa mudou dentro de mim. Foi como se uma voz que eu nunca tinha ouvido tivesse falado comigo. E, por alguns segundos, vi o futuro muito claramente. Não acho que seja uma coincidência eu ter vindo para Triple Falls ou ter tido as experiências que tive no último ano. Foi como se todo o inferno pelo qual passei tivesse me guiado especificamente até aquele momento. — Eu me viro para ele. — Não faz muito tempo que você me perguntou o que eu iria fazer, e hoje eu vi.

Ele fixa o olhar no chão e assente, então tomamos mais um gole de vinho ao mesmo tempo.

— Você é tão jovem. — Ele olha para mim e solta um fio de cabelo preso em meu lábio. Abro a boca para discordar, mas ele pressiona um dedo em minha boca para me silenciar. — Não estou dizendo isso de forma condescendente. Mas, quando se vive um pouco mais, não se vê as coisas como absolutas do jeito que você está vendo agora. Você tem soluções simples para problemas complicados. Mas quanto mais uma pessoa aprende, mais cética se torna. Mais questiona as próprias decisões e se arrepende de algumas escolhas. Só não deixe que isso mude você, Cecelia. Nunca esqueça como se sentiu na sala de reuniões hoje. Não importa quanto tempo passe.

— Não vou.

Ele morde os lábios brevemente, então continua:

— Sabe, eu realmente não me arrependo. Ajudei Dominic com a lição de casa. Consegui meu primeiro emprego aos catorze anos empacotando compras no supermercado para que ele tivesse uma bicicleta nova na manhã de Natal. — Ele levanta os joelhos e apoia os antebraços neles. — Abracei a missão de tentar criá-lo como nosso pai teria feito. Dar a ele tudo o que eu podia. Ainda me lembro claramente do dia em que o ensinei a fazer a barba. Fiquei honrado quando ele me pediu. — Tobias sorri, um sorriso de verdade. — Ele ainda não tinha passado pelo segundo estirão de crescimento, então era uns trinta centímetros mais baixo do que eu.

— Então você foi mais um pai do que um irmão — concluo.

— Eu quis que fosse assim — acrescenta ele, rapidamente. — Quis mesmo. Beau era um homem bom. E eu queria dar a Dominic o máximo do pai dele que eu pudesse. Não trocaria essas memórias por nada. É só que...

Culpa. Posso senti-la escorrendo de Tobias, junto a tudo o que ele não está dizendo. Ele perdeu a própria vida criando o irmão e colocando os próprios planos em ação. Parece que não sabe mais quem é sem seu propósito.

É aí que eu percebo que ambos estamos perdidos de um jeito semelhante.

Eu o decifrei tão bem quanto ele me decifrou.

Porque, nesse aspecto, somos muito parecidos.

Me ocorre que, na noite em que ele me despedaçou e dilacerou minha vida de forma tão íntima, não foi porque sabia dos detalhes; foi porque entendia o sacrifício. Ambos fizemos — e ainda fazemos — sacrifícios por aqueles que amamos. Ele só tem feito isso há muito mais tempo do que eu.

— Dominic e Sean são as únicas duas pessoas em quem já confiei completamente. — Ele passa os dedos grossos pela grama. — Não é culpa deles. — Tobias balança a cabeça. — Eu entendo. Eles não sabiam o quanto isso iria...

— Doer — completo. — O quanto isso o machucaria.

— Mas não é culpa deles. É minha. Eu esperava que os dois fossem dedicados em todos os aspectos... Exigi demais.

Nem em um milhão de anos sonharia em ver esse lado dele. Nunca quis uma explicação. Nunca quis ver o coração morto de Tobias começar a bater. Mas é neste ponto que eu o compreendo, que entendo sua lógica. E, pior ainda, que me coloco no lugar dele.

— Você ainda confia neles, Tobias. E sabe que pode confiar.

— Eu confio neles. Com minha vida. Mas é que... eu estava com ciúme. — Ele dá um gole no vinho e olha para mim. — Ainda estou.

— Tobias, você pode mudar isso. Agora mesmo. Você pode tomar uma decisão...

Encontro o olhar dele, mas a expressão que Tobias devolve faz minha língua secar, e fico sem palavras. Engolindo em seco, desvio os olhos e respiro fundo.

— Eu tenho uma casa — fala ele, num tom suave. — É perto de Saint-Jean-de-Luz. Meu pai biológico me levou lá quando eu era bem pequeno. É só um lampejo, uma memória falha de estar lá, de ser feliz. É isso, um piscar de olhos. Mas, alguns anos depois de me formar na faculdade, voltei e senti aquilo de novo. É o único lugar no planeta onde me senti tão em paz quanto aqui. Então, assim que pude pagar, comprei um pedaço do paraíso bem na beira do mar e comecei a construir. Ficou pronto há um ano, e eu não pus os pés lá.

— Por quê?

— Porque eu não mereço.

— Isso é ridículo.

— Não. Ainda é um sonho intocado. É minha linha de chegada. Eu tenho que merecer. Ainda não fiz tudo o que preciso. Mas, para ser honesto, estou com medo desse momento.

— Por quê?

— Porque quando isto acabar, vou ter que encontrar um jeito de conviver comigo mesmo, com as coisas que fiz. Com as coisas que vou continuar fazendo. Porque este é meu único plano.

Ele se vira para mim com a expressão assombrada.

— Mas eu sonhei com tudo isto aqui, bem aqui onde estamos sentados. Saint-Jean-de-Luz existe. E vai estar lá quando eu estiver pronto. E agora estou compartilhando meu lugar com você, então — ele implora com um olhar —, o que é que você deseja?

— Pode parecer bobo, mas Paris.

— Isso é muito pequeno, muito fácil de alcançar. Pense maior.

— Desejo ter voz.

Ele concorda como se entendesse.

— Então vai ter voz.

— Desejo ter meu próprio santuário.

— Então vai ter seu santuário. Continue sonhando. Continue planejando. Sonhe mil sonhos e então faça mil coisas acontecerem.

Ele tira o vinho da minha mão e deixa o copo de lado.

— Puf. — Eu sorrio, o vinho pulsando em minhas veias. — Assim do nada.

— Não. — Ele puxa minha mão para sua coxa e a vira para cima, deslizando a palma pela minha. Atordoada com o toque, sinto o corpo ganhar vida quando ele acaricia minha mão suavemente com a ponta dos dedos. Uma mecha de cabelo cai sobre sua testa, e eu me coço de vontade de tocá-lo no mesmo instante em que ele franze o cenho. — Depois que você sonha e planeja, é quando o trabalho começa. É aí que fica mais difícil. Seus planos podem se complicar, seus sonhos podem se diluir e parecer mais distantes, fora de alcance, e às vezes você perde de vista o que é importante e machuca as pessoas que contam com você. Outros podem se machucar no processo. — Nossos olhos se encontram. — E quando isso acontece — diz ele, e engole em seco —, pode fazer você questionar quem é e até onde está disposto a ir.

Não importa o quanto eu queira, não consigo desviar o olhar.

— Cecelia. — A voz dele é baixa, e meu nome nunca soou tão bonito saindo dos lábios de um homem. Fico hipnotizada por tudo o que ele revelou, sem acreditar que este é o mesmo Tobias que conheci. — Sinto muito, de verdade, pelas coisas que fiz com você. O que aconteceu hoje...

— Não teve nada a ver com você. E eu não quero falar disso. — Seguro a mão dele, frustrada com o que está começando a despertar em mim. Se eu não tomar cuidado, ele vai conseguir ressuscitar meu coração faminto com suas palavras, seu toque. — E está fazendo parecer que já é o fim do jogo para você, quando não é. Você ainda é jovem e pode mudar seus planos. Tem muita vida pela frente. Ainda pode sonhar aqui. Porra, você poderia entrar naquela casa em Saint-Jean-de-Luz amanhã se quisesse.

— Não posso, não. — Ele vira minha mão, separando meus dedos, e então os leva à boca exuberante e os beija um por um. Faíscas se acendem e o fogo sobe pela minha coluna à medida que a eletricidade entre nós começa a se intensificar. Vibrando de antecipação, sua voz me hipnotiza e eu o vejo pressionar cada um dos meus dedos nos lábios macios. A visão me incendeia. — Sabe, meus planos, minhas decisões, me encurralaram contra a parede. Mas neste lugar... — Ele ergue os olhos fumegantes para os meus e segura meu rosto como se estivesse segurando o mundo nas mãos. Meu instinto é desviar o olhar, reconhecer a mentira, apontar o engano. Mas eu não faço isso, não posso, porque acredito em cada palavra que ele diz, de verdade. — Aqui, não há estranhos, ameaças nem passados, não há mais ninguém. Não há nada além de *nós*.

Eu me sinto sufocada pela sinceridade dele, pela transparência. Tobias passa o polegar pelo meu lábio inferior, os olhos baixando brevemente antes de voltarem aos meus. E neles, eu o vejo nitidamente pela primeira vez.

— E, por sua causa, voltei a encarar este lugar como ele realmente é. Não perdeu nada da magia. Eu só tinha esquecido como encontrá-la.

Com os olhos fixos nos meus e uma expressão suplicante, ele se inclina, os lábios muito próximos aos meus. E eu não posso negar isso a ele, nem a mim mesma, porque ele está falando a verdade. Desde o dia em que nos conhecemos, fomos atraídos um pelo outro. Mesmo que tenha nascido de raiva, ressentimento e traição, isso sempre esteve lá. E através de toda a névoa, éramos semelhantes.

— Eu conheço você, Cecelia, porque você me *conhece*, e é aqui, neste lugar, que percebemos que nos conhecíamos o tempo todo.

Ele deposita um beijo leve como uma pena em meus lábios e desliza as mãos para minha nuca, então os abre com uma pressão decadente. Saboreando o gosto do vinho na língua dele, suspiro enquanto ele explora, lambe e aprecia minha boca sem pressa. Ele me ergue para me envolver ao redor do seu corpo, a boca se entrelaçando na minha, roubando, consumindo. A gravidade nos segura firme no lugar, e eu retribuo o beijo sem reservas. Quando ele se afasta, só consigo ver satisfação em seus olhos. Ele pode ter percebido primeiro, mas o reflexo que vejo é inegável.

Eu entendo, Cecelia. Você continua tentando se entregar, entregar seu coração, sua lealdade, para quem quer que seja, por motivos que você mesma não entende, mas são tão dolorosamente claros.

Claros para Tobias, porque ele tem vivido o mesmo tipo de exílio voluntário, mas em vez de entregar o coração, ele o trancou cuidadosamente. Com nossas respirações se entrelaçando e nossos peitos arfando, nos encaramos enquanto nos reconhecemos.

— O que você deseja, Tobias?

Ele me prende sob si e me encara, pressionando meus pulsos na grama, seu cabelo fazendo cócegas no meu queixo.

— Um momento egoísta — sussurra ele suavemente, então captura minha boca, me envolvendo no beijo mais condenatório e egoísta de todos.

19

Desperto bem antes do nascer do sol, completamente vestida e envolta em um calor infernal. Tobias dorme silenciosamente ao meu lado, os braços me envolvendo de forma protetora e o queixo enterrado no meu pescoço. Dormi a noite toda, levemente embriagada pelo vinho, na segurança do abraço dele desde que voltamos em silêncio para casa. Tobias não me despiu. Apenas apagou a luz e me puxou para perto.

Eu o afasto sem acordá-lo e tomo um longo banho. Coloco meu vestido branco de verão favorito, que mais parece uma peça da era eduardiana. Camadas de tecido branco sedoso acariciam minhas panturrilhas e um corpete abraça minhas curvas; as alças largas caem frouxas pelos ombros. Pego meu livro de capa dura favorito e vou para o jardim, pegando uma manta fina para afastar o frio da manhã. Aninhada na espreguiçadeira sob uma treliça coberta de glicínias, assisto ao espetáculo que é o sol nascendo em um mundo diferente do qual agora sou cidadã, meus pensamentos vagando para o homem desmaiado em minha cama.

Sob a neblina do sol de um novo dia, me perco e passo horas lendo e apreciando o mundo ao redor.

Flores frescas desabrocham a poucos passos de distância, perfumando o ar, e folheio as páginas de *Pássaros feridos*. É meu livro favorito, ou pelo menos era quando eu era mais nova. Foi o primeiro golpe no meu coração de viciada e, portanto, o mais forte. Eu o roubei da biblioteca no último verão que passei com meu pai e nunca o devolvi. Conta a história de Ralph, um padre, e Meggie, uma garotinha que ele viu crescer e que se apaixonou por ele quando ficou mais velha. Mas o amor dos dois era impossível.

Quando Meggie é jovem, ele lhe conta sobre um pássaro cujo propósito é deixar o ninho em busca do espinho mais afiado para se empalar, a fim de cantar a canção mais doce ao morrer, uma única vez na vida.

Mas essa história é, na verdade, um aviso ao qual o coração dela não dá ouvidos. Ao descrever seu amor, Meggie diz que sua devoção a Ralph é como chorar pela lua. Porque é impossível capturar, impossível manter.

Meggie nunca poderia ter Ralph da forma como desejava, e ele jamais abandonaria seu propósito de vida por ela. Portanto, Ralph também era o espinho de Meggie, que passa a vida esperando o momento para se entregar a ele, apenas para ter uma chance de cantar. E então acontece, os dois têm um momento pecaminoso e secular onde o mundo para, o tempo cessa e o amor vence.

Sempre paro de ler quando eles estão juntos, porque conheço o final, e sou mais feliz no meio da canção. Aprecio cada momento.

No meio do livro, eu me levanto e caminho sobre o tapete verde e macio sob meus pés, admirando a obra-prima da natureza. Fileiras intermináveis de roseiras contornam o centro do jardim, e eu paro a cada poucos passos para deslizar os dedos pelas pétalas delicadas e respirar o perfume delas. É como um sonho — a brisa, os aromas, a névoa rosa da manhã —, e estou completamente intoxicada. Por um momento, sinto pena de Roman. Tenho certeza de que ele nunca passou um minuto aqui simplesmente aproveitando a vida. Ele poderia, a qualquer momento, decidir desfrutar dos frutos do seu trabalho, apreciar o palácio que assombra, mas vive totalmente absorvido pela dura realidade. Números e poder o dominam. E tenho certeza de que a existência dele é miserável.

Não quero isso para mim. De jeito nenhum.

E um dia, vou precisar perdoá-lo. Vou ter que perdoá-lo, por mim mesma. Mas, esta manhã, a dor começa a me corroer, e ainda consigo sentir a humilhação, a pontada aguda da rejeição do meu pai. O bálsamo inesperado para meu coração ferido está adormecido no quarto acima de mim.

As últimas vinte e quatro horas com Tobias têm sido surreais, e estou morrendo de medo de confiar em uma lembrança sequer. Passo o dedo sobre meus lábios lembrando da maneira como ele me beijou, me abraçou, como se eu fosse preciosa, como se cada pensamento meu importasse. Cubro o rosto com as mãos e tento afastar esses pensamentos, mas não consigo evitar lembrar da nossa conversa.

Sonhe mil sonhos.

No último ano, aprendi uma forma diferente de viver, e acho que nunca a abracei do modo como posso fazer agora.

Depois da epifania de ontem, sei que meu futuro envolve grandes mudanças e decisões importantes. Quero vivenciar tudo isso. Caso contrário, qual é o sentido?

Uma paz me envolve ao lembrar do futuro que havia planejado para mim mesma naquela sala de reuniões. Uma decisão de viver no presente, mesmo sabendo o que sei. Risco e recompensa. Sem arrependimentos. Decidi qual será meu papel.

Estou dando uma volta pelas sebes, admirando as paredes de madressilva que as cobrem, quando sinto a presença dele. Levanto os olhos e o vejo parado no canto do pátio, me encarando.

— Oi.

Tobias espera em silêncio. A camiseta amarrotada, o tecido grudando no corpo como uma segunda pele, delineando o peito forte, contornando a estrutura musculosa quando ele se espreguiça. Cuecas pretas realçam as coxas incrivelmente definidas. Ele está todo desarrumado. Bem diferente do terrorista estiloso que me acostumei a encontrar em minha porta. Mas, por mais bagunçado que pareça, é ainda mais angustiante encará-lo. Vivemos um momento roubado na noite passada. Um momento para sermos egoístas, para ceder ao que ambos desejávamos, e não foi apenas físico. Foi um longo gole para duas pessoas sedentas. E saboreamos cada gota, mas agora estamos à beira do desastre. Ainda assim, consigo sentir a gravidade, a dor, a necessidade se intensificando nele, que está a apenas alguns metros.

Deslizo as mãos pelas flores delicadas.

— É bonito aqui fora, não é?

Mais silêncio, e é insuportável. Meu coração dispara enquanto o ar ao meu redor paralisa. A tensão aumenta, e consigo sentir o olhar dele sobre mim, minha nuca se arrepiando com o peso disso. Não consigo me forçar a olhar em seus olhos. Porque se eu fizer isso, ele vai saber.

— Difícil acreditar que uma pessoa tão ruim seja dona de um lugar tão extraordinário.

Consigo notar a tristeza em minha voz. Fui honesta com Tobias na noite em que ele me questionou. Desde o momento em que meu pai confessou que não podia me amar até o tempo que passamos ontem na sala de reuniões dele, pareceu ser um golpe contínuo e agonizante. Embora tenha sido difícil admitir, vim para cá com uma esperança, que agora foi despedaçada. Minha relação com meu pai está destruída para sempre.

A rejeição de Roman me transformou numa garotinha triste e solitária, e eu estive agindo como uma, levando meu coração machucado por aí e implorando para alguém, qualquer um, me dizer que ele valia alguma coisa.

— Você estava certo, sabia? — digo, mais uma vez passando os dedos pela parede florescente de madressilva. — Tenho sido uma garotinha triste e solitária por muito tempo. — Sorrio, embora meus olhos estejam brilhando com lágrimas. — Eu não conseguia entender por que ele não podia, não *queria*, me amar. Mas agora sei que é só um laço de sangue e que eu sou apenas uma responsabilidade. Nada mais. Mas não vou pedir desculpas por crescer pensando que merecia o amor dele ou por simplesmente crescer, e pelas escolhas que fiz no processo. Ou por acreditar no amor. Por que... como o amor pode ser um erro? — Uma lágrima quente desce pelo meu rosto quando finalmente olho para Tobias. — Mesmo que não seja suficiente, mesmo que dê mais trabalho do que valha a pena, mesmo que me faça mais mal do que bem, mesmo que todos a quem eu me entrego me neguem, eu me recuso a acreditar que seja um erro.

Ele se aproxima, os olhos cravados em mim enquanto eu engulo em seco, me preparando para o impacto.

— Às vezes... às vezes me pergunto se vou amadurecer a ponto de saber a diferença entre o que eu romantizo e o que é real.

Ele chega até mim, e eu mantenho os olhos desviados enquanto outra lágrima se forma e cai.

— Como você faz isso, Tobias? Como consegue manter seu coração fora disso?

Ele guia minha mão para seu peito, e eu ergo os olhos para os dele. Em seu olhar, vejo a mesma vulnerabilidade e medo que brilhavam naquela noite em que ele percebeu que havia nos condenado.

— Por favor, não faz isso comigo — imploro, sabendo que se isso for mais um jogo, mais uma confusão mental, não vou sobreviver.

Ele se inclina para ficarmos na mesma altura, e sinto seu coração bater sob a palma da minha mão.

— Tem uma coisa que você precisa saber.

Ele engole em seco, o corpo tremendo enquanto ele cobre minha mão com a dele, seu coração acelera como se tentasse se libertar.

— Seu coração não é *sua* fraqueza, Cecelia. É a *minha*.

Devagar, muito devagar, ele se inclina e pressiona os lábios nos meus. E com esse único gesto, o que resta do meu instinto de sobrevivência deixa de existir.

Por causa dele, por causa do seu beijo. Um beijo tão firme, tão sincero quanto o da noite passada, mas muito mais significativo do que qualquer outro que compartilhamos. Seguro os pulsos de Tobias quando ele acaricia meu rosto, inclinando minha cabeça para aumentar o contato. Sinto a ardência nos olhos à medida que meu medo mais profundo se concretiza, e eu me deixo levar, vivendo plenamente nos segundos e minutos que substituem tudo o que eu achava que sabia sobre o amor.

Tobias explora minha boca com movimentos suaves da língua, que provoca a minha, me arrancando um gemido.

Meu coração martela em batidas irregulares quando eu me afasto dele.

— Por favor...

Ele interrompe meu apelo com outro beijo ardente, e outro, e então mais um, até que meus medos se acalmem.

Puxa meu queixo com o polegar, abrindo ainda mais minha boca. Ele se entrega a mim e explora cada canto com a língua, e eu me enrosco nele ao máximo.

Ensopada de desejo, aperto as coxas enquanto ele me provoca, me puxando mais para perto. Tobias faz isso repetidas vezes, o que me deixa a ponto da insanidade. Estou completamente rendida. Ele me beija e me beija, sua língua me arrastando para este momento, apagando todos os limites que traçamos. Quando ele se afasta e me encara com olhos semicerrados, não é a luxúria que me faz ofegar.

É a verdade que Tobias me permite ver. Nenhuma mentira ou ação contraditória da parte dele pode tirar isso de mim. Ele se inclina novamente e me beija, com uma confissão na língua, e eu retribuo, revelando minha própria confissão.

E é então que me permito cair cada vez mais fundo no maior segredo da minha vida. Um segredo que conheço há mais tempo do que vou admitir.

Estou me apaixonando pelo meu inimigo.

Paciência.

Nossas línguas se enroscam em uma dança erótica e apaixonada. De olhos fechados, saboreio o carinho e o aperto junto a mim, bebendo, consumindo, enquanto ele alimenta meu coração faminto. Tobias responde a cada pergunta que já tive com cada movimento seguro da língua e o toque suave das pontas dos dedos.

Não preciso de palavras ou promessas. Este beijo as torna irrelevantes.

A fome ronrona baixinho, e com cada pincelada da língua dele, fico mais faminta para expor tudo o que escondemos sob nosso fino véu de ódio.

Tobias se curva para levantar a barra do meu vestido, e eu estendo os braços acima da cabeça, mantendo-os levantados, para que ele o tire até eu estar completamente nua no meio do jardim ensolarado.

Ele me percorre com o olhar da cabeça aos pés; desliza os dedos pela minha pele, as palmas me cobrindo com um toque reverente, um pedido de desculpas por todos os toques violentos que vieram antes. Uma lágrima escorre pelo meu queixo e ele a seca com a língua, então me pega nos braços e me deita na espreguiçadeira. Sem palavras, tira a camisa e a cueca entre nossos beijos. Sob a sombra de um dossel de glicínias, eu o contemplo, trocando um beijo por outro, o próximo mais intoxicante do que o anterior. Tobias se afasta, olhando para baixo, as mãos acariciando o topo da minha cabeça com um movimento suave.

— Por que, por que você não podia simplesmente me deixar em paz? — murmuro, completamente impotente diante de tudo que ele está despertando em mim.

— C'était trop demander. — *Era pedir demais.*

Tobias me encara, as mãos percorrendo cada centímetro da minha pele, os olhos e os lábios me venerando, o coração martelando junto ao meu, exigindo uma resposta. O beijo se torna febril. Nossas bocas firmam uma trégua e começam a fazer promessas que nunca poderemos dizer em voz alta, porque, se o fizermos, não seremos mais inimigos.

Mas, em vislumbres dos abismos ardentes de Tobias, tudo desaparece: o desprezo, o julgamento, a raiva, o ressentimento, tudo é substituído por ternura, anseio e uma necessidade latente. Ele desliza a mão quente pelo meu ventre e enfia os dedos dentro de mim. Cada roçar de seus lábios causa erupções em meu peito, que se espalham por todo o meu corpo.

Nossa conexão visual permanece intacta enquanto ele se move para pairar sobre mim. Segurando-o entre as pernas, eu acaricio seu rosto. Depois de me preparar, ele nos alinha e me penetra sem hesitar, empurrando todo seu comprimento para dentro de mim, me invadindo completamente. Deitando o peito no meu, Tobias aprofunda o movimento, e eu perco o último fio de ar. O pau dele está tão fundo que nunca vou conseguir esquecer a sensação.

Ele me pressiona, me penetrando ainda mais fundo e se acomodando em mim, então me encara com os olhos suplicantes, como se me pedisse para não desviar o olhar, para aceitá-lo, para aceitar *nós dois* e nosso destino. Afasta mais minhas pernas e começa a se mover lentamente, muito lentamente.

Meu mundo se transforma à medida que ele move os quadris suavemente, com o olhar firme, e eu o recebo, aceito que ele marque meu corpo em uma declaração de posse.

A cada investida lenta, a cada beijo, a cada olhar, a cada respiração, o que sinto é pertencimento.

Nós nos entregamos, nossas bocas estabelecendo uma troca perfeita, gemendo e ofegando à medida que me encaixo nele e que ele me preenche por completo. Seu jeito de fazer amor é êxtase na forma mais pura. Estremeço em seus braços.

Apertando-o ainda mais, grito quando ele investe contra mim, sua boca cobrindo todo o meu seio, os dentes roçando meu mamilo. Tobias recua e investe novamente, atingindo minha parte mais profunda repetidamente, reivindicando o que é dele.

— Je ne peux pas aller assez loin. — *Não consigo ir fundo o suficiente.*

Com cada movimento lento de sua língua, com cada impulso possessivo de seus quadris, ele nos condena, a confissão em seus olhos narrando nossa história, nossa sorte infeliz, como idiotas predestinados um para o outro, compartilhando um amor impiedoso que nenhum de nós pode negar, mas que nunca poderemos viver.

À beira do êxtase, interrompo o beijo, encaro-o nos olhos e grito seu nome, sentindo a adrenalina me dominar. É o som do nome dele saindo dos meus lábios que o leva ao clímax, e eu o sinto pulsar imediatamente antes de ele se enterrar e se derramar dentro de mim.

Com os corpos úmidos, ele se enfia mais fundo, uma fina camada de suor o envolve e ele estremece em meu abraço, a emoção reluzindo em seus olhos, estampada no rosto. Tobias está completamente exposto e me deixa vê-lo em seu estado mais vulnerável. Nunca presenciei nada tão perfeito.

Ele encosta a testa na minha, e compartilhamos um momento em silêncio, apenas respirando. Acaricio suas costas com os dedos, à medida que parte da euforia desaparece de seus olhos e a verdade vem à tona. Tobias se inclina para me beijar, e sinto que ele começa a recuar conforme meu coração afunda com o peso do nosso segredo.

Quando ele se afasta, a sensação me dilacera e eu seguro um soluço. Ele se vira de costas para mim, se senta na beirada da espreguiçadeira com os ombros curvados para frente, o que me permite ver as asas esticadas pelas costas musculosas.

Sinto um aperto no peito ao olhar para o laço que ele construiu com os irmãos. Está ali, a resposta, o motivo do nosso começo e o motivo do nosso fim — um laço construído a partir do amor. Um vínculo atemporal que um amor diferente jamais poderia quebrar. Um laço que existe entre irmãos e com o propósito da existência dele.

Tobias nunca poderia me escolher.

Nunca vai me escolher.

E eu nunca poderia pedir isso a ele.

— Nós nunca vamos poder ficar juntos — diz ele, suavemente, de onde está sentado.

— Eu sei. — Eu me sento quando ele lentamente se levanta e pega meu vestido, entregando-o para mim. Pegando a cueca, Tobias me olha por cima do ombro, os olhos transbordando culpa. — Não posso fazer promessas.

— Não pedi nenhuma.

— Isso acaba aqui. Tem que acabar, Cecelia. Tem que ser assim.

— Eu sei.

Raiva toma conta de mim enquanto ele veste a cueca. Eu me preparo para a dor de sua ausência, para mais desilusão, e ele recolhe a camisa do chão. Já tive o coração partido antes. Conheço muito bem a sensação, mas agora há uma fúria intensa no meu peito, um sentimento que eu nunca imaginei ser possível.

Tobias para de se vestir por um momento, me encarando com a camiseta no pescoço, então enfia os braços nela. Olhos atormentados encontram os meus, e percebo sua resistência, não a mim, mas às estrelas que se alinham contra nós.

Um completo desastre.

— Porra, eu não quero ir embora. Não quero discutir. Não quero me odiar. Não quero culpar você. Estou cansado de sentir raiva deles, mas que se danem eles e... que se dane você, Cecelia, você nunca deveria tê-los conhecido, você nunca deveria... — O rosto de Tobias se contorce em fúria, e sinto um aperto no coração. — Você deveria ser...

Ele me puxa para ficar de pé e me abraça com força. Sinto a raiva emanar dele, vejo angústia em seus olhos.

— Sua. Eu devia ter sido sua desde o começo — digo.

Ele concorda e me toma em um beijo avassalador.

20

— Me conta sobre ela — peço.

Tobias junta as mãos sobre minha barriga e me encara. Está gloriosamente nu, com a bunda maravilhosa à mostra. Mesmo depois de declarar que nunca poderíamos ficar juntos, ele tem prolongado a decisão. Passamos os dias batizando a casa com novas lembranças; conversando, comendo, jogando xadrez, nadando e alternando entre transar e fazer amor. Ambos em negação e se recusando a lidar com o inevitável.

— Por favor, eu quero saber.

— Ela era... linda, engraçada, cheia de vida. Firme e rigorosa quando precisava, mas surpreendentemente gentil. Adorava vinho e me ensinou a cozinhar. Era uma cozinheira incrível. Passamos a maior parte do nosso tempo juntos na cozinha. Ela sempre conseguia me fazer rir, mesmo quando eu estava mal-humorado. Era minha melhor amiga... meu tudo.

— E seu padrasto?

— Beau era meu *pai*.

— Ok. Então ele era rabugento?

Isso me rende um olhar que me faz rir.

— Tenho que ser tão esperto quanto — diz Tobias, sem pedir desculpas —, tão implacável quanto, e você sabe por quê.

— Está dizendo que existe algum tipo de personalidade encantadora escondida? Me deixa ver isso aí.

Ele dá um tapa na lateral da minha bunda, e eu dou um gritinho. Juro que meu coração para quando ele sorri para mim.

— Caramba, Francês. Acho que quebrei você.

Ele suspira e encosta a cabeça no meu peito.

— Sou humano, Cecelia. Não comecei isso com a intenção de ser... do jeito que preciso ser. Tenho que entender a mente criminosa para pensar como um. Tenho que impor respeito, lealdade.

— Bem, parece que você teve sucesso.

— Não tem outro jeito. Mas não é por isso que estou nessa. Não preciso de poder. Mas faz parte do jogo. E não entrei nisso querendo ficar rico. Mas faz parte também, é um preço a se pagar. Fico tão revoltado quanto você com alguns produtos humanos do capitalismo, mas tem que ser uma luta justa para que haja uma luta.

Engulo em seco.

— Eu sei.

— Guardei um monte de segredos durante a vida, tranquilamente e sem pensar duas vezes, mas com minha mãe... era quase impossível mentir para ela. Ela tinha algum tipo de dom, e isso agia como um soro da verdade em mim. Em questão de minutos, ela conseguia me fazer confessar tudo. Agradeço a Deus por ela ser a única. E, às vezes, sou grato por ela não estar mais aqui para arrancar confissões de mim. Porque não tenho certeza de que ainda iria me querer como filho se eu fosse honesto com ela sobre as coisas que fiz.

Os olhos dele se enchem de lágrimas por um segundo, mas então se distanciam, opacos e reflexivos.

— Minha mãe dizia que meu pai biológico era um homem horrível, mas acho que, talvez, ele só tenha sido mal compreendido.

— Por que diz isso?

— É só uma sensação.

— Ou um segredo?

— Sensação — repete ele.

— Bem, olhe só para nós — comento —, com nossos traumas paternos.

— Pelo menos eu tive um homem disposto a assumir o buraco que meu pai biológico deixou.

Tobias desliza a mão pela minha barriga, os olhos baixos e as narinas dilatadas. Está com raiva por mim.

— Estou bem — digo, passando os dedos pelo rosto dele e descendo pelos ombros. — Eu realmente estou bem. É hora de engolir o choro e seguir em frente. Mas nenhum dos meus mil sonhos vão envolvê-lo.

— Você acha que está bem, mas a verdade é que esse golpe vai atingi-la em algum nível pelo resto da sua vida. — Os olhos de Tobias faíscam. — Nunca quis matar um homem a sangue frio tanto quanto ontem.

— Você *nunca* vai precisar ser esse cara.

— Eu vou acabar com ele, Cecelia.

É uma promessa. Provavelmente a única que Tobias conseguirá me fazer.

— Você também não precisa fazer isso.

O olhar dele vai de brasas a acusatório no mesmo segundo.

— Não foi isso que eu quis dizer. Tobias — digo. Ele se levanta, e eu o forço a me encarar de novo. — Não foi isso que eu quis dizer. Não apoio o que você está fazendo, mas também não vou tentar dissuadi-lo. Eu nunca pediria isso a você.

O olhar dele se torna incrédulo.

— Como você ainda pode sentir *alguma coisa* por ele?

— Sinto pena dele.

— Isso é sentir *alguma coisa.*

— Também vou ter pena quando você acabar com ele.

Tobias me empurra para ficar sobre mim e colocar a mão sobre meu coração, então pressiona um beijo bem ali.

— Tenho sido um filho da puta com você.

— É, tem mesmo.

— Não me perdoe.

— Não perdoei e não vou perdoar.

Agarro o cabelo dele, direcionando seus olhos para os meus.

— Você está tentando me perdoar. E eu não mereço isso — diz ele.

— Provavelmente não. Mas eu entendo o jogo, e não importa o quanto eu tente, não consigo ficar com raiva porque sei o motivo por trás de algumas das coisas que você faz. Sei o quão ingênuo isso parece, mas seus irmãos e eu não estávamos só nos divertindo no verão passado, eles me fizeram entender o que isso significa. Respeito o que você está fazendo. — Reviro os olhos e digo as próximas palavras com relutância. — Eu admiro você por isso, muito mais do que deixei transparecer.

Tobias assente, entrelaçando nossos dedos, os olhos sem foco.

— Esta tem sido minha vida por tanto tempo que, a esta altura, não tenho certeza se o homem que sou agora e o garoto que embarcou nisto ainda concordam em muita coisa. E Dominic é muito parecido comigo naquela época. Ele está ficando cada vez mais irritado. Acumulamos capital suficiente para agir legalmente, mas ele gosta demais da caçada. E adora os jogos de rua. Temos discutido muito sobre como ele lida com as coisas por aqui.

— O que você quer que aconteça?

— Coisas demais para uma vida só. Não tenho certeza de até onde quero que tudo isso vá.

— O que significa...?

— Que eu já falei demais.

Tobias abaixa a cabeça e a rola de um lado para o outro sobre minha barriga.

— Você disse que precisa de férias. Não acho que isso seja equivalente a revelar segredos de Estado.

— Vamos mudar de assunto.

— Não vamos. Vamos falar de Saint-Jean-de-Luz.

— Esquece isso — avisa ele, em um tom gélido.

— Nossa, beleza, foi uma regressão rápida.

Tobias volta a pairar sobre mim e se inclina para me beijar, mas eu viro a cabeça.

— Nem ouse pensar em me negar — rosna ele, puxando meu lábio com os dentes.

— Ah, meu Deus, Francês, como somos exigentes.

Ele desliza a ereção pela minha coxa.

— Você disse meu nome — murmura ele, se perdendo enquanto se alinha à minha entrada. — Puta que pariu, como você é linda.

— Você está uma montanha-russa de emoções hoje.

— Estou perdendo a porra da cabeça. — Ele estreita os olhos. — E a culpa é sua.

— Agora a culpa é minha?

— Assume. Por favor, assume — diz ele, suavemente.

E eu assinto, pouco antes de flutuar no beijo dele.

21

— É baunilha.

— É canela — rebato.

Tobias pega o leite e os ovos na geladeira.

— Eu odeio canela — resmunga ele.

— Odiar é uma palavra forte — argumento, enquanto preparo o café, moendo os grãos para minha nova prensa francesa.

Já virou um ritual matinal. Ele cozinha para mim, e eu o observo, provocando-o por diversão. Tobias está a poucos metros, só de cueca preta, o cabelo ainda úmido do nosso banho. O volume das coxas ridiculamente grossas junto ao pau impressionante e a bunda musculosa esticam o tecido. A visão é tentadora de qualquer ângulo.

Ele me acordou hoje de manhã segurando meus pulsos e com a cabeça entre minhas coxas. Um pedido de desculpas pelo retorno com um dia de atraso de uma "viagem de negócios". Esperei, inquieta e preocupada, lembrando o jeito como ele apareceu da última vez, com um ferimento recente na cabeça. Ele passou apenas dois dias fora, mas a espera pareceu uma eternidade. E eu suportei tudo só para viver mais um momento roubado. Com a língua pervertida, ele se desculpou de forma generosa, até que eu expressasse meu perdão verbalmente, e só me soltou quando eu estremeci debaixo dele.

Então ele me provocou impiedosamente até que eu implorasse para ele me ter. E quando fez isso, toda a brincadeira cessou, nossos olhos se encontraram, e ele me devorou com a mesma fome. Ele me beijou com tanta intensidade que eu me esqueci de mim mesma, esqueci que isto é errado.

Naqueles minutos de amor terno e compungido, enquanto ele estava sobre mim, segurando a ponta do colchão e me penetrando como se fosse seu direito de nascença, eu simplesmente soube que nenhum outro homem me conheceria tão intimamente ou poderia me tocar da maneira como Tobias faz.

Quando estamos juntos, ele torna fácil esquecer o perigoso jogo que estamos jogando. Esquecer que temos roubado momentos egoístas nas últimas três semanas. Três semanas que passamos brincando de casinha na mansão de Roman.

Tem sido exatamente o oposto: é uma felicidade sem igual. Não me arrependi de um minuto sequer. Como uma idiota, havia guardado meu coração para mantê-lo a salvo, apenas para mudar de ideia e arriscar tudo por um homem em quem ainda não consigo confiar completamente, apesar de todas as confissões dele. Meu coração está cansado, e não vou culpá-lo por ser cauteloso.

Mas não é como se eu tivesse escolha. Com Tobias, nunca foi uma decisão. Ele destruiu todas as minhas barreiras, exceto uma, e ao ceder fui lançada em um sonho da vida real.

Ultimamente, estou vivendo uma guerra de sentimentos enquanto eu brinco com a ideia de tentar confiar nele, porque meu coração não consegue parar a queda livre em que se jogou desde a noite em que Tobias confessou que a única coisa que quer sou eu, somos nós, e mais momentos egoístas. E, assim como ele, escolho diariamente ignorar o que isso significa.

Estamos ignorando as rachaduras nos fundamentos do que construímos, dançando sobre elas enquanto cedemos aos poucos à atração e nos perdemos um no outro. Somos cinéticos quando estamos juntos, ímãs constantemente atraídos um pelo outro.

Desde que cedemos, memorizei cada detalhe dele. A pinta suave na bochecha, o peso do seu corpo quando está sobre mim, a profundidade do seu beijo, o enroscar da sua língua na minha, o senso de humor ácido, as peculiaridades, seus fetiches. Tobias também se tornou especialista em me avaliar, igualmente capaz de me provocar e encontrar meus pontos fracos. Enxerga nossas semelhanças porque estudou o adversário, me considerou um obstáculo antes de se libertar para se entregar ao prazer. E isso é o mais difícil de superar. Porque se alguma parte dele ainda me vê como um negócio...

Mas, a esta altura, isso é quase impossível de acreditar. Descobri que dentro de Tobias há o coração de um romântico. Mais de uma vez, ele me surpreendeu com gestos dignos de uma rainha. Passou horas intermináveis preparando banquetes franceses e combinando-os com vinhos para jantarmos em nosso lugar favorito, mais um de nossos rituais diários, tudo isso enquanto eu estava no trabalho. Dias atrás, fomos surpreendidos por uma tempestade na clareira e fizemos amor sob ela.

Ele me alimentou com beijos vertiginosos enquanto estávamos deitados na grama, bebendo da pele um do outro. Depois ficamos acordados até o amanhecer, jogando xadrez. Ele me contou tudo sobre seus lugares favoritos na França. Compartilhou o suficiente para me manter intrigada, mas não o bastante para que eu descobrisse os segredos que ele guarda.

E é aí que reside o verdadeiro problema.

Tobias praticamente se tornou um mestre na minha anatomia, tanto por dentro quanto por fora.

Sacia meus desejos e alimenta meu interior. Mas sua ganância parece não ser apenas para me agradar. É como se ele estivesse vivendo alguns de seus milhares de sonhos comigo.

É a ideia de que, em algum momento, vamos ter que parar de agir como se não soubéssemos o que está acontecendo entre nós que me deixa apreensiva. Não quero ser a idiota da história mais uma vez.

Além disso, estou indo embora. Em breve. Voltarei para Atlanta em questão de semanas.

Quase toquei no assunto na noite passada, depois de dividirmos outra garrafa cara de Louis Latour. Mas, deitada na grama e envolvida pelos braços dele, pude sentir sua tensão, sua hesitação.

Vamos conversar sobre isso algum dia, Tobias?

Ele me virou para encará-lo, e eu vi a revelação que ele guardava, mas em vez disso, ele me beijou, atiçando nosso fogo para nos cegar da verdade ardente.

Em vez de protestar, de exigir uma conversa sincera, soltei um suspiro aliviado em sua língua e o beijei de volta.

E aqui estamos, egoístas, desconfiados e gananciosos.

O que será de nós?

Mas estou feliz por pagar o preço por cada minuto ao lado dele, porque a alternativa, nosso fim inevitável, é simplesmente avassaladora e dolorosa demais para enfrentar.

— Eu estou cozinhando — retruca ele, me tirando de meus pensamentos dispersos —, então a escolha é do chef.

— Bom, eu quero canela.

Abro o armário de temperos, pego um frasco de canela e quebro o lacre.

— Nada de canela.

— Caramba, como você é mandão.

— Ossos do ofício — ironiza ele, batendo a massa com maestria enquanto eu o provoco com o frasco de canela.

— Que tal só três pitadinhas?

Ele para e olha para mim, e juro que vejo um leve rubor se espalhar por seu rosto.

— Três giros no copo antes de dar o primeiro gole. Três batidinhas da escova de dentes na pia. Três acionadas na luz do banheiro. Três movimentos do mindinho antes de mover uma peça no xadrez. Três doses de sabonete líquido. Parece que três é seu número da sorte, sr. Perfeitamente Certinho.

Abro a tampa do frasco de canela, e ele lança um olhar furioso para a lateral do meu rosto. Eu devolvo o olhar, com um sorriso malicioso nos lábios.

— Você tentou, sr. King. Tentou de verdade. Disfarçou bem, mas eu não deixei passar. E, sinceramente, acho fofo que você tenha esses tiques.

Ele arqueia uma sobrancelha espessa, o cabelo preto como tinta ainda molhado do banho que tomamos. E há poucas coisas mais sedutoras do que um Tobias todo molhado. Eu havia comprovado isso alguns segundos depois de sairmos do chuveiro.

Antes que eu me lembrasse do meu sonho.

Sinto um golpe ao me lembrar. Eu me aproximo de Tobias, sacudindo o frasco de forma provocativa.

— Não ouse — ameaça ele, recuando lentamente.

— Mas eu adoro canela.

Faço um biquinho.

— Isso é problema seu.

Ele protege a tigela e a tira do meu alcance sem parar de mexer, e eu me aproximo.

— Não me provoque, mulher.

— Tudo bem, não vou colocar na comida.

— Que bom que você está vendo as coisas do meu jeito.

Tobias me observa colocar três pitadas da especiaria na mão e depois soprá-la. Tobias arfa quando uma nuvem de canela cobre a lateral do seu rosto, cegando-o por um momento. Ele xinga, com os olhos flamejando com a promessa de retaliação, bate a tigela na bancada e se lança na minha direção, ao que eu me afasto. Quase não consigo passar a tempo pela porta dos fundos e solto um gritinho quando as pontas dos dedos dele roçam meu quadril assim que eu a atravesso.

— É melhor você correr — grita ele, atrás de mim.

Disparo pelo gramado e passo pela piscina, quando me atrevo a olhar para trás. Tobias está na minha cola, com os olhos cheios de alegria. Não dá tempo de atravessar o jardim, porque ele me agarra pela cintura.

Grito o nome de Tobias, que me gira como se eu fosse uma boneca de pano. Meus pés balançam no ar, então ele me coloca de volta na grama e enterra o rosto em meu pescoço. Eu engasgo com a névoa de especiaria.

— Caramba, cara, você fede.

— J'adore la cannelle. — *Eu adoro canela.*

Ele retruca em tom sarcástico, sacudindo a água residual do cabelo pelo meu pescoço e peito, e então me cobre com canela, que forma uma pasta sobre minha pele, enquanto tento desesperadamente me soltar. Quando Tobias se afasta, perco o fôlego. Os olhos brilhantes, o sorriso tão deslumbrante me fazem estremecer. Meu sorriso desaparece com a imagem que tem me atormentado a manhã inteira, e ele franze a testa.

— O que está acontecendo hoje? — Ele me analisa com olhos penetrantes. — Ainda está brava comigo? Eu falei que não consegui evitar.

— Não.

— Então o que é? Você está me infernizando a manhã inteira.

Eu olho para ele por alguns segundos, e então desvio o olhar.

— Talvez eu tenha tido um sonho.

— Isso tudo é por causa de um sonho — diz ele, de uma vez.

— Eu já falei. — Suspiro, tentando afastá-lo, sem sucesso. — Já expliquei. Meus sonhos são reais para mim.

— Exceto que eles não são reais, Cecelia. E você não pode me culpar por um sonho.

— Olha quem fala. E *pareceu* real. — Consigo ouvir a dor em minha própria voz. — Você me trancou para fora do meu próprio quarto.

— Você *sonhou* que eu a trancava para fora do seu quarto, e está brava comigo?

— Estou.

Ele estreita os olhos.

— Tem mais alguma coisa.

— Não, é basicamente isso.

— Você está mentindo.

— Não estou.

Tobias estende a mão entre nós, segura minha coxa e a aperta.

— P-p-para. N-não consigo respirar inalando toda essa canela. Sai de cima de mim. Estou com fome.

Os dedos dele viajam até a barra do meu short de pijama e se aproximam da terra prometida.

— Posso fazer isso o dia todo — diz ele, sem se abalar quando o belisco. — Me conta, o que eu estava fazendo nesse sonho?

— Non. — *Não.*

— Non?

Ele se inclina, passando a língua pelo meu lábio inferior e acariciando delicadamente meu clitóris com o dedo. Solto um suspiro, e ele captura o som em um beijo ofegante enquanto solta mais do seu peso sobre mim na grama.

— Pelo amor de Deus, você está me sufocando.

— Me conta, que eu libero você.

— Não.

Ele retoma os toques, sugando meu seio e me provocando sem reservas.

— Você é um cara cruel e malvado — sibilo, cravando os dedos no seu couro cabeludo.

— Palavra do dia: *soumission*.

Meus quadris se movem involuntariamente em direção ao toque.

— Submissão? Vai sonhando, colega.

— Já esqueceu? *Um* dedo. — Ele traça o caminho do meu pescoço até minha orelha com a língua. — E tenho quase certeza de que foi uma lágrima que lambi da sua têmpora.

— Você nunca vai me deixar esquecer isso, né?

Ele lambe o dedo de forma ameaçadora.

— Tobias — murmuro, notando a rouquidão na minha voz. — Foi só um sonho.

— Ah, mas estou pagando por ele. Pelo menos me explica do que sou culpado nessa sua terra de faz de conta.

— Você foi mau comigo.

Ele prende meus pulsos e se inclina para perto, mas eu resisto.

— Mau com você? — Ele revira os olhos. — Isso você aguenta.

— Café da manhã — lembro a ele.

— Pode esperar.

— Você estava morrendo de fome.

— Pode esperar.

— Tobias, que droga, me solta.

— Você é sua pior inimiga agora.

— Há controvérsias — digo, me erguendo para morder o queixo dele, mas Tobias se esquiva com facilidade. — Isso é besteira. Você pesa quase cem quilos a mais do que eu. Estou completamente indefesa.

— Acho melhor você encontrar alguma vantagem. Ou pode só me contar o que eu estava fazendo no sonho.

Por um momento, penso em dar uma cabeçada nele, mas ele me olha com um sorriso convencido.

— Vai doer mais em você do que em mim.

— Sai da minha cabeça.

— Com prazer, parece ser um lugar sinistro hoje. Mas só depois que você me der o que eu quero.

— Beleza. — Fecho os olhos. — Talvez tenha tido umas modelos usando lingerie atrás de você quando bateu a porta na minha cara.

Sinto o calor subindo pelo pescoço e dou uma espiada nele com um olho aberto. Tobias me encara por um segundo e cai na gargalhada.

Empurro o peito dele.

— Não tem graça.

Ele abaixa a cabeça e se aconchega em mim.

— Oh, mon bébé, está com ciúme? Agora entendi porque você cavalgou em mim como se estivesse tentando domar um cavalo hoje de manhã. Lutando pela medalha de ouro, hein?

— Não tem graça.

Empurro o peito dele, com o coração dando um solavanco ao imaginá-lo novamente me encarando com um monte de mulheres seminuas ao bater a porta na minha cara. Olhando-o, sinto meu próprio sorriso relutante se abrir enquanto ele me olha com afeto. É esse olhar, este de agora, que me deixa sem fôlego, uma viciada num momento de recaída e feliz.

— Talvez eu aprenda a gostar de canela por você.

Ele lambe o suor temperado do meu pescoço, sedento, e deixa clara a diferença entre a primeira vez que me beijou e agora. Tudo mudou.

Tudo.

Ele movimenta a boca pecaminosa, deslizando a língua impregnada de canela pela minha, e me beija enquanto o sol aquece nossas peles.

— Acha que adicionar canela ao café da manhã vai compensar as coisas horríveis que você fez?

Ele dá de ombros.

— Está falando da fanfic que você inventou?

Balanço a cabeça e escapo do próximo beijo. Ele ri.

— Eu não faria isso com você, mon trésor.

Meu tesouro.

O cara acabou de me chamar de tesouro. Se foi um deslize, ele não parece arrependido nem parece querer voltar atrás. Na verdade, está me encarando sem um pingo de hesitação. O que não deveria me surpreender, principalmente depois dos últimos acontecimentos e das semanas que passamos juntos. Mas a cada dia Tobias demonstra mais e mais partes de si antes desconhecidas, e a cada dia me pego mais surpresa, da melhor maneira possível.

As palavras me fogem enquanto nos encaramos em silêncio, cedendo à nossa gravidade natural, uma atração forte demais para resistir. E agora que a aceitamos, que a abraçamos, que nos alimentamos dela, não há como voltar atrás.

Porque a verdade é que eu não odeio mais Tobias King.

Estou apaixonada por ele.

Minha necessidade dele, insaciável, flui como lava em minhas veias, estimulando um tipo de dor que eu sei, no fundo da minha alma, que só ele é capaz de saciar. Ele leva alguns segundos para captar o que eu não estou dizendo. Eu o encaro, implorando para que não se aproveite da minha fraqueza, mas o que é meu ele afirma ser dele também.

— Doeu — confesso.

— Seu sonho?

— É.

Ele franze a testa.

— Ce qui te blesse, me blesse. — *O que dói em você dói em mim.*

— Tem certeza?

Ele leva minha mão ao próprio peito para que eu sinta a verdade. Seu coração bate sob minha palma, e o meu se aproxima da beira do precipício, espiando com cuidado as histórias infinitas lá embaixo e avaliando o risco. Meu coração balança a cabeça para mim.

Ainda não.

Precisamos de confiança, e está tudo ao contrário, mas essa é nossa natureza. E, para ser sincera, é tudo que nos falta. Bem, isso e trazer à tona os outros mil segredos que ele não me deixa saber. Essas coisas importam.

Então, mesmo que meu coração esteja brincando de acrobata masoquista, minha cabeça se esforça ao máximo para me manter a salvo.

Tobias se afasta, aliviando o peso sobre meu corpo, e, em troca, eu o acolho entre as pernas. Estamos sujos, precisando de outro banho, mas eu não trocaria um segundo deste momento roubado, porque consigo sentir a cobrança se aproximando. E já a adiamos por tempo demais.

— Me pergunta qualquer coisa — sussurra ele, pressionando o polegar no canto da minha boca e então percorrendo meus lábios. O cabelo dele, impregnado com o aroma da canela, cai entre nós. — Me pergunta, e eu vou responder.

— Não somos mais só negócios — sussurro, parte declaração, parte pergunta.

Estamos com o peito grudado, e ele balança a cabeça devagar.

— Não, não somos.

Não consigo me forçar a perguntar, então simplesmente fico em silêncio. Ele se inclina e pressiona os lábios nos meus.

— Você me avisou para não me apaixonar por você. Disse que não abriria espaço para mim — diz ele.

— Você me disse o mesmo — lembro, sentindo minha alma se acender com a confissão.

Tobias se inclina, roçando o nariz no meu.

— Então acho que isso faz de nós dois menti...

— Nossa, *irmão*, dê uma olhada nisso. Você está vendo o que estou vendo?

Tobias fica tenso e então se endireita, ereto como um poste. A expressão dele é séria ao se ajoelhar. Eu me viro um segundo depois, minha pulsação disparando. Sentada, ergo o olhar para encontrar os olhos furiosos do irmão de Tobias.

22

Ao lado de Dominic está Sean, e, ao vê-los, sou lançada em uma realidade do pior tipo. Cambaleio para ficar de pé e meu olhar incrédulo se move freneticamente entre as expressões furiosas dos dois caras a quem me entreguei de corpo e alma não muito tempo atrás. Dois homens que jurei não poder, nem querer, viver sem. Dois homens que foram para longe enquanto eu implorava para que ficassem.

O olhar de Dominic goteja ácido e despe camada por camada da culpa inconfundível que Tobias e eu estamos sentindo. A expressão de Sean é igualmente devastadora, a mandíbula cerrada e os olhos cheios de uma raiva escaldante.

Tobias se levanta e dá um passo para longe de mim, mas é tarde demais. Tremendo e tomada por apreensão, encaro Dominic e Sean sem dizer uma palavra. Os dois nos repreendem, com uma postura ameaçadora que raramente testemunhei.

Dominic é o primeiro a falar.

— Então, eu diria para colocarmos o papo em dia, *irmão*, mas já estou vendo por onde você andou. Na verdade, com quem você trepou, não é mesmo?

— Onde *vocês* estavam? — falo com a voz rouca, meus olhos se deslocando de um para o outro, tentando assimilar as mudanças.

O cabelo de Dominic está curto, rente à cabeça, e ele ganhou mais músculos. O cabelo de Sean está escondido sob um boné, e ele também está mais encorpado. Até mesmo a postura deles parece diferente. E, a julgar pelas expressões, parece que sobreviveram ao inferno e acabaram de perder a chance de se justificarem pela ausência.

Dominic me encara a poucos metros com o olhar prateado tingido de nojo, como se olhar para mim o machucasse. Meu coração dá um solavanco e me sinto afundar, atordoada pela chegada repentina deles.

— Onde estávamos? — sibila Sean e olha por sobre meu ombro. — Quer responder isso para ela, Tobias?

Ele dá um passo ameaçador para a frente, cerrando os punhos ao lado do corpo, abrindo e fechando as mãos ao correr o olhar por nós dois, como se não soubesse ao certo qual de nós atingir primeiro.

Eu me viro para Tobias.

— Do que ele está falando?

Tobias fecha os olhos, e Sean se manifesta.

— Acho que foi bom mesmo termos pegado aquele voo mais cedo, né, Dom?

A expressão de Tobias se torna gélida.

— Não banque o inocente, Sean.

— Inocente? Não, eu não estou dizendo porra nenhuma sobre ser inocente. — Ele estala os dedos de forma sarcástica e aponta para Tobias, então continua, com a voz carregada de desdém: — Qual foi seu discurso antes de nos mandar embora mesmo? Que precisávamos colocar a cabeça no lugar? Aí nos sentenciou a dez meses de merda como escoteiros para pagar pelos nossos crimes. E o que você fez?

— Como assim você pegou um voo mais cedo? — pergunto a Sean, que me olha de um modo que nunca imaginei ser possível, mas ele ignora minha pergunta e dá um passo em minha direção.

— Eu pedi para você confiar em mim. Disse que ia resolver isso.

— Confiar em você? *Confiar em você?* Você não me deu nada, que é exatamente o que deixaram para trás. Nada. Vocês dois — digo, olhando de um para o outro.

— Aí você foi lá e deu para meu *irmão*? — Dominic se pronuncia com uma voz letal. — Quanta frieza, amor.

— Cuidado com a língua — avisa Tobias, e os olhos de Dominic se voltam para ele.

— Imagino que eu deva lhe dar os parabéns por manter tudo em família.

— Não se atreva! — retruco.

Engulo, na tentativa de umedecer a garganta seca, incrédula com a diferença na aparência de Dominic e Sean. Os dois parecem soldados em todos os sentidos. É apenas nos olhos e nas expressões deles que vejo vestígios dos homens que eu conhecia.

— Isso não começou quando você partiu, nem logo depois. Eu sofri por vocês por meses e meses sem nada a que me agarrar, sem uma palavra sequer de vocês! — Eu olho para Sean. — Aquele "um dia" nunca aconteceu.

— O que você acha que é isto aqui, porra?

Ele passa a mão pelo maxilar.

— Tarde demais! Tarde demais. Eu tive que seguir em frente. Vocês não me deram escolha. Eu estava enlouquecendo, me perguntando se ainda valia a pena esperar. Você me pediu para não procurar por vocês, mas eu procurei, e vocês deixaram a casa, abandonaram a oficina, partiram sem deixar rastros. No que eu deveria acreditar?

Nenhum deles cita o colar. Ambos teriam dificuldade em admitir, provavelmente por causa do homem ao meu lado, e agora tenho certeza de que nunca vou saber.

A voz de Sean ecoa, dispersando meus pensamentos.

— Fomos forçados a nos afastar! Cortamos contato para manter *você* longe *dele*. Por fazer exatamente o que ele está fazendo!

Eu me viro para Tobias.

— Isso é verdade?

— É verdade — dispara Dominic, em um tom tão afiado quanto o olhar prateado. — E desde quando a porra da palavra *dele* vale mais do que a nossa?

— Desde que você me largou aqui sem nada!

— Que se foda tudo isso — diz Dominic, dando as costas.

— Não, Dominic... — Eu tento me aproximar dele, mas Tobias me impede. — Por favor, não vai embora — imploro. Com os olhos lacrimejando, suplico, e Dominic fica completamente rígido, de costas para nós três. — Por favor, só me diga a verdade.

— A verdade. — Ele se vira devagar, com a voz rouca. — A verdade, Cecelia, é que você e eu fomos enganados. Só que, no meu caso, fui enganado pela porra do meu próprio sangue!

Ele avança para Tobias, com uma ira insuportável no rosto. Tobias se coloca entre nós e me empurra para trás, se preparando.

Isso só alimenta Dominic, que se lança contra o irmão, e Sean o agarra pelo peito pouco antes do impacto, falando rapidamente no ouvido dele.

— Não. Não aqui. Não agora. Este não é o lugar. Vamos lidar com isso do nosso jeito.

Sinto meu peito se partir quando lanço um olhar impotente para Tobias, cujos olhos estão fixos no irmão. Neles, vejo vergonha e culpa. Balanço a cabeça furiosamente diante da revelação.

— Quer dizer que vocês passaram esse tempo todo esperando para voltar para mim?

Dominic se debate contra o aperto de Sean, forçando para se libertar, o ódio pelo irmão queimando nos olhos.

— É, nós ficamos esperando, esperando pelo sinal verde para voltar para casa! Vai se foder...

O rosto de Dominic desaba quando ele desiste da luta, e ver a agonia em seus olhos me parte ao meio. Ele balança a cabeça, e Sean o estabiliza, sussurrando furiosamente para ele.

Dominic toca os braços de Sean.

— Estou bem. Pode me soltar.

Quando Sean o solta, Dominic fica estranhamente calmo e então se aproxima do irmão e diz, com uma voz cheia de veneno.

— Notre mère aurait honte de toi. — *Nossa mãe sentiria vergonha de você.*

Neste momento, percebo que o sotaque de Dominic está mais forte, mais refinado.

O de Tobias era igualmente carregado quando o conheci.

— França — falo em um sussurro. — Você os mandou para a França.

Os três se viram para mim, e eu olho para Tobias, que me encara impotente. Eu junto as peças.

— Era isso que você estava escondendo.

Esse era o segredo dele. E nosso relacionamento foi uma bomba-relógio desde o início. Ele sabia que os dois viriam atrás de mim.

Ele sabia.

— Você os mandou para a França. Obrigou os dois a partirem, a *me* deixarem.

Tobias abaixa a cabeça. A voz soa derrotada quando ele fala.

— Eu ia contar para você, hoje à noite.

— Que conveniente — sussurro, rouca, me sentindo completamente idiota.

Dominic se manifesta.

— Você não é meu irmão. Tudo o que você representa é uma mentira.

Tobias esfrega o rosto, claramente ofendido.

— Fiz essa única coisa por mim, o que não muda as mil outras coisas que fiz por vocês. Passei a maior parte da minha vida pagando minhas dívidas, abrindo caminho, enquanto vocês dois se divertiam. — Ele dá um passo à frente, os olhos suplicantes. — Tout ce que j'ai toujours fait, c'est prendre soin de toi. — *Tudo o que eu sempre fiz foi cuidar de vocês.*

— Je te décharge de ça maintenant, et pour de bom. — *Vou livrá-lo disso agora, de uma vez por todas.*

Dominic bate as palmas das mãos ao falar e as separa, e Tobias estremece com o impacto das palavras.

— Tu es en colère. Je comprends. Mais cela ne signifiera jamais que nous ne sommes pas frères. — *Você está nervoso. Eu entendo. Mas isso nunca vai significar que não somos irmãos.*

— Isso não significa nada para você. Você provou isso.

Dominic me encara, e consigo sentir o peso de suas palavras antes mesmo de ele falar.

— Quand tu la baises, frère, sache que c'est moi que tu goûtes. Tu peux la garder. — *Quando trepar com ela, irmão, saiba que é meu gosto que você está provando. Pode ficar com ela.*

— Elle parle français. — *Ela fala francês*, retruca Tobias.

Dominic sorri para mim com os olhos vazios, vazios de tudo que eu conhecia e amava.

— Eu sei que fala.

— É óbvio que você iria por esse caminho, Dom — retruco. — Óbvio, era previsível. Esse é o seu padrão, né? Diz isso em inglês. Seu covarde do caralho. Me chama de puta de um jeito que eu entenda. Está falando de mim, né? Não sou nada além de uma puta. Não a mulher que amou você incondicionalmente apesar de como você me tratou no começo e como me enganou antes de me deixar chorando aqui. Fui fiel até não ter outra escolha a não ser seguir em frente. Mas isso não importa, né? Porque a única coisa que importa é que você não pode mais me foder.

Dominic abaixa os olhos, e Tobias e Sean ficam se encarando.

Os olhos de Sean brilham quando ele fala.

— Eu não achei que você fosse capaz disso. Não você.

— Sou tão culpado quanto você. — Tobias se defende, com a voz fraca.

Mas não há defesa. Ele os mandou embora de propósito, para nos separar. Somos os únicos que sabemos que ele não tinha a intenção de que acontecesse tudo o que aconteceu entre a gente, pelo menos não no começo. Dominic e Sean nunca acreditarão no irmão.

Mas Tobias os mandou embora. Exilou os dois para partir nosso coração em favor da própria raiva, do próprio ciúme e dos próprios planos.

É quando percebo que Tobias vem confessando essa traição para mim há algum tempo. A culpa que ele tem demonstrado, tudo que disse sobre suas ações, era tudo a respeito deste desdobramento inevitável. Mas isso não me traz nem um pingo de conforto. Ainda estou atordoada enquanto os olhos de Sean examinam cada parte de mim, e sinto a necessidade de me cobrir. Nunca me senti tão envergonhada por habitar minha própria pele.

— Para de me olhar desse jeito! — digo, ao sentir as lágrimas escorrendo pelo rosto. — Vai em frente, me chama de vadia também, ou melhor ainda, nem se dê ao trabalho; posso ver claramente nos seus olhos. — Cerro os punhos. — Fiquei no escuro por quase um ano por sua causa. — Eu ergo o queixo. — Hipócritas, vocês dois. Eu joguei conforme *suas* regras, Sean. Sem desculpas, lembra? — Olho entre os dois. — E o fato de não conseguirem sustentar o que pregam não me faz menos mulher. Faz de vocês menos homens. Foram vocês que me disseram para lutar pelo que quero na hora que quero. Acho que a regra só vale se o que eu quiser for *vocês*!

Sean morde os lábios, uma única lágrima escorre de seus olhos para a mão que agora segura o boné, e eu morro ao presenciar a cena.

— Eu esperei por vocês. Morri de preocupação. Chorei por vocês todas as noites durante meses. Esperei e esperei, e vocês nunca vieram atrás de mim. E eu não sabia.

Lanço um olhar para Tobias, que parece prestes a explodir, mas mantém os olhos fixos no irmão.

— Eu não sabia. Sean, você me conhece.

— Eu pensava que conhecia — responde ele, com a voz rouca.

— Você nem confiou em mim o suficiente para me dizer para onde estava indo.

— Isso não era parte do acordo que fizemos.

Ele engole em seco, observando Tobias, que permanece imóvel ao olhar entre nós três, engolindo em seco.

Isso é o que o egoísmo faz, Cecelia. É a bagunça que cria.

— Sean, eu não sabia.

Dou um passo em direção a ele, mas Tobias me intercepta, sem querer me deixar passar pela própria barreira imaginária, enquanto se dirige a Sean.

— Ela era só o seu brinquedo.

Sean inclina a cabeça.

— Você não faz ideia da merda que está falando. O que ela representa para você? Um meio para um fim? A vingança final contra o Roman? E lá estávamos nós, nos sentindo culpados, seguindo suas malditas ordens, e você vai e nos trai assim? A troco de quê? De nos fazer provar do nosso próprio veneno? É — diz ele, com nada além de desprezo nos olhos. — Não consegue ver ninguém feliz à sua volta, não é?

Tobias dá um passo na direção do irmão, o rosto tomado por uma mistura de ciúme e culpa.

— Eu não ultrapassei os limites. A punição vale para qualquer um que pise na bola. Você sabe disso. — Tobias solta um suspiro. — Não era minha intenção...

— Isso é mentira. Você a quis assim que a viu. Não esqueça, irmão, eu o conheço. Você viu a mesma coisa que nós vimos. Só que sabia como nos sentíamos em relação a ela porque nós lhe falamos, cacete. — Sean estende o braço, apontando para que Tobias fique para trás. — Você me perguntou se ela valia a pena, e eu disse que sim. Se der mais um passo na minha direção, vou esquecer nosso passado, e eu vou acabar com você.

— Lembre-se do seu lugar — retruca Tobias, furioso.

— Você tornou isto pessoal e perdeu minha lealdade no processo. — Sean balança a cabeça. — A culpa é sua.

Posso sentir a quebra do elo entre os três.

— Cecelia — sussurra Sean, e a entonação na voz dele me despedaça. Encontro seus olhos cor de avelã e sou levada de volta a um tempo em que as coisas eram muito mais simples. Um tempo em que eu podia amá-lo livremente, estender a mão e tocá-lo. — Você foi a primeira pessoa em que pensei todas as manhãs e a única mulher com quem já sonhei. E se tivesse esperado por mim, eu teria dado a você o *oposto* de nada.

Sinto as lágrimas encherem meus olhos e escorrerem, e meu coração me lembra exatamente quais partes foram mapeadas por ele.

— Queria ter conseguido acreditar nisso.

— Queria que você tivesse acreditado *em mim* também.

— Sean, eu...

— Você o ama. — Não é uma pergunta, é uma afirmação, e sinto os três olhares em mim enquanto abaixo o meu. Um silêncio longo e tenso se segue, até que Dominic se vira e vai para o portão. Finalmente, consigo levantar os olhos, apenas para ver Sean encarando Tobias atrás de mim. Sean passa a mão pelo cabelo e coloca o boné, então volta os olhos avermelhados para mim e me dá um aceno solene. — Acho que nós dois ferramos com tudo. Se cuida, bebê.

Cubro a boca com a mão, soluçando, e Sean se junta a Dominic. Ele lança um último olhar para mim e os dois saem pelo portão de ferro, que bate com um estrondo alto e me faz estremecer. Seco as lágrimas dos olhos, incapaz de me mover e longe de estar pronta para dar um único passo em qualquer direção.

Fico assim por muito tempo, sem acreditar no que acabou de acontecer, e então a raiva vence e se infiltra em cada poro do meu corpo. Eu me viro para encarar Tobias.

— Eles *disseram para você.* — Minha voz arranha a garganta, prestes a perder o controle. — Eles *disseram para você* como se sentiam em relação a mim. Você sabia. E os mandou embora.

— Cecelia...

— Você me fez acreditar que os dois tinham desistido de mim. Por quê? Porque estava com ciúme? Como se isso fosse desculpa. Porra, Tobias!

— Você sabe que não era minha intenção que isso acontecesse entre nós. Fiquei longe por oito meses antes do nosso encontro. Eu não tinha a intenção de encostar um dedo em você.

— Até encostar. O tempo todo, os dois pretendiam voltar para mim. Eles me queriam! Eles me amavam!

— E que tipo de relacionamento seria esse?

— Cabia a nós decidir. — Balanço a cabeça, incrédula. — O que você fez?

Os olhos dele se apagam ao me observar, completamente perdido.

— Eu ia contar para você. Estava tentando encontrar um jeito.

— Ah, eu sei, você tem se desculpado todos os dias. Eu só pensei que fosse por outra coisa, não por isso.

— Eu ia contar. Era para eles voltarem apenas na próxima semana.

— E me contar ia resolver tudo? Você não passa de um mentiroso egoísta e manipulador!

— Eu não sabia que iríamos acabar juntos.

— Você *fez* isso acontecer. Estou tão cansada. Tão cansada. Por favor, vai embora.

Aponto na direção para onde Sean e Dominic foram.

Tobias se aproxima e agarra meus ombros, com os olhos faiscando.

— Para e me escuta, porra.

Eu me solto.

— Tira as mãos de mim, cacete. Danem-se suas regras. Eles me amavam e você sabia disso! Você nos manipulou. Todos nós. Fez o que pretendia fazer. E não há desculpa boa o suficiente para justificar o que você fez. — Luto contra seu aperto, e ele tenta me puxar para perto. As palavras ficam presas em minha garganta, e eu sangro. As expressões no rosto deles vão me assombrar pelo resto da vida. — Se é isso o que acontece com as pessoas que entregam seu amor e lealdade a você, vou ter que recusar.

— Para com isso.

Tobias sente o golpe no fundo da alma, porque consigo perceber nossa base se desmoronando sob nossos pés. Nunca tivemos confiança um no outro, então ela se desfaz com facilidade.

— Nunca confiei totalmente em você, então é isso aí. — Eu o encaro com raiva. — Nunca mais quero ver você.

Ele segura meus braços, a voz quase inaudível.

— Se ao menos você realmente quisesse isso.

— O que você fez? — sussurro.

— Fiz o que os ladrões fazem. Roubei você! — grita ele, me segurando com mais força.

Mas eu me recuso a olhar para Tobias. Não consigo, porque também desempenhei um papel nisto. Meus joelhos começam a fraquejar conforme a imagem dos dois passa pela minha mente.

— Cuidado, Tobias, você está ficando emocional — digo, sem emoção. — Isso é ruim para os negócios.

Posso sentir a dor e a devastação dele, mas me recuso a aceitá-la.

— Só... me dá uma chance de conversar com eles.

— Vai lá. Conversa com eles. Resolve seus *negócios*. Mas me deixa ir agora, porque quando você voltar, eu não vou mais estar aqui.

— Nem ouse pensar nisso — sussurra ele, com tanta veemência que sinto o peso da ameaça, mas é desespero que escorre dela.

— Você não os merece. Não merece nenhum de nós. Disse que ia subir o nível do jogo. É o que tenho pensado o tempo todo. Lembra? Eu falei que você estava ficando previsível, e você disse que se esforçaria mais. — Balanço a cabeça. — E, cara, você mandou muito bem nisso.

— Isto não era um jogo. E não somos a porra de um negócio. — Com a mandíbula tensa e os olhos flamejando de determinação e dor, ele segura meu queixo e me obriga a encará-lo. — Há vinte minutos, você sabia muito bem a quem pertence, e *com quem* está, e ainda sabe. Acha que *eu* sou um idiota por acreditar nisso?

— Você disse que nunca poderíamos ficar juntos.

Ele insiste.

— Nós. Estamos. Juntos.

Eu o encaro com os olhos transbordando de lágrimas.

— Nunca vou perdoar você. E eles também não.

— Eu sei. — Ele se inclina para capturar meu olhar. — Posso ser o vilão por quem você se apaixonou, mas isso não me torna menos vilão. *Fique aqui.* Eu volto logo.

Fico parada no meio do quintal, e ele some dentro da casa. Uma fração de segundo depois, escuto o ronco do motor do Jaguar. Tobias acelera para longe, e minhas pernas cedem. Estou completamente destruída.

Neste momento, percebo que nunca vivi um amor tão avassalador até hoje, até Tobias, e tenho certeza de que nunca mais vou viver. Encontrei minha verdade no amor segundos antes de este ser arrancado de mim. A maldição, a condenação, de estar apaixonada por um homem que deveria ser meu rival, mas que, em vez disso, roubou meu coração.

E ele acabou de destruir qualquer confiança que eu poderia ter tido nele ao revelar todas as cartas, e só fez isso porque foi pressionado.

Depois de horas encarando as nuvens, eu me levanto do chão, subo as escadas e começo a fazer as malas.

23

Acordo meio atordoada, cercada por gaveteiros cheios de roupas. As portas francesas da varanda batem na parede do quarto e a brisa de verão flutua para dentro. Com o próximo impacto provocado pelo vento, fica evidente o motivo de eu ter acordado. As portas ainda estão escancaradas porque passei a maior parte da noite com "Father Figure", de George Michael, tocando tão alto pela casa que devia dar para ouvir da floresta. Estava lidando com a tarefa de fazer as malas quando a música apareceu em uma das minhas playlists, uma das antigas favoritas da minha mãe. Ao ouvir, revirando minhas coisas, me dei conta de como era fantástica e apropriada para o momento. Uma música simbólica da minha relação com o cara que me enganou até a última oportunidade e que se aproveitou do meu coração fragilizado no momento certo, reivindicando minha fraqueza como dele. E, por um breve período, ele me deu tudo o que senti que me havia sido negado. Tudo o que eu sempre quis. Ele realizou todas as minhas fantasias românticas, nos declarou almas gêmeas, venerou meu corpo, lidou com o meu coração com o máximo de cuidado, me puxou para um sonho e me manteve lá até que eu estivesse completamente saturada dele, nele, enquanto se infiltrava na porra da minha alma.

Então aumentei o volume da música em homenagem ao cara que me enganou direitinho para reconhecer a vitória dele. Deixei claro, a cada verso, que eu sabia exatamente em que nível ele havia me enganado.

No mais profundo de todos.

Talvez eu nunca tenha confiado totalmente em Tobias, mas acreditei na mentira dele a ponto de entregar o que restava de mim.

Mas ele brincou comigo. E ganhou com um xeque-mate que faria todos os outros parecerem insignificantes.

Se Tobias me enganou ou não, nunca vou saber, mas tenho certeza de que nunca mais voltarei a ser a mesma.

Fiz o que os ladrões fazem. Eu roubei você!

É, roubou mesmo.

Vai embora, agora, Cecelia. Agora.

Desta vez, fico surpresa com o quão fácil é desligar. Não vou resistir. Na verdade, aceito. Não consigo mais continuar com esses jogos de alto risco. E com Tobias, parece que nunca tive chance.

Sonolenta, me mexo na cama, desconfortável.

Não me lembro de ter caído no sono, mas estou no meu quarto, em meio ao caos, rodeada de bolsas abertas e malas novas que eu havia encomendado na semana passada ao me preparar para voltar para casa. Estou determinada a não deixar nada para trás, porque, quando eu atravessar a porta e sair pelo portão, vai ser a última vez.

Não criei expectativas de que Tobias me procurasse ontem à noite, e ele não decepcionou. Até onde sei, banquei a DJ só para irritar os pássaros cujos cantos agora soam distorcidos lá fora. Esfrego os olhos, tentando dissipar a sonolência.

Quando finalmente estou desperta, permaneço deitada, confusa sobre como caí em um sono profundo, deitada na cama, com todas as roupas dobradas intactas. Continuo tentando recobrar os sentidos e me esforço para erguer os membros. Quando consigo sair de onde estava praticamente em coma, sinto uma tontura e volto à posição anterior para me situar.

Que cacete está acontecendo?

Segundos depois, uma pontada irritante me faz levantar para verificar se há algum objeto pontiagudo na cama. Não encontro nada. Pego o celular na mesinha de cabeceira para ver a hora e percebo que dormi o dia inteiro, que agora falta apenas uma hora para meu turno começar.

Isso, claro, se eu fosse voltar ao trabalho.

O que não vou.

Com a visão turva, levo minutos, e não segundos, para redigir e mandar um e-mail para meu supervisor.

Não vou dar as caras no trabalho. Nem hoje à noite, nem nunca mais. Nem vou avisar meu pai que estou indo embora mais cedo, porque não devo explicação alguma para ele. Faltam apenas algumas semanas para eu honrar com minha parte do nosso acordo, mas a lealdade que eu tinha a ele já não existe mais. Quero mais é que ele vá para o inferno.

Que todos eles vão para o inferno.

Estou me concedendo uma liberdade antecipada. A normalidade parece ótima a esta altura... simples, tranquila. Determinada a chegar em casa antes de anoitecer, tento me erguer novamente e solto um gemido de frustração.

— Que porra é essa?

Pisco várias vezes e tento lutar contra a gravidade que me prende à cama. Nunca na vida me senti tão cansada.

Fico de pé com dificuldade, dou uns tropeços para trás e me equilibro com as mãos no colchão. É como se eu estivesse de ressaca mesmo sem ter ingerido uma gota de álcool ontem à noite. O que é irônico, porque não há momento melhor para se entregar à indulgência do que quando seus ex-namorados surgem como fadas sedentas por sangue após meses de ausência dilacerante, flagrando-a justo quando você está declarando seu amor pelo irmão deles.

— Aaah! — grito para o vazio, para a completa insanidade da situação.

Ah, as histórias que *nunca* vou poder contar. Mas quem acreditaria, não é mesmo? Até eu duvido, e vivi todas elas.

Mas será que sobreviverei a isso?

Essa é uma decisão que vou ter que tomar em outro momento.

Decidida a não desmoronar antes de chegar a Atlanta, tento mais uma vez dissipar a névoa na minha cabeça.

Devo ter desmaiado na cama ao dobrar as roupas, emocionalmente exausta. Mas, pelo jeito, entre fazer as malas e encarar as paredes, consegui ajeitar o suficiente para partir em questão de horas se me apressar. No entanto, meu corpo me trai, porque sou obrigada a me sentar novamente para controlar a tontura. Já faz anos desde que dormi tão profundamente. E, para minha sorte, não consigo me lembrar de um único sonho.

Decidida a me endireitar, paro de repente ao sentir a ardência causada pelo estiramento da pele das minhas costas, e então ouço um farfalhar sutil atrás de mim, algo preso às minhas costas. E é aí que a ardência se intensifica. Quando estendo a mão para tocar meu ombro, o movimento estica minha pele mais uma vez, e o desconforto se espalha. Tateando com os dedos, meus olhos se arregalam quando alcanço a borda escorregadia do curativo.

Que porra é essa?

Arranco a camiseta sobre a cabeça, jogo-a no chão e caminho mancando em direção à penteadeira, me esforçando para não dar com a cara no chão. Lá, descubro que há dois curativos grudados nas minhas omoplatas.

Que porra é essa?!

Não preciso tirá-los para saber o que é, mas tenho que ver com meus próprios olhos. Consigo alcançar a borda de um deles com o polegar e, devagar, descolá-lo, a tinta preta nítida no reflexo.

Asas de corvo.

— Meu Deus — digo, e respiro fundo quando consigo erguer a outra ponta.

Atordoada, examino o desenho inconfundível e balanço a cabeça em negação.

Não estava emocionalmente esgotada na noite passada, fui *drogada* e... marcada.

Marcada!

Por um dos mentirosos sádicos que diziam me amar.

Meu primeiro pensamento é Dominic, mas Sean estava tão furioso e magoado quanto o irmão, talvez até mais.

Será que essa é minha punição?

Ou é só uma mostra do poder que os dois têm sobre mim?

Tobias nunca me negaria essa escolha. Ele é muito centrado, menos emotivo. Não faria isso comigo, especialmente depois da forma como me enganou.

Ou faria?

Posso ser o vilão por quem você se apaixonou, mas isso não me torna menos vilão.

A esta altura, não duvido de nenhum deles. Mas isso só faz sentido para aquele que acha que tem algo a provar. Quem realmente acredita que me possui? O suficiente para me marcar como propriedade.

Não só é perverso, como também é contra a lei.

Mas quem eu estou querendo enganar? Convidei esses bandidos para entrarem na minha vida, entre minhas pernas e no meu coração, e os três me marcaram.

Uma marca visível e... *permanente.* Uma que eu com certeza deveria ter escolhido se queria ou não. E por quê? Para que eu não possa mais me esconder atrás dos meus segredos?

Ainda não sei de nada. Não o bastante para incriminar, de fato, qualquer um dos três. Todo esse tempo, pisei em ovos para não cruzar as fronteiras deles, respeitei e tentei não ir longe demais, não pressionar demais, e para quê?

Devo ter cochilado enquanto arrumava as coisas, e foi aí que eles me pegaram, me *drogaram.*

Chegaram como os ladrões que são, na calada da noite, e me marcaram, me rotularam. Um rótulo que grita uma única coisa e nada mais: *minha.*

Isto não é real. Não pode ser real. Observo a tatuagem em minhas costas, sem acreditar.

E eu estou tão cansada.

Cansada para caralho.

Cansada das perguntas, dos embates, dos acordos, do mistério. Estou tão cansada de ficar me questionando, esperando por respostas na mais completa escuridão.

Eu só... cansei.

E esta noite, quando a lua se erguer no céu, vou declarar guerra.

Batidas graves e risadas altas ecoam de trás das portas metálicas. Estão todos aqui. Festejando relaxados, enquanto eu permaneço uma mulher marcada à deriva em uma ilha de raiva e amargura. Arremesso a primeira garrafa, que acerta em cheio o alvo e se despedaça contra a porta. Ouço a música ser desligada quando a segunda garrafa voa pelo ar, estilhaçando-se aos pés da porta. Tyler é o primeiro a entrar no saguão. Posso ver seus lábios se moverem ao relatar a cena. Uma das portas de metal se ergue devagar, e eu arremesso mais uma garrafa.

— Puta que pariu — exclama Sean, que dá um pulo ao ser atingido por cacos de vidro.

Arremesso outra garrafa, e mais outra. Os olhos dele faíscam de raiva ao avaliar o estrago que já causei. Todos os pneus estão furados. Ninguém vai me seguir hoje à noite.

É surreal ver todos presentes, me encarando como se eu tivesse enlouquecido. Jeremy, Tyler, Dominic, Sean, Russell e até Layla, que sumiu do mapa com os outros, me encaram de olhos arregalados. Por muito tempo, senti como se a época que passei com eles tivesse sido um sonho. Mas o bando está todo reunido, até alguns que eu não esperava ver. Há garotas com tatuagens parecidas com a que eu agora tenho, uma delas com os olhos fixos em Dominic, que joga fora um baseado e avalia o estrago no estacionamento.

Sean dá um passo hesitante à frente, e meus olhos encontram os de Dominic às suas costas. Está com os traços impassíveis ao me examinar.

Não consigo acreditar que me deixei envolver com esses mentirosos, esses bandidos manipuladores que me roubaram de mim mesma.

— Cecelia — diz Layla, com a voz tensa. — Amor, o que está acontecendo? — Ela volta o olhar para Sean e Dominic. — Que porra vocês fizeram?

— Não se dê ao trabalho — repreendo-a. — Nem finja se importar comigo agora.

— Você sabe que eu não tive escolha.

— Ah, que mentira. — Eu a encaro, furiosa — Você teve escolha. Escolheu eles. E adivinha? Você os merece.

A culpa transparece nos olhos azuis.

— Sinto muito.

— Me poupe. Todos vocês já deixaram claro o que pensam. Acho que está na hora de eu me expressar também.

Levanto o galão de cinco litros de gasolina, despejando o restante do conteúdo na poça à minha frente.

— Que porra você está fazendo? — pergunta Sean, dando um passo à frente, exatamente quando eu levanto uma garrafa diferente, com um pano encharcado dentro.

— Meu Deus — diz Tyler, os olhos saltando das órbitas. — Cecelia, o que você está fazendo, porra?

— Quem foi?! — rosno, e Sean faz menção de se aproximar de mim. — Mais um passo, e eu acendo isto aqui, aí todos nós vamos descobrir o que acontece depois. Não me provoque, Sean!

— Solta isso agora — rosna ele de volta, e tento ignorar os sentimentos que começam a aflorar.

Voltar a vê-los de novo é surreal.

Mas eu fui uma idiota por tempo demais.

— Quem fez isso comigo?! — grito, incapaz de manter o segredo por mais tempo. Não consigo mais. — É isso que vocês chamam de lealdade? Vocês me querem? Bom, aqui estou eu, porra! Querem atos extremos? Devoção? Podem apostar que eu sou capaz. Afinal, aprendi com os melhores. É só me testar. — Ergo o queixo em desafio. — Vamos lá. É só admitirem e virem pegar a porra do prêmio.

Acendo um dos isqueiros que roubei de Sean quando estávamos juntos, e ele dá um pulo para trás.

— Cecelia, não faz isso!

Os olhos desesperados de Sean voltam-se para Dominic, que se aproxima de mim a passos firmes, abrindo caminho por entre as pessoas.

— A vadia pirou de vez — diz uma das meninas. — Você deve ter fodido essa aí gostoso, Dom.

Um pessoal que reconheço de uma das reuniões solta umas risadinhas, mas mais ninguém está rindo, especialmente Dominic, cujos olhos se estreitam de irritação ao se aproximar de mim em um ritmo calmo.

— Que merda é essa? — Um deles se manifesta, ao notar o que eu fiz antes. — Ela furou a porra dos nossos pneus!

Dom levanta a mão, calando todos com um gesto rápido.

— Juro por Deus, Dominic, eu vou incendiar este lugar — digo, resoluta. — Fique onde está!

Ele para, os olhos frios, opacos e sem vida. O tédio familiar moldando suas feições. E vê-lo assim dói, arde. É como se o que houve entre nós nunca tivesse existido.

— Por quê? — Sinto a mandíbula tremer de raiva. — Por quê?!

Eu me viro um pouco para que eles possam ver as marcas nítidas nas minhas costas, e observo ambos atentamente em busca de reações. Nenhum deles deixa transparecer nada. Só posso deduzir que isso foi apenas mais um dos planos que bolaram para ferrar com minha cabeça.

— Covardes! Vocês são dois covardes do caralho!

Balanço a cabeça, transbordando de raiva, justo quando celulares começam a tocar aleatoriamente. Tyler leva o dele até a orelha, e Dominic e Sean começam a se aproximar de mim devagar, como se estivessem encurralando um gato perdido.

— Eu nunca *pertenci a vocês* nem vou pertencer. Fiquem longe de mim, porra!

— Dom! — grita Tyler, correndo até Dominic com o celular e então o coloca na orelha do irmão.

Um segundo depois, Dom agarra o celular e deixa de lado toda a pretensão, caminhando em minha direção como um borrão, exatamente quando eu acendo a garrafa e a jogo na poça de gasolina. Dom se lança para frente, mas o clarão das chamas nos separa, o que me dá tempo para voltar correndo para o jipe. Dominic dispara para a frente do capô, batendo com os punhos na lataria, mas eu saio em disparada. Meu coração martela descontrolado à medida que avanço pelas estradas, gritando e batendo as mãos no volante.

Sob o manto da noite, desapareço.

24

Quando chego em casa está quase amanhecendo. Agora me sinto segura para conseguir dar o fora de fininho, sem encontrar ninguém. Com os membros pesados e as costas latejando, estou exausta após dirigir por horas sem rumo. Meu corpo está dolorido após minutos incontáveis encarando a estrada escura à frente, vagando sem direção. Não faço ideia do que fazer agora, mas estou partindo. Não amanhã, nem depois de amanhã. Agora.

Tenho o dinheiro.

Perdi a porra da sanidade por essa grana, mas acabou. Isso termina hoje. A toxicidade das relações que construí me tornou venenosa. Não sou mais a garota que chegou a esta casa há um ano, nem de longe.

Armo o alarme da casa, mesmo sabendo que qualquer um que quiser *pode* e *vai* me encontrar. Paredes e portas não significam nada para aqueles caras, e, a esta altura, tenho certeza de que nenhum deles vai me impedir de ir embora. Porque talvez agora me vejam como um veneno também. Nós nos machucamos e traímos uns aos outros. Não há como voltar atrás. E a ausência de Tobias, o silêncio dele, só confirma que, mais uma vez, fiz papel de trouxa. Talvez eu não saiba o que é o amor, mas agora sei o que *não* é.

Afasto todos os pensamentos a respeito de Tobias e fecho uma das malas lotadas para começar a encher outra. Devia ter arrumado tudo antes de ir à oficina, mas estava tão furiosa que não consegui elaborar um plano melhor. Contei com a sorte de chegar tarde em casa, esperando que quem estivesse me procurando desistisse ao ver que eu não tinha voltado. Quando ouço o desarme da porta da frente, percebo que deu errado.

Não estou sozinha.

O medo me paralisa no meio do quarto. Espero. Nunca senti medo desses caras antes, e nunca pensei que eles fossem me machucar.

Muito menos imaginei que dariam o troco por causa de alguns pneus.

Beleza, *vários pneus.* Todos os pneus do estacionamento.

Pneus que vão custar uma pequena fortuna para substituir. No geral, foi uma atitude de ex-namorada psicótica. E aquele espetáculo fez parecer que eu sou a culpada, quando, na verdade, estou longe disso. Mas quem marca uma mulher sem o consentimento dela?

Lunáticos em uma luta de poder. Estou permanentemente marcada por causa deles, por causa do egoísmo deles.

Vejo Dominic parado na soleira da porta do quarto. Há uma arma enfiada na cintura dele, com um silenciador preso à extremidade.

Um silenciador.

Engulo em seco. Eu o encaro e dou um passo para trás, mas ele ergue as mãos.

— Cee. — Dominic balança a cabeça como se minha reação fosse ridícula. — Qual é?

Eu fiz papel de idiota na oficina, como se fosse instável. Pouco confiável. Emocional. Um risco.

— Vou pagar por tudo. Tudo mesmo. E-eu estava irritada.

Dou mais um passo para trás, e ele ri, incrédulo, depois tira a arma da calça. Ouço o baque quando ela cai na escada, e ele entra no quarto.

— Sem armas, ok?

— O que está fazendo aqui?

Dominic encara minhas malas e volta o olhar prateado para mim. Não consigo controlar o tremor que me domina, nem o pânico que começa a crescer rapidamente.

— Eu pago, Dom. Juro. Não vou dizer nada. Estou indo embora, viu? Aponto para as malas.

— Qual é, Cecelia? — zomba ele. — Sério mesmo?

— Eu estava com raiva. Mas n-não contei para ninguém.

— Por que você está tremendo?

— Não consigo acreditar em nada do que você diz.

Olho para o celular na mesa de cabeceira, e ele balança a cabeça com desconfiança.

— Não estou aqui para machucar você.

— Eu não conheço você.

— Conhece, sim. Você me conhece para caralho.

O tom dele é gutural, cheio de decepção, o que me desconcerta.

— Agora se importa comigo? Algumas horas atrás, você me olhou como se eu não significasse nada.

Ele solta um suspiro exasperado.

— Bom, estou meio arrasado no momento. E você me conhece.

— Não sei de nada. Eu não sou uma ponta solta, ok? Não vou dizer nada para ninguém. Não contei para ninguém, Dom. Juro.

— Meu Deus — diz ele, esfregando o rosto com a mão, a expressão se tornando muito preocupada. — O que nós fizemos com você?

Engulo em seco.

— Eu só quero ir embora agora. — Faço de tudo para controlar o tremor na voz, mas uma lágrima escorre pelo meu rosto. — P-posso, por favor, só ir para casa?

Ele estuda minha expressão, mas só vejo dor em seus olhos. Ele se aproxima de mim, e eu me encolho involuntariamente.

— Foi *ele* que mandou você vir aqui?

Desta vez, é ele quem se retrai.

— Por favor, me diz que você não pensa isso de mim. Eu nunca seria capaz de machucá-la.

— Eu não sei mais o que pensar. — Cubro a boca para segurar o soluço. — Eu não sei no que acreditar.

— Nossa, acho que isso dói mais do que chegar em casa e encontrar você com ele. — Dominic abaixa a cabeça e ergue os olhos para os meus. — Porra, Cecelia. Eu jamais, em hipótese alguma, machucaria você. Não por nada, nem por ninguém, nem por qualquer motivo no mundo. — Ele dá um passo à frente. — Qual é, amor, olha para mim.

Balanço a cabeça.

— Droga, Cecelia, olha para mim. Agora.

Levanto os olhos para os dele.

— *Olha* para mim. Sou eu.

Sinto um aperto no coração quando ele dá mais um passo, e então outro, e paro de recuar, o nome dele escapando dos meus lábios em um grito angustiado no exato momento em que ele me abraça. Ficamos assim, e meu medo se dissipa. Percebo o quão fundo caí na toca do coelho.

— Porra — sussurra ele, me puxando para perto, com a voz cheia de dor —, eu sinto muito. Muito mesmo. Será que a gente estragou tudo tanto assim?

Eu o abraço com força, encostando o rosto no pescoço de Dominic, que passa as mãos ao longo das minhas costas e desce pelos meus braços.

— O que fizemos com você? — pergunta ele, com a voz transbordando de emoção, e me aperta ainda mais junto ao próprio corpo.

Respiro fundo o perfume suave, mas familiar.

— Eu simplesmente... não sei mais no que acreditar.

— Erramos feio com você, acredite.

Ele se afasta e me encara, os olhos sondando os meus, o tom desesperado.

— Diz para mim que lá no fundo você sabe que não somos esses caras?

Balanço a cabeça, sem conseguir articular uma resposta.

— Cee, nós não somos assim.

— Ontem à noite, vocês me drogaram e me tatuaram. Você tem certeza de que não são assim?

— Meu Deus... — Ele massageia a nuca. — Você está certa. Não posso culpar você por pensar o pior, né?

Ele solta um suspiro e tira o celular reserva do bolso da calça, depois se acomoda na beirada da cama. Uma tensão começa a se formar enquanto ele me encara.

— Dez meses — diz ele, e eu o observo atentamente, sentindo cada dia da distância que esses meses colocaram entre nós. — Devíamos ter avisado que iríamos voltar. Eu queria avisar. Sean quis manter o acordo que fizemos com Tobias para provar que ele estava errado. Ele não achava que... — Dominic solta um suspiro pesado. — Acho que não importa mais.

Baixo o olhar para o tapete, e ele entrelaça as mãos entre os joelhos. Um longo silêncio se estende antes que ele fale.

— Ele está certo, sabe? Meu irmão falou a verdade. Tobias passou metade da vida organizando as coisas, sempre nos bastidores, fazendo de tudo para colocar essa porra nos eixos. Para garantir que estaríamos bem.

Eu o observo e percebo o cansaço em sua postura, em seus olhos.

— Ele estava falando a verdade.

— Não tenho certeza se vocês sabem o significado dessa palavra. Nenhum de vocês.

— Você quis fazer parte — lembra ele. — Isso é fazer parte.

— Não desse jeito — retruco. — E não a esse preço.

— Falei mais de uma vez que você não gostaria de saber a verdade. Por que acha que eu me esforcei tanto para afastá-la no começo? — Um lado da boca dele se ergue. — Você era tão perfeita, cacete. — Seus olhos se nublam com lembranças. — Parada no meu quintal naquele dia, e depois... — Ele balança a cabeça. — Eu queria odiar você. Eu tentei muito.

— Nem percebi.

Compartilhamos um sorriso triste.

— Sempre soubemos que a verdade seria o fim. Sempre soubemos que manter você no escuro era o único jeito de ter você conosco. Você estava entre mentirosos, bandidos e assassinos — diz ele, em voz baixa —, era boa demais para qualquer um de nós. E acho que nos agarramos a você porque representava tudo o que queríamos proteger, mas que nunca poderíamos ser.

— Eu nunca vi vocês desse jeito. Nunca.

— Até ontem à noite, não é? — Dominic abaixa a cabeça. — Mesmo que estejamos tentando fazer a coisa certa, não somos santos, Cecelia.

O som familiar do meu nome nos lábios dele me machuca, e respiro fundo.

— Também não sou santa. Vocês fizeram questão de garantir que eu não fosse. Fui apenas um brinquedo.

— Não. — Ele puxa minha mão para que eu me levante. — Nunca, você nunca foi isso.

— Por que está aqui?

— Você não sentiu minha falta?

Meus olhos se enchem de lágrimas instantaneamente.

— Todos os dias, fizesse sol ou chuva. — Suspiro e seco as lágrimas do rosto. — Caramba, por que eu não consigo odiar você?

— Pelo mesmo motivo que eu não consigo odiar você.

Dominic encara o celular e o coloca de lado, então um sorriso triste toca seus lábios.

— Eu nunca o vi olhar para *nenhuma* mulher como olhou para você. Nunca o vi se iluminar daquele jeito. Assim que vi vocês dois juntos, eu soube que estávamos fodidos. Sean também percebeu.

— Isso não importa.

— Importa, sim. Posso odiá-lo o quanto quiser por pegar o que não era dele, mas essa é a verdade.

— Não era nossa intenção...

Ele faz um movimento com o queixo.

— Não consigo ouvir isso agora, tudo bem?

— Bom, eu não sou uma propriedade. Apesar dessa maldita marca nas minhas costas. Ninguém tem direito sobre outra pessoa. Isso deveria ser sobre livre arbítrio, lembra?

Ele entrelaça nossos dedos.

— É difícil lembrar disso quando o assunto é você. E nós chegamos tarde demais. — Ele olha para mim, e tudo o que vejo é dor. — Chegamos tarde demais.

— Aí vocês resolveram me marcar? Fizeram um escândalo, e aí colocaram a porra de uma marca em mim?

Ele se agacha e se inclina, pressionando a testa em minha barriga.

— Não consigo fazer isso agora. Não consigo. Só... faça-o feliz.

— Estou indo embora, Dominic. Agora mesmo. É isso que estou fazendo.

— Pode até ser, mas nós dois sabemos que ele não vai abrir mão de você.

— Ele não tem escolha.

— Sinto muito — sussurra ele, roçando minha barriga antes de olhar para mim. — Sinto muito mesmo, por tudo que fizemos você passar. Quero que saiba disso. Todos nós sentimos.

Engulo em seco.

— Posso estar chateada com você, mas sinto muito pelo que isso lhe custou. Nunca tive a chance de dizer que sinto muito pelos seus pais.

— Não foi culpa sua.

— Não entendo como você conseguiu...

O olhar dele rapidamente encontra o meu.

— Ficar com você?

Assinto.

Dominic fica de pé, e o tempo para quando ele segura meu rosto. E então somos só eu e minha nuvem escura e tranquila. Nós nos encaramos por longos segundos.

— Essa é uma pergunta que eu posso responder — sussurra ele, os olhos penetrantes ao se inclinar mais para perto. — Sim.

— Sim o quê?

— Sim — ele acaricia meu rosto —, eu já estive apaixonado.

As palavras me atingem em cheio e eu desabo em lágrimas.

Ele me segura com firmeza, me dá um beijo rápido e se afasta.

— Mas ela foi lá e se apaixonou pelo meu irmão.

Dominic afasta uma lágrima da minha bochecha enquanto eu o encaro.

— Juro por Deus, eu não queria. Lutei contra isso ao máximo.

Ele solta uma risada fraca.

— Eu acredito.

Dominic pigarreia e olha a mala atrás de mim.

— Nunca vou perdoá-lo — digo, a dor se intensificando.

— Vou deixar essa decisão nas suas mãos.

— Vai mesmo? — pergunto.

Ele suspira.

— Ele é meu irmão. Porra, de certa forma, é como um pai também. Sei lá, Cee. Foram uns dias bem loucos. — Ele esfrega o rosto. — Vamos lá, vou levar você para casa.

— Não sem respostas. Primeiro...

O celular dele toca, e Dominic levanta um dedo para mim antes de ler a mensagem, então seus olhos voam até os meus.

— Merda.

O olhar no rosto dele me faz empalidecer.

— O que foi?

Ele ergue o queixo para me calar e sai correndo do quarto.

Eu me movo para segui-lo e congelo quando Dominic fala do alto da escada.

— O que veio fazer aqui, Matteo? Está um pouco tarde para visitas, não acha?

25

— O que veio fazer aqui, Matteo? Está um pouco tarde para visitas, não acha?

Corro até a porta do quarto e espio por cima do ombro de Dominic. Com a cabeça a milhão, sinto o pavor percorrer meu corpo quando me lembro da conversa que tive com Sean durante minha primeira reunião.

Aqueles são Matteo e Andre, a Cantiga Espanhola.

Por que eles são chamados de Cantiga Espanhola?

Use a imaginação.

Os olhos de Matteo encontram os meus, e ele curva os lábios em um sorriso perverso ao responder.

— Negócios.

Dominic permanece onde está, firme como um poste, de costas para mim, com uma postura ameaçadora. A voz dele está tomada de desafio, e desvio do olhar letal de Matteo.

— Você não está do lado errado da cerca? — pergunta Dominic.

— Grana é grana.

— É bom dar meia-volta, e rezar para eu nunca mais pegar você fora da porra da Flórida. Se acontecer, não vai acabar bem.

— Tá pegando ela? — pergunta Matteo, ignorando a ameaça de Dom. — Eu estava pensando em experimentar um pouquinho.

Tenho certeza de que os olhos de Dominic gritam assassinato, mas então Matteo fala de novo, claramente se divertindo.

— Essa boceta é tão boa assim, é?

Matteo deve pesar algo em torno de cento e trinta quilos, e a maior parte do peso se deve aos músculos. O cabelo dele é tão oleoso quanto as roupas, e as narinas grossas se dilatam ao me encarar com um olhar que faz meu estômago revirar. Ele mostra a faca. Uma faca de caça com pelo menos vinte centímetros de comprimento. Fico em pânico quando me viro para procurar qualquer coisa que eu possa usar, mas não há nada. Caminho até o degrau atrás de onde está Dominic, que se manifesta.

— Amor, volta para o quarto *agora*.

A porta do outro lado do corredor se abre e Tobias surge segurando uma arma parecida com a que Dominic descartou mais cedo. Os olhos dele me percorrem, aliviados, e então vislumbram Dominic.

— Qual é a boa, irmão?

— Já estou cuidando disso — responde Dominic, com uma voz letal. — Falando em irmãos, Matteo. Onde está o seu hoje à noite?

— Você o conhece. — Matteo dá de ombros. — Provavelmente está na balada.

— Na verdade, ele está aqui dentro, descansando — diz Tobias, inclinando a cabeça para trás. — Você devia tirar um cochilo também.

Dou uma espiada por cima do ombro de Tobias, que balança sutilmente o queixo. Controlo a expressão.

Não reaja, porra.

Não há ninguém naquele quarto, o que significa que a outra metade da Cantiga Espanhola, Andre, está em algum cômodo da casa. Será que os dois estavam aqui o tempo todo?

Assim que o pensamento me ocorre, Tobias desvia os olhos, que se arregalam, e ergue a arma, apontando-a logo acima do meu ombro.

— Vem — diz Tobias, com a voz firme, e dou um salto para o espaço vazio entre as duas portas.

Ele sacode o queixo na tentativa de me fazer recuar mais, e eu me espremo na parede atrás de mim no exato momento em que Andre surge na soleira da porta do quarto, onde eu estava. Há uma faca parecida com a de Matteo em sua mão. O medo me paralisa quando Andre encara Tobias com olhos negros.

— Ah, parece que ele apareceu afinal — diz Matteo, com um tom de voz sarcástico.

— Devo ter me enganado — responde Tobias, monótono e casual.

— Relaxa, tem mais gente chegando para a festa — assegura Matteo.

Assim que ele diz isso, a campainha toca, e eu tenho um sobressalto.

Ding dong. Ding dong. Ding dong.

Matteo grita algo em espanhol, e o barulho cessa.

— Por respeito, quisemos tentar resolver isso como cavalheiros — diz Andre a Tobias como cumprimento.

— Agradeço — retruca Tobias, sem rodeios.

— Era o mínimo que eu poderia fazer. Afinal, foi você quem me recrutou.

— E olha só no que deu. — Tobias usa um tom gélido e encara Andre com desprezo. — Que merda você está fazendo, Andre?

— As coisas estão ficando um pouco tensas lá no sul.

— Então você aceita a porra de um contrato que envolve meus interesses *pessoais*? Não foi uma decisão muito esperta.

— Estou precisando de uma grana — responde o outro, como se fosse algo corriqueiro. E suponho que, para ele, realmente seja. — Não culpo você pelo seu interesse — comenta Andre, me encarando.

— Não ouse olhar para ela, seu filho da puta nojento — rosna Tobias.

— Você sabe como eu trabalho, então vamos evitar as ofensas — ameaça Andre.

— Tobias — sussurro, com a voz rouca, e sinto um véu de suor induzido pelo medo cobrir minha pele.

Não estamos brincando com armas de mentira, vidas extras e dinheiro de Monopoly.

Por mais coisas que eu tenha testemunhado ao longo do último ano, por mais avisos que eu tenha recebido, percebo que fui poupada a ponto de sentir que o perigo se reservava a uma realidade alternativa. Isto é exatamente o que eles tentaram evitar o tempo todo. E agora estou vivendo meu pior pesadelo. Eu poderia morrer esta noite, assim como os homens que eu amo.

Não dá para ficar mais real do que isso.

— Se você a liberar, eu pago o dobro — argumenta Tobias.

— Negócio fechado — responde Matteo, rapidamente. — Aceitamos sua grana, irmão.

— Andre — rosna Tobias, em advertência. Ergo o olhar e vejo Andre se aproximando de mim. — Não.

Andre para e lança um sorrisinho para Tobias.

— Faz tempo que não nos vemos, cara. Quase não o reconheci nesse terno.

— Gostou?

Tobias sorri, e é a coisa mais perigosa que já vi na vida. Ele vai matá-lo. Vai matar *os dois*.

— Onde está o papai? — sussurra Andre, para mim. — O carro dele está aqui.

Meus olhos se fixam em Tobias, e tento decifrá-lo em busca da resposta, mas não consigo nada.

— Eu n-n-não sei. Acabei de chegar em casa — gaguejo.

Odeio não conseguir me expressar direito. Odeio não conseguir ser como os dois caras de mãos firmes e vozes imponentes que me defendem.

— Acho que não estou satisfeito com os termos desse acordo — diz Dominic, com a voz firme.

Andre inclina a cabeça.

— Por quê?

Tobias olha para mim, e começo a tremer incontrolavelmente.

Leio a expressão dele.

Calma, querida.

Nunca estive tão assustada em toda a minha vida.

Ding dong. Ding dong. Ding dong.

Tobias desvia o olhar para Matteo, a arma ainda apontada para Andre.

— Quer atender a porta?

— Vai por mim, cara, você não quer que eu abra aquela porta — responde Matteo.

Tobias assente.

— Posso transferir o dinheiro para você em minutos.

— Como eu disse — sibila Dominic —, não estou feliz com esse acordo.

É aí que eu vejo a arma de Dominic presa à calça de Matteo. Dominic está desarmado. Não conseguiu pegar a arma a tempo. Por minha causa. Se ele a tivesse, isso já teria acabado. Um gosto amargo sobe pela minha garganta, e tento me firmar junto à parede atrás de mim.

— É o único acordo a ser feito, irmão — responde Tobias, com um tom de advertência na voz.

— Cecelia — diz Dominic, no tom íntimo que usava comigo nos dias em que passávamos juntos, a sós.

— Dominic — implora Tobias, com um medo cortante na voz.

— Estou falando com Cecelia — retruca Dominic.

— Oi — digo, e meus olhos transbordam enquanto Tobias corre o olhar apreensivo entre o irmão e eu.

— Depois disso, você está a fim de ver um filme? — pergunta Dominic. — Você podia fazer aquela pipoca com cheddar que eu adoro. A gente se amontoa embaixo daquela manta que cheira a... qual é o cheiro mesmo?

Eu me engasgo com uma nova onda de medo.

— Lavanda — digo, e mais lágrimas escorrem pelo meu rosto.

— É, e eu vou deixar você escolher um filme de mulherzinha, porque tudo o que eu realmente quero é ver você assistindo. Sua cara fica toda boba quando você fica apaixonadinha.

— A parada deve ser boa se ela enfeitiçou você, Dom — debocha Matteo, os olhos vazios erguendo-se para mim.

— Nós adoramos dias chuvosos, não é, amor? — A voz de Dominic se eleva, e ele dá um passo em direção a Matteo.

— É. — Um soluço me escapa, e eu paraliso de tensão.

À minha direita está a segurança — Tobias — e à minha esquerda, a morte certa. E a morte está bem mais próxima. Se aquela lâmina me alcançar antes que a bala de Tobias acerte Andre, vou ser a primeira. Mas se ele não chegar ao irmão a tempo... é uma escolha que Tobias precisa fazer. Salvar o irmão ou a mim, e Dominic está tomando a decisão por ele, tentando se jogar na frente da granada.

— Não negociamos com terroristas — diz Dominic.

Ele inclina a cabeça desafiadoramente, e Matteo apenas sorri, os caninos pingando ácido. Ele tem pelo menos oitenta quilos a mais, mas Dominic tem velocidade e força inacreditáveis. Não precisaria de nenhum dos dois se eu tivesse confiado nele antes. Se tivesse acreditado nele. Eu sou o motivo de ele não estar com a própria arma.

— Dominic — sussurro, mas ele dá mais um passo na escada em direção a Matteo.

— O que foi, amor?

— S'il te plaît, ne fais rien de stupide. Je t'aime. — *Por favor, não faça nada estúpido. Eu te amo.*

— Je sais. — *Eu sei.*

— Dominic — ordena Tobias, bruscamente. — Recua, porra. Ainda estamos conversando.

Dominic dá mais um passo em direção a Matteo.

— Quer dançar?

— Vai ser uma honra, meu amigo — responde Matteo.

— Que seja uma boa dança.

— Dominic, não! — grita Tobias, e Dominic investe contra Matteo.

Tobias avança e me lança para trás um segundo antes de Andre encostar a faca em mim, depois o elimina com um tiro à queima-roupa na cabeça, então dá um salto sobre o parapeito, tropeçando ao pousar. Dominic acerta um soco certeiro no rosto de Matteo. Ouço o estalo dos ossos, e o sangue jorra do nariz de Matteo.

Tobias está a poucos passos de distância do irmão, que recua e chuta Matteo no peito. Matteo cai para trás, voando pelos degraus e batendo as costas no patamar das escadas. Dominic salta em direção a Matteo e dá um giro rápido em nossa direção, encontrando Tobias no meio do caminho e o empurrando para o lado assim que o disparo de uma arma corta o ar.

O reboco ao lado da minha cabeça explode, e eu grito. Dominic está se lançando em minha direção com os olhos arregalados quando o segundo tiro acerta o abdômen dele. O terceiro tiro o acerta na coxa, então ele abraça a barriga e cai de joelhos. Dá um tranco para frente quando um quarto tiro perfura seu ombro, e Tobias o empurra para fora do caminho.

Tobias urra, virando-se e descarregando a arma na parte inferior do corpo de Matteo, que rola até a base da escada. Outro tiro corta o ar, acertando o hall de entrada. Num salto, corro até Dominic, mas os olhos dele se nublam e a boca se abre. Seu rosto está em agonia enquanto ele estende a mão para mim. Eu corro para o lado dele, que me puxa para perto, então cambaleia para trás, batendo na parede e escorregando, deixando um rastro de sangue. Matteo grita lá embaixo, e o vislumbro por um segundo, então seu perfil desaparece e ele cai sem vida no chão.

Dominic tosse quando eu cubro a ferida com as mãos e ergo o olhar para seus olhos prateados.

— Eu sinto muito — digo, pressionando as mãos em sua barriga.

Dominic olha da esquerda para a direita, e o sangue começa a cobrir seus lábios bonitos.

— Aguenta firme, tá bom? Aguenta firme.

Dominic puxa minhas mãos e tosse de novo, então Tobias se aproxima de nós.

— Vai — sussurra Dominic, com a voz rouca e o rosto contraído pela dor.

Ding dong. Ding dong. Ding dong.

Todos nos viramos na direção da porta e sabemos que o relógio está correndo. Temos segundos.

Pressiono as mãos na barriga de Dom novamente, e ele faz uma careta, respirando com dificuldade e com os olhos vagando entre nós.

— Aguenta firme — repito, tentando desesperadamente conter o sangue que escorre da barriga dele. — Me perdoa. — Pressiono com mais força, e ele solta um grito de agonia. — Sinto muito, amor, sinto muito mesmo — murmuro, encostando a testa na dele.

Tobias tira o cinto e envolve a região acima do ferimento de bala na coxa do irmão, que se contorce enquanto lutamos para conter o sangramento. Mas então vejo que a perna dele está encharcada.

— Vai — murmura Dominic, e revira os olhos quando é atingido por uma nova onda de dor.

— Puta que pariu, Dom, puta que pariu — diz Tobias, angustiado, ao examinar o ombro do irmão, pressionando a mão sobre o ferimento na coxa dele.

Dominic cobre minhas mãos com as dele e as aperta levemente, depois ergue os olhos para o irmão. As palavras, cheias de dor, saem entrecortadas.

— Nous savions tous les deux que je n'allais jamais voir mes trente ans, mon frère. Prends soin d'elle. — *Nós dois sabíamos que eu nunca chegaria aos trinta, irmão. Cuide dela por mim.* Dom tosse outra vez, e mais sangue colore seus lábios. Uma careta distorcendo os belos traços. — Vai — ordena ele, sem parar de tossir. — Por favor — diz ele, com um suspiro ofegante.

— Não. — Balanço a cabeça freneticamente quando os olhos dele encontram os meus. — Desculpa, Dominic, mas você não pode morrer agora, porque eu sonhei seu futuro por você. Aguenta firme, porque eu tenho que lhe contar tudo. — Pressiono o ferimento e o encaro nos olhos. — Nem sonha em me deixar aqui. Eu quero aquele encontro.

Com a pele reluzente de suor, ele nos encara e, na próxima vez que tosse, ouço o gorgolejar do sangue. Continuo pressionando o ferimento, mas ele solta minhas mãos, finalmente cedendo para permitir que eu o ajude.

Tobias encosta a testa na do irmão, e ouço o sussurro suave de Dominic.

— Frères pour toujours. — *Para sempre irmãos.*

— Que a mãe o receba bem — responde Tobias. — Que o pai o guarde. Eu amo você, irmão.

É quando Tobias geme e abaixa a cabeça que eu ergo o olhar.

E então percebo que Dominic se foi. Os olhos dele se nublam antes de se fixarem em um lugar que eu não consigo mais alcançar.

Deixo escapar um suspiro, e meu coração para.

— D-D-Dom — digo, aos soluços, e olho para Tobias. — N-n-não deu tempo! Não deu tempo. Meu Deus, Dom.

Tobias solta uma tosse incrédula, com lágrimas escorrendo pelo rosto, enquanto eu abraço Dom com força.

— Eu acabei de recuperar você — suplico, puxando-o para mim, mas ele escorrega ainda mais pela parede, com os braços caídos, e todos os sinais de vida abandonam seu corpo.

Baixo a cabeça para o peito dele, e não sei quanto tempo se passa, mas não deve ser muito, porque a campainha está tocando de novo, e eu sei que o nosso tempo acabou.

Dou uma olhada para Tobias e noto seus olhos fixos em nós dois. Fisicamente, sinto ele começar a se fechar enquanto seu olhar vagueia de mim para o irmão.

Ding dong. Ding dong. Ding dong.

Juntos, Tobias e eu viramos a cabeça na direção da barreira inútil que nos separa. Metade da equipe de Miami que desertou provavelmente está atrás daquela porta. Em minutos, tudo vai ter acabado, e meu único pensamento é: ótimo, porque não quero viver em um mundo onde Dominic não exista.

Tobias recolhe as duas armas e segura o irmão por debaixo dos braços para arrastar o corpo inerte escada acima, até meu quarto. Eu o sigo, soluçando sem parar, e ele coloca Dominic no tapete ao lado da cama. Eu me sento ao lado, segurando seu torso no colo e acariciando o lindo rosto. Passo os dedos pelo cabelo espesso e pela mandíbula, mas os olhos dele permanecem focados em algum lugar muito além de nós dois, e eu não consigo desviar o olhar.

A porta da frente se escancara e Tobias fecha a do quarto com os pés. Nossos olhos se encontram quando o som de tiros ecoa em todas as direções lá embaixo.

O que faz disso uma briga.

Eles chegaram. O restante da irmandade está aqui.

Precisávamos de alguns minutos, no máximo. Era tudo de que Dominic precisava para ter uma chance.

A escuridão me envolve e o inferno se desencadeia ao nosso redor. Entro em um estado de incredulidade enquanto seguro Dom e sucumbo à correnteza, totalmente submersa, afundando mais e mais, quando um estrondo soa do lado de fora da porta do quarto. Mas é a voz de Sean que me traz de volta ao presente.

— Tobias?! Dom?! Vocês estão aí? Ela está com vocês?!

— Estamos aqui! — grito, então Sean arrebenta a porta armado com três coletes nas mãos e armas presas às costas.

Sean olha de mim para Tobias e há um alívio evidente no seu rosto, até que vê Dominic deitado sem vida no meu colo. Ele deixa escapar um soluço, e seus olhos se enchem de lágrimas. Sean atravessa o quarto em dois passos e cai de joelhos diante de nós, largando os coletes no chão ao meu lado. Deixa escapar um palavrão rouco ao correr os olhos do melhor amigo para mim, que soluço sobre o corpo de Dominic.

— É culpa minha — admito, ao olhar para cima e ver Tobias ao pé da cama, nos observando. — Quando ele apareceu, eu estava com medo de que estivesse aqui p-para me machucar, então ele deixou a arma na escada. — Olho de Tobias para Sean. — Ele estava desarmado por minha causa.

— Cecelia, não faz isso — diz Sean, com a voz falhando, enquanto olho para Tobias.

— Eu não sabia que eles estavam aqui, Tobias. Eu não sabia que eles estavam aqui porque ele não me contou. Eu não sabia o que estava acontecendo. Ele não me disse, Tobias. Eu não sabia!

— Ele não achou que precisava — sussurra Tobias, com a voz rouca. — Porque *eu* já tinha revirado a casa uma vez e falei para ele que a barra estava limpa. Não sei como os dois entraram.

— Não — retruca Sean, olhando entre nós —, não façam isso agora. Nenhum de vocês apertou esse maldito gatilho.

Ele se levanta lentamente e nos encara, e, num piscar de olhos, sua expressão se torna severa, os olhos brilhando com vingança. Olha para Tobias, e eu ergo o olhar para encarar seus olhos âmbar. Sean está completamente destruído.

— Quais são as ordens? — pergunta Sean a Tobias, que me observa, depois olha para o irmão e, em seguida, para mim novamente.

— Tobias, quais são as ordens? — insiste Sean.

— Ninguém sai daqui com vida — diz Tobias, sem pestanejar, os olhos cravados em mim. Ele se vira para o irmão. — Pode ir com tudo.

Não há qualquer humanidade na voz dele quando estende as mãos.

Sean entrega uma das armas que carrega às costas junto a algumas munições, e Tobias me observa sentada com Dom, todo e qualquer vestígio de humanidade deixando seu rosto. Olho para Dominic e acaricio seu cabelo, então pressiono os lábios em sua testa, sua têmpora, e fecho seus olhos.

— Dorme, príncipe — digo suavemente, mordendo os lábios quando minhas lágrimas quentes atingem o rosto dele. Entrelaço os dedos com os de Dominic e fecho os olhos. — Vou encontrar você de novo. Vou encontrar você nos meus sonhos. Vamos ter todos os dias chuvosos do mundo. Eu vou encontrar você...

— Cecelia — diz Tobias, de um modo que me faz recuar e erguer o olhar para ele.

Em segundos, ele atrai minha atenção, os olhos em chamas.

— Você vai embora, e *não* vai voltar. Não vai voltar *nunca* mais. — A ordem dele é definitiva e não deixa espaço para qualquer argumento ou resposta. Ele se vira para Sean, colocando um colete e prendendo-o, então acena na minha direção. — Tire Cecelia daqui. O carro dela está estacionado no limite da floresta.

Estou perdida em pensamentos, imersa em desespero, e não consigo entender o que isso significa. Tobias caminha até a porta do quarto, lança um último olhar para mim e some de vista. Em algum momento no futuro, sei que essas palavras serão corrosivas, mas tudo o que consigo fazer agora é olhar de volta para Dominic antes de cuidadosamente limpar o sangue dos lábios dele.

Há mais sons de tiros vindo de todas as direções, então a voz de Tyler ecoa debaixo da minha sacada.

— Sean! Área limpa!

Os olhos de Sean encontram os meus. Ele está ao lado das portas francesas e dispara duas vezes na direção do quintal.

— Cecelia, precisamos ir.

Balançando a cabeça, seguro Dominic junto a mim.

— Ele ainda está quente.

Sean se ajoelha diante de mim um segundo depois enquanto acaricio a bochecha de Dom.

— Temos que ir, Cecelia.

Delicadamente, ele levanta Dominic do meu colo, e eu seguro sua cabeça, acomodando-a no tapete e pressiono os lábios nos dele. Um soluço me escapa quando Sean me afasta. E então estamos na sacada. O sol já está subindo no horizonte enquanto olho para minhas mãos ensanguentadas.

Sean me ergue para atravessar a grade da varanda e me desce o máximo que pode para me soltar nos braços de Tyler, que me pega com facilidade assim que tiros ecoam perto da lateral da casa. Ele entra em ação, me prendendo contra a parede de tijolos atrás de si, erguendo duas pistolas e apontando para todas as direções. Quando outro Corvo aparece, Tyler olha para trás, examinando minhas roupas e eu, com uma pergunta no olhar.

— Dominic — digo.

O rosto dele desaba, e Tyler engole em seco, os olhos se enchendo de lágrimas, que escorrem.

— Quantos? — pergunta Sean, pousando ao nosso lado com minha bolsa.

Um dos meus vestidos de verão pende para fora do zíper.

— Contei uns dez carros quando chegamos — diz Tyler, apontando para o limite da floresta.

Mais irmãos surgem correndo para a casa.

— Ninguém sai daqui com vida — repete Sean, dando a ordem de Tobias, e Tyler assente.

Eu me viro para Sean.

— Sean, cadê Roman?

— Ele não está aqui. Está seguro.

— Mas disseram que o carro dele estava aqui.

— Ele está seguro — repete Sean, aproximando-se de mim e me entregando a bolsa, depois se vira para Tyler.

— Tira ela daqui. O carro está estacionado depois das árvores.

Sean me encara, os olhos cor de avelã brilhando de emoção, então me empurra nos braços de Tyler.

— Vai — sussurra ele, com a voz rouca, e se dirige para a casa.

— Não, não assim, por favor — chamo por ele. — Sean! — grito.

Sinto o coração se desintegrar e o medo de que esta seja a última vez que o vejo — que vejo *qualquer um* deles — me consumir.

Ele ignora o apelo, e, no momento em que entra pela porta dos fundos, um tiro ecoa, ressoando em meus ouvidos. Tyler abafa meu grito ao me segurar firmemente pela cintura e me arrastar para longe.

— Por favor, Cee, por favor, nós temos que ir — grita ele, mas viro a cabeça na direção da casa. Ele para, segurando meus ombros e me sacudindo, forçando meus olhos a encontrarem os dele. — Porra, eu preciso que você se recomponha *agora*.

Paro de lutar imediatamente, engulo em seco e assinto. Tyler segura meu rosto para manter minha atenção nele, e mais tiros ecoam de dentro da casa, cada vez mais perto.

— Só preciso de cinco minutos — implora Tyler. — Me dá cinco minutos. Você consegue.

Assinto. Ele me segura pelo braço e sai correndo como um louco. Eu o sigo, deixando a adrenalina assumir o controle enquanto ziguezagueamos pelos arredores do amplo quintal até chegarmos às árvores. Mais alguns Corvos disparam por nós, sem nem olhar para a gente, enquanto corremos na direção oposta, exatamente quando o sol da manhã irrompe pela base dos pinheiros. Tyler escaneia a floresta. Com a cabeça inclinada e a postura rígida, sua formação militar parece assumir o controle enquanto me mantém quieta e grudada ao seu lado.

Ele nos guia em segurança até uma abertura entre as árvores à beira da estrada, e recuperamos o fôlego juntos. Meu jipe está estacionado no acostamento, e atrás dele está o Camaro de Dominic.

Tyler puxa o vestido da minha bolsa e se vira para a floresta, mantendo guarda. Tiro as roupas encharcadas de sangue e coloco a peça limpa. Quando termino, ele recolhe as roupas e se vira para mim, colocando algum dinheiro na minha mão.

— Use apenas dinheiro até você chegar em *casa*. Entre no carro e não pare por nenhum motivo até chegar a Atlanta. Não corra, não dirija de forma suspeita e, assim que estiver lá, procure um lugar para tomar banho. Ninguém pode vê-la até você até estar limpa. Você não estava aqui, Cee. *Nunca* esteve aqui. Entendeu? Espere minha ligação.

— Tyler, não posso ir embora assim! Não posso abandoná-los!

— Cee, deixa eu voltar para eles.

Assinto, e ele me puxa para um abraço apertado. Quando me solta, diz:

— Anda. *Agora*.

Num piscar de olhos, estou atrás do volante do jipe, e no seguinte, Tyler desaparece atrás das árvores. Tremendo sem parar, dou partida e engato a marcha, a visão do carro que ultrapasso enquanto piso fundo no acelerador me faz soltar um grito gutural.

A estrada começa a ficar embaçada conforme o sol se eleva no céu da manhã, iluminando um dia ao qual eu sei que não vou sobreviver. Faço o que posso para manter o volante reto.

Dominic se foi. Está morto.

Não há como se recuperar disso. De perdê-lo. Nunca.

— Por favor.

Bato minhas mãos no volante, atravessada pela agonia ao reviver os últimos minutos de vida dele.

Eu não fiz nada.

Fiquei paralisada de medo enquanto os via lutar por mim. Vi Dominic morrer para me proteger, e não fiz *nada*, absolutamente nada para ajudá-los, nada para ajudar a mim mesma. Fiquei parada e gritei. Reagi como uma covarde.

Nós dois sabíamos que eu nunca chegaria aos trinta, irmão. Cuide dela por mim.

— Por favor, Deus, por favor, não os leve! Por favor!

Dirijo para longe com o sangue de Dominic nos lábios e cobrindo as mãos ao cruzar a linha do condado e sair pela rodovia em direção a um futuro que eu já não desejo mais.

PARTE II PRESENTE

Sonhei, entre visões da noite escura,
com a alegria morta, mas meu sonho
de vida e luz me despertou, tristonho,
com o coração partido de amargura.

Um sonho, Edgar Allan Poe

26

CECELIA, VINTE E SEIS ANOS DE IDADE
NOVE HORAS ATRÁS...

— Aos noivos.

Taças de champanhe se erguem pelo pequeno restaurante, e brindo com Collin. Um sorriso sereno adorna seu rosto bonito, e ele aperta minha mão, e pratos cobertos são solenemente colocados diante de nós.

Quando a cloche é erguida, dou uma olhada para baixo e vejo costeletas de cordeiro com molho de hortelã e batatas ao alecrim. Quando estou prestes a expressar minha objeção, sinto um perfume masculino familiar. Meu coração para por um momento, e eu o inspiro profundamente. Meus olhos vagueiam pelo antebraço banhado de sol diante de mim. Sob a manga dobrada de uma camisa branca impecável, um padrão de tinta escura inconfundível está gravado na pele dourada. Ergo o olhar para encontrar olhos cor de avelã familiares, mas o rosto é totalmente estranho.

— Parabéns — diz o garçom, arrastando as palavras, sua voz me envolvendo em calor.

Volto os olhos para a tatuagem assim que ele se afasta. Grito por ele, que hesita na porta da cozinha, virando-se para mim, com os traços discretos tornando-se mais reconhecíveis a cada segundo que passa. Eu conheço esse cara, intimamente.

— Espera — murmuro, sentindo um aperto insuportável no peito, mas o burburinho ao redor sufoca o apelo, e o homem desaparece pela porta dos fundos.

E é nesta hora que eu sinto a presença dele.

Devagar, eu me levanto e faço um inventário dos convidados, que parecem totalmente alheios à sombra que entrou na sala lançando um tom sombrio sobre a luz intensa e acolhedora dos candelabros pendentes. Agradeço o fato de ninguém notar, porque se perceberem a mudança, ficarão assustados. Mas eu não estou. Não há nada que eu deseje mais do que saber a origem da sombra.

Collin está tagarelando à esquerda, e eu sei que ele não percebe minha reação. Estou segura. Meus segredos estão seguros neste novo casulo. Meus olhos percorrem a festa. Estão todos aqui: nossos colegas de trabalho e amigos, minha mãe e Timothy, Christy e o marido, Josh, e os dois filhos deles, um dos quais minha mãe segura no colo enquanto conversa com Christy. Minha atenção se volta para as portas duplas do outro lado do ambiente. Pequenas faíscas de luz piscam por trás das finas cortinas em um padrão vertiginoso. Sei que deveria ter medo, mas sei que estou segura ao lado da sombra fria que chama por mim, me cobrindo de arrepios ao me instigar em direção à porta, em direção a ele. Ansiosa, olho ao redor do salão mais uma vez em busca de qualquer reação e fico aliviada por não haver. Essas pessoas não sabem. E nunca podem saber.

Devagar, para não chamar a atenção, caminho pela área das mesas redondas e atravesso a porta dos fundos. Uma brisa varre as folhas aos meus pés, criando um túnel de vento que me envolve. Posso ver as veias percorrendo o centro da folhagem ao dançarem e se balançarem a um braço de distância, e deixo escapar uma risadinha. Os aromas misturados ficam mais densos no ar, me envolvendo em pura felicidade.

Eles estão aqui. Vieram atrás de mim.

Uma rajada de vento fecha as portas atrás de mim, e eu entro na clareira. Um enxame de vaga-lumes aparece à vista. O brilho deles ilumina minha pele com uma coloração verde-amarelada. Estendo a mão e capturo um. Suas asas zumbem sobre minha palma, e ele parte, deixando um resíduo neon em minha pele. Tento limpar com o polegar, mas a mancha permanece. Nesses poucos segundos, sinto uma paz que não experimentava há anos — a sensação é muito parecida com voltar para casa.

Procuro através do turbilhão de luz, com um sorriso enorme no rosto, até sentir a sombra persistente começar a se mover em direção à clareira e para dentro da floresta.

— Não vá! Eu estou aqui!

Logo além das nuvens, uma figura sombria emerge das sombras, com a expressão vazia, e seus olhos cor de âmbar me encaram, sem vida. Abro a boca para falar, mas o zumbido crescente abafa as palavras. Grito no vazio, mas sua expressão não se altera. Meu peito arde, e lágrimas começam a cair dos meus olhos, minha voz fica rouca enquanto apresento minha defesa. Ele precisa me ouvir desta vez.

O garçom surge ao lado dele. Está com uma bandeja vazia na mão, mas então a enfia debaixo do braço. Ele dá uma olhada para trás, e eu me esforço para ver sua expressão, mas não consigo distinguir através do enxame de vaga-lumes que dança ao redor dos dois. Logo atrás, surge uma silhueta de jeans escuros, botas pretas, camisa preta e um leve, mas distinto, torcer de lábios. Com o coração acelerado, dou um passo à frente, e ambos os homens se movem para bloqueá-lo, protegendo-o de mim.

— Não tenho mais medo! — asseguro, tentando encontrar no rosto deles qualquer sinal de reconhecimento.

Os vaga-lumes começam a diminuir o ritmo, a ponto de eu conseguir contar o bater de suas asas, enxergar a ponta dos corpos brilhantes, notar cada detalhe. O garçom vira as costas, afastando-se, e então se dissolve nas sombras, e eu choro diante da espessa parede de luz que nos separa.

— Eu te amo! Eu te amo! Desculpe por não estar pronta antes, por favor, por favor, não vá embora! — Minha voz trinca e sangra enquanto uma torrente de palavras frenéticas escorre de mim. — Vou melhorar. Vou ser melhor. Não me abandone, por favor!

Desesperada para eliminar a distância, para olhar mais de perto, afasto os vaga-lumes, meus olhos devorando tudo que veem. Estendo a mão, mas o peso da renda do meu vestido me prende no lugar, se acumulando rapidamente aos meus pés e me ancorando onde estou.

— Vou melhorar. Vou ser quem você precisar que eu seja! Por favor, não me deixe. Por favor, não vá!

Lágrimas e clarões de luz cegam minha visão até que eu consiga me concentrar em um par de olhos flamejantes no centro do caos. Ele cerra a mandíbula forte ao examinar meu vestido, então ergue os olhos para os meus. Assente lentamente, e eu sei que é aceitação. Grito quando vejo que ele vira as costas para mim.

— Não vá. Por favor, não vá! Não me deixe! Eu te amo!

Um por um, eles começam a recuar para dentro da mata densa. Forço meu corpo para a frente, lutando contra minhas amarras, mas é o vestido que me imobiliza, tornando impossível alcançá-los. Agarro a cauda e tento furiosamente rasgar a renda, mas o material se recusa a ceder.

— Não! Não vão! Não me deixem!

A festa ruge às minhas costas, e o burburinho intenso é retomado quando os vaga-lumes começam a desaparecer.

— Esperem! — grito, quando olhares flamejantes encontram os meus uma última vez antes de começarem a desaparecer na escuridão. — Não me deixem!

As folhas dançam outra vez, obscurecendo toda a visão, e as portas atrás de mim se estilhaçam.

Debruçada na cama, me desmancho em soluços, sem conseguir suportar a pressão no peito. Lágrimas angustiantes caem dos meus olhos e molham meu rosto enquanto meu coração grita por alívio.

Um alívio que não virá.

É infinita esta sensação de perda, esta dor inimaginável. Não diminuiu, e eu sei que nunca diminuirá. Choro incontrolavelmente, sem acreditar que, em algum momento, pensei que a habilidade de lembrar tão vividamente dos meus sonhos fosse um presente, um superpoder.

É tudo, menos isso.

Eu estava lá, com eles; os três estavam ao alcance, tão perto.

Arfando e soluçando, agarro os lençóis e grito de frustração, tentando colocar os pensamentos em ordem. É então que o vejo, pendurado na porta, zombando de mim, me amaldiçoando. Arremesso o edredom para longe, salto da cama, abro o zíper da bolsa e arranco o vestido com fúria. A agonia me impulsiona quando pego a renda. Só me sinto satisfeita ao ouvir o som do tecido cedendo em minhas mãos. Escorrego para o chão, despedaçando o vestido. Cada rasgo traz uma espécie de libertação, e é como se a impotência se fosse. Aqui, posso me livrar do peso que está me afundando. Aqui, posso me libertar das amarras e alcançá-los.

Aqui, percebo que nunca os alcançarei.

Segundos depois de destruir meu vestido de casamento, a realidade me acomete.

Nunca serei livre.

Enquanto eu sonhar, e enquanto esses sonhos puderem me destruir, eu nunca serei livre.

Encaro os retalhos do vestido e enterro o rosto neles para abafar meus gritos derrotados.

Poderia tentar justificar esse ato de mil maneiras, mas só consigo chegar a uma conclusão.

Estou lamentando um futuro que não posso mais me permitir viver.

Enquanto eu guardar nossos segredos, enquanto minhas perguntas ficarem sem resposta, enquanto meu coração continuar batendo, vou me perder dentro da teia de mentiras que criei. Desesperada, encaro o vazio, meu coração se recusando a me dar um instante de alívio. Não sei por quanto tempo fico assim, entre os destroços da minha própria destruição, mas me perco entre meu sonho e a realidade, determinada a sentir tudo.

O som da porta da frente e a voz familiar chamando meu nome me fazem correr para colocar o vestido de volta na sacola de plástico e jogá-lo no armário. Por anos, tenho tentado entender esses sonhos. Por anos, neguei minhas emoções, as delimitei, as escondi, enquanto me convencia de que a compreensão e o alívio um dia viriam. Por anos, prometi a mim mesma que a razão um dia me permitiria fazer as pazes com meu passado e me levaria a algum tipo de salvação.

Mas tudo isso é mentira, e o tempo provou isso.

Então, quando meu noivo abre a porta do quarto e vê os destroços das promessas vazias e não cumpridas, faço a única coisa que sou capaz de fazer: paro de mentir para nós dois.

27

O tempo não voa — pelo menos não para mim. Ele flui e reflui entre as partes que quero lembrar e os minutos que eu daria qualquer coisa para esquecer. A dinâmica é traiçoeira, especialmente entre o passado e o presente. Preciso dar cada passo com cuidado, pois posso ser arrastada pela correnteza, em meio às partes que romantizei e a brutal realidade do que aconteceu. Quando saí de Triple Falls, isso se mostrou a mais absoluta verdade para mim.

Levou um tempo para eu perceber o quanto havia sido injustiçada e manipulada durante meu tempo lá. Alguns anos depois que parti, fiquei tão furiosa que me forcei a encarar a dolorosa verdade.

Não importava o quanto eles afirmassem se importar comigo, eu havia sido usada pelos homens que amei de modo inadmissível.

Nunca deveria ter permitido que tivessem tanto poder sobre mim.

Deveria ter sido mais forte.

Deveria ter lutado muito mais por mim mesma e pelo que eu merecia.

Não deveria tê-los deixado guardar tantos segredos de mim.

Até hoje, a mulher em mim ainda zomba da garota que, às vezes, vejo em meu reflexo.

Eu me ressinto por ainda sonhar com eles com tanta frequência, arrastando-me pelas nossas lembranças, o que só contribui para eu me manter em minha prisão autoimposta. Odeio o fato de que, nas horas em que estou acordada, sou uma mulher inteligente para comandar minha vida em todas as áreas com punho de ferro, mas, quando sonho com eles, me sinto tão fraca que não consigo me obrigar a culpá-los do modo que deveria pelos crimes que cometeram contra mim.

A raiva deveria vencer, mas não vence. Nunca venceu.

A maioria das pessoas passa pelo luto com a intenção de seguir em frente, mas alguma parte de mim sabe que sofro em meu sono para manter as memórias por perto, e elas vêm vividamente até mim, tentando destruir o mundo e as paredes que tento colocar de pé dia após dia. Mas o mundo é outro desde que parti. Ao longo desses anos, lutei com unhas e dentes para reconquistar a autoestima, mas todas as noites sou obrigada a ceder aos caprichos do meu coração.

Uma batalha que enfrento desde que parti.

Uma guerra que perdi na noite passada.

Então hoje vou me deixar levar por essa correnteza, permitir que o fluxo me arraste. Vou viver no passado e abraçar as lembranças, tentando cuidadosamente não conceder absolvição a quem não a merece.

Mas é a perda que sufoca meu progresso. É sempre a perda.

Porque não importa o quão ressentida eu me sinta às vezes, tive uma sorte que poucos têm.

Fui amada de uma maneira que poucos são.

Então, naturalmente, isso me mudou para sempre.

Estaciono no limite da cidade e saio do carro para enfrentar o vento gelado. As nuvens encobrem o céu em um dia cinza e melancólico, e o cascalho estala sob a sola das minhas botas enquanto me aproximo da entrada, ao pé de uma pequena colina.

Apesar de meu tempo aqui ser limitado, sabotei de propósito meu futuro a ponto de não ter para onde ir quando partir. Foi no trajeto de volta para Triple Falls que percebi que meu caminho sempre seria ao contrário. Mesmo com tudo o que alcancei, depois de tudo o que fui forçada a viver, infelizmente, lá no fundo, sinto que a melhor parte da minha vida já passou. Quando morei aqui, anos atrás, sonhava constantemente com um futuro. Meu propósito agora é parar o tempo e me concentrar naquela época.

Tudo o que me resta deles são vestígios do período que passamos juntos. Com o tempo, percebi que o que aconteceu nos meses que estive com eles foi o suficiente para capturar e trancar meu coração. E é o conflito dentro da minha cabeça que me consome, minha lealdade inabalável que se recusa a me deixar esquecer, enquanto o restante de mim implora para ser libertado.

Mas estou à procura da verdade, e estou a poucos passos dela agora, sentindo o peso dos nossos erros sobre os ombros ao entrar no pequeno cemitério. O rangido do portão de ferro baixo anuncia minha presença. Dou alguns passos no pátio isolado e o encontro. Eu me ajoelho, retirando uma das luvas para percorrer com os dedos as letras no topo da lápide.

Prince Déchu
Príncipe Caído

Já se passaram mais de 2 mil dias desde que ele partiu, desde que foi arrancado de nós, de mim, deixando um buraco irreparável e permanente em meu coração. Ainda consigo me lembrar da curvatura dos cílios escuros quando fechei seus olhos. Ainda consigo sentir o peso dele no meu colo enquanto o embalava junto a mim, a sensação de seus lábios quando o beijei pela última vez. Não importa os crimes que cometeu contra mim, tudo o que sinto por ele é amor, saudade e gratidão.

Ele morreu para me proteger. Morreu porque me amava, mas também o odeio por não saber o quão difícil seria tentar viver depois de sua morte. Inúmeras vezes, o sacrifício dele me fez sentir indigna de um amor assim. Mas eu o amei. Com todo o coração. Por tudo o que ele era e pelo presente que me deu com seu sacrifício altruísta.

Se ao menos eu tivesse confiado nele e acreditado que seu amor era verdadeiro, ele não estaria neste lugar.

De todos os erros que cometi nos meus vinte e seis anos, o único que não consigo suportar foi ter sentido medo do meu protetor na noite em que o perdi.

Quem me dera.

Ver a lápide dele só torna aquela noite ainda mais real, nossa conversa e suas palavras de despedida mais preciosas. Ele caminhou decidido em direção ao fim, e seu único pedido era passar um dia chuvoso comigo. Um dia que eu daria qualquer coisa para ter vivido.

— Queria tanto que você tivesse me levado junto — digo, com a voz cheia de dor. — Mas, de certa forma, você levou todos nós com você.

A imagem da primeira vez que nossos olhares se cruzaram reluz em minha mente.

— Você me dava medo — resmungo, e meus olhos se enchem de lágrimas, que começam a escorrer com a dor incipiente. — E foi um grande *filho da puta.*

Quando conheci Dominic, o único foco dele era seu propósito, a irmandade. Mesmo assim, de certa forma, eu havia tido a sorte de encontrar uma brechinha naquela armadura, porque ele me permitiu.

Você está dentro.

As palavras dele na última vez que nos vimos. Ainda consigo ouvi-las nitidamente.

Pressiono a mão na testa e faço o possível para não desmoronar.

— Você partiu antes que eu tivesse a chance de contar sobre o futuro que imaginei para você. Talvez tenha um pouquinho dos meus sonhos misturados ali também. Talvez tenha sido um devaneio, mas foi bom. Não era bem um plano, era mais um lugar. Um lugar repleto de música e risadas, livros, beijos demorados e dias chuvosos intermináveis. Era um lugar onde você não precisaria mais esconder seu sorriso.

Quem me dera.

Tapando a boca com as mãos, encaro a lápide, e um soluço suave escapa de mim.

— Comecei a rezar, Dom. Com frequência e por você. Às vezes, minhas preces são egoístas, mas tudo que queria era a chance de ver o seu rosto nos meus sonhos. Você nunca me deixa vê-lo completamente. Tenho só vislumbres do seu perfil, mas não é o suficiente... — As palavras me fogem. — Mas eu continuo tentando. Continuo indo atrás de você.

Tenho certeza de que não o vi por completo porque ainda não verbalizei o que desejo desesperadamente perguntar a ele. E a parte mais difícil é que eu sei que a resposta depende de mim.

— Por favor, se puder, me deixa ver seu rosto — digo, com um soluço, e um choro dilacerante irrompe de mim.

Limpo as lágrimas das bochechas e me ajoelho para pressioná-las no solo congelado onde ele repousa sob a pedra, permanentemente, uma realidade que eu daria qualquer coisa para mudar.

Nunca teria imaginado o que aconteceu. Mas a visão da lápide apenas torna tudo mais real. Lutei para recuperar um pouco de sanidade sem ter uma única prova do que aconteceu naquela noite, e finalmente eu tenho, mas isso não me conforta. Pelo contrário, sinto uma dor agonizante. Uma que nunca vai me deixar. Nunca pude ficar de luto por ele direito. Não do jeito que eu merecia, não como a mulher que o amava e que ele amava de volta, porque tudo se distorceu antes que ele fosse morto. Mas sou grata pelos minutos que passamos juntos, mesmo que tenham sido poucos, foram preciosos.

Meus olhos se movem para a lápide ao lado da de Dominic, e me dirijo à mulher que repousa ali, tendo se juntado a ele apenas alguns meses depois.

Engulo em seco ao lembrar do medo nos olhos dela na noite em que nos conhecemos e me pergunto se, quando ela partiu, sentiu medo.

— Me conta, Delphine, você encontrou a porta dos fundos? Seu sobrinho a abriu para você?

O vento sopra mais forte, e eu tremo, mesmo de jaqueta, refletindo sobre minha própria morte pela primeira vez em um bom tempo. Tinha encarado isso de frente pouco antes de deixar Triple Falls. Já não tenho medo de muita coisa hoje em dia, e estou determinada a realizar meus mil sonhos.

Meus olhos percorrem o aglomerado de lápides.

Toda a família de Tobias repousa aqui, e, se existe algo que me dá medo, é pensar na morte *dele*. Pensar que, um dia, ele ocupará seu lugar ao lado dos outros.

Desvio o olhar para a lápide de Dominic, e outra onda de tristeza me atinge. Eu a reprimo, recusando-me a deixar que me consuma tão rapidamente. Não posso encarar isso de luto, ou não vou sobreviver.

Pelo menos por enquanto.

— Repose en paix, mon amour, je reviendrai. — *Descanse em paz, meu amor. Eu volto logo.*

28

No caminho de volta para casa, ajusto o retrovisor e flashes do dia em que parti voltam em ondas torturantes.

Os tiros, o cheiro do sangue do meu amor caído, e a sensação persistente dele em minhas mãos durante o trajeto para casa.

A adrenalina sumiu depois da primeira hora. Comecei a sentir os membros doendo, e então sucumbi à completa devastação. Foram as horas mais angustiantes da minha vida.

Você vai embora. E não vai voltar nunca mais.

Saí de uma zona de guerra sem saber se os homens que eu amava estavam vivos, machucados, se me culpavam, ou se me odiariam para sempre caso sobrevivessem. Mas aquela maldita ordem me fez sentir como se eu fosse o veneno, como se eu fosse o motivo de tudo ter dado errado.

Os detalhes daquela viagem continuam confusos em minha mente. Assim que cheguei aos limites da cidade de Atlanta, parei em um posto de gasolina movimentado e abaixei a viseira solar. Vi o sangue de Dominic espalhado no canto da boca. Encontrei uma garrafa com um pouco de água velha no carro, e limpei o rosto com os dedos. Encarei meu reflexo no retrovisor e vi olhos vermelhos e olheiras, a pele pálida e úmida. Quando a água acabou, corri para dentro do posto, com as mãos escondidas debaixo dos braços e a cabeça baixa. Tranquei-me no banheiro. Lá dentro, aliviei a bexiga, depois encarei meu reflexo na pia suja, esperando ver o que sentia. A única coisa estranha eram as manchas em minhas mãos, o sangue de um homem que jurou seu amor por mim minutos antes de dar o último suspiro. Virei as mãos de um lado para o outro, querendo manter as manchas, preservar a única parte dele que me restava, por mais doentia e irracional que fosse a ideia.

Lágrimas pingavam do meu queixo sem parar enquanto eu esfregava o sangue ressecado que se acumulara debaixo das unhas e observava a água rosada descer pelo ralo.

Quando uma batida suave soou a um passo de distância, abafei os soluços e joguei água gelada no rosto. Ao abrir a porta, dei de cara com uma mulher de camisa polo e saia de tênis segurando no colo uma garotinha com um conjunto combinando. As duas sorriram para mim, e o choque de vê-las tão bem-arrumadas, despretensiosas, os olhos cheios de vida e sorrisos tranquilos no rosto me fez perceber o quão fundo eu havia caído. Instintivamente, devolvi o sorriso, sabendo que era uma nova máscara. Lembro-me de odiar a sensação, que não fazia sentido, mas, a partir daquele dia, ela não me deixou. Aquele sorriso foi a primeira mentira que contei depois de deixar Triple Falls.

Cecelia Horner morreu naquela noite, e sua inocência ingênua foi completamente erradicada junto a todos os sonhos bobos em uma realidade onde descobriu, de forma cruel, a existência do mal à espreita nas sombras, apenas esperando para atacar inocentes, assim como a garotinha de camisa polo. A garota que eu costumava ser.

Um mundo onde o lado errado muitas vezes leva a melhor, onde as armas são reais e as pessoas que você ama podem dar um último suspiro, e você pode testemunhar a luz delas se apagar bem diante dos seus olhos.

E eu pedi por isso, para fazer parte de tudo isso, porque fui gananciosa demais ao amar homens que sempre me alertavam para ficar longe. E eu me recusava.

Dominic morreu.

Para todas as perguntas que fiz, em todas as vezes que implorei, recebi poucas respostas. Tive apenas segredos e uma história que nunca poderia compartilhar. O castigo por trás do conhecimento era insuportável. Eu sabia que teria que usar a máscara todos os dias pelo resto da vida, porque nunca poderia deixar ninguém ver o que há por trás dela.

Tive que esquecer que aquela garota um dia existiu.

Por horas a fio, fiquei sentada no carro, no último pavimento de um estacionamento, de onde podia ver o horizonte de Atlanta, um mundo distante da pequena cidade que mudou tudo que eu acreditava sobre a vida e o amor. Segurando o celular com força, só me restava rezar para um Deus que amaldiçoara poucas horas antes por levar meu anjo sombrio. Rezei para que Tyler cumprisse a promessa, rezei para que as pessoas que se tornaram parte de mim sobrevivessem mais um dia com os corações batendo, ainda respirando.

A espera era insuportável, permeada por uma ansiedade angustiante. Enjoada, abri a porta do carro e vomitei o que havia no meu estômago no cimento ao lado do lugar onde estacionei. Assim que a sensação passou, limpei a boca e voltei a encarar o celular, desejando que tocasse, quando recebi a notificação de um e-mail do meu pai.

Cecelia,

Fiquei feliz em receber seu e-mail ontem dizendo que saiu mais cedo para se preparar para o próximo ano letivo. Fico contente por saber que aproveitou o tempo trabalhando na fábrica. Considero nosso acordo encerrado com essa boa notícia e sua dedicação em buscar mais conhecimento. Anexei o endereço e as informações de contato da administração do seu novo apartamento em Atenas. Espero que receba esse gesto como uma expressão sincera dos meus parabéns. Vou garantir que todas as suas despesas estejam cobertas durante a estadia.

Me mantenha atualizado sobre como está se saindo na faculdade.

Roman Horner
CEO Horner Technologies

Expressão sincera?

Li o e-mail repetidas vezes, incrédula. Depois, vasculhei a caixa de enviados e descobri que era uma resposta a um e-mail enviado da minha conta horas *antes* de eu confrontar Sean e Dominic sobre a tatuagem. Uma resposta a um e-mail que nunca enviei.

Um e-mail que me forneceu um álibi e me colocou em Atlanta antes de um tiroteio começar na casa de Roman.

Ele sabia. Devia saber o que estava acontecendo. Assim como Tobias e Dominic sabiam que o grupo de Miami estava chegando.

À medida que eu analisava aquela noite, as pistas apareceram aos poucos, e comecei a juntar as peças.

A primeira foi a aparição repentina de Dominic momentos depois de eu chegar em casa, junto ao fato de que o carro dele estava estacionado perto da clareira e o meu tinha sido movido para ficar ao lado, provavelmente minutos depois de eu estacionar e voltar para fazer as malas.

E eu era sempre a última a saber.

Essa é parte do motivo da minha raiva. Se Dominic tivesse simplesmente me contado o que estava acontecendo, se tivesse confiado em mim... Mas foi minha reação que o fez pisar em ovos. No entanto, me manter no escuro foi o que o levou a cometer um erro fatal: largar a arma nas escadas, ficando desprotegido, enquanto Tobias vagava pela casa à procura da ameaça.

Tobias deve ter enviado aquele e-mail. Imaginei que essa fosse uma das razões pelas quais ele nunca me procurou, como havia prometido. Estava tramando minha partida estratégica, arrumando um álibi para mim para o caso de as coisas ficarem complicadas ou as autoridades se envolverem.

Foram as instruções firmes de Tyler que confirmaram essa suposição. Ele me deu dinheiro em espécie para que eu não deixasse rastro sobre quando eu viajei.

Você nunca esteve aqui.

Tobias sempre dava um jeito de estar um passo à minha frente, deixando-me completamente no escuro.

Mas fiquei perplexa com outras coisas. Por mais que eu me esforçasse, simplesmente não conseguia encaixar algumas peças, não importava quantas vezes eu as virasse e tentasse de novo.

Mesmo que Tobias tivesse recursos ilimitados para consertar tudo que havia sido destruído na casa de Roman, não tinha como Roman não perceber. Claramente, ele desempenhou seu papel em encobrir tudo, o que me deixou furiosa. Será que estava tão determinado a manter as aparências? Devia saber de alguma coisa. Com certeza. Matteo disse que o carro de Roman estava estacionado na garagem.

Mas como?

Ou será que um carro semelhante foi usado para atrair o grupo de Miami?

De qualquer forma, Roman devia saber.

O dia em que parti foi o dia em que percebi que não tinham mentido sobre Roman Horner e suas negociatas sujas. Foi a prova de que eu precisava para acreditar que meu pai era tão corrupto quanto afirmavam. As mãos dele estavam tão sujas quanto as dos Corvos, mas eu já tinha cortado relações entre nós antes mesmo daquela noite. Já o tinha riscado da minha vida.

Mas, naquele dia, sentada naquele estacionamento, cansada e preocupada, deixei o mistério de lado. Fui devorada pela tristeza e pela indecisão, ao mesmo tempo que lutava contra a vontade de dirigir de volta para a Carolina do Norte.

O tempo foi cruel, e eu tentei me distrair, observando o congestionamento na I-285 se arrastar. As pessoas saíam de empregos e iam para casa jantar e assistir à TV. Pessoas *normais* fazendo coisas normais do dia a dia, mas eu não conseguia imaginar voltar a qualquer semelhança de normalidade com o gosto do sangue do meu ex-amante ainda presente em minha língua.

Quando meu celular finalmente tocou e vi um código interurbano familiar de um número que eu não reconheci, atendi o mais rápido possível.

— Alô.

Escutei atentamente por vários segundos, sentindo o peito se encher de um medo inimaginável pelo que as notícias reservavam do outro lado da linha.

— Alô. Por favor, tem alguém aí?

Alguns segundos depois, ouvi o abrir e fechar da tampa de um isqueiro. Um soluço escapou dos meus lábios. Sean.

O som do gelo tilintando em um copo, uma, duas, três vezes, que me fez chorar histericamente atrás do volante. Dois sons distintos que eles sabiam que eu reconheceria com facilidade.

Eles estão bem.

Eles estão bem.

— Por favor. Por favor... falem comigo.

Quando o silêncio ecoou do outro lado da linha, de certa forma, eu sabia que era por causa de Tobias. E que as palavras simplesmente não viriam.

— Me desculpem, eu sinto muito mesmo. Por favor, alguém converse comigo. Eu sinto muito.

O silêncio persistiu enquanto eu tentava encontrar palavras, até que uma voz familiar finalmente se manifestou.

— Oi, Cecelia, desculpa por isso.

— Layla, eu, eu, eu...

Estava chorando tanto que quase engasguei, então abaixei o vidro da janela e inspirei profundamente para tentar me acalmar.

— Ah, querida, é só uma mudança. Você vai ficar bem. Todos nós estamos bem aqui — disse ela, com um suspiro.

Na verdade, estávamos longe disso.

— Todos vocês? — perguntei, ofegante.

— Sim, eu juro, estamos bem. E você também vai ficar. — Ela continuou, um discurso claramente ensaiado. — E todos nós vamos sentir sua falta, mas estamos felizes por você seguir em frente. É uma pena que vamos estar tão longe.

— Layla...

— Não fique chateada, querida. Tenho certeza de que você vai fazer novos amigos aonde quer que vá. Você é durona. Vai se reerguer em pouco tempo.

— Não consigo fazer isso — disse, ainda chorando. — N-n-não consigo.

— Não tem escolha, querida. Você está crescendo, e tem a faculdade para terminar e essa vida imensa para viver. Vamos estar todos na plateia, torcendo por você. Estou feliz que tenha ido embora desta cidadezinha de merda e nunca mais vá voltar.

— Eu posso visitar?

A pergunta pairou no ar, e sussurros roucos foram trocados ao fundo, mas eu não conseguia decifrá-los.

— Não tem motivo, querida... Meus meninos estão partindo hoje, e não faço ideia de quanto tempo vão ficar fora.

Estão partindo. E não importa para onde vão, serão como sombras, impossíveis de rastrear. Sinto o estômago se revirar.

— Espero que você saiba que está muito melhor aí. — Era um aviso, e ela o entregara com a suavidade do amor de uma mãe. — Nada de bom pode acontecer se você voltar aqui. Não quer virar uma senhora murcha trabalhando na fábrica, né? Nós só queremos o melhor para você.

— Layla...

— Tenho que ir, mas queria que você soubesse que vou sentir sua falta.

Quando a ligação caiu, gritei. Nem Sean nem Tobias queriam conversar comigo.

Estava tudo acabado.

Meu futuro estava decidido, meus laços cortados; eles não queriam que eu voltasse. Não tive escolha nem voz. E já tinha vivido aquilo antes.

Completamente sem chão, desmoronei diante da inevitabilidade de tudo aquilo. Sempre soube que não acabaria bem, mas a despedida tinha arrancado um pedaço da minha humanidade.

Eu me mudara para Triple Falls ainda adolescente, sem querer nada além de me desafiar, me render ao meu lado selvagem e criar algumas histórias para contar.

Quando cheguei ao meu novo apartamento em Atenas naquela noite, eu era uma mulher soterrada pela decepção, pelas mentiras, pela luxúria e pelo amor. Minha essência estava envolta em segredos que mudam vidas, cheia de histórias que eu jamais poderia compartilhar. Ao me manterem segura, ao arquitetarem meu futuro, eles me deixaram sozinha para murchar e apodrecer com esses segredos.

Entre os extremos meticulosos a que meus garotos se dispuseram a ir e o bilhete de primeira classe de saída do inferno que meu pai comprou, tudo o que eu queria era voltar e deixar as chamas me consumirem. Mas, ao me protegerem, em meio a toda a confusão que minha presença causava, tudo o que pediam em troca era a minha ausência e o compromisso de manter seus segredos.

E foi o que fiz.

Batizada pelo fogo, usei minha máscara até que estivesse perfeitamente ajustada ao meu rosto. Guardei nossos segredos, seguindo as ordens à risca enquanto tentava retomar algum fôlego de vida.

E, depois de algum tempo, consegui isso também.

Superei, e muito, minhas próprias expectativas. Mas o tempo não foi nada além de uma forca, cuja corda apertava centímetro por centímetro.

E, agora que estou aqui, me recuso a continuar com a farsa. É pedir demais. Portanto, vou exigir respostas, e irei buscá-las diretamente com o homem que me deve explicações.

Não vou embora enquanto não as conseguir.

É a última promessa que faço a mim mesma ao dirigir pela estrada solitária que leva à casa abandonada.

29

Diante do portão, tenho uma sensação sinistra ao observar a propriedade imponente, mas não esperava nada diferente. Uma chuva congelante começa a castigar o capô e o para-brisa do meu Audi. A casa parece ainda mais assustadora sob o céu cinzento. Mas sei que grande parte da minha repulsa se deve à história que mora dentro daquelas paredes.

Depois de estacionar, engulo em seco e saio do carro. Deixo as malas e pego na bolsa o envelope que a administradora me enviou anos atrás, além da nova chave, as instruções de segurança e um cronograma para os encarregados de manter a propriedade do falecido Roman Horner. Seguro a chave pesada e subo os degraus, então me viro em direção à entrada. Embora o vento sopre forte e a chuva penetrante incuta frio nos meus ossos, sou presenteada com um vislumbre do meu passado, a imagem de um homem dourado esperando no capô de seu Nova, de botas e braços cruzados e um sorriso brincando nos lábios. As pontas douradas do cabelo espetado estão iluminadas pelo sol, e seus olhos dançavam com promessa e travessura. E tão rapidamente quanto aparece, a imagem se desfaz.

Respirando fundo para me acalmar, giro a chave e abro a porta, mas congelo na entrada, boquiaberta com o que vejo.

O interior não mudou nada desde o dia em que parti, embora só consiga imaginar os estragos feitos naquela manhã. Tenho quase certeza de que as paredes guardam conchas de balas entre o drywall e a tinta retocada. Mas os vestígios daquela noite horrível sumiram, como se eu tivesse imaginado tudo.

Ah, se ao menos fosse verdade.

Ninguém sai daqui com vida. Estremeço ao lembrar da expressão no rosto de Tobias quando deu a ordem. Tyler disse que o grupo de Miami tinha chegado com uma frota de dez carros.

Se os Corvos conseguiram executar essa ordem, com certeza houve um número considerável de baixas. E ainda tinha o lado da irmandade. Não conhecia todos pessoalmente, mas detestava pensar que eles perderam mais irmãos naquele dia.

É provável que sim.

Quando Tobias e eu nos conhecemos, eu o tinha acusado de ser um ladrãozinho festeiro para tentar minimizar a extensão do que eu sabia. Enquanto isso, eles me mantinham encurralada, protegida e segura da triste realidade que sua guerra implicava.

Dominic tinha confessado isso para mim na noite em que morreu.

Você estava no meio de mentirosos, bandidos e assassinos.

E, por mais que me dissessem, eu ainda precisava ver para crer. Naquela noite, me tornei crente da pior maneira possível.

Mas eu entendi a lógica. Eles nunca desejaram que eu fosse exposta a isso, então me distraíram, me mantiveram ignorante o máximo que puderam, porque não queriam que eu os visse pelo que realmente eram: criminosos perigosos cujas ações consistiam em roubo corporativo, chantagem, extorsão, espionagem, e, se necessário, retaliação que envolvia derramamento de sangue.

Eles nunca foram assassinos a sangue frio, mas todos tinham sangue nas mãos, e agora compartilho desse segredo.

Mesmo depois de pesquisar na internet por dias a fio em busca de qualquer relato sobre o que aconteceu nesta casa, não encontrei absolutamente nada. Nem uma palavra foi dita, nenhum relato em nenhum meio de comunicação, nem mesmo um obituário ou anúncio de funeral para Dominic, o que me deixou furiosa.

Não faço ideia do que aconteceu depois que parti, mas foi abafado de modo completamente inexplicável para mim.

Durante meses, revirei os jornais, a internet, à procura de pistas, mandados de prisão, qualquer coisa relacionada àquela noite, mas não encontrei nada. Também procurei nos jornais de Miami. Nada. Nem mesmo nos condados vizinhos. Foi só oito meses depois que me deparei por acaso com o obituário de Delphine, que finalmente sucumbira ao câncer.

Depois dessa investigação, caí fora. Não tive escolha. Minha saúde e sanidade estavam em risco àquela altura, e eu tive que ceder e cumprir a última ordem deles.

Tive que tentar seguir em frente, começar a viver algo parecido com uma vida.

Passei meses e meses entre a tristeza e a raiva nas horas em que estava acordada, até tomar a decisão de tentar. Nunca respondi aos e-mails curiosos de Roman sobre meu bem-estar ou progresso na faculdade, evitando-o completamente até o dia em que ele faleceu de câncer de cólon, dois anos depois de eu ter partido.

Nunca mais tentei me comunicar com ninguém da irmandade. Sabia que seria inútil. A raiva e o ressentimento me ajudaram nessa tarefa.

Fui seguindo pela simples sobrevivência, mesmo que meus olhos estivessem bem abertos após tudo o que aconteceu aqui.

Foi a decisão de me manter inteira que me ajudou a seguir em frente e finalmente me tirou do fundo do poço. Mas, logo em seguida, os sonhos tomaram conta, ameaçando destruir todo o progresso que eu havia feito.

Estou declarando uma nova guerra ao vir aqui, e preciso estar preparada. Não é só meu sono que quero de volta. Nem sei ao certo quais são meus motivos. Mas o sonho de ontem à noite foi o que desencadeou tudo isso. Então, por enquanto, estou me deixando levar, sabendo que a verdade nunca me libertará realmente, mas talvez feche algumas portas. E torço para que seja suficiente.

Espantando a chuva congelante e a inquietação de estar de volta a esta casa, dou um passo para dentro e fecho a porta, e é quando a história ameaça me encurralar. Tremo, mesmo de jaqueta, e esfrego os braços, indo em direção ao termostato para aumentar a temperatura. Espio por cima do sofá na sala de estar e noto o tabuleiro de xadrez ainda intacto, descansando na borda da lareira. Inacreditavelmente, as peças estão dispostas como da última vez em que Tobias e eu jogamos.

— Sua vez — provoca ele, depois de derrubar mais um dos meus peões.

Dou um gole no vinho e o encaro, banhado na luz âmbar das poucas velas que acendi quando desci do banho. Havíamos trocado um sorriso íntimo quando eu o avistara de pé, abrindo uma garrafa de vinho. Após me besuntar com loção de zimbro, que descobri ser seu afrodisíaco, escolhi uma blusa fina que caía dos ombros, e mais nada. Não tenho lingerie, exceto pela camisola que ele me comprou, e decidi guardar para nossa última noite juntos, a noite antes de eu partir para a faculdade, algo em que me recuso a pensar. Seus olhos brilham com a nítida aprovação da minha escolha, e ele me observa com apreço ao me entregar uma taça de vinho. Então nos acomodamos. O tabuleiro repousa na diagonal sobre a lareira, onde nos sentamos um de frente para o outro, com pouquíssimo espaço entre nós. Ainda acho o jogo em si muito entediante, mas a beleza e o mistério da companhia tornam tudo mais suportável. E, para ser sincera, funciona como um tipo inebriante de preliminar.

— Há algum outro jogo que você jogaria?

— Non.

— E você nunca assiste à TV além do noticiário?

— Assisto quando estou doente.

— Com que frequência você fica doente?

— Uma vez a cada três ou cinco anos.

Reviro os olhos.

— Acho que não vamos criar laços fazendo uma maratona de séries, então.

Ele olha para mim, a vulnerabilidade evidente no olhar.

— É isso que deveríamos estar fazendo?

A pergunta é séria. Por mais ingênua que seja vindo de um homem com a idade dele. Ao longo da última semana que passamos juntos, aprendi que, assim como os irmãos, Tobias realmente não se encaixa em nenhum círculo, nem segue as normas de uma vida normal "americana". Mesmo tendo estudado no exterior, foi criado nos Estados Unidos por um bom tempo, mas parece não ter se adaptado, o que é irônico demais para um cara que está totalmente por dentro dos acontecimentos atuais. Um cara que é tão conectado com o mundo, mas ao mesmo tempo tão distante dele em um nível pessoal. Primeiro que ele é, de fato, um eremita e uma criatura de hábitos. Seu TOC torna as rotinas difíceis de mudar. Segundo que ele deu uma verdadeira palestra quando eu disse que estava com vontade de McDonald's. Na verdade, assumiu perfeitamente o papel do esnobe francês. Mal escapei com um sanduíche de pasta de amendoim e geleia, e agora tenho que esconder as porcarias que gosto de comer.

Os prazeres de Tobias incluem cafés caros, alta gastronomia e suas escolhas de vinho — que, embora deliciosas, são muito, muito caras. Cada um dos ternos dele é feito sob medida, o que eu já sabia, mas ainda não o vi repetir roupa nos dois meses em que me manteve refém. Embora seus gostos sejam um pouco requintados, não o culpo de forma alguma por gastar dinheiro com coisas mais refinadas, porque ele não cresceu em uma casa como a que estamos ocupando. Cresceu enfrentando um estilo de vida meio "do lado errado dos trilhos", criado por uma tia alcoólatra que considerava baratas parte da família enquanto tentava desempenhar o papel de pai para o irmão mais novo.

Não viveu uma vida maravilhosa, e eu fico feliz que tenha a chance não só de experimentar tudo isso agora, mas exigir que faça parte de seu dia a dia. Se Tobias é egoísta em relação a algo, com certeza é em relação a esses pequenos prazeres que lhe trazem alegria. Ele é complicado, mas ao mesmo tempo simples. E parece não precisar do estímulo da maioria dos homens comuns. Encara a maioria das situações como uma experiência. Não apenas música, mas uma canção; não apenas comida, mas um banquete; não apenas vinho, mas uma degustação. E sexo, isso ele leva ainda mais a sério. Para ele, é uma forma de arte, e uma que ele domina plenamente.

— O que foi? — pergunta ele, desviando o olhar para o meu enquanto pondera sua primeira jogada.

— Eu não odeio mais você. — Não deixo de notar o leve erguer de seus lábios. — Você ri, mas eu realmente o odiava, Tobias.

— Eu sei.

O sorriso dele aumenta.

— Você adora minha oposição.

— Você é a única mulher no mundo que consegue me deixar realmente irritado.

— Vou considerar isso como meu primeiro elogio, o que foi bem honesto. Você está bêbado, senhor?

Os lábios dele se curvam ainda mais.

— Talvez um pouco.

Estreito os olhos.

— Sabia que você tinha secado metade daquela garrafa enquanto eu estava no chuveiro. Não tinha imaginado. Seu egoísta.

— Desculpa — diz ele, sem remorso algum.

É tão insincero que eu solto uma risada.

— Ah, consigo notar o quão arrependido você está, bandidinho.

Ele faz a primeira jogada.

— Nous entraînons-nous ce soir? — Vamos praticar hoje à noite? *Pergunto ao mover um peão.*

— Peut-être. — Talvez.

— Où vas-tu m'emmener? — Onde você vai me levar?

Passo a língua pelos lábios e saboreio cada gota.

— J'étais en train de penser à te pencher sur ce canapé. — Eu estava pensando em pegar você de jeito naquele sofá. *— Mas se continuar olhando para mim desse jeito, acho que não vai dar tempo de chegar lá.*

Reviro os olhos.

— Je voulais dire en France, pervers. Où m'emmènerais-tu en premier? — Quis dizer na França, seu tarado. Para onde você me levaria primeiro?

— Fácil — diz ele, franzindo o cenho para o tabuleiro. — Torre Eiffel.

— En français, s'il te plaît. — Em francês, por favor. *— E essa era a última coisa que eu esperava ouvir de você.*

— Por quê? Não é o que todo mundo que viaja para a França quer ver primeiro? Quem sou eu para negar isso a você? — Ele nota minha postura desanimada. — Você tinha algo mais pessoal em mente?

— Seus lugares favoritos. E eu não me importaria de fazer uma viagem pelo túnel do tempo com você. Conhecer o lugar onde você estudou. Alguns dos seus amigos da faculdade.

— Eu não tenho amigos.

— Nenhum?

Ele se recosta junto à lareira.

— Não do tipo que você chama para tomar uns drinks quando está na cidade. Não desse jeito.

Há um toque de melancolia em sua voz, e eu entendo por quê. Ele esteve ocupado demais fingindo ser adulto para ter uma vida. Já passei por isso.

— Então você nunca deu uma relaxada, curtiu a vida? Além de sair por aí pegando modelos de lingerie, é claro.

— Non.

— Bem, eu vou ser sua amiga — digo, tranquilamente. — Sua melhor amiga. Mas isso exige muito mais esforço da sua parte. Em algum momento, você vai ter

que me dizer onde mora, deixar eu bisbilhotar seu quarto e me contar sobre sua primeira menstruação.

Isso me rende um olhar mortífero, e ele derruba mais uma peça minha. Enrugo o nariz em frustração.

— Nunca vou ser boa nisso.

— Porque não quer. Eu vou vencer você de novo. Mas a boa notícia é que seu francês não é mais um lixo. Embora ainda possa melhorar um pouco a língua.

— Ah, é mesmo? Tenho quase certeza de que você adora minha língua pelo jeito que estava chupando ela esses dias.

Com o rosto impassível, ele acena para mim.

— Sua vez.

— Vou deixar você ganhar.

Ele ergue olhos ardentes para os meus.

— Por quê?

— Porque eu quero que você ganhe, assim nossas línguas podem negociar aquela sua última declaração.

— Lá vai você, misturando negócios e diversão. Você nunca aprende.

Eu esvazio meu copo e o coloco de volta na mesa, então fico de quatro.

Ele balança a cabeça.

— Ainda estamos jogando.

— Acabei de dizer que deixo você ganhar.

— Não — retruca ele. — E eu vou ganhar de qualquer maneira. Volta para o seu canto. Estou gostando do jogo.

— Você venceu — repito, minha blusa fina abrindo na frente quando me inclino, dando a ele uma visão clara dos meus seios nus até meu umbigo.

Ele nem sequer lança um olhar para meus bebês nem para mim, concentrado no tabuleiro.

— Vai mesmo bancar o indiferente? — falo, com a voz rouca, me colocando em seu campo de visão.

Tobias está sentado com uma perna esticada e a outra dobrada, um dos antebraços apoiado na lareira e o outro repousando no joelho.

— Agora, tá aí um jogo no qual você é terrível. — Ele está se divertindo. Eu encosto os lábios no pescoço dele e chupo. — Sempre sei quando você está excitada.

— Ah, e você acha que é especialista nisso? — provoco.

— Eu sei que sou.

— Vou pagar para ver.

Eu o abraço, mesmo com a postura rígida, e deslizo os dedos pelo seu cabelo, arranhando o couro cabeludo antes de puxar de leve. Tobias não me dá espaço, permanece curvado sobre o tabuleiro enquanto tento seduzir meu rei. Não sou de tomar a iniciativa com frequência. Nem preciso, porque ele é tão viciado quanto eu.

— Então — sussurro, lambendo a curva de sua orelha. — Se eu pegasse seu pau agora mesmo e começasse a chupar do jeito que você gosta, do jeito que quer que eu faça, você não reagiria?

— Non.

Mordo a orelha dele, com força, mas Tobias nem faz careta.

Eu me afasto, franzindo a testa.

— Você nunca vai me deixar ganhar, né?

— Non.

Ele se vira para mim, baixando os olhos brevemente como se eu fosse uma estranha no parque, e volta a atenção para o tabuleiro.

Fico ofendida, mas deixo passar. Noto o leve sorriso em seus lábios, então deslizo minha mão pelo seu peitoral e apalpo a virilha.

Bingo.

Ele está duro para cacete. Imune é o cacete.

— Boa jogada, Tobias. Mas, infelizmente, há uma evidência enorme contra você bem aqui.

— Que azar. E uma vantagem injusta — resmunga ele.

Num piscar de olhos, estou debaixo dele e dou um gritinho quando ele se inclina para roçar o nariz no meu. Ergo o olhar e o vejo através dos cílios.

— Mas, só para deixar claro, você deveria saber que toda vez que olho para você, Cecelia, eu desejo sua atenção, seus lábios, sua língua, seu corpo. Você me contaminou com sua loucura, e agora também sou um viciado.

— Eu sabia!

Ele puxa minha blusa para baixo, sugando meu mamilo e arrancando um gemido de mim.

— E embora eu adore seu rosto lindo e seus mamilos cor de pêssego, é isso — ele pressiona a palma em meu peito, bem em cima do coração —, e o fato de você sempre deixá-lo à mostra, que mais me atrai. Nunca conheci uma mulher tão disposta a enfrentar a própria destruição para conseguir um pouco de honestidade.

Ele me encara e me envolve completamente enquanto acaricio seu rosto.

— Mas eu nunca vou deixar você vencer. Nunca, nem uma vez, nem por misericórdia, nem por um cessar-fogo. Jamais. E eu também não quero que você me deixe vencer.

— Por que?

— Porque quando, e se, você parar de lutar contra mim, é aí que eu vou saber que perdi.

Ele me beija e se afasta, a expressão se tornando séria.

— E você vai me odiar de novo um dia, talvez em breve ou talvez mais tarde, no futuro, mas vai.

Franzo a testa.

— Você tem tanta certeza assim?

— Sim, e só você vai saber me dizer por quê.

— Tobias...

— Vem comigo — murmura ele.

Ao encarar o tabuleiro de xadrez do hall, consigo ver claramente nós dois vivendo aquela cena e como o resto da noite se desenrolou. Uma noite que revivi várias e várias vezes na minha cabeça. Logo após a confissão, ele se levantou e pegou minha mão, e eu o segui em silêncio pelas escadas até o quarto. Naquela noite, ele me havia me tomado com tanta ferocidade, com tanta intensidade, que eu praticamente convulsionei de êxtase, minha mandíbula tremendo ao gritar seu nome. Foi o melhor sexo da minha vida.

Mas aquilo tinha sido tanto um pedido de desculpas quanto um golpe preventivo. Pelo menos é assim que vejo agora. E o fato de eu enxergar uma das noites mais bonitas da minha vida como um ato de manipulação só alimenta meu desprezo por ele. Mas foi uma de suas várias tentativas de se desculpar antes do caos, e ele acabou destruindo três relacionamentos.

Quando parti, ou fui forçada a partir — depois que o choque inicial passou —, comecei a sentir a dor avassaladora de perdê-lo e de perder tudo o que pensei que tínhamos. Mesmo assim, eu dizia a mim mesma que era eu quem o estava deixando, e de fato estava. Ele mereceu. O que Tobias fez foi imperdoável. Mas, bem no fundo, eu tinha esperança de que ele viesse atrás de mim. Meu coração de vinte anos provavelmente o teria perdoado. E o mais incrível é que... se ele tivesse voltado, eu o teria enfrentado com mais fúria do que nunca.

É engraçado olhar para trás e perceber como descobrimos as coisas. Principalmente quando nos apaixonamos por um criminoso mentiroso.

E onde estaria o coração daquela garota de vinte anos agora se ele tivesse voltado, se ela o tivesse perdoado?

No entanto, é a Cecelia de vinte e seis anos, e seu atual coração, que nunca recebeu uma explicação, nem um pedido de desculpas, que nunca irá perdoá-lo.

Mas, como todas as coisas, isso também não saiu como esperado. Ele nunca foi atrás de mim porque, mais uma vez, havia me banido.

Meus olhos atravessam a sala de jantar, onde compartilhei jantares desconfortáveis com Roman. Tobias não foi o único homem a partir meu coração nesta casa.

Por que você voltou, Cecelia?

Quanto mais lembranças vêm à tona, mais percebo o quão estúpido foi abandonar uma vida que, em geral, estava funcionando para mim.

Terminar com Collin era inevitável. Mas reviver essas lembranças de propósito?

Já está doendo demais, e eu cheguei só faz uma hora.

Cansada depois de um dia de confronto, me encaminho para o bar próximo à cozinha em uma prece silenciosa, que é atendida quando percebo que está bem abastecido.

Abro uma das garrafas e pego um copo baixo. Viro o uísque de uma vez e aprecio o sabor, relembrando a primeira vez que bebi no Bar do Eddie com Sean. Parece que foi em outra vida.

Mas não. Foi aqui, neste lugar. E uma parte de mim sabe que eles também estão aqui. Provavelmente nunca foram embora. Outra mentira que contaram para me manter à distância.

Em algum momento, vou ter que anunciar minha presença, se é que já não sabem.

Mas não hoje.

Dou uma olhada em volta da cozinha e além das janelas, que oferecem uma visão clara da piscina e das espreguiçadeiras.

As lembranças ameaçam surgir novamente assim que o álcool começa a percorrer minhas veias. A casa pode estar gelada, mas meu sangue está esquentando. Pela primeira vez em anos, me permito mergulhar nas lembranças em vez de lutar contra elas. Se quiser levar isso adiante, tenho que permitir que minha mente continue vagando durante as horas em que estou acordada. Dou mais um gole no uísque, subo as escadas até meu antigo quarto, parando abruptamente no local onde o corpo de Dominic esteve da última vez que o vi.

— *Sim.*

— *Sim, o quê?*

— *Sim, já estive apaixonado.*

A visão do novo tapete me destrói tanto quanto a lápide de Dominic. Ele merecia muito mais do que um enterro silencioso. Precisando de ar, atravesso o quarto e abro as portas francesas que levam à sacada, lembrando muito bem que foi por ali que escapei naquela manhã. Fecho os olhos e consigo imaginar a expressão desolada no rosto de Sean ao me entregar a Tyler enquanto tiros ecoavam ao redor.

Se eu não tivesse presenciado, jamais acreditaria que algo assim aconteceu.

Que porra você estava pensando ao voltar para cá, Cecelia?

A única conclusão a que consigo chegar é a mesma de ontem à noite. Não consigo superar essas lembranças. Seguir em frente não deu certo nos últimos seis verões.

Não há solução, nenhum psiquiatra que possa fazer isso desaparecer sem saber toda a verdade. Não existe comprimido que receitem para me ajudar a esquecer.

Não há padre em que eu acredite o suficiente para confessar nossos pecados. Só existe um Deus, em relação a quem tenho minhas ressalvas, que não sei se algum dia já me ouviu ou se me considera digna de atenção.

Sempre coube a mim decidir se afundo ou nado. E tenho estado submersa há anos, sem um centímetro de solo a que me agarrar, enquanto o fôlego vai me escapando lentamente.

Bebo mais um gole direto da garrafa enquanto o céu nublado me saúda e aprecio a vista ao longe, a torre de antenas telefônicas piscando para mim como se dissesse “bem-vinda de volta”.

30

Horas depois, acordo com uma leve ressaca, a cabeça latejando ao notar que o som abafado do meu celular na mesinha de cabeceira foi o que me acordou. O lado bom é que não consigo me lembrar de um único sonho que tive nas últimas horas. É quando vejo o nome piscando na tela, que minha comemoração é interrompida.

— Oi.

— Estava dormindo? Você prometeu que ligaria quando chegasse.

— Sinto muito.

— É bom mesmo.

Sinto uma pontada de culpa ao ouvir o apelo na voz dele.

— Cecelia, por favor, volta para casa.

— Collin, não posso. Desculpa, mas não posso.

Levanto-me da cama, desorientada, e decido que estou sóbria demais para essa conversa.

— Não pode ou não quer?

— Não quero. Não vou mais enganar nenhum de nós dois.

Pegando a garrafa e o copo, desço as escadas de dois em dois degraus, optando por mais um gole para aliviar a ressaca. Não tenho problema algum com o fundo do poço. Eu me sinto à vontade aqui.

Deve ser o lugar mais seguro para mim no momento, muito mais do que andar por aí mentindo de forma irresponsável para as pessoas que eu amo.

Mas a realidade em que me enfiei é um verdadeiro inferno na Terra. Era tão mais fácil mentir.

— Por que isso está acontecendo? — insiste ele, em um tom suave. — Volta para casa para eu tentar entender. Você simplesmente foi embora.

— Eu lhe dei uma explicação. — Pressiono o copo na porta da geladeira, adiciono alguns cubos de gelo e sirvo uma boa dose de uísque. — Collin, eu nunca mais vou voltar para casa.

— Não acredito em você. Isso é algum tipo de... surto, alguma crise.

— Você não está errado, mas não se trata de arrependimento. Quem me dera fosse.

— Você não está pensando direito. O que tivemos era real. Ninguém é tão boa atriz assim.

— Eu não estava atuando. Estava... disfarçando. Eu queria que desse certo. Muitas vezes acreditei que estava dando certo.

Dou um bom gole no uísque e olho para o relógio quando ele marca exatamente meia-noite, encerrando meu primeiro dia no purgatório.

— E daí se você foi promíscua quando era jovem? Eu não sou santo. Não me importo se você dormiu com metade da cidade.

— Está se perguntando se eu fui fiel?

Engulo em seco, uma lágrima de culpa escapando.

— Você me disse que foi.

— E você acredita em mim?

— Acredito.

— Mas não vai acreditar por muito tempo. Vai se perguntar se fui honesta sobre isso também, e aí vai ficar ressentido.

— Não vou. Se você voltasse para casa...

— Para. Não se rebaixa assim, Collin. Eu te amo. Sempre vou amar. Sou muito grata por ter sido amada por você.

— Então você simplesmente decide que acabou, e eu sou obrigado a aceitar? Está tentando me destruir de propósito?

— Eu sei o quão cruel isso pode parecer, mas quero que você saiba a verdade sobre o que venho enfrentando há anos. A culpa que sinto constantemente, sabendo que o que estou fazendo é errado. Pode confiar quando digo que, além de Christy, você é a pessoa mais próxima a mim no mundo. Mas você não me conhece completamente, e, para ser honesta, ela também não.

— Caramba, Cecelia, eu não entendo.

A voz dele falha, e eu sinto a dor aguda que estou causando. Encho o copo mais uma vez. A realidade de perdê-lo está pesando.

— Collin, percebi que sou quebrada. Vivi demais. Experimentei coisas demais quando ainda era muito jovem. Foi intenso e fez com que eu... pensasse de forma diferente, desejasse uma vida diferente. É o máximo que consigo explicar. Consigo ser monogâmica. Fui fiel a você fisicamente. É só que...

— Você acha que eu não entenderia. Não quer me dizer o que deseja porque acha que eu não posso dar isso a você?

— Eu sei que você não gostaria de conhecer esse meu lado. E eu não quero que conheça. Essa não é a pessoa por quem você se apaixonou.

— Para de me dizer o que eu sei sobre você!

Sua raiva é justificada, então eu o deixo desabafar. Tudo isso é minha culpa, então preciso encarar até o fim. Ele me dá um minuto de silêncio e então fala:

— Então, você está com eles agora?

— Não. — Odeio que essa seja a conclusão dele. — De jeito nenhum. Não sei nem se vou encontrá-lo mesmo.

— Ele? Só um? Estou tão confuso.

— Eu estava chateada ontem à noite, e talvez tenha me explicado de um jeito horrível. — Faço uma careta, sabendo que nenhuma quantidade de uísque vai ajudar nessa confissão. — Eu falei que, quando era mais jovem, estive em um relacionamento poliamoroso por alguns meses.

— Sim.

— Mas meus sentimentos eram intensos, Collin, muito intensos pelos dois homens. Depois que acabou, me apaixonei por outro, e foi ele que não consegui esquecer. Mas, para dizer a verdade, ainda tenho sentimentos por todos eles.

— Isso... — Consigo sentir o abismo se alargando ainda mais entre nós. — É sobre isso que são os seus sonhos?

— Sim.

— Meu Deus, Cecelia.

— Foi um ano, apenas um ano da minha vida, mas me transformou completamente. E, desde então, não consegui seguir em frente, pensando em como esse tempo com eles me transformou e em como tudo terminou. É por isso que nunca consegui dar a você o que precisa, o que você merece.

— Não sou menos culpado por ainda ter carinho ou nutrir sentimentos pelas mulheres do meu passado. Tive recaídas aqui e ali. Faz parte.

— É mais do que isso, Collin. A parte irracional de mim ainda existe em um tempo que não posso apagar ou voltar atrás. Porque, não importa o quanto eu tente esquecer, meu inconsciente não me permite. — Dou outro gole, e mais outro, aterrorizada em admitir a verdade. — Tenho escondido coisas de você.

— Tipo o quê?

Luto com as palavras e sei o impacto que terão.

— Mereço a verdade — exige ele.

— Você merece. — Fecho os olhos e levo o copo aos lábios, dando um longo gole e me preparando. — Às vezes, depois que transamos, eu os imagino enquanto você está no chuveiro.

Do outro lado da linha, ouço um suspiro de dor, e sei que acabo de despedaçar o orgulho dele.

— Você se masturba pensando neles depois de transar comigo?!

Confirmo com meu silêncio. É cruel, mas necessário, embora eu não tenha a intenção de repetir. Preciso fazê-lo entender. Não quero prolongar isso. E não quero dar a ele esperanças que não existem.

— Puta merda, Cecelia, você pensou neles enquanto estávamos na cama?!

Nele. Mas não o corrijo. Quero que Collin sinta raiva. Mereço isso. Porque minha confissão não é inventada. É a mais pura verdade.

Quanto mais me abro com ele, colocando em palavras anos de reflexão, mais percebo que estou fazendo a coisa certa. Estava prestes a me casar com minha própria mentira.

— Collin, deixando de lado minha depravação sexual, não consigo te amar da forma que você merece.

— Seja lá o que você ache que falta, é coisa da sua cabeça. Você me faz feliz.

— E você também me fez feliz às vezes, sabe que fez, mas não posso me casar com você. Contei muitas mentiras, grandes e pequenas, desde que nos conhecemos. Desculpa. Sinto muito, Collin. Já sinto sua falta. Já estou me arrependendo disso, mas essa é a verdade, e estou cansada de lutar contra isso.

— Não sou um puritano, porra. Posso realizar qualquer fantasia que você quiser.

— Não se trata só de sexo, Collin. Meu coração nunca esteve no lugar certo, só...

Levo a mão ao rosto, meus lábios tremendo, minha voz angustiada enquanto arruíno um relacionamento com um homem que não fez nada menos do que me adorar.

— Ainda estou apaixonada pela lembrança de outro homem, desde os meus vinte anos. Está claro agora, nunca vou parar de desejá-lo, e falhei em todas as tentativas de odiá-lo. Eu tinha esperança de seguir em frente. E, com você, eu tentei, tentei muito, mas falhei. Falhei com a gente.

— E você nem sabe se vai reencontrá-lo? Que tipo de futuro você pode ter com uma lembrança?

— Um que não engane *você*. Um que não machuque *você*. Já não me importo tanto com a minha felicidade, mas me recuso a arruinar a sua. Já fui egoísta o bastante nos meus pensamentos. Encontre uma mulher que moveria céus e terras por você. Encontre-a, e talvez um dia você possa me perdoar. Um dia, talvez, você tente me perdoar.

— Você acabou com a minha vida.

— Não. Caminhar até o altar e ser emocionalmente infiel teria acabado com sua vida.

— Você não está me dando a chance de lutar!

— Porque estou certa disso, Collin, tenho certeza. Por favor, me escuta. Acabou.

Como esperado, ele desliga, e eu baixo a cabeça, permitindo que minhas lágrimas escorram. Meu destino está selado. Não há retorno e não há avanço. Tenho sido fisicamente monogâmica há anos, mas não emocionalmente fiel aos homens que namorei. De uma forma ou de outra, todos falharam em comparação aos homens do meu passado. Ainda estou presa às emoções intensas que vivi porque nunca fechei a porta, nunca me permiti sofrer o luto, o que me deixou em um limbo permanente.

A esta altura, prefiro ficar sozinha do que ser uma mentirosa.

Voltei para declarar guerra às minhas lembranças, estabelecer meus limites, e já sinto nojo do quão aliviada estou ao recuperar e assumir meu lado sombrio.

Talvez minhas escalas sejam mais difíceis de enxergar do que as de Roman, mas temos muito mais em comum do que eu pensava inicialmente. Sou perfeitamente capaz de ser a vilã.

Vilã.

Acho que é preciso ser uma para amar e odiar um.

E me tornei uma vilã muito convincente, por sinal.

Na história de Collin, é o que eu serei.

Furiosa com a comparação óbvia, rolo pelas mensagens do meu celular e aperto ligar. Ele atende no segundo toque.

— Sabe, você está uns quatro anos atrasada para me convidar para uma rapidinha.

— Ei, Ryan, me desculpe, eu sei que é tarde.

— O que está acontecendo? Nem você nem Collin atenderam minhas ligações. E obrigado aos dois por nem se preocuparem em aparecer no trabalho hoje, foi um desastre. Tive que adiar reuniões.

— Desculpe, surgiu algo. Explico depois.

Um breve silêncio.

— Devo ficar preocupado?

— Ryan, eu preciso da sua ajuda.

— Pode falar.

— Quão rápido você pode chegar aqui?

— Onde é aqui?

— Estou em Triple Falls.

— Você finalmente resolveu vender?

— O negócio dele, a casa dele. Eu não quero ter mais nada a ver com isso. Já passou da hora.

— Tem certeza?

— Positivo. A última oferta de alguns meses atrás ainda está de pé?

— Vou checar. Se estiver, reagendo algumas reuniões. Consigo estar aí amanhã ao meio-dia.

— Até lá.

— Vai me contar o que está acontecendo?

— Explico quando você chegar aqui.
— Estou a caminho.
— Obrigada, Ryan.
Jogando o telefone no balcão, sirvo mais dois dedos de uísque no copo.
— A você, senhor.
Ergo o copo em um brinde solitário e mando meu jantar para dentro.

31

Meu corpo vibra junto ao som do motor dos carros que passam por mim na estrada estreita.

O vento se intensifica à medida que eles aceleram. Eu aceno, batendo os dentes e tremendo de frio, olhando na direção para onde estão indo.

Um arrepio de medo me atinge quando vejo o fim abrupto da estrada à distância. Não há nada além de escuridão no limite da floresta.

— Parem! — grito, mas eles continuam passando a toda velocidade.

Agito os braços furiosamente em sinal de alerta e aponto para a estrada à frente, mas sei que não podem me ouvir. Dou um passo desesperado à frente, prestes a pisar no asfalto, quando o Camaro aparece em meu campo de visão. Tento chamá-lo, mas não consigo. O nome dele sai em sílabas ininteligíveis.

— Parem!

Avanço para a estrada, mas eles já estão muito longe. Cheguei tarde demais. É tarde demais.

Acordo de um sobressalto quando uma das portas francesas se choca contra a parede e uma rajada de vento entra no quarto. Solto um gemido, fechando os olhos com força, e começo uma contagem lenta para regular a respiração e me acalmar. Uma lágrima quente escapa pelo meu rosto à medida que o sonho cria raízes em minha mente. Outra rajada gélida me faz saltar da cama para fechar as portas da sacada, encarando um amanhecer monótono e repleto de nuvens.

Tomo um longo banho para me aquecer, e o Advil finalmente começa a fazer efeito. Dou uns goles numa garrafa d'água e vasculho o antigo armário que guarda as roupas da Cecelia de vinte anos. Pelo visto, minhas malas foram cuidadosamente desfeitas depois que eles deixaram a casa em ordem. Afastando os cabides um a um, pauso quando avisto o vestido amassado no chão, enfiado no canto do armário. Seguro o tecido amarelo-pálido pelas alças, com manchas antigas cobrindo o corpete, e ele se estende, sem vida, à minha frente.

Um vestido ainda sujo da nossa briga com melancia, na noite em que confessei a Sean que estava apaixonada por ele.

Retiro o que disse.

Sinto a garganta arder e pressiono o tecido no rosto na esperança de respirar qualquer vestígio dele, mas me decepciono. Depois que terminamos, não consegui lavar o vestido. A dor me corrói enquanto o dobro cuidadosamente e o coloco na prateleira acima. Desço as escadas e pego minha mala no carro. Sem pressa, reorganizo minhas roupas temporárias no armário. Não sei quanto tempo vou ficar, mas, depois da decisão que tomei ontem à noite, sei que vai levar algum tempo para resolver tudo. E está claro que preciso de algum tipo de organização.

As últimas trinta e seis horas foram um caos. Desmoronei horas depois de chegar aqui. Confessei coisas inimagináveis ao meu ex-noivo, que não merecia. Falei demais. Não posso voltar aos velhos padrões ou vou perder o foco. Minhas emoções podem ter me trazido até aqui, mas minha razão precisa entrar em ação e me ajudar a conduzir meus próximos passos.

Depois de desfazer as malas, desço as escadas com o copo de vidro e a garrafa de uísque pela metade. Ainda um pouco desorientada por ter bebido tanto, tropeço e deixo cair o copo, que se espatifa no chão da cozinha. Pego uma vassoura e uma pá e começo a varrer os cacos quando sinto um cheiro fraco, mas único.

Deixo a pá cair e encaro os cacos de vidro, sem acreditar. Ergo um dos pedaços maiores até o nariz e cheiro.

Gim.

Eu reconheceria esse cheiro em qualquer lugar. Às vezes, ainda consigo senti-lo nos lábios dele.

O Grande Irmão está de olho em você.

Correndo até a pequena despensa que abriga o equipamento de segurança, rebobino as últimas vinte e quatro horas até mais ou menos o momento em que cheguei. Mas a tela mostra apenas meu carro estacionado na entrada, e apenas eu dentro da casa. Eu estava sozinha na noite passada.

Levo a mão ao rosto e suspiro.

O sonho, o vestido, as lembranças que estão ressurgindo, junto à ressaca persistente, tudo isso realmente acionou minha imaginação. Já sou prisioneira deste lugar e da maneira como ele me assombra.

Decido preservar um pouco da minha dignidade e jogo o copo no lixo.

Minha mente já está pregando peças em mim, mas não vou cair nessa.

Optei por encontrar Ryan na recepção do hotel em que ele está hospedado. Quando o vejo, está digitando feito louco no laptop. Decidi chamá-lo aqui porque ele é um dos melhores advogados corporativos do país e o maior trunfo da minha empresa. Também é superprotetor, tanto em relação a mim quanto a meus interesses. Ele dá uma olhada por cima da tela para me cumprimentar e abre aquele sorriso irresistível que derrete qualquer um. Ele é absurdamente bonito, de um jeito bem americano: corpo atlético, cabelo loiro e ondulado e olhos azul-oceano.

Apesar de ser meu parceiro de negócios mais confiável, também é um ex-namorado da faculdade. Namoramos por alguns meses durante meu terceiro ano, até que ele se cansou do espaço que eu deliberadamente colocava entre nós para impedi-lo de se aproximar. Ele analisa meu vestido, e eu não deixo de notar o jeito como seus olhos se demoram. Apesar da manhã turbulenta, consegui me recompor, escolhendo minhas botas pretas favoritas que dizem "Pode deixar que eu cuido disso". Combinei-as com uma saia lápis preta elegante e um blazer justo com a gola levantada que revela uma quantidade respeitável de decote. Deixei o cabelo solto em ondas antes de aplicar uma maquiagem completa, delineando meus olhos de preto e pintando meus lábios de vermelho escuro. A mesma cor do sobretudo que carrego sobre o braço.

Ryan se levanta do pequeno sofá e me abraça. Como sempre, está vestido de forma impecável, o cabelo perfeitamente penteado para trás. Posso sentir os olhares das duas mulheres na recepção. Ele tem um talento natural para chamar a atenção, mas, no momento, todo o seu foco está em mim.

— Você está linda.

— Obrigada, mas me sinto um caco.

Ele une as sobrancelhas loiras e espessas.

— Não tem dormido bem?

— Não muito, não — confesso, olhando ao redor do hotel butique.

O entra e sai de pessoas na recepção cria um burburinho, e eu observo os luxuosos móveis e obras de arte. Ele está hospedado em uma das poucas pousadas do centro que tinham sido recém-adquiridas e reformadas.

— Bonito aqui.

— Dá para o gasto — diz ele, me examinando com curiosidade. — Quer me contar por que essa mudança súbita de ideia? Você se recusou a cogitar qualquer oferta e até mesmo a falar sobre esse lugar.

— Tenho meus motivos.

Ele fecha o laptop e o guarda na bolsa de couro marrom escuro, a mesma que usava na faculdade.

— Sempre tão misteriosa.

Dou de ombros.

— Toda mulher precisa de um pouco de mistério, não é?

— Não é nem um pouco irritante — diz ele, em tom sarcástico. — E com certeza também não é o motivo pelo qual terminei com você. Estou curioso sobre como Collin fez você se abrir. Deve ser porque ele é britânico. É o sotaque, certo?

O sorriso dele desaparece quando lê minha expressão à menção de Collin.

— Sério, Cecelia? Até *eu* ficava de pau duro por ele.

— Não quero falar disso.

Eu me viro e saio pelas portas duplas, Ryan me para na calçada, gentilmente puxando meu casaco antes de me ajudar a vesti-lo.

— Sinto muito — sussurra ele, gentil. — Foi idiota da minha parte.

— Tudo bem. Tinha que acontecer.

Ele me encara, preocupado.

— Estou bem, Ryan. Vamos. Eu dirijo.

Ele me segue até onde o Audi está estacionado e entra no banco do passageiro, então desvia o olhar para a praça movimentada.

— Esta cidade é... adorável. Você cresceu aqui?

— Sim e não.

— Caramba — resmunga ele. — É como se você fosse treinada para ser evasiva.

Se Ryan soubesse. Eu me viro para ele.

— Fiquei aqui durante um ano quando tinha dezenove. Mas nunca morei aqui de fato.

— Uma resposta completa. Estou impressionado.

— Eu não era tão ruim assim. — Dou partida no carro e olho para o rosto cético de Ryan. — Não era.

— Você vetou o Dia dos Namorados e me mandou começar a dormir com outras mulheres na noite em que falei que estava apaixonado por você.

Eu saio da rua principal e faço as poucas curvas que nos afastam da praça e levam em direção à fábrica.

— Não estava pronta para tudo aquilo. E não queria perder você como amigo.

— No final do nosso primeiro encontro você já era "aquela que escapou".

Embora ele esteja sendo brincalhão, talvez eu o tenha magoado mais profundamente do que imaginei. Mas Ryan deveria ter sido só o cara da festa, pronto para fazer uma garota se divertir, e eu estava precisando disso desesperadamente.

— Eu nunca quis que nosso relacionamento se tornasse sério — digo, com sinceridade.

— Então você deveria ter se esforçado menos e usado suéteres surrados.

Compartilhamos um sorriso no sinal vermelho.

— Estou feliz por termos continuado amigos.

— Sim, mas, agora que seu cavalheiro inglês terrivelmente-charmoso--modelo-de-excelência finalmente saiu do meu caminho, podemos negociar alguns benefícios.

— Você é ridículo.

— Não sou um completo animal. Vou dar um tempo para você passar pelo luto — diz ele, com toda a naturalidade do mundo, mexendo no celular. — Que tal uma semana contando a partir de terça-feira?

— Cala a boca. Precisamos focar. Me fala da oferta.

— Os termos são simples. A oferta é fantástica, apesar da recente queda no preço das ações. Está praticamente certo. Vamos encontrar o advogado deles às duas.

— Que rápido.

— Os acionistas majoritários já deram o aval.

— A oferta é tão boa assim?

— Boa demais. Se usar o dinheiro do jeito que estou pensando que vai usar, vamos conseguir fazer muito mais. Mas tem certeza de que quer isso?

— Sim. Por que você continua me perguntando?

— Por que agora?

— Porque eu evitei isso por tempo demais.

Faço uma curva na estrada familiar e abro um sorriso à medida que ela se estende diante de nós.

Sinto Ryan paralisar por um momento ao meu lado.

— Que sorriso é esse?

Abro as janelas, o vento corta o carro junto ao sussurro de uma memória, de uma voz.

Ovos, gema mole. Café, preto.

— Música — digo suavemente, aumentando o volume do rádio —, alta.

— O que é isso? — pergunta Ryan, mexendo no celular.

— Carros — concluo, olhando na direção dele antes de pisar fundo no acelerador —, velozes.

Os olhos de Ryan se arregalam, a mandíbula dele se abre quando me concentro na estrada e acelero. Avançando em linha reta, me deleito em euforia ao sentir os pelos dos meus braços começarem a se arrepiar.

— Cecelia? — diz Ryan, soando nervoso.

— Oi? — respondo, entre risos.

— O que você está fazendo?

"The Pretender", da Foo Fighters, estoura no carro. Balanço a cabeça ironicamente e troco de marcha. Se são memórias que estou desenterrando, então planejo fazer isso direito. Já enfrentei a merda do bicho-papão, me apaixonei por ele e sobrevivi. Sobrevivi a muito mais.

É hora de desfazer as malas.

Dou uma olhada na direção de Ryan e respondo honestamente.

— Estamos sacudindo a poeira.

Avançamos, e Ryan solta um gritinho delicado.

— Cecelia, diminui a velocidade antes que eu me torne um cristão fervoroso!

Deixo escapar uma risada.

— Segura firme.

— Ai, merda, merda, merda — murmura Ryan, aterrorizado, quando derrapamos por uma curva.

Endireito o volante, reduzo a marcha e piso fundo, prensando-o de volta ao assento.

Ryan bate uma mão no painel e segura a alça de emergência com a outra.

— É, acabei de sentir o gosto do omelete que comi de manhã.

Posso sentir o olhar dele em mim enquanto me solto, absorvendo a adrenalina, sentindo tudo menos apatia. Faço outra curva que nos leva brevemente à beira do acostamento, mas então reencontro aderência no asfalto.

— Cee, o que está acontecendo? Isso é algum tipo de grito por socorro?

Sorrio, sacudindo a cabeça como uma louca, deixando a música me impulsionar.

— Estamos acordando fantasmas, Rye, e já é tarde demais para gritar por socorro.

— Acordando fantasmas, hein? Bem, vou ser sincero, não estou interessado em me tornar um deles, e sou bonito demais para morrer tão jovem. Desacelera essa porra!

Minha risada em resposta é maníaca, e consigo sentir o medo emanando dele.

— Relaxa.

— De jeito nenhum. — Ele vira o pescoço para olhar para trás. — Estamos fugindo de alguém?

— Desta vez, não.

Faço a última curva e derrapamos na entrada da fábrica. Com facilidade, estaciono em uma vaga e dou uma olhada em Ryan, cuja pele está em vários tons de branco.

Sorrindo, ergo os olhos para o prédio e não sinto um pingo de apreensão. Posso fazer isso. Posso me libertar. Tenho a força para tentar. E, se as estrelas forem gentis o suficiente para se alinharem para mim, talvez eu consiga me perdoar, perdoá-los e finalmente seguir em frente.

— Acho que estou pronta.

Ryan segura o vômito ao meu lado.

— Vou precisar de um minutinho.

32

Eu me sento em uma das mesas de reuniões ao lado do saguão, e Ryan me guia pelo contrato página por página. Uma vez satisfeito, ocupa o assento ao meu lado e me entrega uma caneta.

— Iniciais aqui e aqui.

Ele vira outra página, e eu leio as informações.

— Discutimos essas cláusulas anteriormente em detalhes. Ao assinar isto, você concorda com os termos da venda.

Estou prestes a ganhar uma fortuna, mas nada disso me empolga, exceto pelo bem que o dinheiro pode fazer. Eu me dei bem o suficiente por conta própria, mas esta jogada vai me transformar em uma mulher ridiculamente rica. Junto às ações herdadas no meu vigésimo aniversário e por causa da morte prematura de Roman, me tornei a acionista majoritária da Horner Technologies. O diagnóstico de câncer de cólon dele foi rápido, assim como sua morte, levando ao que imagino ter sido um fim indigno. Nem todo o dinheiro do mundo pôde ajudá-lo enquanto definhava com vista panorâmica para seu reino. Não sei os detalhes e não me dei ao trabalho de tentar consertar nosso relacionamento de última hora.

Não derramei uma lágrima no dia em que recebi a ligação da enfermeira nem compareci ao funeral. Continuo esperando que a culpa se manifeste; até agora, não aconteceu.

Neste momento, tudo que quero é me livrar da obrigação que tinha em relação a ele e à sua ideia distorcida de legado, junto ao nome que representa tudo que nos destruiu: poder, dinheiro e ganância.

Às vezes, queria ter continuado no escuro, de olhos fechados diante das ações malévolas dele e de seus iguais. Mas usei tudo que sabia para iniciar uma campanha contra CEOs que compartilhavam a mesma ilusão de Roman. Junto a Collin, fundei uma ONG com foco em bem-estar social e programas de associação de funcionários. Uma oposição direta à trajetória profissional de Roman. Além disso, usei as riquezas dele para financiar a startup. E sob o guarda-chuva da fundação, temos um grande número de advogados, incluindo Ryan, que tomaram como missão de vida expor e buscar justiça contra corporações como a Horner Technologies, derrubando-as por práticas comerciais ruins.

Tivemos um sucesso incrível.

Com a consciência pesada, decidi colocar novos planos em prática. Quando chegamos à fábrica, depois de um breve tour, pegamos uma sala de reuniões, e soltei a bomba para Ryan. Após duas horas de discussão acalorada, ele concordou em redigir os documentos para que eu entregasse minha parte da fundação para Collin. Após a venda, vou transferir uma quantia substancial dos ganhos para mantê-la funcionando por muitos anos. Tenho orgulho do legado que criamos em tão pouco tempo, mas, com toda a dor que causei a meu ex-noivo, este é um gesto de consolo. Collin esteve comigo desde o início. Mas não posso mais estar ao seu lado e confio plenamente nele para fazer o que é certo daqui para a frente.

Com uma simples assinatura, posso recomeçar como quiser. E talvez seja melhor fazer as malas o quanto antes. Talvez isso tenha sido uma tentativa tola. Tomei a decisão de vir aqui com base na emoção, mas pelo menos posso usar isso como desculpa para fazer algo bom. É meu coração que está no comando quando clico a caneta e encosto a ponta no papel, pausando quando vejo o símbolo abaixo da linha de assinatura do comprador. O nome da empresa não foi revelado com a oferta, mas não há como confundir o emblema que me encara.

Um corvo.

— O que há de errado? — pergunta Ryan ao perceber a mudança na minha postura.

Olho dele para o advogado, cujo nome foge à minha mente. Ele está parado a alguns metros de distância para garantir que todos os detalhes estejam certos. Ryan se inclina e sussurra:

— Dei uma olhada quando recebemos a oferta. A empresa é legítima, e o CEO é só mais um bilionário que viu uma oportunidade de negócio.

— Onde ele está?

Ryan franze a testa.

— Ele?

— Tobias King.

Pronuncio o nome do segredo que meu coração vem gritando há seis longos anos.

O advogado pigarreia, com o olhar fixo em Ryan em busca de um apoio que não recebe, então se volta para mim.

— Sra. Horner, eu garanto que meu cliente...

— Desculpe — interrompo. — Seu nome?

Claramente ofendido, ele me dá uma resposta curta.

— Matt Straus.

— Peço desculpas, sr. Straus. Mas ele obviamente quer que eu saiba. — Eu traço as asas com a ponta do dedo. — Legítima... — digo, sufocando uma risada ao ouvir o advogado falar.

— Sra. Horner, o conselho já aprovou, este acordo está em andamento...

— Estou ciente, sr. Straus. Mas isso não vai para a frente sem meu aval, e eu não vou assinar nada até falar com Tobias King. *Em particular.*

Ryan capta minha energia, seu rosto se torna resoluto ao encarar o advogado com expectativa. Eu o adoro por isso. Ryan é um tubarão, e é por isso que está aqui.

Eu me afasto da mesa e cruzo os braços.

— Minha decisão está tomada.

O sr. Straus suspira, então pega o celular do bolso e se retira da sala.

— Não tenho certeza se ele vai concordar.

— Ah, ele vai — asseguro, o que me rende olhares prolongados de ambos os homens antes de a porta se fechar atrás dele.

Ryan se vira para mim.

— O que você está fazendo?

— Confie em mim.

— Confio, mas vou precisar de uma explicação. Não quero surpresas. Você conhece esse comprador?

— Conheço.

— Como?

O sr. Straus volta à sala antes que eu possa responder.

— O sr. King estará aqui em vinte minutos.

Preciso me esforçar para manter minha voz firme.

— Hoje?

Ele está aqui.

Tobias está em Triple Falls.

Eu me lembro da noite passada, quando tive a impressão de que não estava sozinha.

Ele ferra comigo simplesmente por existir.

Eu estava pronta para confrontá-lo em algum momento no futuro próximo, mas hoje, agora? Sinto o nervosismo se instaurar, então me levanto e ando até uma fileira de janelas grandes.

— Por favor, nos dê licença — diz Ryan, os olhos ainda em mim.

O sr. Straus assente.

— Vou estar do lado de fora. Mando-o entrar quando chegar.

Ryan responde com um rápido "Obrigado" e fecha a porta. Nossos olhos se encontram por um momento, mas eu os desvio.

— Finalmente, um segredo que você não consegue esconder. Está na sua cara. Quem é ele?

— Alguém que eu achava que não veria novamente.

— Obviamente, ele quer ver você.

— Não quer. Ele queria que fosse uma venda rápida. O nome dele não está em lugar nenhum na oferta.

— Ele sabia que você iria descobrir. Facilitou demais.

— Ele sabia que eu veria, mas deixou claro que não quer me ver.

— Então este é o cara que escapou de *você* — diz ele, se aproximando de mim enquanto volto minha atenção para as janelas. — Cecelia, o que está acontecendo?

— Não tenho certeza.

Mas sei que ele ainda quer a empresa de Roman. Isso estava certo desde o início. Mas Tobias não fez nenhum movimento desde que eu parti.

— Você vai confiar a empresa a esse homem?

Assinto.

— Então por que você parece tão abalada?

— Digamos que as coisas não terminaram bem da última vez que o vi.

— Ele está oferecendo muito mais do que a empresa vale.

— Isso não tem nada a ver comigo. Tinha que ser uma oferta que eu não recusaria.

— Então estamos lidando com o Poderoso Chefão?

Nem essa piada me arranca um sorriso.

— Tem certeza de que quer fazer isso?

— Absoluta. Olha, não se preocupa. Ele não era fã do meu pai. Mas não está tentando assumir essa empresa com más intenções. Minha aposta é que ele planeja torná-la propriedade dos funcionários.

— Entendi. — Outra pausa, e ainda não consigo olhar para ele. — Você voltar aqui, vender a empresa, o sr. King... alguma dessas coisas tem a ver com o motivo pelo qual você terminou com Collin?

Não respondo.

— Nossa, agora estou realmente intrigado.

— Não fique. Ele é só um cara que quer a empresa, essa planta em particular. Ele tem os próprios motivos e vai cuidar bem das coisas.

— Bom, eu com certeza não quero deixar você sozinha aqui com ele se estiver com medo.

— Não estou com medo.

— Cee... — Ele segura minhas mãos e me força a encará-lo. — Você está tremendo.

— Está frio aqui.

Ryan estreita os olhos, captando minha mentira.

— Só faz muito tempo.

— Você tem certeza de que consegue lidar com isso?

Não.

— Absoluta. Ryan, por favor, me dê um minuto sozinha. — Quando ele hesita, eu balanço a cabeça. — Juro que consigo lidar com isso.

— Ok, vou estar do outro lado da porta se você precisar.

— Obrigada.

Quando a porta se fecha, eu me aproximo da janela e encaro as árvores do outro lado.

Mais de seis anos sem uma palavra, e é só isso que eu recebo? Anos de silêncio, e ele espera que eu lhe entregue tudo sem lutar? Sua audácia só alimenta minha raiva. Entendo o ressentimento dele, por Roman e por mim, mas esse movimento só cutuca ainda mais uma ferida catastrófica.

Durante anos, meu pai monopolizou o bem-estar dos moradores da cidade, e é justo que eles tenham revidado. Tobias sempre foi o cara que devolveria o poder a eles. Eu era tão jovem na época, nunca enxerguei a situação como um todo, mas os planos de Tobias não mudaram. A justiça pela cidade pequena sempre foi seu caminho na guerra corporativa.

Nem consigo guardar rancor por isso. É genial. Desde uma aliança formada quando eles eram adolescentes até a vitória agridoce de hoje, ele parece ter feito tudo o que se propôs a fazer. Tudo.

O dia do acerto de contas finalmente chegou. E, ironicamente, eu vou ser a responsável por presenteá-lo com a justiça.

Mas não sem ir atrás da minha própria.

Alguns minutos depois, quando ouço a porta se abrir e fechar, mantenho o olhar fixo na janela, mas consigo sentir a hesitação dele a alguns passos de distância.

— Bom trabalho, Tobias, mas você devia saber que eu descobriria.

Silêncio. Um longo minuto de quietude seguido de outro. Sinto os olhos dele em mim e a coluna formigando, meu coração palpita.

— Não me importava se descobrisse.

A sonoridade na voz dele combinada com o forte sotaque estrangeiro faz com que meus olhos se fechem e meu coração dê um salto rápido. Durante anos, sonhei em ouvir essa voz, e durante anos, revivi ecos de seus sussurros suaves durante nossos momentos mais íntimos.

— Então por que não apareceu?

— Não era necessário.

— Quer dizer que não sou digna de um aperto de mão? Ou de pelo menos um pouco de deboche da sua parte?

— Não é necessário deboche. Sei da sua inclinação a me negar isso. Mas você nunca se importou com a empresa dele.

— Por que agora? Por que esperou tanto tempo?

— Não tinha certeza se ainda a queria.

— O que mudou?

— Nada, exceto decidir que sim.

Apesar de me esforçar para seguir minha carreira, mal toquei na empresa de Roman desde que a herdei, porque, embora guarde minhas mágoas muito perto do coração, ela nunca deveria ter sido minha por direito.

— Isso deveria ter acontecido anos atrás. O que foi? Teve pena de um homem moribundo?

— Os planos mudaram.

Solto o ar silenciosamente, me viro e o observo pela primeira vez em seis anos. Quando os olhos dele encontram os meus, sinto como se levasse um tiro no peito, que me rouba o fôlego e ricocheteia. Em poucos segundos, sou envolvida em chamas, meus lábios se abrindo ligeiramente enquanto nos encaramos sem dizer uma palavra.

Ele está cruelmente lindo, como sempre, mas ainda mais agora. Exuberante dentro da sala de reuniões antiquada. O terno escuro se ajusta ao corpo, e seu físico está tão magnífico quanto anos atrás, quando senti sua pele nua sob minhas mãos e nossas respirações se misturaram.

Nenhuma memória minha lhe fez justiça. Da cor surreal das chamas nos olhos ao contorno do maxilar, da majestosa força do nariz aos lábios vermelho-claro, ele é maravilhoso. E, assim que reconheço o fogo em seus olhos, que o desejei a cada batida do meu coração traído, eles esfriam consideravelmente e cortam como diamantes por todo o meu corpo.

— Percebo que estamos adotando uma postura abertamente hostil. Imaginei que este seria um bom dia para você, Tobias. Uma celebração. Você venceu.

— Eu não venci nada.

O tom dele envia um arrepio pela minha coluna.

— Estive bem, obrigada por perguntar. — Dou um passo na direção dele, que enrijece. — Você vai devolver a empresa, não vai?

Um aceno de cabeça acentuado.

— Eles merecem. Não vou discutir com você sobre isso.

Outro aceno, e ele me examina como se estivesse se certificando de que estou inteira. Não estou.

— Mas também não vou desistir completamente.

Ele fixa os olhos nos meus.

— Não pode simplesmente acabar com isso?

— Nos últimos seis anos, não fui um fardo para você. Fiz o que me foi pedido.

— Eu disse para você não voltar, Cecelia. Estava falando sério.

— É, bom, desculpe pelo inconveniente, meu pai morreu. Tenho negócios a resolver aqui.

— Seu pai morreu dois anos depois que você partiu; você não apareceu na época. Mas, se quer usá-lo como desculpa, então vamos resolver isso para que possa ir embora.

Eu o encaro.

— Sinto muito. Não recebo mais ordens de você.

— Você nunca recebeu. E isso não precisa ser complicado.

— Mas vai ser, porque me recuso a ser manipulada por você de novo. E quero respostas.

— Deixe isso para lá. Éramos pessoas idiotas naquela época, fazendo coisas idiotas. Seu papel termina nesta sala.

— Idiota... — Prolongo a palavra. — Bom, definitivamente me senti assim ao longo desses anos.

Suas narinas se alargam, e eu me aproximo, a energia entre nós estalando a cada passo, tornando cada vez mais difícil respirar. Olhos voláteis me examinam, e ele enfia as mãos nos bolsos.

— Você quer um pedido de desculpas?

— *Agora* seria inútil. O que você fez comigo foi excepcionalmente cruel, não acha?

— Foi necessário.

— Necessário... não gosto dessa palavra. Cruel é muito pouco em comparação com o que realmente aconteceu. *Desumano* é a palavra correta. Mas tenho me esforçado muito para não guardar rancor, porque sei que você tinha seus motivos e sua dor. Pelo menos *no começo.*

Ele cerra a mandíbula, irritado, e a palma da minha mão coça para estapeá-lo e acariciá-lo. Consigo sentir fisicamente cada emoção que nos perpassa neste momento, mas quero quebrar essa tensão porque dói.

— O que você quer? — pergunta ele, em um sussurro.

— Quero que você fale comigo. Me conceda uma conversa.

— Não tenho nada a dizer.
— Eu tenho muito.
Ele parece com raiva.
— Então vou ouvir.
— Não — digo suavemente. — Acho que não. Não desse jeito. Não com gente do outro lado daquela porta.
— Isto foi um erro — exclama ele, e passa a mão pelo cabelo, o que destrói a fachada de calma. — O acordo estava...
— Ainda estamos na fase de negociação — retruco, avançando em direção a ele com raiva. — Você tramou e conspirou, me usando como uma marionete, e é *você* quem está irritado? Eu não vou negar isso a você, mas como se atreve a ficar aí parado e ter a audácia de agir como se estivesse indignado?
— Mais uma vez. Você nunca devia ter se envolvido em nada disso. Desde o primeiro dia, falei para você ficar longe. Mas você não ouviu.
— E você se manteve longe?
Ele me encara.
— Significou muito mais para você do que para mim.
Por dentro, sinto que estou morrendo, pois as palavras me atingem tão forte quanto ele pretendia. Olho rapidamente para a janela para evitar que ele veja o quanto isso me afetou. A tensão se intensifica quando ele continua, às minhas costas.
— Tudo seguiu em frente sem você aqui.
— Bom saber.
— Apenas assine os papéis e vá para casa. Você será uma mulher rica.
O comentário faz com que eu volte o olhar para ele, ofendida.
— Dinheiro não significa porra nenhuma para mim. E eu já sou uma mulher bem-sucedida sem esse acordo.
— Eu sei.
— Você sabe? — Cruzo os braços. — Isso faz parte de seguir em frente?
— Não vamos voltar a isso.
A voz dele é como uma faca afiada cuja lâmina corta meu peito. Por que não consigo me libertar desse homem que claramente me despreza? Suspeitava disso, mas agora isso se torna evidente de modo abrasador. De certa forma, eu lhe custei o irmão, assim como meu pai

custou os pais dele. Talvez Tobias tenha todo o direito de me odiar e vice-versa, então por que não consigo fazer isso?

Eletricidade entre nós faísca, e consigo sentir o aumento do zumbido enquanto ele tenta fingir indiferença. Mas ainda está lá. E como eu queria que não estivesse. Como eu queria que o destino, o carma ou seja lá o que tivesse decidido nos amarrar juntos desaparecesse e me libertasse, nos libertasse. Mas está aqui, tão latente que é quase palpável.

Isso, é por *isso* que ele não queria estar no mesmo ambiente que eu. Nossa conexão faz parte da nossa composição química, um vínculo inexplicável. Foi nossa ruína anos atrás, e nos consumiu. É tão forte agora quanto antes. É tão fácil entender o porquê nós acontecemos quando cada parte de mim vibra em reconhecimento.

— Quer manter isso civilizado? Tudo bem, vamos lá. Como está Sean?

— *Casado.* Feliz. Administra a oficina agora. Tem dois filhos.

Engulo em seco.

— I-isso é maravilhoso. — Cruzo os braços sobre o peito. — Vocês ainda são próximos?

— Não.

— Por quê?

Os olhos dele brilham, e desta vez é como se não houvesse piedade.

— Cansei disso — retruca ele, pegando a caneta e estendendo-a para mim. — Assine. E vá para casa.

— Não. Acho que vou ficar por aqui um pouco. Tenho velhos amigos para ver. Como está Tyler?

Ele dá um passo agressivo à frente. É quase como se sentisse dor ao me encarar. Absorvo a sensação com avidez, porque estar a poucos metros desse homem elevou meus sentidos a um ponto que eu não imaginava ser capaz novamente.

Ele me lê com tanta facilidade.

— As coisas mudaram. Isto é a última coisa que nos une.

Inclino a cabeça.

— É mesmo?

— Assine logo — ordena ele, em advertência. — Quero me livrar de você.

Eu me encolho, e, pela primeira vez desde que entrou na sala, os olhos dele suavizam. Mas já estou sangrando.

Odeie-o. Por favor, odeie-o.

— Assine — murmura ele, em voz baixa.

É o mais perto que chegará de implorar.

O ar congela à medida que nos encaramos, e eu sei que ele está sentindo tudo que estou sentindo. Ambos lutamos contra a atração, contra a oscilação entre amor e ódio. Quanto mais tempo passamos na sala, mais tudo se confunde e com mais raiva eu fico. Mas não vou voltar atrás na promessa que fiz a mim mesma.

— Eu quero a verdade.

— Você vai se decepcionar.

— O que significa...

— Não me provoque, Cecelia.

— Provocar você? Seu idiota, isso está prestes a se tornar uma disputa física — resmungo, erguendo o queixo. — Eu mereço respostas.

A porta se abre, e Ryan entra. O olhar furioso de Tobias pousa nele, mas os olhos de Ryan estão fixos em mim.

— Está tudo bem aqui dentro?

— Está — respondo rapidamente, embora esteja longe disso. Estou desmoronando aos poucos. — Só precisamos de mais um minuto.

Tobias não dirige uma palavra a Ryan, e os dois trocam um olhar tenso e silencioso, até que Ryan fecha a porta.

Tobias olha para mim, obviamente incrédulo, e balança a cabeça com nojo.

— O quê?

— É claro que a porra do seu advogado está apaixonado por você.

— Ele é um amigo querido em quem confio, e é o melhor de todos no que faz. Aliás, está prestes a esmagar suas bolas, então talvez seja melhor você bancar o bonzinho. Isso *são* negócios, e estou deixando meu coração idiota de lado, como você me ensinou, lembra? Quem melhor para dar essa lição do que um homem sem coração?

Ele desliza os documentos pela mesa.

— Assine.

— Acho que não. Não *este* contrato. Elabore outro em que eu tenha vinte e cinco por cento da empresa. Se não fizer isso, vou aceitar a próxima oferta por qualquer mixaria, e você nunca vai ter a porra dessa fábrica.

Os olhos dele faíscam de fúria, mas não me dou ao trabalho de comemorar, pois me sinto derrotada de uma maneira que jamais pensei ser possível. Vir aqui foi o maior erro que já cometi, porque vê-lo novamente despedaçou a mim e às minhas chances. Ainda sinto tudo, tudo. A verdade nunca me libertará, porque não estou apaixonada por uma lembrança. Estou apaixonada pelo homem parado na minha frente. E me dar conta disso desencadeia uma raiva dentro de mim que vem se acumulando há anos.

— Talvez você tenha facilitado as coisas para si mesmo ao me afastar mais uma vez, mas destruiu aquela garota estúpida e ingênua com suas jogadas egoístas e manobras de guerra. Passei anos me perguntando como poderia ter significado tão pouco para você. Perdi metade da sanidade tentando lutar para me recuperar do que aconteceu, e tudo isso porque você me isolou e me deixou no escuro, completamente sozinha.

Começo a tremer de raiva.

— Eu também o perdi. E aí você foi lá e fez questão de que eu perdesse todos os outros.

Ele me observa, e identifico um lampejo de culpa, mas não é nem de longe suficiente. Nunca será.

Meu tom é tão gélido quanto o dele quando finalmente levanto o queixo para meu criador.

— Mas aquela garota cresceu, e ela não está nada satisfeita com as cartas que *você* deu. Ela está com sede de vingança. Você pode ficar com a empresa, mas nunca, *jamais* vai cortar *todos* os laços comigo. Tenho cumprido a sentença à qual você me condenou por anos, sofrendo em silêncio, e está na hora de você começar a cumprir a sua. — Minha voz treme de fúria, dor e ódio emergindo do rio de mentiras em que Tobias me afogou. — Achou que, com isso, poderia se livrar de mim? *Azar do caralho.* Você não tem permissão para romper os laços comigo, nem agora nem *nunca.*

Estamos tão próximos neste momento que posso ver a cor e a curvatura dos longos cílios dele, o pequeno vale sob o nariz, a pinta no canto do lábio inferior. Posso sentir o perfume intenso de sua pele.

— Vou dar o que você quer quando tiver minhas respostas. — Pego a bolsa e a jaqueta e seguro a maçaneta da porta. Quando me viro para encará-lo uma última vez, seus olhos estão, previsivelmente, fixos em mim. — Essa é minha contraproposta. É pegar ou largar. Acho que a questão agora é: o quanto você ainda quer isso?

Escancaro a porta e faço um gesto para Ryan, que se junta a mim, os olhos desviando para o homem atrás de mim enquanto caminho para a recepção.

— O que aconteceu lá dentro, Cee?

Ele me ajuda a colocar a jaqueta, o olhar oscilando entre a recepção e o lugar onde estamos.

— Negociações.

Ainda estou tremendo quando ele me conduz ao estacionamento em direção ao carro.

Meu corpo relaxa assim que me sento atrás do volante, e Ryan me encara de olhos arregalados.

— Porra — diz ele, parecendo tão perplexo quanto eu. — Quem era aquele cara?

— Só uma parte do meu passado que preciso encerrar.

— Deu para perceber, Cecelia. Senti fisicamente a tensão naquela sala.

— Pois é, ele acha que você está apaixonado por mim.

Um longo silêncio me faz virar para Ryan.

Ele passa os dentes pelo lábio inferior e então ergue os olhos azuis profundos para mim.

— Estou. E nunca senti tanta inveja de outro cara na minha vida.

Eu o encaro.

— Ryan... você não pode estar falando sério...

— Não se culpe por isso. Desisti de você há muito tempo. — Ele aponta para o prédio. — E nenhum homem vivo pode competir com aquilo.

— Eu nunca...

Procuro pelas palavras e sinto a culpa me corroer. Ele sempre flertou comigo, mesmo na frente de Collin, mas teve várias namoradas desde que terminamos. Ele vê a culpa em meus olhos e balança a cabeça.

— Quer se sentir melhor?

Assinto.

— Transei com metade de Atlanta.

— Isso é mais preocupante do que qualquer coisa.

— Também sou a razão para a alta rotatividade de assistentes.

Eu o encaro furiosa.
— Marcie?
— Sim.
— Ah, que merda, Ryan! Ela era minha favorita.
— A minha também, por isso a comi de quatro na sua mesa só para irritar você.
— Você é um porco.
— Eu sei. Meu pênis não foi fiel a você. Quando ele se machuca, tem uma tendência à autossabotagem. Está se sentindo melhor?
— Mais ou menos.
Compartilhamos um sorriso.
— Eu também amo você, sabia?
— Está tudo bem — assegura ele, e puxa o celular. — Quero mais informações sobre esse cretino.
Cubro o celular dele com a mão.
— Não. Prometa para mim que não vai procurar nada. Prometa.
— Por quê?
— Porque já sei tudo o que preciso sobre ele. E Tobias não é o inimigo.
— Tudo bem. Mas eu o odeio.
— Eu também.
Ele arqueia uma sobrancelha.
— Não, você não odeia.
Viro para ele, os olhos ardendo.
— Ryan, ele me deve, e estou aqui para cobrar. E a única maneira de fazer isso é se esse acordo acontecer do meu jeito. Isso é muito importante para mim.
Ele segura minha mão e beija as costas antes de a soltar.
— Conte comigo.
— Obrigada.
Ligo o carro e congelo ao ver Tobias parado em frente ao capô, olhando diretamente para nós, o olhar letal em Ryan antes de desviá-lo para mim. No instante seguinte, ele desaparece entre as fileiras de carros.
— Isso não foi nem um pouco assustador — comenta Ryan ao meu lado. — Devo esperar encontrar uma cabeça de cavalo ensanguentada e decapitada na minha cama de hotel amanhã?

33

Dentro do carro, encaro outra rodada de chuva gélida na frente de casa enquanto o silêncio se instaura do outro lado da linha.

— Christy? Você está aí?

Olho para o telefone no meu colo e vejo que a ligação está ativa, os segundos se arrastando.

— Chris...

— Deixa eu entender uma coisa. — Ouço o som da água do banho dela. — Três dias atrás, você me ligou para ajudá-la com o planejamento de assentos para seu casamento chique da alta sociedade de Atlanta, e hoje está em Triple Falls porque teve um sonho, rasgou seu vestido de noiva, terminou com o seu noivo, decidiu vender a empresa do seu pai para um cara que a destruiu, e logo depois seu ex-namorado da faculdade confessou que ainda está apaixonado por você?

— É, eu sei que parece loucura, mas...

— *Loucura*? Não, loucura é eufemismo. Isso é o último episódio de uma temporada de *Grey's Anatomy*.

Deixei Ryan no hotel e, apesar de ele ter dito que estava tudo bem entre a gente, percebi que recusou o jantar depois do trajeto constrangedor de volta para o centro. Praticamente me ignorou e ficou respondendo a e-mails, mas senti a distância. Será que fui tão ignorante assim em relação aos sentimentos dele?

— Me sinto péssima.

— Todo mundo sabia que ele estava apaixonado por você. Vi a cara dele quando Collin fez o pedido, foi tão triste.

— Agora me sinto pior ainda.

— Você não deu esperanças, mas, caramba, como sinto falta de ter esse tipo de problema com homens.

— Você tem o marido perfeito.

— Ele deixou o assento do vaso sanitário levantado na noite passada e não deu descarga. Caí perto do vaso e acordei meus dois filhos, e todos nós gritamos até o amanhecer. Ainda não estou falando com ele.

Não consigo conter a risada. O mundo que deixei para trás parece tão distante agora que encaro a porta da frente de Roman.

— Eu realmente enlouqueci desta vez, não é?

— Não, você fez a coisa certa.

— Você acha?

— Não, Collin é lindo, engraçado, encantador e está no mesmo nível que você em todos os sentidos.

— Eu odeio você.

— Você me ama. Mas se não ama Collin a ponto de se casar com ele, não deveria se casar com ele.

— Eu amo Collin, só não do jeito que amo *ele*.

— Isso não é saudável.

— Eu sei.

— Esse homem só lhe causou dor.

— Eu sei.

— Ele acabou com você.

— Eu sei. E quando o vi hoje, juro por Deus, todo o meu corpo reagiu. Não imaginei nada daquilo, Christy, nada mesmo.

— E ele sentiu o mesmo?

— Até Ryan disse que ele sentiu.

— Ele disse isso?

— Sim.

— Então estou supondo que, depois de seis anos, ele ainda guarda rancor porque você dormiu com o irmão dele.

Mentiras, um monte de mentiras que contei em vez da verdade que nunca posso confessar.

Mesmo assim, parte de mim pensa que essa é uma das razões pelas quais foi tão fácil para Tobias manter distância e abrir mão de mim.

— O que você está *fazendo*, Cecelia?

— Não sei — digo.

Então me lembro de tudo que aconteceu hoje. Imagino Collin em nossa casa, olhando para os convites de casamento que deixei empilhados na mesa. Sinto meus olhos se encherem de lágrimas. Não consigo imaginar o que ele está pensando ou como está se sentindo.

— O que eu fiz?

— Jogou sua vida fora por um homem que não merece nem um pouco você. Querida, um amigo melhor a internaria.

— Eu sei que parece loucura, mas tenho que levar isso até o fim.

— Volte para Collin. Ele vai aceitar você de volta.

— Eu contei a verdade para ele.

— O quê?!

— Tive que fazer isso.

E hoje tive todas as provas de que precisava. Estava lá. Saudável ou não. Estava lá, tudo o que eu sentia por ele, e eu não posso negar. Especialmente agora.

— Meu Deus, Cecelia. O que o Collin disse?

— Ele desligou na minha cara. E não o culpo.

— Que merda. Olha, eu sei que estava brincando, mas você está bem?

— Não. Não estou. Mas o que eu deveria fazer? Não posso continuar vivendo uma mentira, e é só o que tenho feito. Não é justo com nenhum de nós, e hoje... tive minha resposta. Não era a que eu queria, mas estava lá. Ainda estava lá. Eu odeio o fato de ainda estar apaixonada por ele. Odeio que o fato de estar a poucos metros dele ainda tenha o mesmo efeito sobre mim.

— Você o quer de volta?

— Eu não quero amá-lo — sussurro, com a voz rouca. — É idiota, mas eu pensei...

— Pensou o quê?

— Pensei que o veria, e meu cérebro adulto entraria em ação e tentaria argumentar com meu coração idiota.

— Que vê-lo de outro jeito iria colocar seus sentimentos em perspectiva?

— Exatamente.

— Mas não foi o que aconteceu.

— Não.

— Olha, eu te amo. E, se é isso que você sente que precisa fazer e onde precisa estar, então faça. Estou ao seu lado, e vou estar aqui. Só tente dormir um pouco.

— Vou fazer isso. Amo você.

— Amo você.

Subo para o quarto e sinto o peso de tudo que aconteceu cair sobre mim. Por anos, imaginei este dia, ver Tobias outra vez e finalmente poder liberar parte da minha raiva ao triunfar. Mas as coisas nunca saem como eu as imagino. E com ele, nunca sairão. Mas Christy tem razão. Se eu tinha alguma chance de dar certo com alguém, era com Collin. E, apesar das minhas emoções vencerem e das descobertas que enfrentei, o remorso me domina quando tiro meu anel de noivado da bolsa, o coloco no dedo e choro até dormir.

34

Ryan toma seu café e me encara por cima do laptop.

— Ele vai ter um ataque quando ver isso. Reuniões matinais diárias? Mudar a sede temporariamente para Triple Falls? Está falando sério?

Ele aponta para a lista de condições que redigi.

— Estou.

— Tem certeza de que ele vai aceitar isso?

— Tenho.

E Tobias vai, porque acha que vai ganhar. É excessivamente confiante quando se trata de mim, sempre foi. Apesar do soco no peito ontem, estou determinada a levar a negociação a cabo de modo profissional.

Ryan digita freneticamente, e eu relaxo com meu café, um sorriso nos lábios.

— Você quer mesmo irritar esse cara.

— Como eu disse, ele me deve. Mas, de qualquer maneira, vamos vender. Vá em frente e cogite outra oferta. Certifique-se de que ele fique sabendo.

— Além de você, qual é o interesse desse cara na empresa?

— É pessoal.

— Você é irritante.

— É exatamente o que espero ser.

— Enviando agora. — Ele se recosta e me encara. — O que você espera conseguir aqui?

— Pensar direito.

— E precisa mesmo. Mas por quê?

Olho para baixo, para o anel no meu dedo.

— Porque preciso me redimir pelo que fiz.

— Como assim?

— Pessoas se machucaram por nossa causa. Pessoas ainda estão se machucando.

— Isso é por causa de um término?

— Não exatamente.

— Pelo amor de Deus.

Ele fecha o computador com tudo e o enfia na mochila, então se levanta.

— Ryan, sinto muito, mas eu não posso...

Ele pega o casaco e o veste.

— Vou dar uma volta.

— Ryan...

Eu me levanto para ir atrás dele, mas meu celular vibra no bolso, um DDD local e um número que não reconheço.

— Cecelia Horner.

— Você acha isso engraçado?

Não consigo evitar sorrir.

— Bom dia, Tobias. Estou ansiosa para trabalharmos juntos.

— Isso está fora de cogitação. Eu cedi a todas as suas outras exigências.

— Exceto uma. A única que importa.

— Você está mexendo com o homem errado.

Não é uma pergunta.

— Acha que eu não sei quem você é ou do que é capaz? — sibilo ao caminhar até o canto do hall de entrada, onde não sou ouvida, e olho para a câmera de vigilância, sabendo que seus olhos estão em mim.

— Ezekiel Tobias King, nascido Ezekiel Tobias Baran em 30 de julho de 1984. Trinta e sete anos, filho de Celine Moreau e filho adotivo de Guillaume Beau King. Transferido para os EUA aos seis anos, órfão aos onze, com um único irmão, Jean Dominic King, que morreu aos vinte e sete, sem autópsia.

Engulo a dor a cada palavra.

— Aos dezesseis anos, foi para a França para frequentar a escola preparatória IPESUP e depois recebeu aceitação na prestigiada HEC Paris para obter o diploma em administração. Usou seu tempo de forma sábia recrutando e avaliando antigos parentes para construir uma aliança para sua causa. Após a formatura, fundou uma empresa, a Exodus Inc, que se tornou pública há quatro anos. O patrimônio líquido, com o acordo de ontem, chega a quase 2 bilhões de dólares. Logo após fundar a empresa, começou a procurar pelo último parente vivo: o pai biológico, Abijah Baran, um judeu francês que foi membro do Partido Radical até ser diagnosticado com esquizofrenia aos vinte e oito anos. Encontrou-o seis anos atrás. Pouco depois, internou-o em um hospital psiquiátrico, o Centre Hospitalier Sainte-Anne, no décimo quarto arrondissement em Paris, onde o visita uma vez por ano. Um fato que esconde de todos. A associação dele com certos extremistas e a doença mental, sem dúvida, são algumas das razões pelas quais você nunca se casou e não tem herdeiros vivos, além de ser uma parte significativa do motivo de sua discrição. Isso e o fato de que as únicas coisas com as quais realmente se importou nesta vida são sua família de sangue, sua vingança pessoal contra Roman Horner, sua missão ambiciosa, e conseguir tudo o que quer. — Levanto o queixo para a câmera. — Conheça seu oponente, Tobias. Sua vez, *King*.

Desligo e saio para a rua. Avisto Ryan a meio caminho da praça. Decido dar-lhe espaço, porque não posso oferecer respostas. Sei como ele se sente; estou lutando com unhas e dentes para conseguir as minhas.

— Cecelia, é você mesmo?

Ao cruzar a rua principal, viro para ver Melinda correndo em minha direção com os olhos arregalados.

— Oi, Melinda, como você está?

— Viva e respirando, garota, e você só fica mais bonita, olha só — diz ela, e me aperta em um abraço. Eu a abraço de volta igualmente apertado, até que ela se afasta. — Você está simplesmente deslumbrante. Toda crescida.

— Obrigada, você está ótima.

— Isso é porque acabei de gastar cem dólares no meu cabelo. — Ela corre uma das mãos pelos fios. — E não me engane. Você simplesmente foi embora sem dizer uma palavra. Fiquei tão preocupada. E quando não voltou para o funeral do seu pai...

Ela lê a minha expressão e hesita.

— Sinto muito, tive algumas questões pessoais e precisei simplesmente partir.

— Você vai ficar por muito tempo?

— Um tempinho. Não muito.

Ela se ilumina.

— Bom, temos um casamento na família chegando. Lembra da minha sobrinha, a Cassie? Ela vai se casar! Dá para acreditar que ela está tão crescida? Parece que foi ontem que eu estava contando para você do batizado dela.

Como sempre, ela pega o celular e mostra uma foto.

— Ela está linda.

— Ela está, e ele é tão bonito. Você vai fazer alguma coisa agora? Se não, vamos almoçar.

Procuro pela rua por qualquer sinal de Ryan, mas não o encontro.

— Claro.

Os olhos dela se iluminam.

— Perfeito, eu conheço o lugar certo.

Caminhamos pela rua principal, decorações de Dia dos Namorados em quase todas as vitrines, restos da neve da manhã sob nossas botas.

Fico zonza com o falatório, e ela me guia até um restaurante enquanto me conta sobre uma peça da qual vai participar. Uma vez sentadas, uma cesta de pão é colocada diante de nós, com dois copos d'água e um cardápio. Quando vejo o logotipo na parte da frente, meu coração para: The Pitt Stop.

Está se apaixonando por mim, bebê?

Corro os dedos pelas letras e olho por cima dos ombros de Melinda, que tagarela sobre a fábrica. Fileiras e fileiras de fotos da família Roberts cobrem as paredes, e me estico para analisar cada uma; quando consigo encontrar uma de Sean aos vinte e poucos anos, de braços cruzados, apoiado em seu Nova, com os olhos cor de avelã brilhando ao sorrir para a câmera.

Meu coração explode e meus olhos começam a arder. Melinda nota minha expressão. Ela olha ao redor e depois para mim.

— Ah, querida, eu não estava raciocinando, não estava mesmo. Tudo bem se ficarmos aqui? Acho que deveria ter perguntado, mas pelo tamanho do anel no seu dedo, parece que você seguiu em frente e seguiu *bem*.

Olho para baixo, encarando o diamante no meu anelar. É um pouco ostensivo em tamanho, mas tudo o que vejo quando o olho é o amor nos olhos de Collin quando me presenteou com a joia na confraternização de Natal da empresa. Antes que eu possa responder, uma jovem garçonete anota nossas bebidas. Peço chá gelado e, incapaz de resistir, me levanto e digo a Melinda que preciso usar o banheiro.

Passo uns bons dez minutos estudando as paredes, e cada vislumbre dele é torturante. Ele herdou a aparência principalmente da mãe, mas o físico e o sorriso são do pai.

Anos de fotos do meu primeiro amor decoram as paredes, desde o time da liga júnior até o baile de formatura, junto a fotos de família ao lado de celebridades que jantaram aqui ao longo dos anos. Procuro sem parar por fotos recentes, porém não encontro nenhuma. Sei que estão em algum lugar do restaurante, mas amaldiçoo o fato de que vou ser muito óbvia se continuar procurando. Não pestanejei quando Tobias me disse que Sean estava casado, mas senti o golpe. E, agora, sinto como se houvesse pregos rasgando meu peito.

Sean tem uma esposa e dois filhos. Ele se casou. Seguiu em frente como deveria.

Fico feliz por ele. E com um pouco de ciúmes.

É hipócrita, mas é verdade. Só quero lembrar do tempo em que ele era meu. É meu direito não saber o quão feliz ele está.

Independentemente de quão incomum tenha sido, tivemos algo bom, até que tudo desmoronou. Eu estava apaixonada, até que ele foi arrancado de mim.

Os sonhos em que Sean é o protagonista são os mais difíceis. O amor que senti por ele era puro e imaculado. Não sei como medir o amor em sua totalidade. Só sei como amá-los individualmente. Mas o amor que sinto por Tobias é difícil de comparar ao amor que senti por qualquer outro homem. Meu desprezo por ele também supera a todos.

Procuro em mais uma parede, para ver se consigo aceitar o que aconteceu, mas não encontro nada. Talvez seja melhor que eu não veja mesmo.

Antigas feridas ameaçam se abrir enquanto lavo as mãos. Volto para a mesa para jantar com Melinda com um nó na garganta.

Não pertenço a este lugar.

Não deveria estar aqui.

Mas não consigo me afastar. Então mexo na comida, ouço Melinda falar e, quando vou ao caixa pagar a conta, aquele nó se transforma em uma pedra. Por sobre o ombro da atendente, há uma foto de um menininho com olhos cor de avelã, iguais aos do pai. Ele é lindo demais, e eu o encaro por muito mais tempo do que é apropriado. Depois que pagamos, me afasto do abraço de Melinda na rua, prometendo manter contato no momento certo para secar a primeira lágrima com um lenço.

Ao chegar ao carro, vejo Ryan. Ele está com os braços cruzados, os olhos oceânicos se suavizando conforme me aproximo. Sei que meu rímel está manchado, e não me preocupo em esconder as novas lágrimas que brilham em meus olhos. Ele se aproxima e ergue meu lenço com calma para ajudar a limpar meu rosto.

— Sabe, uma das coisas que eu mais amo em você é que não faz ideia de quão linda é.

Arrependida, examino o rosto bonito de Ryan. Se eu não tivesse me mudado para Triple Falls aos dezenove anos, ele provavelmente teria sido meu primeiro amor verdadeiro. Talvez Collin tivesse sido o segundo, e eu não estaria tão ferrada.

— Me apaixonei vezes demais antes de chegar até você.

Ele me puxa para perto e me aperta em um abraço.

— Ele concordou com os termos, assinamos amanhã — sussurra ele, rouco. — Vou estar por perto enquanto você precisar de mim, mas, quando concluirmos nossos negócios aqui... considere este meu pedido de demissão.

35

Na manhã seguinte, depois de assinar os papéis com Ryan e arrumar meu escritório temporário, dirijo de volta para o cemitério. Não estive no funeral e esse arrependimento me consome todos os dias. O céu está cinza e nublado. Tiro o casaco e o estendo no chão, então me ajoelho diante da lápide dele, depositando o celular ao meu lado depois de colocar "Wish You Were Here", do Pink Floyd, para tocar.

— Dominic, você tem ideia de como é difícil para uma mulher branca de vinte e seis anos num terno elegante conseguir maconha nesta cidade? A discriminação é real, meu amor. — Pego do bolso um dos baseados que bolei e me ajeito sobre o casaco. — E você *me* acusava de julgar pelas aparências. As pessoas praticamente fugiram de mim. — Solto uma risada. — Aí me lembrei de você mencionando o Wayne da mercearia. Cara legal. Ainda trabalha lá.

Acendo o baseado e dou uma longa tragada enquanto a música me acalma.

Por minutos intermináveis, recordo os dias chuvosos que passamos na cama dele lendo, o brilho dos sorrisos cheios de dentes que Dominic me dava quando sabia que ninguém estava olhando. A alma que ele revelou para mim aos poucos e que seria capaz de atos grandiosos.

Quanto mais reflito onde Dominic descansa, mais convencida fico de que ele sabia que seu tempo na Terra seria curto.

Nós dois sabemos que eu nunca chegaria aos trinta, irmão. Cuide dela por mim.

Ele sabia.

O que você quer, tipo, para o futuro?

Nada.

Ele se recusava a criar esperanças. Um verdadeiro soldado, queria o menor número possível de pessoas lamentando sua morte. E permitiu que eu o amasse. Eu fui a garota que teve a honra de se aproximar dele de um modo que poucos conseguiram.

Estendo a mão e toco a pedra gelada.

— Meu Deus, como eu sinto sua falta. Sinto sua falta o tempo todo. Ouço uma música que você tocou para mim ou leio algum livro bom e você é a primeira pessoa para quem quero contar.

Incapaz de segurar por mais tempo, deixo as lágrimas caírem.

— Filho da mãe ou não, eu vi você. Eu enxerguei você. Eu *conheci* você. E sofro por você todos os dias. Você perdeu, Dominic, porque não há um dia sequer que eu não lamente sua ausência. — Soluço e sinto o peito queimando quando finalmente dou voz a anos de dor. — Por quê? Por que não pôde simplesmente esperar a ajuda chegar?

Colapsando, o vento amargo aumenta a ardência das lágrimas que escorrem pelas minhas bochechas cada vez mais. É então que sinto um arrepio. Senti isso vezes o suficiente para saber do que se trata, e é inegável, é tangível, é ele.

— Eu sei que você está aqui — digo, dando uma última tragada no baseado, então o jogo na grama e fico de pé.

Eu me viro e sinto o solavanco inevitável assim que vejo Tobias do lado de fora do portão, me observando. É evidente que estava ali há um tempo, o rosto vermelho por causa do vento. A visão é angustiante. Ele continua sendo o homem elegante que conheci. Olhos cor de âmbar imprevisíveis repousam sobre os planos suaves do rosto, a mandíbula quadrada firme. O cabelo grosso, preto como tinta, está penteado para trás, sem nenhum fio fora do lugar. O terno está coberto por um longo sobretudo cinza e luvas de couro. Ainda o conheço? Cada segundo da nossa troca de olhares me diz que sim, mas que ele nunca vai admitir.

Ficamos nos encarando por muito tempo, até que eu finalmente falo.

— Quer saber por que estou aqui? — Volto-me para o túmulo. — Eu nunca parti.

O portão range, e ele caminha até estar ao meu lado, olhando para o lugar onde Dominic descansa. Durante vários minutos, sei que nossos pensamentos estão voltados para ele e para os momentos antes de ele nos deixar. Sinto uma dor cruel no peito ao tentar imaginar como foi para Tobias enterrar o irmão. Ao tentar imaginar a multidão de pessoas que passei a amar tantos anos atrás reunidas aqui, lamentando sua partida; algo de que fui privada.

— Eu tenho que acreditar que o perdão é possível, porque se eu não acreditar, se eu não... Tobias, não vou conseguir viver assim, não consigo mais viver assim. Quero tanto fazer as pazes com a garota ingênua que eu era. Não me culpar pelo que aconteceu, mas...

Ele balança a cabeça como se refutasse a ideia.

— Quero tanto seguir em frente como todos vocês parecem ter feito. Quero muito, mas tem sido impossível para mim. Nunca tive a chance de me despedir — digo, as palavras entrecortadas.

Por um breve segundo, o olhar de Tobias demonstra alguma emoção, mas então sua expressão se torna fria e implacável. Era o que eu esperava e, ao mesmo tempo, o que eu menos queria ver.

— Estou aqui pelo mesmo motivo que você. Para viver o luto. Para sentir falta dele. Tenho o direito de estar aqui.

O olhar vazio de Tobias me rasga por dentro. Uma parte de mim quer voltar para a segurança da vida que eu tinha apenas alguns dias atrás, implorar o perdão de Collin e retomar o futuro que destruí, mas sei que não vai acontecer. E a razão está diante de mim, um fantasma do homem que um dia conheci.

— Você precisa ir para casa, Cecelia.

Reviro os olhos, pegando minha jaqueta do chão e vestindo-a.

— Você deveria saber que essa é a última coisa que vou fazer.

— Você nunca facilitou as coisas.

— Ah, vamos *mesmo* colocar a culpa em mim?

Dou um passo na direção dele, e suas narinas se dilatam como se meu cheiro fosse repulsivo. Recebo esse golpe no peito, sabendo que talvez nunca consiga mais do que isso.

— Deveria ter sido eu a morrer naquela noite — pressiono —, é por isso que você me odeia?

— Não culpo ninguém além de Dominic pela decisão que ele tomou.

— Nem você acredita nisso.

— É verdade. Não é culpa sua. Mas digo muitas coisas que não quero dizer quando você está perto de mim. Isso acaba no momento que você se retirar.

Estar tão perto dele agora sem tocá-lo é devastador. Em questão de minutos, a saudade que senti durante anos fica dez vezes mais forte, e permaneço dentro das minhas barreiras cuidadosamente erguidas, me agarrando à adrenalina do meio segundo de proximidade que ele nos permite. Ele sente isso também. Sei que sente. Perdi meu coração no momento em que nos conectamos no nível mais primitivo. E entre os jogos que jogamos e o amor que entreguei a ele, perdi muito mais.

Um erro, uma noite, nos custou tudo.

Está claro que ele não confia em mim. Talvez pense que eu tenho um plano.

E até certo ponto, eu tenho.

Mas agora está claro que o plano era a mesma tentativa patética de me libertar do domínio de Tobias. E toda a esperança desaparece à medida que ele me encara por mais tempo, quanto mais me envolvo nas profundezas cheias de incerteza dele. Tobias me ensinou tudo o que sei. E juntos, ele e os irmãos, me mostraram o que é amor, em todos os níveis.

Mas esse homem abriga o fogo mais intenso de todos.

Vou amá-lo a vida toda e vou desprezá-lo também, pelo que ele me tomou, pela forma como me descartou, me rejeitou e me expulsou. E eu permiti por causa do preço que ele pagou. Mas eu também tenho pagado, e está na hora de ele saber. Eu me viro e o encaro de frente.

— Eu o amei.

Ele baixa o olhar.

— Eu sei.

— Mas não do jeito que amei você.

Ele fixa os olhos nos meus. Sei que não é a melhor hora, mas não faço ideia se vou ter outra chance. Nunca disse isso a ele, nem uma vez, mas agora estou trabalhando apenas com a verdade. Não tenho absolutamente mais nada a perder.

— E, quer isso importe ou não, eu *mereço* lamentar a perda dele. E eu mereço respostas suas.

— Eu não quero você aqui.

— Alguma vez você já quis?

Ele tenta desviar o olhar, mas eu continuo o encarando.

— Que tal colocarmos a culpa nos malditos segredos. Porque *esses* parecem ter causado o maior estrago.

Ele me dá as costas e vai para o portão, e eu o sigo logo atrás.

— Você me negou tudo! Tudo! Eu mereço essa maldita conversa, Tobias! E eu não vou embora...

Ele fecha a porta do modelo mais recente do seu Jaguar e, em questão de segundos, arranca do estacionamento. Corro atrás dele, me atrapalhando para ligar o Audi. Quando acelero para sair do estacionamento, juro que sinto a presença de uma nuvem escura e fresca me envolver. Tobias desce pela estrada, tentando escapar do passado, de nossos erros, de mim, e eu permaneço em seu encalço até ultrapassá-lo sobre as linhas amarelas duplas. Meus lábios se curvam em vitória.

— Devia ter comprado um Audi — debocho, acelerando para bem além da visão dele e abrindo distância.

Na aposta de que Tobias me seguirá, continuo acelerando, então, de repente, reduzo no acostamento e puxo o freio de mão, corrigindo o volante para que fiquemos frente a frente. Em segundos, ele aparece no meu campo de visão a toda velocidade e freia bruscamente a poucos metros de nos matar. Ele me encara através do para-brisa, os olhos arregalados em surpresa.

— Gostou? Seu irmão me ensinou esse truque. *Sua vez.*

Ele me encara com ódio por mais um segundo, então para no acostamento e desce voando do carro. No momento em que saio pela porta, ele estende as mãos para agarrar meus braços, furioso.

— Você perdeu a porra do juízo? Poderia ter nos matado!

— Se tivesse, acho que pelo menos teria acabado com nosso sofrimento — retruco.

— Seja lá no que estiver pensando, esqueça.

Ele está tão perto que consigo sentir o tecido de sua jaqueta. Sinto seu perfume e a nostalgia me atinge como um raio, mas mantenho minha pose desafiadora.

— Não consigo esquecer.
— Você precisa voltar para a sua vida.
— Conversa comigo, é tudo o que eu quero.
— Só vou dizer isso uma vez. Tudo o que aconteceu foi *antes.* Não existe um agora.
Ele me solta como se me tocar o queimasse.
— Você ainda é o mesmo filho da puta arrogante, insuportável e tirano de sempre.
— Não. — O tom dele é ácido. — Estou muito pior, e sempre consigo o que quero. Você se lembra de muita coisa, mas parece ter esquecido disso.
Ele gira em seus sapatos de couro italiano e caminha de volta para o carro.
— Você me atraiu com aquela oferta. Sabia que, mais cedo ou mais tarde, eu iria querer me livrar desse fardo quando você não cumpriu sua promessa de tirar tudo de Roman. Por que não foi atrás dele?
Ele para e se vira para mim.
— De que importa? É tudo meu agora.
— Meu Deus, você é ridículo. Deve odiar o fato de que eu cresci e não vou ser manipulada por você *nunca* mais.
— Consegui o que queria. Então seu argumento é irrelevante.
— Não totalmente — provoco. — Estou privando você da sua parte do acordo até me dar as respostas que mereço. Já vivi na escuridão tempo o bastante.
Estamos frente a frente a poucos metros de distância, e sei que ele pode ver a resignação em meu rosto.
— Apenas vá para casa, Cecelia.
Tobias entra no carro batendo a porta, então sai em alta velocidade.

36

Jogo o edredom para o lado, coberta de suor, sentindo os membros latejarem e um grito angustiado escapa dos meus lábios. Eu perseguia Sean pelas árvores a noite toda, implorando para que ele parasse, mas ele continuava correndo, recusando-se a olhar para trás.

— Merda!

Arremesso a garrafa d'água, que bate na parede e pousa no tapete, bem na frente das portas francesas iluminadas pela lua, o restante da água vazando devagar para fora do plástico.

É meu subconsciente com quem estou constantemente lutando. As horas em que estou acordada são muito mais fáceis, mas toda noite, de alguma forma, eu lamento a ausência de um ou todos eles.

E é patético, porque quase sempre são sonhos de rejeição.

Eu imploro, suplico para que não me deixem, que me amem de volta, que me perdoem. Apenas uma vez nesses sonhos quero sentir raiva, dizer a eles que são mentirosos, que nunca me mereceram, nem minha lealdade, nem minha devoção, nem meu coração sempre fiel. Ainda assim, sou eu sempre que os persegue, implorando perdão, pedindo absolvição, suplicando para que meus sentimentos sejam correspondidos.

Mesmo com a força que demonstro por fora quando estou acordada, reduzindo homens adultos a pó durante as negociações, em meus sonhos sou eternamente frágil. E minha mente não para de me atormentar, insistindo em me lembrar que não vai voltar ao presente. Incapaz de impedir que os efeitos do sonho se infiltrem, disco o número de Christy e rezo para que ela atenda.

— Fala — diz Christy, ao atender com voz sonolenta.

— Só estou piorando. Este lugar só está piorando as coisas.

— Estou aqui.

— Desculpe — digo, com um suspiro, e olho para o relógio. — Sei que está tarde.

— Tenho um bebê mamando no meu peito e estou no Instagram. Vai por mim, não estou brava.

— Dá um beijo nele por mim.

— Pode deixar.

Ficamos em silêncio por alguns segundos. Ela está aguardando.

— Sou uma idiota. Todo mundo seguiu em frente.

— Sou sua melhor amiga e estou dizendo que você fez tudo no automático desde que voltou desse maldito lugar. Não é a mesma desde aquele ano. E não estou falando que não amo você e todas as suas falhas, mas vejo seu rosto quando pensa que ninguém está olhando. Teve três namorados que ferraram com a sua cabeça e com o seu coração, um dos quais morreu em um acidente de carro, e você nunca pôde lamentar a perda dele como deveria.

A culpa me consome, mas os segredos que tenho que guardar são muitos.

— Posso perguntar uma coisa, Cee?

— Que pergunta idiota. Claro que pode.

— Você engravidou?

— O quê? Não. De jeito nenhum. Não foi nada disso. — Sou fraca. Não consigo falar com ela nesse estado. Tenho guardado meus segredos por tempo demais. — Foi só mais um pesadelo. Eu vou ficar bem.

— Olha. Um dia desses, não vou ter mais crianças para roubar meu sono e chupar meus peitos até deixarem os coitados murchos, o que significa assassinato para você quando me acordar no meio da noite. Quero que você seja feliz. Se isso não incluir um futuro com Collin, tudo bem. Se incluir voltar a esse show de horrores para fazer as pazes com o passado, tudo bem também, mas certifique-se de que é por *você*, Cecelia. Já sofreu o suficiente nas mãos daqueles canalhas.

— Vou fazer isso.

— Ótimo. Lembre-se do porquê saiu daí.

— Vai por mim, é impossível esquecer.

— E não esqueça de quem você é, cacete. CEO e um mulherão foda. Você faz homens adultos chorarem todos os dias.

— Obrigada. Amo você.

— Eu também amo você.

Consegui passar por três quartos da apresentação e posso sentir o olhar fixo dele sobre mim. É nossa primeira reunião matinal. Tobias já demitiu todo mundo da diretoria. Juntos, temos a missão de transformar a fábrica de uma estrutura corporativa a uma empresa gerida pelos próprios funcionários. Não vou me dar ao trabalho de perguntar o que ele irá fazer com as outras fábricas, porque tenho certeza de que, assim que souber meus planos para esta, talvez faça mudanças semelhantes nas outras. Ryan está sentado à mesa, ao lado de uma das assistentes de Tobias, Shelly, enquanto faço a apresentação — na qual trabalhei metade da noite —, um passo a passo específico para a Horner Tech corrigir os erros do passado, o que envolve pagar incentivos aos trabalhadores que estão há mais tempo na empresa, além de prover melhores opções de planos de saúde e aposentadoria.

— A vida deles não vai mudar da noite para o dia, mas um ano pode fazer muita diferença...

Ao expressar esse pensamento em voz alta, faço uma pausa, sentindo o peso total da atenção de um homem que eu tinha certeza de só existir em meus sonhos.

— Cee? — pergunta Ryan.

Mas fico ali, completamente envolvida na lembrança de uma calorosa noite de verão cheia de beijos de arrepiar, vinho, vaga-lumes, de um lugar mágico que criamos onde mais ninguém existia e onde nos reconhecíamos.

— Cee? — chama Ryan novamente, e tento me situar.

— Desculpe.

Pigarreio, sentindo o fogo lamber a lateral do meu rosto e descer pelo meu pescoço. Não olhei para Tobias, mas a sala de reuniões inteira crepita com energia desde que ele entrou.

— No próximo ano — continuo —, não apenas teremos dado aos funcionários incentivos para ficar, como criado espaço e orçamento para *doze* novos cargos de supervisão.

— Já tenho planos em andamento.

É a primeira vez que Tobias se manifesta, e meus olhos se erguem para os dele.

— Só queria dar algumas opções. Esse é o meu trabalho.

Ele não perde tempo ao responder.

— É o meu há muito mais tempo. É só isso?

— Ok, deixe-me formular melhor — retruco. — Vamos seguir em frente com o plano B.

Ryan se pronuncia, dando uma alfinetada em Tobias.

— É uma das condições do contrato.

Tobias não dá nem uma olhada em Ryan e me encara fixamente.

— Estou criando empregos, não arruinando seus planos.

— Há controvérsias — rebate ele, e se levanta.

— Ainda tenho quinze minutos — contesto.

Tobias percorre meu terno justo com o olhar. Talvez eu tenha gastado um pouco mais de tempo do que o habitual para me arrumar esta manhã.

— Está fazendo o que bem entende, por que importa se estou aqui?

— Sua presença nestas reuniões também está no contrato — rebate Ryan.

Tobias finalmente direciona o foco a ele. O resultado não é nada agradável.

— Vai lamber a sola do sapato dela quando ela acabar aqui?

— Ela não tem fetiche em pés — retruca Ryan, com um sorriso seguro.

Tobias olha para mim, a expressão é o bastante para me condenar. E agora ele sabe que eu dormi com meu advogado. Encaro Ryan, que dá de ombros, me dando uma olhada minuciosa e apreciativa que Tobias não deixa passar.

— Cavalheiros, guardem seus pênis na cueca e respirem — disparo. — Isso não é sobre quem tem mais autoridade aqui. É sobre milhares de trabalhadores, seus futuros e o que é certo para eles. *Eu* não preciso estar certa. Vamos apenas chegar a um acordo sobre o que é melhor para *eles.*

Shelly se manifesta.

— Concordo. O que temos planejado é muito semelhante; vou cruzar nossa prospecção com o que vocês têm e podemos trabalhar juntos para resolver os problemas.

— Não é sua vez de falar — repreende Tobias.

— Eu não lambo botas nem puxo sacos, sr. King, por isso que você me contratou. — Ela nem pestaneja. — Cecelia, acho essa ideia brilhante, e como *eu* vou reunir as informações e passá-las para as massas, adoraria ouvir os últimos catorze minutos da sua apresentação.

Mordo o lábio para esconder meu sorriso, e os olhos de Tobias se estreitam para Shelly, então ele se senta.

— A palavra é sua — afirma ela.

Praticamente consigo ouvir os pensamentos dele: *sua vez.*

Ryan ri, e ele e Tobias se encaram por um segundo antes de ambos voltarem os olhares de expectativa para mim.

E este é só o primeiro dia.

Puta merda.

37

Pouco depois da reunião, quando Tobias entra no escritório em frente ao meu, do outro lado do corredor, não consigo conter o sorriso. Janelas que vão do chão ao teto nos dão pouca privacidade, então ele não pode evitar me ver durante o expediente. Sinto sua hesitação à medida que Shelly o orienta na configuração da estação de trabalho dele. O calor em seu olhar me atinge, e ele finalmente se acomoda na cadeira. A transição de corporação para associação não se trata apenas de assinaturas nem é algo que vai ocorrer do dia para a noite. Levará semanas de planejamento cuidadoso para resolver os detalhes, e pretendo usar esse tempo com sabedoria.

Ele não pode me evitar. Mas com certeza vai tentar. Horas depois, duelamos no teclado, e, de vez em quando, sinto o levantar da cabeça e o peso do olhar de Tobias. Ele passou o dia todo com a porta aberta ouvindo minhas conversas ao telefone. Tenho assuntos pendentes para resolver antes de entregar completamente a ONG para Collin, que também não está falando comigo. Ele fez a assistente me enviar um e-mail com perguntas sobre assuntos urgentes. E eu entendo. Sério. Mas ainda dói.

Ryan ficou plantado no escritório ao lado do meu durante a maior parte do dia, e a tensão que sinto se intensifica conforme as horas passam. Mas sigo em frente, determinada a usar todas as minhas ferramentas para tornar a transição suave e benéfica para os funcionários. Porque já estive, literalmente, no lugar deles. Ryan vai até a copa pegar mais uma xícara de café. Eu estalo o pescoço e olho para cima. Observo Tobias trabalhar com afinco no laptop. Os ombros dele ficam tensos no momento que ele nota meu olhar, mas continua em um ritmo constante. Está usando um terno listrado que o faz parecer régio, como um gângster das antigas. É muito apropriado. Ele está tão perfeitamente engomado que parece deslocado neste buraco em que fomos colocados. O andar de baixo tem um cheiro característico de mofo, e os azulejos do teto estão carregados com água residual e manchados de marrom. Decido enviar um e-mail para Shelly para ver se encontramos espaço no orçamento para uma pequena reforma. No instante em que envio, Ryan volta ao escritório, nosso café esquecido.

— Cee, pegamos ele. Jerry Siegal.

Franzo a testa quando a cabeça de Tobias se ergue, e Ryan me entrega o celular. Tento falar, mas Ryan mexe a cabeça, insistindo para eu colocá-lo no viva-voz.

— De jeito nenhum, eu não vou perder isso.

E eu não posso negar. Estamos trabalhando nisso há um ano inteiro. Sentindo os olhos furiosos do homem do outro lado do corredor, afasto a sensação ruim que me causa, relutante em deixá-lo me afetar, e aperto o botão do viva-voz.

— Jerry, como vai?

— Sua vadia desgraçada — rosna Jerry, do outro lado da linha, e Tobias se levanta e caminha até a porta do meu escritório.

Viro as costas para ele e começo a andar devagar atrás da minha mesa, assim que Shelly entra com os braços cheios de pastas.

— Não seja estraga-prazeres, Jerry. Você nem vai para a cadeia. Pode levar a coitada da sua esposa para uma longa viagem. Acho que ela está precisando, depois do quê? A segunda tentativa de suicídio este ano? Você realmente devia passar mais tempo em casa.

— Vou acabar com você, Horner.

Olho para Tobias, cujos olhos estão faiscando, e dou um sorriso irônico.

— Receio que vai ter que entrar na fila, que é longa. Está crescendo a cada minuto.

Ryan se senta na cadeira ao meu lado, exibindo um sorriso sarcástico, enquanto Jerry continua o falatório.

— Não basta seu pai ser uma cobra...

Faço um gesto de indiferença com a mão, embora ele não possa me ver.

— Roman percebeu que você era um idiota e investiu em você por ser uma presa fácil. Então, em vez de lamber as próprias feridas, inovar e voltar como um adversário mais digno, você decidiu superá-lo e se tornou um desperdício de espaço humano ainda maior. Aposto que seu celular está tocando agora com investidores prontos para desistir. Talvez seja melhor usar esse tempo de forma sábia em vez de fazer ameaças vazias.

— Eu vou...

— Como eu disse, vai ter que entrar na fila. — Apoio as mãos na mesa e olho diretamente para Tobias. — E vamos deixar uma coisa bem clara. Eu não sou meu pai, e não sou a filha dele. Mais uma ameaça sua, e vou concluir o trabalho que ele falhou em terminar.

Desligo, enquanto Ryan balança a cabeça e se levanta; trocamos um olhar divertido, então explodimos em risadas.

— Conseguimos — diz ele, radiante.

— Não teria conseguido sem você — respondo. — Tudo bem. Agora você sabe o que fazer. Só garanta que estejamos protegidos.

— Deixe comigo — responde Ryan, vestindo o casaco. — E vou pegar uma garrafa para gente. Algo chique. Aquele vinho francês que você gosta. Como é mesmo o nome?

Eu engulo em seco, evitando olhar para Tobias.

— Louis Latour, mas não vai encontrar aqui.

— Vou ver o que consigo — garante ele.

Não perco a saudação atrevida que Ryan e Tobias trocam ao se cruzarem. Finalmente olho para Tobias, que se destaca na porta, parecendo prestes a pegar fogo. Eu quase tinha esquecido de Shelly, que nos observa dos bastidores, logo atrás dele.

— Não faço ideia do motivo de ter entrado aqui, então vou aproveitar a deixa para sair.

Assim que ela está fora de vista, Tobias entra e bate a porta com tanta força que as janelas tremem.

— Que merda você pensa que está fazendo?

— Meu trabalho.

— Cecelia, não mexa com Jerry...

— Ah, mas você estava mexendo com ele. Estava agindo. Eu o superei. Você deveria ficar e celebrar conosco.

— Ele não é o cara...

— Ele é exatamente o cara — argumento. — O *cabeça*, não o pé. Suas palavras. Eu sei o que estou fazendo. Tenho todas as informações de um caso federal sendo enviadas para a mesa dele agora mesmo para garantir que eu viva mais um dia para lutar. Se algo acontecer comigo, com qualquer pessoa dentro da minha empresa ou com outros próximos a nós, ele vai apodrecer na cadeia para o *resto da vida*.

— Isso é perigoso pra caralho — retruca Tobias, dando dois passos para dentro, apoiando a ponta dos dedos grossos na minha mesa.

— Sei que estou acumulando inimigos. Faço o que for necessário para garantir minha segurança e a segurança daqueles que trabalham para mim. Mas isso é meu trabalho paralelo e não é da sua conta. E quem é *você*, entre todas as pessoas, para me dar sermão sobre o que eu faço às escondidas?

— Eu dei aquela informação para você como um gesto de confiança — argumenta ele.

— O antigo sócio do meu Querido Papai precisava ser neutralizado, Tobias. Então usei a informação para o bem. Você não pode me dizer que não sabia o que tenho feito todo esse tempo.

— Eram peixes pequenos.

— Só os peixinhos que você conhecia — rebato. — Os que eu alimentava de propósito para você. Quando se trata de mim nos dias de hoje, você *não sabe de tudo*. Não mais.

— Jerry não é só o cabeça, Cecelia. Ele é também o pescoço. Você não pode quebrar o pescoço e esperar que...

Franzindo o cenho, balanço a cabeça.

— Eu *espero* oposição. Espero alguém que vá me superar. E, em algum momento, alguém vai — repito as palavras dele de anos atrás. — Também estou ciente de que o que eu não sei *vai* me machucar. Mas estou jogando o jogo, estou no tabuleiro, Tobias, há anos. Não preciso nem quero sua permissão para fazer isso. E com certeza não quero seus conselhos. É minha decisão quais cabeças caçar.

— Você está pedindo por uma guerra.

— Eu a declarei há muito tempo e já estou em batalha. Saí atirando porque é a única maneira de fazer isso. Estou desempenhando meu papel.

Segundos se passam enquanto encaramos um ao outro, e, por um segundo, juro que vislumbro certo orgulho nos olhos dele.

— Foi isso que você viu na sala de reuniões do seu pai anos atrás.

Eu assinto.

— Sonhei mil sonhos, mas este foi o primeiro.

— Você não me contou.

Ele tem a audácia de soar magoado.

Contorno a mesa e cruzo os braços, apoiando-me na borda ao seu lado.

— Sinto muito se não é o papel que você escolheu para mim quando me mandou embora para viver alguma outra realidade fictícia. — Bufo com desprezo. — Que vida exatamente você enxergou para mim depois que saí daqui? Uma garagem para dois carros, uma cerca branca, um balanço de pneu no jardim? Vou ter tudo isso quando estiver pronta, mas, por enquanto, assumi minha posição. E *aquela* cabeça era *minha*. Tenho provas de que foi Jerry quem enviou o grupo de Miami.

— Meu Deus.

Tobias cerra os punhos na testa.

— Reclame com quem quiser, mas não venha me dar sermão sobre o que é perigoso. — Eu me afasto da mesa. — Fiz amizade com o perigo. Estamos íntimos agora. Nos deitamos juntos na cama. A Beretta na minha bolsa tem balas *de verdade*. Paguei com dinheiro *de verdade*. No *meu clube*, sabemos o valor da inteligência de uma mulher. E *foda-se* a fortaleza, quero que eles vejam quem os está derrubando.

Tobias me agarra pelo pescoço, os olhos percorrendo meu rosto.

— Quer um tapinha nas costas? Quer minha aprovação por fazer movimentos estúpidos?

— Não foi um movimento estúpido. Só não foi o seu movimento. — Estamos tão próximos que qualquer pessoa que entrasse sentiria a eletricidade entre nós. Estendo a mão para trás para soltar seus dedos um por um, e ele permite. Eu me afasto. — Fique tranquilo, sr. King, essa foi minha última jogada por um tempo. Tenho pensado muito sobre meus outros sonhos.

Ele observa o anel de noivado em meu dedo e se vira antes de abrir a porta e marchar até o próprio escritório. Confusa, eu o vejo rasgar uma caixa antes de apagar a luz. Um segundo depois, volta ao meu escritório e larga uma garrafa de Louis Latour na minha mesa.

— Acho que devo lhe dar os parabéns.

Não me dou ao trabalho de corrigi-lo.

— Imagino que você não tenha um saca-rolhas aí.

Ele se inclina para mim, o tom de voz é letal.

— Se você continuar ferrando comigo, Cecelia, vou fazer isso doer.

Dou de ombros.

— Claro que vai.

Ele se vira e sai da minha sala, sumindo de vista.

Sentada à mesa, girando o anel no dedo, encaro o vazio escuro do escritório dele. Que, no dia seguinte, permanece vazio.

38

— Horner — chama o guarda assim que completo minha quarta hora atrás das grades.

Através de uma pequena janela, Ryan me observa assinar pelos meus pertences e os coloco em um saco plástico, depois sou liberada por outra porta. Quando estamos do lado de fora, ele começa a palestra.

— Que porra você está fazendo?

— Como assim? — pergunto, apertando meu casaco firmemente ao redor do corpo.

— Não se faça de idiota. Você foi presa por ultrapassar os cem quilômetros por hora em uma zona onde o limite era cinquenta e pega com quase trinta gramas de maconha. Que nome dá a isso?

— Uma tarde de quinta-feira fantástica?

— Isso não é engraçado!

— Depende de para quem você está perguntando. — Franzo a testa. — E era uma maconha boa pra caramba. Talvez eu tenha que dar mais uma passada naquela mercearia.

Ryan me encara como se eu tivesse acabado de atirar nele.

— Só estava me sentindo nostálgica.

— Quem diabos é você? — pergunta ele, me olhando com suspeita.

— Relaxa, você vai fazer com que as acusações sejam retiradas. Nem registraram minhas impressões digitais. Foi um jogo de poder. Ele queria mandar uma mensagem.

— Você quer dizer...

— Shhh — digo, rindo, olhando rapidamente para os lados. — Não ouse dizer o nome dele.

— Cecelia, isso não é engraçado. Eu pesquisei sobre ele. Tobias é dono de metade desta cidade, incluindo o hotel onde estou hospedado.

— Da polícia também. Eu sei. E pedi a você especificamente para *não* fazer isso.

— Então, você sabe da Exodus Inc...

— Bastante.

— Ele é um jogador mais perigoso do que Jerry era.

— Palavra-chave para o Jerry: *era* — retruco.

— Eu não confio nele.

Ryan segura meu cotovelo e me acompanha até o estacionamento. Fico séria.

— Eu também não.

— Então por que está cutucando esse vespeiro?

— Eu já falei, ele me deve.

— Ele mandou você para a cadeia. Não acho sábio planejar cobrar o que ele deve a você.

— Vou cobrar, sim. Você não está vendo que está funcionando?

— Ah, claro que está — responde ele, em tom sarcástico.

— Tobias é diferente. Mas preciso que você confie em mim.

— Esta cidade está começando a me dar nos nervos.

— Sentindo olhares em você por toda parte, hein?

— Não é engraçado.

— Ah, é um pouco. Eu o tenho exatamente onde quero.

— Você o quer irritado?

— Exatamente.

— Espero de verdade que saiba o que está fazendo.

— Eu sei. Mais ou menos.

Ele suspira.

— Consigo retirar a acusação por porte de drogas e reduzir a multa para algo menos criminal, mas você não vai recuperar o carro.

Paro de andar.

— O quê?

— Havia uma van na estrada, e eles a acusaram de corrida ilegal. Vão rebocar seu Audi por no mínimo trinta dias. Talvez eu consiga anular as acusações, mas, em cidades pequenas como esta, vão encher você de multas só para atingirem as metas.

— Tudo bem.

— Não está tudo bem, aquilo foi completamente irresponsável. O que você está fazendo? — pergunta ele ao me guiar até o carro. Faço que vou pegar as chaves, mas ele balança a cabeça. — De jeito nenhum. Você tem sorte de ainda estar com sua carteira de motorista.

— Tudo bem.

Suspiro e entro quando ele abre a porta do passageiro.

— Você não é assim. O que está acontecendo?

— Desculpa, pai. Vamos só pagar as multas, eu dou um jeito de arrumar outro carro.

— Já reservei um carro de aluguel. Mas, Cee...

— Eu tive um lapso — admito, timidamente. — Foi idiota. Mas acabou.

Ao volante, ele me observa com cuidado.

— Você tem tido esses *lapsos* desde que chegamos aqui.

— Eu sei, tá legal? Eu sei. Só tenho me sentido um pouco inquieta ultimamente.

— O que aconteceu aqui?

— Muita coisa para explicar e inacreditável demais para você imaginar.

Eu me viro para ele, resignada. Confiaria minha vida a Ryan. Ele foi a única pessoa que me ajudou no meu projeto paralelo de derrubar os mais notórios. Provou ser digno de confiança incontáveis vezes.

— Será que vou mesmo perder você?

— Vai. Responda à pergunta.

— Eu respondi, antes de você pedir demissão.

— É por causa desta merda aqui que eu não vou mudar de ideia.

Ele dá partida no carro e arranca, me levando em direção à casa do meu pai.

— Eu não quero voltar para lá.

— Foda-se. Você precisa pensar no que está fazendo. Praticamente declarou guerra a um homem que só fica a encarando.

— Não tinha percebido. — Observo os agrupamentos de pinheiros passarem em um borrão pela janela. — Desculpe pelo transtorno.

— Tudo bem, Cee, só estou preocupado.

Ryan olha para mim.

— Só me diga como posso ajudar a resolver o problema *real*.

— Você não pode. Ninguém pode. Ele sabe o que eu quero, e até que resolva me dar, estou presa neste limbo. — Cubro o braço dele com minha mão sobre o console. — Você pode ir para casa. Eu estou bem aqui agora. Preciso levar isso até o fim.

— Olha o que acabou de acontecer. Acha que vou deixar você lidar com isso sozinha?

— É a única maneira de lidar com isso — digo, resignada. — Está na hora, Ryan. Tenho que fazer isso eu mesma.

Eu me viro para a paisagem em movimento e percebo que já estamos na longa estrada de volta para casa.

— Nossos negócios estão concluídos; agora é tudo pessoal.

Sinto seus olhos azuis em mim, mas decido não lhes dar atenção. Ryan se aproxima do portão, e eu digo o código. Ele assobia em admiração conforme nos aproximamos da casa.

— Casa legal.

— É uma mentira do caralho.

Ele franze a testa.

— O que quer dizer?

— Quero dizer que não há vida dentro daquela casa. É assombrada. Quer um tour?

— Quero, mas não vou.

— Por quê?

— Porque vou tentar te beijar. E você não vai deixar.

— Ryan...

Ele agarra o volante, irritado.

— Eu odeio isso. Odeio o fato de ter que ir para casa e procurar outro emprego. — Ele se vira para mim. — Mas eu vou. E vou encontrar outra mulher para amar. Uma mulher mais bonita, mais inteligente, uma mulher que não está apaixonada por outra pessoa. Deve ser fácil — diz ele, de um jeito sarcástico.

Eu me inclino e o beijo na mandíbula.

— Você vai encontrar, Ryan. Sei que vai. Não desista. E quando estiver um pouco menos ressentido e amá-la muito mais, por favor, me ligue. Já sinto sua falta.

— Você tem certeza?

— Tenho. Eu tenho a mim mesma. Você fez seu trabalho.

Ele balança a cabeça.

— Isso não parece certo. Eu posso esperar.

— Estou sob a proteção dele aqui. Ele não vai admitir fácil, mas você não precisa se preocupar com minha segurança. Confie em mim. Eu não estou preocupada. Vá para casa. Procure um emprego, mas aceite um salário até conseguir outro. Conheço alguém que precisa muito de você.

— Não vai ser a mesma coisa.

— Collin precisa de você mais do que eu agora.

Ele assente.

— Você sabe como me fazer sentir culpado, Cee. — Ryan passa a mão pelo rosto. — Porra, parece que minha banda está se separando.

— É a vida. As pessoas vêm e vão. Mas não quero perder você para sempre. Não você, Ryan. Me promete que, lá na frente, você vai me procurar.

— Prometo. Estava pronto para ver você se casar com outro cara. Eu juro que estamos bem. — Ele passa as mãos pelo volante e volta o olhar abatido para o meu. — Eu tinha que tentar, né? É por isso que você está aqui?

Assinto. Uma parte do meu coração se quebra. Este é o estrago que eu causei só por aparecer em Triple Falls. Por libertar Collin. Outra vítima para somar às consequências do meu coração impulsivo.

— Eu amo você — diz ele, com segurança. — Apesar de tudo.

— Também te amo.

Derrotado, ele joga a cabeça para trás no encosto e se vira para mim.

— Agora sai do meu carro, você está fedendo à maconha e irresponsabilidade adolescente.

Sorrindo com lágrimas nos olhos, desço do carro e encaro a casa.

Ao perceber minha hesitação, Ryan diz:

— Ele ama você, sabia?

Eu me viro para ele.

— Não que eu esteja incentivando essa merda, porque quero deixar claro que eu o odeio. Tobias é um idiota metido a francês. Mas nenhum homem fica tão puto assim por uma mulher que não significa nada pra ele. Ele só está lutando contra.

— Obrigada por isso.

— Eu lhe desejaria sorte, mas o filho da puta está frito.

Se ao menos isso fosse verdade. Talvez assim todas as minhas renúncias valessem a pena.

— Me liga quando pousar?

— Mando uma mensagem.

Ele baixa o olhar, e eu me afasto do carro.

Ryan está na minha vida há anos, e eu não consigo nem imaginar não o encontrar regularmente. Desfiz minha vida, minha empresa. Pessoas que amo e para quem trabalho por causa de um maldito pesadelo, por causa de um passado do qual não consigo escapar. E meu ressentimento só cresce.

A gravidade da situação me atinge quando fecho a porta do passageiro e ele parte dirigindo, me concedendo a liberdade, conforme minha solicitação, de enfrentar isso sozinha.

Sua vez, sr. King.

39

Nos quatro primeiros dias da semana seguinte, Tobias decide aparecer depois de faltar a todas as reuniões matinais, mas me evita a todo custo, trancando-se no escritório. Nem me dou ao trabalho de confrontá-lo, porque é inútil. Apesar de ele querer me evitar, Shelly e eu passamos horas intermináveis revisando as finanças e os programas a serem implementados. E, no geral, conseguimos avançar bastante. Se eu partisse agora, tenho certeza de que ela daria conta do recado. Tobias tem trabalhado em projetos semelhantes durante toda a carreira, mas ainda não acabei aqui, e é minha lealdade aos trabalhadores que me manterá até o fim. No entanto, o fato de ele me evitar com tanta maestria torna minha missão ainda mais difícil. Mesmo nos dias em que mantém o escritório lacrado, consigo sentir seus olhares curiosos e o peso que carregam. Não faço ideia do que vou ter que fazer para obter minhas respostas, mas, quanto mais o tempo passa, mais começo a acreditar que nunca as conseguirei. Minha raiva só aumenta.

Desesperada por um rosto familiar, estaciono o carro alugado e saio, trancando-o antes de ir até a porta do local conhecido. Um sino tilinta quando chego.

— Já vou — grita ela do provador.

A loja está diferente — recém-reformada, com tinta fresca nas paredes e um logotipo novo e melhorado. Enquanto caço alguns vestidos para comprar, determinada a ajudá-la a atingir a meta do mês, sorrio. É bom saber que algumas coisas não mudaram.

Tessa aparece, focada na mulher no provador.

— Vamos experimentar um tamanho maior. — Ela se vira para mim. — Fique à vontade para dar uma olhad...

Ela para no meio do caminho ao me ver na loja.

— Oi, Tessa. Já faz um tempão — digo, com um sorriso, e dou um pequeno aceno.

Ela baixa o olhar. Morde o lábio, então passa por mim para chegar a uma arara. Quando encontra o tamanho de vestido que procura, volta os olhos para os meus.

— Como você está, Cecelia?

Recupero meu sorriso, perplexa com a recepção. Será que ela está brava porque fui embora sem me despedir? Não é como se fôssemos melhores amigas. Nunca nem saímos juntas.

— Estou bem. Vou ficar na cidade por algumas semanas e quis passar para ver como você está.

Ela abaixa o queixo.

— Ótimo. Me dê um segundo.

Talvez eu tenha criado expectativas demais, mas a reação dela estava longe do que eu esperava. Em dúvida, examino uma arara, pegando alguns vestidos no meu tamanho até que ela reaparece. O cabelo está um pouco mais comprido, mas Tessa parece a mesma. Com curvas nos quadris, mas ainda uma loira deslumbrante de olhos azuis. Está um pouco bronzeada, apesar do inverno. E, antes de me ver, parecia... feliz. Ela se aproxima de mim, um pouco mais baixa, e me aborda com um tom sem vida.

— Então, para quem vamos vestir você hoje?

Franzo a testa.

— Eu mesma. Não venho aqui há anos e realmente queria ver você, dar uma passadinha e pegar alguns vestidos. Adoro as roupas da sua loja. Como estão os negócios?

— Os *negócios* vão bem há *muito* tempo. — As palavras são carregadas de desprezo. Sinto a facada, enquanto ela me observa. — Você está... incrível.

— Obrigada.

Quase penso em transformar minha resposta em uma pergunta.

— Você sempre foi deslumbrante.

Ela não diz isso como um elogio. Não estou mais magoada, estou ofendida. E não sou mais tão evasiva como costumava ser.

— Tessa, fiz alguma coisa para...

— Estou pronta, Tessa — chama a mulher que estava no pequeno provador. — Venha ver o que você acha.

Tessa me olha de cima a baixo, então desvia o olhar.

— Algumas pessoas simplesmente não sabem quando desistir — resmunga ela. — Volto logo.

Por um momento, penso em me esconder antes que ela volte.

A última coisa de que preciso é outro confronto com alguém que já considerei uma amiga. Mas o jeito que Tessa está me encarando... é como se eu estivesse estragando completamente o dia dela.

Escolho mais alguns vestidos enquanto Tessa atende a mulher. Chego ao balcão com os braços cheios, e ela passa minhas compras. Tessa embala os vestidos, e o diamante em seu dedo chama minha atenção, então eu entendo.

Ah, carma, seu filho da puta traidor.

Quando tentei juntá-la com Tyler anos atrás, a estava empurrando para o cara errado.

— Tessa...

— Não foi o Tyler que entrou na minha loja depois que você foi embora. Meu sobrenome é Roberts agora — diz ela, levantando olhos azuis mordazes para os meus. — Demos ao nosso filho o nome de Dominic. Ele vai fazer quatro anos na próxima semana. Baily tem dois. O nome dela é em homenagem à avó dele. Mas você nunca chegou a conhecê-la, né?

Lutando contra o nó na garganta, balanço a cabeça, e a esposa de Sean estende a mão.

— Fica cento e setenta e três dólares.

Mexo na bolsa e entrego o cartão, que ela passa.

— Tessa, eu não sabia que...

— Muitas vezes, me perguntei o que diria a você se um dia voltasse aqui. — O tom dela já não está mais carregado de acusação, mas sim de curiosidade. Ela contorna o balcão com a sacola na mão. — Acho que não deveria me importar com o fato de que você o conquistou primeiro, porque ele é meu daqui para frente.

Não há vestígios de medo ou malícia em sua voz. Ela parece se sentir confiante em relação ao casamento.

— Estou muito, muito feliz por vocês dois.

Mordo o lábio, e ela me entrega a sacola.

— Você deveria pegar outro vestido na saída, por minha conta. É o mínimo que posso fazer. Afinal, você é a razão pela qual tenho minha família.

Com as emoções em conflito, desvio o olhar. O que posso responder? Não há nada a dizer. Sinto-me mais como uma estranha do que nunca.

A esposa de Sean.

Ela provavelmente está a par de mais segredos do que posso imaginar. Sem palavras, com a sacola na mão, me viro para sair, mas ela me impede ao falar:

— Desculpa, Cecelia. Você não merecia isso. Mas simplesmente não consigo olhar para você sem pensar no começo. — Tessa solta um suspiro pesado. — Levei muito tempo para me aproximar dele. Em certo ponto, quase desisti. E quando descobri que era você quem... — Nossos olhos se encontram. — Acho que comecei a sentir um pouco de inveja de você e do seu papel na vida dele. Todos aqueles dias, eu escolhia vestidos para... — Ela balança a cabeça como se estivesse apagando as memórias e dá de ombros, mas eu entendo. — Cidades pequenas podem ser cruéis, sabia? Mas isso foi há muito tempo. Não posso culpar você por ter estado com ele, posso?

As lágrimas ameaçam cair quando volto meu olhar para ela e imagino sua luta para construir algo com um homem que se fechou devido à perda do melhor amigo e da mulher que ele sentia tê-lo traído.

— Não sei o que dizer. — A culpa me consome, e Tessa me dá um aceno solene. Seguro a maçaneta da porta. — Você deve saber que não represento ameaça alguma. Eu nunca faria...

— *Ele* nunca faria — corrige ela, com confiança. — Mas ele não é o motivo de você estar de volta.

Ela sabe.

Ela conhece minha história. E eu poderia dar uma série de razões para minha repentina aparição que não têm nada a ver com o marido dela, mas Tessa não é boba e não está atrás de vingança.

— Cuidado, Cecelia. Você sabe muito bem que nem tudo é o que parece ser.

Não é uma ameaça. São palavras de precaução vindo de uma velha amiga. Ela está me dando uma chance, e eu aceito. Não está me ameaçando, mas claramente não está confortável com o fato de eu estar aqui.

E ela não é a única.

Ao abrir parcialmente a porta, digo a única coisa que posso enquanto sinto o vento de inverno me açoitar.

— Se cuida, Tessa.

40

Adentro o bar lotado, escuro e úmido. Estou mergulhada em uma enxurrada de lembranças. O lugar não mudou muito. As mesmas mesinhas redondas e cadeiras baratas de madeira estão espalhadas. As paredes brilham com uma série de letreiros de neon. A única adição é um palco forrado com carpete fino e uma máquina de karaokê ao lado da jukebox.

— Cecelia?

Atrás do balcão, Eddie me examina. Eu o cumprimento com um sorriso, e os vislumbres do passado voltam. "The Boys of Summer", de Don Henley, flui da jukebox, como se me desse as boas-vindas de volta àquele tempo, neste lugar. A letra assombrosa, apropriada, me envolve, e mergulho de volta na história que vivi aqui.

— E aí, Eddie.

— Você não deveria estar aqui — diz ele quando me aproximo do bar. — Ele não vai gostar.

Nem preciso perguntar quem é *ele*.

— É, mas tenho um problema com a gerência e acho que está na hora de resolvermos isso. Vou querer um Jack & Coke.

Ele balança a cabeça devagar ao secar uma caneca de cerveja.

— Não vai mesmo me servir? — Solto um suspiro de frustração. — Sério, Eddie? Eu pensei que éramos amigos.

Eu deveria ser mais esperta agora. Estou mesmo marcada como uma adúltera. Saí da loja de vestidos de Tessa me sentindo como a Prostituta da Babilônia. Pelas reações das pessoas com as quais costumava me sentir mais segura, fui reduzida a nada além de uma antiga tiete da irmandade.

— Você não deveria estar aqui, Cecelia — repete ele.

— Não se preocupe. Eu trouxe o meu.

Puxo minha garrafa de uísque meio vazia da bolsa e a levanto para mostrar a ele.

— Não pode beber isso aqui.

Pesco a carteira e coloco cem dólares na mesa.

— Então me dê uma.

Relutante, ele puxa uma garrafa de Jack Daniels e um copo de trás do balcão, e eu deslizo o dinheiro em direção a ele, que balança a cabeça, recusando.

— Obrigado, Eddie.

— Ele vai pegar no meu pé por causa disso.

— Mas você é bom em guardar segredos, não é?

Ele resmunga, e eu empurro o dinheiro na direção dele novamente.

— Troca para mim?

Ele pega as notas na gaveta do caixa. Deixo algumas das notas menores no pote de gorjetas.

— Bom ver você também.

Ergo a garrafa e o copo, e ele se afasta para atender um homem sentado no bar enquanto me observa com um olhar de aviso.

Um aviso que eu ignoro.

Deposito minhas coisas na mesa mais próxima da jukebox e, com o copo na mão, procuro pela lista interminável de músicas, pausando quando encontro a que quero.

"Keep on Smilin", de Wet Willie. A música que Sean e eu dançamos na rua. No dia seguinte ao do festival, eu a procurei e a mantive no replay por dias, revivendo aqueles breves minutos que passamos juntos antes de ele me abandonar sem dizer uma palavra.

E eu acabo de ter um encontro desagradável com a esposa dele.

Sua linda esposa, com quem ele tem dois filhos.

Tomo um gole generoso de uísque, tentando apagar um amargor com outro. Por que cacete sou *eu* que preciso pagar o preço mais alto pelo nosso passado?

Porque a vida é assim.

Porque eu sou a vilã.

Porque sou aquela que está invadindo o presente com meus problemas do passado.

Digito os números e olho ao redor do bar praticamente vazio, então tiro o blazer e me sento.

Quando a música começa a tocar, meus olhos imediatamente se enchem de lágrimas.

Não posso procurá-lo agora, e estou apavorada com a possibilidade de dar de cara com ele. Aterrorizada com a recepção dele. Se for tão escaldante quanto a de sua linda esposa, não sei se vou sobreviver. A água que nos separou anos atrás agora está rançosa, turva e irreconhecível. Não há como atravessá-la ou contorná-la.

Não posso voltar para lá. E não posso seguir em frente sem minhas respostas. Brinco com o anel de noivado em meu dedo e decido guardá-lo amanhã de manhã. Vai ser o passo mais doloroso no processo de me desapegar do meu futuro — e de Collin — antes de fazer as pazes com o passado. Mas essa é a ordem das coisas, e está na hora. Não voltei para me afogar. Voltei em busca do meu impulso para a superfície. Perdida em pensamentos, sinto um perfume masculino, e então uma voz familiar sussurra ao meu ouvido.

— Me concede essa dança?

Viro a cabeça e fico boquiaberta quando a ficha cai.

— Tyler?

— Oi, Cee — cumprimenta ele, em um tom suave, com os olhos cheios de carinho ao parar na minha frente, muito mais alto que eu, as mãos sobre a mesa.

Cambaleando para trás, pulo da cadeira e me lanço para ele, que me pega com facilidade, me envolvendo em um abraço apertado.

Abraço-o tão forte que ele solta uma risadinha de surpresa.

— Quase não reconheci você de terno.

— Oi, garota, oi — diz ele, apertando ainda mais o abraço.

Eu me afasto, notando o brilho nos olhos dele, e lágrimas brotam nos meus.

— Você não faz ideia de como estou feliz em te ver.

Ele sorri.

— Está dez vezes mais letal do que quando a conheci. Você está incrivelmente bonita, mulher.

— Obrigada — digo, observando-o com atenção. Ele tem uma cicatriz no queixo agora. É branca, antiga. Passo meu dedo sobre ela. — O que aconteceu?

— Cicatrizes de guerra — diz ele, e eu me pergunto se está relacionada com a última vez em que o vi, mas não ousaria perguntar.

Ele tira o casaco e se senta.

— Não posso ficar muito tempo.

— Vai uma bebida?

Despejo um pouco do uísque no meu copo e o empurro na direção dele. Não me importo de ter que pagar para ter alguns minutos com um velho amigo.

Ele pega o copo e vira o líquido de uma vez, sem tirar os olhos de mim.

— Você sabe que ele está vindo para cá, né?

— Não sei. Provavelmente nem vai se dar ao trabalho. Ele anda fazendo de tudo para me evitar. Só quero uma conversa, e nem isso ele me dá.

— Sua presença aqui é perigosa, Cee.

— Meu pai está morto — sussurro baixinho. — Tudo está *acabado*. Passei a empresa adiante e estou aqui para amarrar as pontas soltas. Toma mais um gole.

Sirvo mais um copo e o empurro na direção dele.

Ele sorri de lado e aceita o uísque.

— Apesar do aumento da população, Triple Falls ainda é uma cidade pequena. Sua volta é um grande acontecimento. Tem algumas pessoas nervosas.

— Eu mantive a boca fechada, e você sabe disso. Não estou aqui para revelar segredos da irmandade. Estou aqui para conseguir respostas.

— Eu sei disso, e você sabe disso, mas as más línguas, não.

Ele ergue o queixo, e vejo alguns homens espalhados pelo bar nos observando. Encaro os olhares curiosos um por um, depois me viro para Tyler.

— Ah, eu estou ciente. Acabo de ter um encontro com a *sra*. Roberts.

Ele faz uma careta.

— É — digo, dando um gole direto da garrafa. — Foi mais ou menos por aí.

— Então por que você está aqui?

— Para beber?

Ele arqueia uma sobrancelha.

— Beleza — digo, mandando mais uísque para dentro. — Talvez eu esteja aqui para arrumar confusão.

— Cecelia, ele mudou.

— Todos nós mudamos.

Ele gira lentamente o copo na mesa.

— Estaria mentindo se dissesse que não fico feliz em ver você. Mas isso não vai terminar bem.

— Foda-se — digo, batendo a garrafa na mesa. — Foda-se ele. Tobias não é o único que perdeu. Você não acha que eu mereço respostas?

— Você sabe que é melhor não procurar por elas.

— Por quê? Por que *ele* tem que ser quem decide?

— Você sabe por quê.

— Não vou sair daqui.

Ele me olha com preocupação.

— Posso ajudar?

Balanço a cabeça com firmeza.

— Eu mereço respostas dele. Foi ele quem me condenou ao inferno. — Consigo ouvir a raiva na minha voz. — Ele me deve, e não vou embora sem respostas. — Engulo em seco e balanço a cabeça. — Sinto falta deles — digo, levando mais um gole aos lábios. — Estar aqui me fez ficar sentimental e eu sei muito bem que não sou bem-vinda, mas no dia em que você me colocou naquele jipe... — Nossa troca de olhares reflete a dor da lembrança. — Você sabe, mas não imagina como é ficar no escuro durante tanto tempo.

Vejo a culpa nos olhos dele.

— As coisas ficaram muito complicadas. Não queríamos que você fosse envolvida.

— Não pense nem por um segundo que não sou grata por isso. Você salvou minha vida. Dominic... — Faço uma pausa. — Mas isso não muda o fato de que eu mereço respostas.

— Acho que não sou ninguém para dissuadir você. — Ele suspira. — Mas, às vezes, é melhor deixar algumas coisas no passado.

Ele baixa o olhar brevemente e continua a girar o copo.

— Sinto muito por Delphine.

Ele fica bastante sério, então tira a garrafa da minha mão e enche o copo novamente.

— Você me deu um presente quando me levou até a casa dela naquele dia.

Eu só queria agradecer.

As palavras que ele disse em nosso reencontro, anos atrás, quando Tobias e eu estávamos na cozinha. Ele estava me agradecendo por Delphine.

— Vocês voltaram?

Ele assente.

— Tivemos quase dois anos antes de ela morrer nos meus braços. Nem consigo colocar em palavras o quanto esses anos significaram. Ela ficou sóbria e lutou muito. Foi a época mais feliz da minha vida. — Tyler engole em seco, a voz fragilizada. — Mas nunca vou me arrepender. Só tive esse tempo com ela graças a você. Pouco antes de partir, ela me disse que eu a curei. — Seu pomo de adão sobe e desce de um jeito doloroso. — Ela não teve medo.

Uma lágrima escorre pela minha bochecha enquanto ele olha através de mim, para algum lugar do passado, onde estava com ela.

— Fico tão feliz que você tenha vivido isso. — Pego o copo dele e pauso em meus lábios. — Quero a mesma coisa, sabe? Um pouco de paz de espírito depois de tudo o que perdi.

— Estou torcendo por você. Mas vá com calma.

— Estou indo com calma há tempo demais — falo, desafiadora.

Ele se levanta e me dá um beijo na bochecha.

— Tenho que ir.

— Não, por favor, não, fique — imploro. — Compro uma garrafa só para você. Agora sou uma mulher rica. Você ficou sabendo?

Ele acena com a cabeça, piedade envolvendo seu olhar.

— Não olhe para mim assim. Estou bem.

— Se você diz. Por favor, só tenha cuidado.

— Não tenho medo dele.

Ele exibe um sorriso juvenil.

— Você ainda é a mesma mulher absurdamente linda, de língua afiada e cabeça dura de anos atrás.

— Você age como se isso fosse algo ruim.

— Eu realmente preciso ir.

Eu me levanto e o puxo para perto. Tyler me abraça, e eu me ergo na ponta dos pés e sussurro no ouvido dele:

— Senti sua falta também. Quando parti, senti que também tinha perdido você.

— Eu também — sussurra ele, e me solta.

— Por favor, fique. Só mais uma bebida?

— Não posso. Tenho um voo partindo de Asheville em uma hora.

— Você não mora aqui?

Ele balança a cabeça.

— Não moro aqui há anos.

Anos.

— Vai me contar o que anda aprontando?

— Um pouco disso e daquilo.

Reviro os olhos.

— Não sei por que perguntei.

— É sempre melhor se você não souber.

— Eu diria para não sumir, mas não sou idiota.

Ele me puxa para um último abraço, então me solta.

— Desejo tudo de melhor para você, Tyler. Seja feliz, tá?

— Estou aqui para o que der e vier, Cee. *Sempre.*

— Eu sei.

Ele me lança uma piscadinha e, como a maioria dos outros homens da minha vida, desaparece.

Reprimo as emoções, sabendo que estou sendo observada. Servindo mais uma dose, envolvo minha mão no copo levantando o dedo do meio, minha intenção clara para aqueles olhares curiosos, e juro que ouço um riso vindo de alguns deles. Mais um gole e fica mais fácil ignorar os olhares atentos dos homens alinhados no balcão.

Depois de alguns minutos, eu relaxo, balançando ao som da minha música, da música de Sean, e sinto meus membros ficando pesados por causa da embriaguez. Reviro a bolsa, tirando o isqueiro de Sean. Abro e fecho, olhando para o cara mais perto de mim, em uma mesa próxima.

— Ei — digo, com um sorriso.

Ele retribui.

— E aí.

— Olha, sei que pode parecer repentino, mas você sabe onde posso arranjar um pouco de maconha?

Ele sorri e se levanta da cadeira com a cerveja na mão, então caminha até mim.

— Posso conseguir para você — diz ele, os olhos brilhando, enquanto examino seu braço.

Sem tatuagem, e completamente alheio ao fato de que acabou de entrar em um território perigoso.

— É mesmo? Quanto?

— De graça, se você fumar comigo.

Balanço a cabeça, lamentando minha decisão de iniciar a interação. Ryan está certo: estou sendo estúpida e imprudente. Mas, depois de hoje, encontro cada vez menos motivos para me importar. É a expressão nos olhos do estranho que me deixa apreensiva.

— Não é isso que estou procurando.

— Tudo bem. Eu não mordo.

— Bom, *eu mordo*. E estou dizendo não, obrigada. Esquece. Foi uma má ideia.

— Parece uma boa ideia para mim.

— Vai por mim. Não é.

Ele se aproxima, os olhos percorrendo meu corpo, e eu sei que ele não ouviu uma palavra do que eu disse.

— Sério, esquece.

Ele se aproxima, e meu sexto sentido entra em ação, em alerta.

— Estou falando sério. Fica longe.

— Para, vai — diz ele, colocando a cerveja na minha mesa e se inclinando em minha direção com um olhar claramente pervertido. — Estamos só nos conhecendo.

— Jack — fala Eddie, de trás do balcão —, vai por mim, é melhor não mexer com ela.

— É, Jack — digo, sentindo um leve, senão inexistente, formigamento surgir de ambos os lados da minha espinha. — Você deveria ir embora.

Jack olha para Eddie e depois para mim e recua, ponderando o aviso. Ele pega sua cerveja, mas é tarde demais. De pé, na entrada do bar sujo, está o mais letal e belo dos demônios, e ele trouxe o inferno consigo, há chamas dançando em seus olhos.

41

Eu me levanto devagar, a cadeira arrastando no chão atrás de mim, e me preparo para a batalha.

— Jack, tem uma saída atrás do banheiro — sussurro, com a voz rouca. — É melhor você correr para lá.

Jack fica paralisado, e a ameaça entra em ação. Com a cabeça baixa, o demônio vestido de Armani se aproxima de nós como uma nuvem que parece criar o próprio vento, os braços musculosos estendidos, os movimentos ameaçadores mal perceptíveis enquanto mesas de coquetel começam a voar e explodir de ambos os lados do seu corpo.

Flip. Flip. Flip. Flip. Flip. Flip.

Mesas dão cambalhotas e se transformam em estilhaços como se comandadas por alguma força invisível, e ele avança em minha direção com uma promessa de castigo nos olhos, deixando apenas destruição em seu rastro.

Ah, merda!

Nunca o vi tão furioso. Aterrorizada, me viro para Jack.

— Meu Deus! Some daqui!

Jack está branco como um lençol e se vira para correr para o corredor escuro que leva à saída. Engulo em seco, agradecendo pelo álcool que corre em minhas veias e estabiliza meu tremor. Tobias me alcança assim que ergo o copo para dar um gole, mas ele o estapeia e o faz voar da minha mão. O vidro atinge a quina da mesa. O líquido âmbar respinga em minha calça, e o copo se despedaça aos meus pés. É aí que percebo que o bar está vazio e a música foi desligada.

— Pelo jeito, você não está a fim de dançar, né?

— Eu falei para você ir embora.

— Qual é, Tobias? Devíamos estar comemorando. Somos parceiros de negócios.

— Que porra, cara — reclama Eddie, olhando ao redor para o bar destruído enquanto endireita uma mesa.

Tobias me encara, sem um pingo de consideração por Eddie nem pela nova decoração horrorosa do bar.

— Você precisa ir embora. Não estou mais pedindo.

— Ou o quê?

— Para com esses joguinhos de merda, Cecelia.

— Você é quem está agindo feito uma criança. Eu vim aqui para tomar uns drinks.

— O que você quer?

— A verdade! Eu quero a verdade! Quero saber o que aconteceu!

Ele contrai o maxilar e seu olhar ácido me corta em pedaços.

Levanto a garrafa em oferta.

— Tem certeza de que não quer beber?

Ele a derruba da minha mão, e ela se junta à pilha de destroços no chão.

— Olha, eu sei que você prefere gim, mas isso foi desnecessário. — O rosto dele permanece impassível. — Caramba, Tobias. Eu só quero conversar.

Olhos assassinos percorrem meu corpo, que responde a cada centímetro que o olhar dele queima. Tobias é bonito para cacete, e sua raiva me faz lembrar das longas noites que passamos exorcizando nosso ódio um pelo outro de jeitos muito melhores. Ele envelheceu inacreditavelmente bem, e me pego desejando puxá-lo para mais perto, mesmo neste estado furioso.

Levo as mãos ao peito arfante dele e espero. Suas narinas se dilatam, mas ele permite.

— Você pensa em mim às vezes?

— Não.

— Mentira — digo pausadamente, com um sorriso lânguido.

Ele aperta uma das minhas mãos a ponto de doer e a afasta.

— Isto não é um jogo.

— Eu sei — digo suavemente. — Há uma lista de vítimas fatais. Qual é o número atual? Você me incluiu? Incluiu nós dois?

Minhas palavras parecem acertá-lo em cheio, exatamente onde eu queria, e Tobias desvia o olhar rapidamente.

— Porque tenho morrido aos poucos todos os dias desde que parti.

Ele contrai a mandíbula, e meus dedos coçam para tocá-la, para acalmar sua raiva. Ele lê meus pensamentos e me olha com desdém.

— Você está bêbada.

— Só quero conversar. Por favor, *por favor*, converse comigo.

Ele pega minha bolsa da mesa e encontra minhas chaves, depois me pega pelo braço como uma criança e se dirige para a saída dos fundos.

— Espera, por favor, Tobias, espera. — Pego minha bolsa das mãos dele, depois o envelope de dinheiro que saquei hoje de manhã e o coloco na mesa. Eu me viro para Eddie, que olha em volta do bar com uma expressão impotente. — Sinto muito, Eddie. Isso deve cobrir.

O olhar dele me diz que não serei bem-vinda aqui novamente.

Tobias não perde tempo e me arrasta pelo bar até sairmos pela porta dos fundos. Ele me solta quando tropeço. Assim que o ar noturno me atinge, viro-me para o prédio e vomito.

— Putain. — *Merda.*

Tobias tira minha bolsa do caminho e dá um passo à frente para segurar meu cabelo.

— É só nervosismo — digo, com um engasgo seco.

Ele solta outro palavrão quando vomito de novo e me solta, desaparecendo atrás da porta, que se fecha ao meu lado. Completamente vazia, respiro ofegante, enojada por não conseguir me manter firme. Estar aqui, vê-lo, presenciar sua reação a mim, as emoções que isso desperta, é demais. É como ser constantemente atingida por uma bola de demolição.

Tobias volta um minuto depois com uma garrafa d'água, desrosqueando a tampa, e a empurra para mim.

Humanidade.

Ele ainda está lá dentro. Em algum lugar.

Pego a água e dou um gole, erguendo o olhar para encará-lo.

— Não me olhe assim — resmunga ele, tirando o celular do bolso.

— Assim como? — Aponto para o celular dele. — O que você está fazendo?

— Arranjando uma carona para você.

— Para quê? Tenho certeza de que adoraria se eu caísse de um penhasco.

— Sempre tão dramática.

Inclino a cabeça para trás, encostando-a na parede, e solto uma gargalhada.

— Você acabou de destruir um bar, e *eu* sou dramática?

Tobias me dá as costas, tirando um maço de cigarros do bolso. Ele acende um.

— Eu não planejava dirigir.

Ele nem sequer me olha quando alguém atende a ligação do outro lado.

— Ei, mande uma viatura até o bar.

Uma pausa.

— Uma carona. — Pausa. — Cecelia.

Ouço vagamente uma voz do outro lado.

— Eles não são um serviço de táxi. Leve-a você.

Sean.

— Mande alguém para cá, *agora*.

— Estou ocupado agora, *chefe*. Resolva isso.

Um pouco mais sóbria, ando até onde ele está.

— É Sean?

Só ouço silêncio do outro lado da linha.

— Vou resolver — retruca Tobias, encerrando a ligação e dando outra tragada.

— Desde quando você fuma?

— Isto? — pergunta ele, e solta uma nuvem de fumaça. — É só para manter minhas mãos ocupadas e me impedir de estrangular você.

— Ha ha, muito engraçado. Você nunca fumava quando estávamos juntos.

— Está falando dos *cinco minutos* que passamos juntos?
— Não finja que não me conhece. É ofensivo.
Ele traga e me encara.
— Então agora você comanda a polícia, né? Valeu por mandar apreender meu carro, idiota. E se isso não é um jogo e você não está brincando, por que a jogada suja?
— Você não tem nada que ficar correndo de carro por aí fumando maconha.
— Da última vez que chequei, as cinzas do meu pai estavam lá na mansão dele.
— Quando vai crescer? Você precisa de um choque de realidade.
— Ah, confie em mim, essa viagem tem sido nada menos que reveladora. Mas para conseguir as respostas que quero vou me anestesiar o máximo que puder, porque parece que ninguém aqui quer me ajudar, você garantiu isso.
— É mais um sinal para dar o fora. Mas parece que está deixando todos eles passarem batido.
— E quem você pensa que é para me dizer onde eu posso ou não estar? Pode ser dono de metade dos negócios desta cidade, mas não *me* possui. Acha que *eu* sou infantil? Quão infantil é me dizer que não posso brincar no seu parquinho? Principalmente com o valor da entrada tatuado nas minhas costas!
Ficamos nos encarando por segundos intermináveis, até que ele dá uma tragada no cigarro, joga-o no chão e o apaga com o bico do sapato envernizado.
O som de uma porta de carro se abrindo e fechando nos interrompe, atraindo nossos olhares para a fonte. Perco as palavras quando uma mulher deslumbrante, de cabelo escuro, se aproxima, com os olhos fixos em Tobias. Ela está impecável da cabeça aos pés, e seu cabelo é uma seda escura, como uma cortina escorrendo pelos ombros.
Ela é deslumbrante.
Deslumbrante. E familiar.
— Alicia?
Nossos olhos se encontram.
— Oi, Cecelia.
— Quase não reconheci você.

Embora seu sorriso tenha algum calor genuíno, os olhos castanhos demonstram mágoa.

— Faz muito tempo. Você está ótima — diz ela.

Meu cabelo está grudado de suor e sei que estou pálida como um papel. Tem vômito em meus sapatos. Ela está sendo gentil, cordial. A mesma disposição doce da garota que conheci tantos anos atrás, mas... não é mais uma garota. Ainda estou chocada. Ela se porta de forma majestosa ao se aproximar de nós, muito diferente da adolescente relutante que conheci.

— Oi.

Ela cumprimenta Tobias com um tom de intimidade, e o olhar dele se suaviza ao respondê-la.

— Estou quase terminando aqui.

Minha dor dá um solavanco no peito quando Alicia se aproxima dele, colocando a mão em seu queixo, então se inclina e... o beija. É breve, mas é o suficiente. É como um soco no estômago. Ela se afasta, e Tobias a encara, com os olhos brilhando de afeto.

— Leve o carro — ele diz suavemente, e ela assente.

— Vejo você em casa?

Tobias assente em resposta.

— Sinto muito pelo jantar.

— Vai me recompensar — sussurra ela —, você sempre recompensa.

Sinto um nó por dentro ao observar a troca íntima deles. Separados, são deslumbrantes. Juntos, são avassaladores. Ela cresceu nessa vida e parece ter tudo sob controle de um modo que eu nunca terei. Ela é perfeita para ele. O tipo de pessoa que se mantém calma independentemente das circunstâncias, que controla as próprias emoções, um apoio silencioso e forte. Uma verdadeira rainha.

E estou disposta a apostar que ela nunca dormiu com o melhor amigo dele, nem com o irmão.

Morro por dentro, e ela se vira para mim, sem se intimidar com minha presença, o que me desmonta. Sinto a facada na alma. É como perdê-lo outra vez.

— Foi bom ver você, Cecelia.

Só consigo acenar, enquanto um ciúme incandescente me consome. Ela se afasta de forma elegante, liga o carro dele e sai do estacionamento. Eu a encaro por vários batimentos cardíacos desordenados até meus olhos voltarem para Tobias. Minha voz me trai por alguns segundos, mas finalmente consigo falar.

— Ela é linda.

Ele concorda, observando-me atentamente.

— Bom para você — falo, com a voz rouca. — Eu deveria me casar daqui a dois meses, mas terminei tudo antes de vir para cá.

Ele coloca as mãos nos bolsos, com uma expressão indecifrável.

— Posso chegar em casa. Você deveria voltar para ela. Vou me virar por aqui.

— Vamos — diz ele, se aproximando, e eu balanço a cabeça.

Ele tira as chaves do bolso e segura meu cotovelo. Puxo o braço, e ele solta um grunhido de frustração.

— Só entra na porra do carro, Cecelia.

Meu peito grita por alívio, mas sei que lágrimas nunca serão suficientes para amenizar a dor insuportável.

— Ia me contar sobre ela?

— Não tinha porquê.

— Por que não? Porque você sabia que isso me machucaria? É o que você faz de melhor.

— Isso não precisa piorar.

— Mas você adora me ver quebrada. E adora ser o responsável por isso. Então por que escondê-la? Você sabia o quanto isso me machucaria.

Ele baixa o olhar.

— Olha para mim, seu desgraçado!

Olhos faiscantes encontram os meus.

— Já se passaram seis anos, Cecelia. O que você esperava?

Não ela. *Qualquer uma, menos ela.* Qualquer pessoa, menos uma mulher capaz de fazê-lo feliz, de ser a mulher *certa* ao lado dele. Qualquer pessoa, menos uma mulher que o mereça, menos uma mulher digna. Tobias varre o estacionamento com o olhar e aperta o alarme para localizar meu carro alugado. Ele não quer ter esta conversa.

— Ela não se apaixonou nem transou com seus irmãos — falo, e ele levanta a cabeça de repente. — Ela até teve uma queda por Sean naquela época, mas acho que isso é fichinha comparado ao que *eu* fiz.

Agonia. Agonia pura. Não tem nada a ver com o que eu já senti, o que me surpreende, porque eu pensava que já tinha sentido de tudo até agora. Só consigo imaginar que não chega nem perto do que ele sentiu quando testemunhou e ouviu minhas confissões sobre os dois caras mais próximos a ele depois de tudo o que aconteceu.

Fui idiota por pensar que minhas escapadas sexuais não teriam consequências. Eles também foram idiotas por pensar assim, mas parece que sou a única pagando por isso.

De qualquer modo, é uma punição que eu... Não. Consigo. Aguentar.

Não no meu estado atual, não com tanto álcool nas veias.

— Não sei o que eu esperava.

Quando minhas lágrimas finalmente caem, Tobias se aproxima.

— Não. — Balanço a cabeça sem parar. — Larguei meu noivo. Larguei toda a minha vida... Eu sou tão idiota.

— Cecelia, não...

— O que você deve pensar de mim agora? — Minha respiração falha, e meu coração se estilhaça aos meus pés. — Já sentiu minha falta alguma vez? Já se perguntou o que teria acontecido entre nós se as coisas tivessem tomado outro rumo?

— Não vou ter esta conversa.

Ele reduz a distância entre nós, segurando meu cotovelo de novo e destrava o carro, então me empurra para dentro, jogando minha bolsa no meu colo e se inclinando para afivelar meu cinto.

— Posso fazer isso — retruco, prendendo o cinto.

Ele dá a volta no carro e se senta atrás do volante.

Tobias dá a partida no carro, e eu me inclino no recosto de couro. Encaro-o, totalmente perdida. Sinto demais e sempre senti. Não me importo se ele perceber agora. Que perceba. Meu coração idiota me trouxe até aqui e foi completamente esvaziado de toda esperança. Então, paciência.

Porque se ele realmente seguiu em frente, se a ama, se está feliz... Sufoco por dentro ao observá-lo. Ele não queria que eu a visse, ou talvez esteja feliz que eu tenha visto. Talvez nunca tenha me levado a sério por causa do meu passado com os irmãos dele. Mas, para mim, o que Tobias e eu tivemos era sagrado.

Com meu coração à mostra, na fraca luz azul da cabine, eu o observo sair do estacionamento e entrar na rua principal.

— Tobias...

— Só dorme.

— Já dormi o bastante — digo, e lágrimas que não consigo segurar começam a cair uma após a outra. — Estive dormindo a minha vida toda até vir para cá.

— Cecelia — diz ele, com um suspiro. — Faz muito tempo. Todos seguiram em frente.

Estendo a mão e encosto meus dedos trêmulos de leve em sua mandíbula, sem acreditar que ele está sentado ao meu lado. No momento em que meu toque pousa na sua pele, os olhos de Tobias se fecham brevemente.

— Não faz tanto tempo assim. Você a ama?

— Amor. — Ele inclina a cabeça, se afastando do meu toque. — Sempre se trata de amor para você.

— Foi por isso que tudo começou, não foi? O amor da sua mãe, seus pais, o amor dos seus irmãos, a promessa de protegerem a si mesmos e àqueles que não podiam se proteger. — Engulo em seco, minhas palavras saindo sem emoção. — Mas você continua me jogando no fogo quando eu sou quem mais o ama.

Ele direciona o olhar para mim e me encara por longos segundos, então volta a se concentrar na estrada.

— Queria tanto conseguir seguir em frente — digo, virando-me para encarar a estrada escura à frente enquanto passamos pelas luzes da cidade que ainda permanecem acesas. — Collin, que era meu noivo, não merecia o que eu fiz. Nunca vou me perdoar por magoá-lo.

Corro os dedos pelas minhas bochechas, mas é inútil. Não vou perder nem mais um segundo com Tobias. É hora de confessar.

— Aquele primeiro ano foi o mais difícil. — Eu me viro no banco para encará-lo e encosto a lateral do rosto no couro. — Peguei a estrada pelo menos umas cem vezes a caminho daqui, de volta para *você*. E o tempo todo, eu rezava para que você estivesse a caminho, de volta para mim também. Rezava para que você não tivesse falado sério quando me mandou embora e me disse para não voltar, rezava para ter sido apenas o luto.

Silêncio.

— A faculdade acabou me salvando, de certa forma. Nos verões, eu fugia para a França. Explorei cada parte daquele país. Foi um sonho. Me apaixonei. Foi tudo o que eu esperava que fosse. — Engulo em seco. — Vi algumas tatuagens familiares por lá. Mas você não sabe, certo?

Silêncio. Nem um único sinal de nada.

— Até fiz uma viagem a Saint-Jean-de-Luz. Sua linha de chegada é linda, Tobias. Um sonho.

A expressão dele permanece estoica.

— Queria tanto que você estivesse me observando de longe. Queria que você estivesse orgulhoso de mim — digo, chorando por anos de tristeza e saudade.

Passaram-se apenas algumas semanas, e estou desmoronando. Eu não estava nem perto de estar preparada para isto.

— Na minha *nova* vida, eu não conseguia dar um passo sem pensar em você, esperando todos os dias que você percebesse que o que aconteceu foi importante para mim, que me *transformou*.

Estudo seu rosto com cuidado, mas ele não deixa transparecer nada.

— Mergulhei de cabeça nos estudos, nos meus planos. Quando me formei, já tinha aberto minha própria empresa. Fiz isso principalmente por mim, mas o tempo todo pensava em você. Torcendo para que visse que o que eu estava fazendo era uma homenagem a Dominic. — Engulo um soluço e me recomponho. — Mesmo que todos vocês tenham se recusado a me aceitar, eu quis desempenhar meu papel. — Com a garganta queimando, me perco nos anos que passei longe. — Aí conheci Collin, e ele era tão... gentil, compreensivo, sexy, tão... seguro, e eu o deixei se apaixonar por mim sabendo que...

Tobias continua dirigindo, com uma expressão impenetrável, como se nem estivesse ouvindo, mas eu sei que ele escuta cada palavra.

— Eu não era mais aquela garota solitária. Tinha uma vida, uma empresa, amigos e um noivo que me adorava. Fiz tudo o que devia fazer. Segui todos esses passos para garantir que tivesse uma vida plena, uma vida que me forçei a viver porque não tive escolha.

Ele entra na estrada que leva à casa, e eu termino.

— Dia após dia, vivi essa vida, esperando que fosse o bastante, rezando para conseguir esquecer este lugar, esquecer você, odiar você, mas à noite... quando sonho... — Um soluço furioso me escapa à medida que o peso do meu destino me domina, repleto de tristeza. — Os sonhos não me permitem esquecer. Tentei de tudo, mas não consigo seguir em frente. Não consigo. Então, por isso, voltei para casa, e você... Pensei que se conseguisse encarar isso de frente, me tornaria mais forte, mais corajosa, mas tudo o que consegui foi fazer um papel de idiota ainda maior. — Balanço a cabeça. — Não deveria admitir isso para você e ser tão patética, mas tenho sido consumida por luto e culpa desde que parti, e estou cansada de mentir para mim mesma. — Passo a manga do blazer pelo nariz e olho para ele, que me encara. — Porque a vida que eu quero de verdade não tem nada a ver com perfeição. Está longe de ser segura, e o cara que eu quero está longe de ser gentil.

E, com isso, eu apago.

Desperto ao sentir as mãos dele. Um carinho sutil em meus seios enquanto ele desabotoa minha camisa devagar.

— Tu penses que tu peux juste revenir après tout ce temps et dire de telles choses... — *Você acha que pode simplesmente voltar depois de todo esse tempo e dizer o que quer...*

Reprimo um gemido quando a seda é afastada do meu corpo, me deixando apenas com o sutiã de renda. Meus mamilos se enrijecem sob a respiração dele. Seus dedos leves enviam ondas tsunâmicas pela minha coluna. Luto contra a névoa do álcool em que estou flutuando para me trazer de volta a ele.

— Je baise mon poing tous les jours en pensant à toi. — *Eu me masturbo pensando em você todos os dias.* Ele desabotoa minha calça e a puxa lentamente para baixo. — Et je te déteste pendant tout. — *E odeio você o tempo todo.*

Por um instante, Tobias enterra a cabeça em meu pescoço, a respiração quente e impregnada de nicotina revivendo cada lembrança de intimidade que compartilhamos. Sinto meus membros tremerem quando desperto do estado de coma induzido pelo uísque e luto contra mim mesma para não o agarrar. Mas escolho fingir sonolência, minhas esperanças destroçadas se acendendo a cada palavra que ele diz.

— Tu dis mon nom quand tu jouis? — *Você diz meu nome quando goza?*

Sim.

— Tu ne peux pas être ici. Je ne te laisserai pas voler mon âme une nouvelle fois. — *Você não pode ficar aqui. Não vou permitir que você roube minha alma outra vez.*

Eu amo você. Eu amo você.

Ele passa o dedão por baixo do meu lábio inferior.

— Tellement belle. — *Tão inacreditavelmente linda.*

E sua.

— Belle et destructrice. — *Linda e destrutiva.*

Olha quem fala.

Eu me agarro a cada palavra como uma corda salva-vidas enquanto a força do uísque me atinge, ameaçando tirar minha consciência de novo.

— J'allais bien. — *Eu estava indo bem.*

Mentiroso.

Ele me levanta, desabotoando meu sutiã, e o tira.

— Putain. Putain. — *Merda. Merda.* — Tu es en train de partir. Ça n'arrivera plus. — *Você precisa ir embora. Isto não vai acontecer de novo.*

Dedos grossos acariciam as laterais dos meus seios, e um gemido baixo me escapa. Os movimentos dele param quando abro os olhos. Os de Tobias transbordam de raiva, luxúria e ressentimento. Eu encaro meu reflexo em meio às chamas.

— T'aimer m'a rendu malade et je ne veux plus jamais guérir. — *Amar você me deixou doente, e eu nunca mais quero me recuperar.*

Permito que o sono me leve.

42

Acordo com o uivo do vento do lado de fora da janela. Desperto de um sono agitado e vejo dois comprimidos de Advil e uma garrafa d'água sobre a mesa de cabeceira. Engulo tudo, e a dor latejante em minha cabeça é o suficiente para me fazer cogitar passar o dia na cama. Visto o roupão, decido tomar um pouco de ar fresco e vou para a varanda através das portas francesas. Contemplo as primeiras horas do amanhecer, as nuvens se agrupando no horizonte e se aproximando lentamente. O ar frio me causa um tremor, e sinto um peso na consciência. Olho por cima da grade, avistando Tobias em uma das espreguiçadeiras ao lado da piscina coberta. Ele ainda está vestindo o terno da noite passada e um sobretudo preto de lã. Relaxado, um cigarro aceso entre os dedos e os olhos fechados.

Ele não foi embora.

Apesar dos tambores em minha cabeça, coloco roupas quentes depressa e saio para o deque. Eu me aproximo silenciosamente e ocupo um lugar na espreguiçadeira ao lado dele, observando-o com avidez. Ele tem trinta e sete anos agora, e, na época em que estávamos juntos, eu achava que éramos atemporais. Naquela época, o tempo não existia e, desde então, tudo que o tempo fez foi realçar a estrutura óssea dele, a constituição física, a beleza inigualável. Então me lembro de suas palavras na noite passada, do toque, do carinho sutil, mas possessivo, do afeto cuidadosamente velado que tem por mim e deixou transparecer ao me despir de minhas roupas sujas.

Eu simplesmente o encaro, sabendo que ele está ciente da minha presença. Tobias traga e se senta, abrindo os olhos, mas focando o cimento texturizado sob os pés.

— Minha lembrança mais antiga é de um casaco vermelho — diz ele, suavemente. — Tinha botões pretos. Estava pendurado ao lado da porta quando minha mãe o arrancou do gancho e colocou em mim, fechando os botões um por um. Dava para ver que ela estava aterrorizada. N'aie pas peur, petit. Nous partons. Dis au revoir, et ne regarde pas en arrière. Nous partons à l'aventure.

— *Não tenha medo, pequeno. Estamos indo embora. Diga adeus e não olhe para trás. Estamos indo para uma aventura.*

— Foi o que ela disse. Mas ela estava assustada. E quando a campainha tocou e ela atendeu, um homem que eu nunca tinha visto sorriu para mim.

— Beau? O pai de Dominic?

Ele assente, batendo as cinzas do cigarro.

— Ele disse que nos levaria para a América e que lá seríamos felizes. Ele nos colocou no carro, junto às poucas coisas que minha mãe tinha empacotado, e nós partimos. Isso é tudo que me lembro de quando fugimos da França. Estar naquele casaco, o medo da minha mãe, o estranho de cabelos vermelhos, e embarcar num avião pela primeira vez.

Ele passa a mão pela mandíbula.

— E fomos felizes aqui, na maior parte do tempo. Mas minha mãe sentiu muita falta da França quando chegamos à América. Não entrava em contato com ninguém. Foi o preço a ser pago por fugir do meu pai. Naquela época, ele tinha muitas conexões, era arriscado demais. Com o passar dos anos, eu a peguei chorando ao vasculhar fotos antigas, lamentando a perda da família. Especialmente da mãe dela. Mas ela amava Beau King, e era fácil de ver. Ele também foi bom para mim, rigoroso, mas bom. Ele nos salvou. Ela sempre me dizia que ele tinha nos salvado. E eu acreditava. A única lembrança que eu tinha do meu pai biológico foi aquela sobre a qual contei para você naquele dia.

— Saint-Jean-de-Luz.

Outro aceno e outro trago.

A neve começa a cair preguiçosamente, e eu fico imóvel, com medo de quebrar o encanto.

— Não demorou muito para que a barriga dela crescesse e, um dia, trouxeram Dominic para casa. — O sorriso dele é fraco, mas está lá. — No começo, eu o detestava. Não queria dividir a atenção da minha mãe. — Ele abre um sorriso envergonhado. — Então o coloquei dentro de um caixote e o levei para o lixo. Deixei uma lata de leite e uma mamadeira com ele para que não passasse fome.

— Meu Deus.

Não consigo evitar a risada, e ele ri comigo.

— Quando ela percebeu o que eu tinha feito... Bem, foi a vez em que a vi mais irada. Fui castigado sem dó, mas ela nunca contou para o nosso pai.

Ele balança a cabeça, o sorriso ainda presente.

— No dia seguinte, minha mãe insistiu que eu o segurasse. Ela me colocou na cadeira de balanço e pôs Dominic nos meus braços.

Ele olha para mim, mas está a milhares de quilômetros de distância.

— Ele se tornou meu. Daquele minuto em diante. Ele era *meu.*

Eu assinto, uma lágrima quente escorrendo pelo meu rosto.

— Nosso inglês era bem ruim nos primeiros anos. Nos esforçamos bastante, mas não estávamos preparados para o choque cultural. Acho que minha mãe considerava a América como o Velho Oeste naquela época. Ela era paranoica e raramente me deixava brincar na rua. Ela e o papai brigavam por isso, e ela sempre vencia. Era muito teimosa.

— Soa familiar.

Tobias revira os olhos, e não consigo conter uma risada.

— Eu odiava a escola, crianças sendo crianças e tal, tiravam sarro do meu sotaque, das minhas roupas. Quando chegava em casa, levava Dominic para o meu quarto e colocava música para ele, as antigas fitas da minha mãe.

Essa confissão faz meu coração doer. A música. A música da mãe dele.

Ele joga o cigarro fora e enfia as mãos nos bolsos do sobretudo, o cabelo espesso caindo sobre a testa com o vento.

— Ele era o bebê mais feliz. Sempre sorrindo, rindo, e raramente chorava. Por um tempo, foi ele quem tornou as coisas suportáveis.

Dominic nos ajudou muito nos primeiros anos. Era uma alegria. E, em certo momento, as coisas melhoraram. Minha mãe me deixava brincar na rua. A gente se adaptou.

Ele suspira, observando o maço de cigarros franceses ao lado.

— Ela sempre voltava do trabalho exausta, apesar de raramente reclamar. Mas nosso pai falava sobre o chefe que roubava os funcionários, e os dois brigavam. Ela dizia para ele deixar para lá. Beau dizia: je ne lui fais pas confiance. Il y a quelque chose dans ses yeux. Il est mort à l'intérieur. — *Eu não confio nele. Há algo nos olhos daquele homem. Ele está morto por dentro.* — Mas ela implorava para ele deixar isso de lado, dizia que estavam ali com visto de trabalho que Roman os ajudou a conseguir, e que deveriam ser gratos. Mas meu pai não deixava pra lá. Começou a nos deixar sozinhos à noite, com frequência. Eu não prestava muita atenção a tudo, mas eles tinham brigas horríveis às vezes. Lembro-me bem de uma noite, porque foi uma das raras ocasiões em que Dominic ficou inconsolável.

Estendo a mão em direção a dele, mas ele a desliza pela coxa, negando o contato. Ignoro a pontada de rejeição.

— Meus pais não eram do tipo que brigavam de portas fechadas, então eu trancava Dominic no armário do corredor comigo, bem em frente ao quarto deles, para poder ficar de olho na minha mãe. Meu pai nunca foi violento, mas era agressivo o suficiente para me assustar.

Deixo escapar uma tosse sarcástica, e ele me olha com firmeza.

— Cala a boca.

— Beleza, *chato*.

— Ele não era meu pai biológico.

— Mas você ainda é filho de Beau.

— Isso é verdade.

Ele acende outro cigarro e dá uma tragada profunda.

— Ele começou a conversar comigo depois disso. Acho que estava começando a ficar triste com a mamãe por ela não entender que ele estava tentando fazer algo bom, não só para nós, mas para as outras pessoas que trabalhavam na fábrica. Ele me levava a passeios e fazia longos discursos sobre o que significava ser um homem. Cuidar dos outros. Eu não pensava muito nisso. Achava que ele só estava tentando criar um bom filho.

— Você acha que ele sabia que estava em perigo?

— Pensando bem, acho que ele estava perdendo as esperanças de construir uma vida aqui. Nada estava acontecendo como planejado. Estavam exaustos, sem progredir. — Mais uma tragada. — E então começaram as reuniões. Aconteciam na nossa casa, na segunda semana de cada mês.

— A irmandade nasceu aí?

Tobias concorda com a cabeça.

— Frères du Corbeau. — *Irmãos Corvos.* — Na época, não dei muita atenção porque tinha apenas onze anos. Mas uma noite, fiquei entediado e me escondi na escadaria para ouvir. Alguns deles estavam pedindo ações drásticas. Delphine era uma delas. Foi ela quem arranjou o emprego dos meus pais lá, você sabe.

Eu assinto.

— Ela estava alinhada com meu pai. Algumas discussões estouraram naquela noite, e minha mãe surpreendeu a todos ao ficar de pé e falar. Acho que foi a primeira vez.

"C'est la peur qui va nous garder en colère, nous garder confus, nous garder pauvres. Nous devons cesser d'avoir peur des hommes comme eux, des gens qui profitent de nous. Si la peur vous arrête, la porte est grande ouverte. Nous ne pouvons pas compter sur vous." *É o medo que nos deixa com raiva, confusos e pobres. Precisamos parar de ter medo de homens como esses, de pessoas que se aproveitam de nós. Se o medo paralisa alguém nesta sala, a porta está aberta. Aqui não é lugar para isso.*

— Agora eu sei que, em algum momento, ela foi uma ativista, assim como meu pai biológico, e, quando me deu à luz, parou de se envolver. Acho que a decepção do meu pai, a razão das brigas, foi por ela ter se recusado a lutar com ele. Depois que ela falou, apenas uma pessoa saiu pela porta. Na semana seguinte, meus pais morreram, e ninguém naquela fábrica dizia uma palavra. Ninguém sabia nada sobre o que tinha acontecido. Mas Delphine descobriu que o supervisor do turno, que nem estava de plantão quando eles morreram, recebeu um aumento e uma promoção logo depois.

— Confirmando a culpa de Roman.

Sinto um buraco no estômago.

— Essa era a suspeita. Depois disso, Delphine nos acolheu. Foi quando Dominic começou a chorar, com frequência.

A neve começa a se assentar silenciosamente, cobrindo o chão.

— Crescemos na miséria. Em condições bem ruins.

— Eu vi.

Tobias faz uma pausa, me observando.

— O marido imprestável dela a deixou alguns meses antes dos meus pais morrerem. Ela bebia muito e tinha a mão pesada às vezes, especialmente com Dom, quando ele começou a aprontar. Não era só desgraça, mas... — Ele suspira. — Bom, você viu.

Concordo, secando uma lágrima.

— Algumas semanas depois de irmos morar com a Delphine, recebemos uma visita curiosa.

— Sean?

— É — diz ele, com a voz suave. — Era mais jovem, mas continuava aparecendo. Ele e Dominic se tornaram amigos rápido, e eu sempre ficava encarregado de cuidar dos dois e levá-los para a escola. — Tobias balança a cabeça, um sorriso suave brincando nos lábios. — Ele era um bagunceiro. O cabelo sempre desarrumado, sempre. Um moleque sujo, sempre pendurado nas árvores e nunca ia para casa antes de escurecer. Ele costumava entrar no meu quarto de fininho à noite, e nós três saíamos para a floresta. Ele não tinha medo, mesmo aos cinco anos. Quase todas as manhãs, arrancava as roupas que a mãe vestia nele e colocava a mesma camiseta esfarrapada. Se recusava a seguir as regras, mesmo naquela época.

Compartilhamos um sorriso.

— Tyler veio logo em seguida. Não tínhamos muitos luxos na casa da Delphine, mas nos virávamos. E os caras da irmandade, que nunca esqueceram dos meus pais, foram nossa salvação. Passavam lá e deixavam doações. Às vezes, mandavam roupas e dinheiro pelo correio, coisinhas para nos ajudar na jornada. Minha tia permitia, e não muito tempo depois que meus pais morreram, ela começou a sediar as reuniões em casa. Quanto mais o tempo passava, mais eu parava para ouvir. Delphine era bem mais radical. As ideias dela sobre como contra-atacar eram debatidas, mas, na maioria das vezes, ela liderava. Só restava meia dúzia dos irmãos originais naquela época. A maioria tinha morrido ou abandonado a causa depois do que aconteceu com meus pais. Mas, quanto mais eu ouvia, mais me envolvia, e, no meu aniversário de quinze anos, eu me levantei e falei pela primeira vez.

— E eles ouviram.

Ele assente.

— Antes de partir para o internato, eu estava conduzindo as reuniões, fazendo contatos para atrair mais pessoas. E Sean e Dom começaram a prestar atenção. Meus planos para a irmandade tinham crescido exponencialmente. Eu voltava para casa durante os verões para ficar com Dom e Sean, que estavam se envolvendo cada vez mais. Dom assumiu as reuniões e estava liderando a divisão local quando voltei após meu segundo ano na faculdade, e foi a primeira vez que vi você.

É aí que Tobias ergue a cabeça e me encara de verdade pela primeira vez, e eu sinto seu olhar até meu último fio de cabelo.

Ele puxa meu exemplar de *Pássaros feridos* debaixo do casaco. Cabe com facilidade na palma de sua mão. Arregalo os olhos de surpresa.

— Você estava lá quando eu roubei isso?

— Dominic vivia na biblioteca. Era o lugar favorito dele no mundo. Ele detestava Delphine porque ela era uma bêbada desagradável, então escapava para lá quando não estava por aí com Sean. Eu fui lá para buscá-lo e acabei dando uma volta enquanto o esperava. Você estava no corredor ao lado quando eu a vi. E não prestei muita atenção a você, até Roman chegar por trás e dizer que você não precisava pegar emprestado com a biblioteca porque ele compraria os livros. Você revirou os olhos e o chamou de "babaca" baixinho, depois enfiou este dentro da calça.

Atordoada pela confissão dele, meus olhos se fixam no livro na mão de Tobias.

— Assim que a vi, soube que você era apenas uma criança. Inocente em toda esta história e sem a menor noção de quem seu pai realmente era ou dos negócios sujos dele. Percebi que os dois não eram próximos. Ele saiu com você, e eu os segui até o estacionamento. Você estava toda desleixada, mas tinha um sorriso tênue nos lábios. Como se estivesse feliz com sua rebelião silenciosa ao roubar o livro.

Sem dúvida eu estava. Foi o último verão que passei com Roman antes de nos afastarmos. Tobias corre os dedos sobre a lombada gasta do livro.

— Você era apenas uma criança, e naquele dia prometi a mim mesmo que a manteria longe. Continuei de olho em você depois disso e, quando não voltou após aquele verão, presumi que fosse para sempre.

Eu esfrego as mãos.

— Eu também.

— Dominic ainda estava na escola, e eu queria dar um tempo para que a irmandade crescesse antes de tomarmos decisões sérias. Sean já estava comandando a oficina, que compramos com a parte de Dom da indenização, e liderando as reuniões lá. Dom garantiu o lugar dele antes de ir para a faculdade e fez questão de que todos soubessem disso. E Sean segurou as pontas enquanto estávamos fora.

A neve continua a se acumular entre nós, e eu tremo mesmo com a jaqueta. Tobias se levanta e apaga o cigarro.

— Eu tinha vinte e quatro anos quando fiz meu primeiro milhão e comecei a angariar contatos em uma escala corporativa quando Dominic se formou no ensino médio. Tyler entrou para o serviço militar. Sean manteve tudo rodando aqui. Então passei meu tempo entre aqui e a França, fortalecendo a rede, procurando parentes antigos para nos ajudar. No meu vigésimo quinto aniversário, éramos mais um movimento internacional do que uma organização de cidade pequena. E, por um tempo, perdi de vista nosso objetivo original. Todos os outros também perderam, e ao longo dos anos só ficamos mais fortes.

— E aí eu apareci.

Ele abaixa o queixo.

— Quando você voltou, já tínhamos centenas de membros em todas as divisões e estávamos crescendo mais a cada dia. Dom se formou no Instituto de Tecnologia de Massachusetts e colocou como objetivo para si mesmo erradicar nossos problemas financeiros roubando dinheiro aqui e ali de empresários corruptos que eu pessoalmente relatava a ele, enquanto abastecíamos nosso arsenal e recrutávamos mais irmãos. Era questão de tempo chegar a Roman, mas quando você apareceu, Sean e Dominic se aproximaram, achando que tinham você sob controle.

Assinto, conhecendo muito bem essa parte da história.

— Agora você sabe que eu estava procurando meu pai biológico, era por isso que estava cuidando de outras coisas na França.

Eu assinto.

— Quando finalmente o encontrei, já era tarde demais. Nunca vou realmente saber quem ele foi.

— Sinto muito.

— Tudo bem. — Tobias baixa os olhos, e sei que as coisas estão longe de estarem bem. — Eu simplesmente não podia deixá-lo do jeito que o encontrei.

— Você fez uma coisa boa.

— Fiz? — Ele engole em seco. — Não sei. Do jeito que minha mãe falava dele. — Ele balança a cabeça. — Não sei.

— Ele está sendo cuidado, isso é bom.

Tobias me encara, e eu sei que não vamos mais tocar nesse assunto.

— Quando descobri o que estava acontecendo, que estavam escondendo você, voei para casa para resolver. E, porra...

Ele passa as mãos pelo cabelo, e preciso me controlar para não o tocar. Seus olhos percorrem meu corpo, cheios de culpa, e ele os desvia.

— A punição deles não era só por esconderem você. Tive que lembrá-los do motivo pelo qual começamos tudo isso. Eu os enviei para viver com um dos parceiros em quem confiava na França. Ele os manteve focados, os inteirou de tudo que eu estava construindo, enquanto eu me concentrava novamente no nosso plano original. Eu estava a um passo e um aperto de mão de assumir o controle, quando você e eu fizemos nosso acordo.

Nunca vou saber como me sentir sobre a traição que sofri de todos os lados, nem sobre a culpa de ser herdeira de Roman.

Tobias suspira, colocando o livro na espreguiçadeira e juntando as mãos entre as coxas.

— Eu entendi sua necessidade de cuidar dela, Cecelia. E você já tinha passado por muita coisa. Quando voltei, eu a encurralei injustamente por raiva. Existia um motivo pelo qual você nunca deveria ter feito parte disso.

— Você continua dizendo isso, mas não foi o que aconteceu.

— Não, porque me permiti me perder em você do mesmo jeito que eles fizeram.

Mordo o lábio, meus olhos ardem.

— Eu me peguei querendo protegê-la de tudo isso porque você era inocente. Na primeira vez que a vi, você era só uma garota que não fazia ideia de que tinha um pai desonesto, e foi assim que sempre a imaginei, até o dia em que a encontrei na piscina.

Tudo mudou no momento que nossas vidas colidiram.

Ele mantém os olhos baixos, os cílios escuros piscando para afastar a neve.

— Você era a coisa mais aterrorizante que eu já tinha visto na vida. De uma garotinha esquisita e mimada, você tinha se transformado na tentação mais bonita e vibrante que já encontrei. Fiquei muito irritado quando eles descobriram você *e* a esconderam de mim. E aí fui atropelado ao chegar e me deparar com a mulher mais irritante do universo. — Ele balança a cabeça. — Mas foi como um soco no estômago saber...

— Saber que eu estava com eles.

Ele assente solenemente, a voz amargando a cada palavra.

— Eu mantive distância e fiquei de olho em você. Não tinha intenção de que nada acontecesse. Mas quando você saiu naquela clareira chamando por eles, usando aquele colar, fiquei com raiva de novo. Principalmente porque a havia mantido segura e longe de nós por todos aqueles anos, só para você cair de cabeça em uma armadilha que nunca deveria ter sido armada. Sean achava que estava fazendo a coisa certa ao trazê-la para dentro. Dominic era mais extremista, não se importava se você se machucasse, *no começo*.

— Eles me avisaram. Tentaram me avisar, mas eu não me importei — admito voluntariamente.

— Eu sabia que você não estava preparada na época — sussurra ele, consternado. — Mesmo que tenha me dito que sabia onde estava se metendo, não sabia. Vi a realidade cobrar seu preço na noite em que Dominic morreu nos seus braços. Não sei... — Ele exala. — Talvez não tenha lhe dado crédito o suficiente na época, mas aquela foi uma lição que eu nunca quis que você aprendesse, e agora, *você*... — A voz de Tobias é acometida por mais ressentimento. — Você nunca deveria ter sido um soldado em uma guerra que eu declarei.

— Eles me fizeram ser. E como eu poderia não atacar tendo *você* como oponente? Você é tão culpado quanto eu.

Compartilhamos um sorriso triste.

— Por favor, me conte o que aconteceu naquela noite.

A expressão dele se torna mais abatida e seus olhos baixam mais uma vez.

— Naquela tarde, recebi a informação de que Andre e Matteo haviam aceitado uma oferta e estavam vindo atrás de Roman. — Ele ergue os olhos para os meus. — A informação veio de seu pai.

43

Eu o encaro, boquiaberta.

— Ele sabia sobre vocês?

Tobias assente devagar.

— Logo depois que Roman me ligou, nos encontramos no escritório dele em Charlotte. Eu conhecia bem Andre e Matteo. Andre foi um dos meus primeiros recrutas. E quando eles atacavam, levavam para o pessoal. Eu sabia que atacariam Roman em casa, fosse aqui ou em Charlotte. Assim que descobri, tive que tomar uma decisão rápida e planejar uma exterminação. Já havia uma divisão na Flórida, uma cisão de lealdade, e ela atingiu o ápice e se apresentou no momento perfeito. Então, Roman e eu fechamos um acordo. Em troca da influência do seu pai junto à polícia local e à mídia, eu disse que erradicaria a ameaça contra ele e a filha e limparia a bagunça se ele mantivesse tudo em segredo.

— Ele sabia sobre vocês *o tempo todo*?

— Não tenho certeza de quando ele descobriu, mas eu o subestimei. No entanto, ele não chegou aonde chegou sendo ignorante. Demorei um pouco para perceber que ele nos seguia havia algum tempo. Aconteceu depois das primeiras semanas que passei aqui, quando percebi que ele praticamente recuou na segurança. Por que um homem que vale tanto deixaria a única herdeira tão vulnerável? Depois de anos mantendo olhos de águia em você, de repente estava deixando você *sozinha* na mansão dele? Isso não fazia sentido.

— Ele sabia do meu envolvimento com vocês?

Tobias assente.

— Não só isso, ele sabia dos nossos planos. Mas você era o meio de campo, e ele já tinha planejado entregar as chaves do reino para você.

— Por que ele concordaria com tudo isso, confiaria em você, sabendo quem você era e suas intenções?

Os olhos de Tobias perfuram os meus.

— Porque, naquele dia, eu disse a Roman que estava apaixonado pela filha dele.

Mal tenho tempo de assimilar isso, porque Tobias volta a falar.

— Quando ele descobriu que nossa fraqueza era sua única filha, abriu as portas para nós porque sabia que atrasaria meus planos, isso se não acabasse com a ameaça completamente.

— Ele me usou como isca para salvar a empresa?

— Ele não precisou.

O significado disso me atinge com força.

—Aconteceu naturalmente. Sean saltou do penhasco no momento em que colocou os olhos em você. Tudo o que Roman precisou fazer foi se sentar e observar. Foi um pouco arriscado da parte dele, mas ele sabia o quanto você era valiosa e que estava protegida por nós. Foi genial, na verdade.

A neve me cobre, e eu a afasto, ignorando o frio que penetra meus ossos. Tobias se levanta e tira o casaco.

— Estou bem — digo, irritada, mas ele o coloca sobre meus ombros mesmo assim.

— Mas você está errada se acha que a empresa era a única coisa que ele queria salvar.

— Não se dê ao trabalho — digo, me aninhando no casaco de Tobias.

— Ele estava completamente apavorado naquele dia, Cecelia. Apavorado a ponto de me chamar. Não tinha seguranças o suficiente para proteger as duas casas. Estava pedindo ajuda.

Olho para Tobias e vejo compaixão em sua expressão.

— Eu não dou a mínima para Roman. — Ignoro a preocupação nos olhos dele. — Apenas me diga o que aconteceu.

Ele passa a mão pelo cabelo úmido e assente.

— Embora soubéssemos que a divisão da Flórida estava vindo, eu não tinha ideia de que viriam com tanta força. Eu não tinha informações suficientes, e Roman também não. Então enviei um chamado geral para a irmandade e voei de volta de Charlotte, aterrorizado, porque você tinha enlouquecido quando descobriu que estava marcada.

A oficina. A noite em que os desfalquei. Sabotei minha própria segurança ao rasgar os pneus de todos eles e cortar toda a comunicação. Eu tinha pensado muito naquela noite antes de fazer aquilo, mas não tinha percebido o quão grave era foder tudo declarando guerra às pessoas que queriam me proteger.

— Todo mundo estava procurando por você, *todo mundo*. E Dominic e eu nos encontramos na sua casa. Tínhamos poucas pessoas conosco por causa da busca e as enviamos para cercar a propriedade. Dom manteve você distraída no quarto enquanto eu observava a divisão de Miami chegar com dez carros. Liguei para Sean para pedir que voltassem, mas chegamos tarde demais.

— Andre e Matteo já estavam dentro da casa — digo.

Tobias engole em seco, com o olhar cheio de tristeza.

— Eu repassei tudo várias vezes, e a única conclusão que posso tirar é que eles estavam na garagem. Foi o único lugar que não chequei depois de trazer o carro de Roman para casa.

— Por isso que o carro estava aqui.

— Estava tentando atraí-los. — Olhos cheios de tristeza se erguem para os meus. — Eu garanti a Roman que a filha dele estaria segura. Tínhamos milhões no banco, uma quantidade infinita de mão de obra, e, mesmo assim, não estávamos preparados para um bando de brutamontes da Flórida.

A culpa foi minha. Eu tinha furado todos os pneus deles em um acesso de raiva e depois os forcei a fazer uma caçada alucinada por mim. Era minha culpa que eles estivessem espalhados pela montanha naquela noite tentando *me salvar*. Eu fui a responsável pela perda daqueles preciosos segundos que poderiam ter salvado Dominic.

— Eu sinto muito — digo, caindo em um choro desesperado, e ele balança a cabeça, pegando minha mão e acariciando as costas dela com o polegar.

— *Sente muito?* Por qual parte? — pergunta ele, e larga minha mão. — Pelo fato de ter sido *usada* pelos dois lados como uma peça de barganha entre os homens que você amava e nos quais *confiava?* Pelo fato de *não ter ideia* de para quem estava entregando sua confiança? Por *nunca* ter tido noção das jogadas sendo feitas ao seu redor? Pelo fato de Dominic ter perdido a vida porque era *teimoso* demais para pensar de forma racional antes de bancar o herói?

A dor em meu peito se torna insuportável enquanto Tobias balança a cabeça com raiva.

— Me escuta. Me escuta *com atenção*. Eu não culpo você pela morte de Dominic. Eu o culpo. E *me* culpo por ter começado tudo isso. Você está certa. Eu queria que as coisas fossem do meu jeito. Queria que seu pai sofresse, e isso me custou meu irmão... a única coisa que restava da minha família. A única pessoa que nunca vou conseguir perdoar completamente sou eu mesmo.

— Tobias, você não pode viver assim.

— Aqueles filhos da puta viraram as costas para nós por dinheiro. *Dinheiro*, Cecelia. E fui quem deu permissão para que eles entrassem para a irmandade, achava que eram um mal necessário.

— Você não é responsável por isso.

Ele balança a cabeça.

— Nós ficamos confiantes demais. Dominic se tornou autoritário demais com o poder que ganhou. Eu me envolvi demais com o lado comercial, com a busca pelo meu pai, e...

Ele me lança um olhar.

— Comigo.

Ele se move para se ajoelhar na minha frente.

— Sabe, de certa forma, você estava certa. Éramos um bando de crianças que construíram uma fortaleza juntas, mas não sabíamos como usá-la. Não estávamos prontos.

E lá está, a verdade. Toda a verdade pela qual tenho implorado, a verdade que tenho vivido ao lado dele, mesmo sem saber.

A verdade que o liberta e o livra de mim.

E é debilitante. Saber disso. Ele me estuda por um minuto inteiro, e tento assimilar tudo que ouvi.

— Obrigada.

Estendo a mão para ele, que se afasta, fica de pé e olha para mim com expectativa. Tobias cumpriu sua parte do acordo. Embora não esteja dizendo, sei que quer que eu cumpra a minha.

— É isso que você realmente quer? Que eu vá embora? Que eu saia da sua vida?

— Você ouviu alguma palavra do que eu disse?

— Todas.

— Então não deveria estar lutando para ficar. Deveria estar correndo para longe.

— Eu correria, mas você deixou de fora a melhor parte da sua história.

Ele franze as sobrancelhas e balança a cabeça.

— Não faz isso.

— Nós. Essa é a melhor parte. A nossa parte. — Eu me aproximo, e ele se afasta. — Me diga o que quer que eu fale, o que devo fazer.

A voz dele é rouca quando fala.

— Traga meu irmão de volta.

Eu fungo e sinto a raiva aumentar, mesmo enquanto ele desfere golpes precisos.

— Essa é a única coisa que não posso fazer.

— Então cumpra sua palavra e vá embora.

— Você me culpa.

— Não, Cecelia, não culpo. Mas não vou cometer os mesmos erros de novo.

— Não foi um erro.

— Foi, e você sabe disso.

— Tobias, estive com você o tempo todo. Desde que parti, nenhuma parte da minha vida foi real, até agora. Este é o momento em que mais vivi desde aquela noite. Este momento, em que confesso que ainda amo você e você diz que eu sou um erro. Mas não acredito que você pense assim. — Ergo o queixo. — Não estou correndo para longe porque sei que você também não acredita nisso. Eu aceitaria qualquer vida com você em vez da que tenho. Não me jogue fora. Não me afaste. Não faça isso de novo.

Ele começa a andar de um lado para o outro na minha frente.

— Ouvi cada palavra que você disse ontem à noite. Você ainda me ama — afirmo.

— Tu me rends tellement fou! — *Você me deixa completamente louco!* Ele enfia as mãos no cabelo e depois vira a cabeça para me encarar com raiva.

— E como espera que isso se desenrole? Você acha que eu vou... o quê? *Me casar com você*?! — Tobias balança a cabeça como se isso fosse uma ideia ridícula. A crueldade dele não tem limites. — Acha que vamos simplesmente cavalgar em direção ao pôr do sol, que podemos esquecer tudo? Muita coisa aconteceu. Você não deveria me perdoar. Não deveria esquecer as coisas que eu fiz. *Eu* não posso esquecer as coisas que fiz a você e aos meus irmãos. Ferrei com tudo em um nível muito profundo, e tudo mudou. — Ele dá um passo ameaçador para a frente e me encara com resignação. — Não temos direito a um final feliz, Cecelia. Temos direito apenas a um fim.

— E por que tem que ser esse? Podemos...

— Você ainda é tola o suficiente para pensar que amor e sexo são alguma espécie de resposta. Esse é o seu problema. Você mesma disse que nunca foi objetiva a ponto de conseguir diferenciar a verdade da ficção na sua cabeça. Amor e sexo não ajudam em *nada*. Meu irmão a amava. Estava apaixonado por você quando morreu para protegê-la, Sean também. Em que exatamente isso ajudou? *Nada*. Não resolve nada. Não conserta nada. Só causa problemas e complicações. Você está cega se pensa o contrário.

— Não, você está. Porque eles sabiam que eu os amava também. E posso amá-los pelo que foram para mim e pelo que compartilhamos, assim como qualquer outra mulher com um amante e um amigo do passado. Mas o tempo não me concedeu o privilégio da separação. Eu vivi minhas experiências, aprendi com a vida, tudo de uma vez. E isso acabou comigo. Mas não vou me arrepender. Não vou me desculpar. Porque *é alguma coisa*. E você vai ter que aceitar. Tudo isso começou a desmoronar na primeira vez em que você tocou o que não era seu, e você sabia muito bem o que era naquela época e o que é agora. *E não é nada!*

A neve começa a cair pesada do céu, e luto para sustentar o olhar dele. Venço.

— É tudo, Tobias. É tudo o que há de mais importante. Se estou me apegando a alguma coisa, é a isso. *Você* me ensinou a diferença entre verdade e ficção e fez questão de garantir que eu soubesse qual era o seu lugar. — Bato no peito com o punho. — Não importa como chegamos até aqui, nós éramos e ainda somos tudo. Você roubou meu coração e deu um lar a ele, permitiu que eu o amasse. Quer bancar o inocente agora, me pintar como a vagabunda que atrapalhou? Bom, isso só faz de você um covarde, e é uma desculpa esfarrapada para caralho. Seu mentiroso desgraçado, você sabia exatamente o que estava fazendo.

— Eu não sabia! Eu não sabia! Eu não sabia! Eu não sabia que ver você a um passo deles, no momento em que voltaram, ia me destruir daquele jeito. Eu odiava saber... — Ele bate as mãos na mesinha lateral e grita, então a vira, os olhos selvagens de ciúme e medo. Medo de admitir o que levou anos para admitir. — Eu não sabia o quão possuído eu estava até ver o quanto eles amavam você.

Permaneço imóvel, e ele ergue olhos furiosos para os meus.

Uma calma inesperada me envolve.

— Ainda sou sua, Tobias.

Ele balança a cabeça, e sei que há uma guerra acontecendo ali dentro.

— Sempre foi meu destino ser sua. Você mesmo disse isso antes de tudo ir para o inferno. E eles sabiam quando nos viram juntos, assim como eu sabia, assim como você sabe. É por isso que minha mente não me deixa esquecer, é por isso que meu coração continua me torturando. Não importa como aconteceu, mas não *se engane*, você fez acontecer.

As narinas dele se dilatam, mas os olhos se suavizam consideravelmente.

— Você precisa desapegar dessa imagem romantizada que tem de nós dois na sua cabeça. Nós nunca fomos mais do que um erro. Um erro pelo qual ambos já pagamos muito caro. Esqueça isso. *Me* esqueça.

— Você a ama?

— Eu confio nela! Eu a respeito!

Ambos os golpes atingem em cheio, me fazendo mergulhar numa dor inimaginável. Mas a verdade é tão clara, a parte que ele deixou de fora, e é o único consolo que consigo encontrar.

— Mas você não a ama.

— Estou *com ela*. Fim da história.

— Não é o fim. Pode falar com a certeza que for, mas seu amor é tão firme quanto era antes. Eu o sinto. Todos os dias. Você não me esqueceu tanto quanto eu não o esqueci. Não quero seu perdão, porque você nunca vai ter o meu. Mas eu sou sua. As partes do meu coração que Sean e Dominic conquistaram são deles para sempre. Mas todo o restante é seu. Tudo, incluindo minha mente, meu corpo e os fragmentos da minha alma. Você é o vencedor, e esses são seus espólios, mas é covarde demais para aceitar isso, para me aceitar, para aceitar nós dois. Está se escondendo atrás do seu precioso propósito e da morte do seu irmão. Você não me ganhou por desistência do adversário, Tobias. Eu já era sua, você me fez sua *antes* que seu irmão morresse.

Ele se afasta como se eu tivesse lhe dado um tapa na cara, e, de certa forma, foi isso que fiz. Ambos estamos lutando contra a culpa e a linha imaginária que Tobias desenhou e declara que não podemos ter um ao outro, não depois do que perdemos.

— Um de nós precisa dizer isso. Nós sabíamos. Sabíamos o que tínhamos encontrado e não soubemos como lidar com isso porque começou da forma errada, com a traição de dois homens que nós amávamos. E você pensa que não pode ou não merece estar comigo por causa dessa culpa, mas essa é a nossa realidade agora, e você não é o único que perdeu. Ele se foi, Tobias, e não vai voltar. Não podemos mudar isso, assim como não podemos mudar o fato de que ainda nos amamos.

— Cacete, Cecelia. Esquece isso!

— Dominic sabia, Tobias, ele me disse minutos antes de morrer que nunca tinha visto você tão feliz.

Tobias balança a cabeça, os olhos se enchendo de lágrimas quando eu dou um passo à frente.

— Voltei aqui para fazer as pazes, lamentar a perda dele, buscar respostas, mas percebi que também voltei para reivindicar a vida que quero, com você, porque, apesar da culpa, sei que merecemos viver o resto da nossa sentença juntos. Somos as únicas pessoas que podem curar uma à outra. Não estou dizendo que vai ser fácil, nem que vai funcionar, mas merecemos a chance de tentar. Porque, apesar de ser uma verdade cruel, foi real, mais real do que qualquer coisa que já senti. Mais real do que sua necessidade de vingança ou suas promessas a qualquer outra pessoa. Certo ou errado, meu lugar é ao seu lado, e você pertence a mim tanto quanto eu pertenço a você. Apenas aceite.

Ele me puxa com força para um abraço, os dedos enrolados na minha jaqueta, os olhos cheios de emoção enquanto a tensão desaparece de seus ombros. Posso sentir a quebra, o sangramento.

— Eu amo você — digo, suavemente. — Não é tarde demais.

— Cecelia?

Congelo quando Tobias desvia o olhar do meu e me solta, dando um passo para trás e se virando na direção da voz.

Collin.

44

— Collin, o que você está fazendo aqui?

— Eu sou a porra do seu noivo.

Ele abre o portão com um estrondo, a raiva estampada no rosto ao desviar o olhar para o homem ao meu lado.

— Você era, você *era* meu noivo.

Tobias o observa, e eu me movo para interceptar Collin, que se aproxima de nós com os olhos estreitando com acusação.

— Então é você, né? — diz ele, a postura possessiva e ameaçadora de uma maneira que eu nunca vi.

Posso ver a diversão nos olhos de Tobias ao medir Collin de cima a baixo.

— Collin, para. — Eu o intercepto no meio do caminho com uma mão em seu peito. — O que está fazendo aqui?

Ele ergue o queixo em direção a Tobias.

— O que *ele* está fazendo aqui?

— Estávamos apenas conversando.

Collin passa por mim e se posiciona de frente para Tobias, e uma onda de apreensão percorre meu corpo. Faço o que posso para me enfiar entre os dois quando um sorriso perverso atravessa o rosto de Tobias.

— Ouvi muito sobre você.

— Ironicamente, nunca tinha ouvido falar de você até pouco tempo — retruca Collin, com um tom carregado de desdém.

Tobias alarga o sorriso e dá a Collin uma piscadinha lenta.

— Eu sou um segredo muito bem guardado.

— Collin — interrompo —, por favor, vai para dentro. Eu encontro você lá.

Collin se vira para mim.

— Acha que eu tenho medo disso aí, desse... bandido de terno?

A risada de Tobias é maníaca.

— Entendi porque você gosta dele. Ele é engraçado.

— Chega!

Eu me movo para me colocar entre os dois, mas sei que o esforço é inútil.

— Eu já estava de saída — diz Tobias, se afastando, com o olhar fixo em mim e no anel que repousa em meu dedo. — Sua vez, Cecelia.

Minha vez, minha vez de cumprir minha parte no acordo. Ele quer que as coisas acabem assim?

Porra nenhuma.

— Nós ainda não terminamos de conversar — retruco, e me viro para Collin. — Por favor, me espera lá dentro.

— Não precisa, ela é toda sua — diz Tobias, torcendo a faca.

Collin desvia o olhar de mim, indo atrás de Tobias, que mal deu um passo à frente.

— É bom repetir isso para si mesmo na volta para casa. Ou melhor ainda, escrever — retruca Collin. — Isso é, se você souber soletrar.

— Tobias, não — resmungo, angustiada.

Então Tobias prende Collin na espreguiçadeira coberta de neve e ergue o punho cerrado até a linha de visão do oponente, antes de brincar, dando um tapinha no nariz de Collin com os nós dos dedos. Sangue vermelho brilhante começa a escorrer, e eu seguro os ombros de Tobias. Em um único movimento cruel, ele humilhou Collin.

Tobias ignora meus esforços com tranquilidade ao se posicionar a apenas alguns centímetros do nariz ensanguentado de Collin.

— Como é saber que enquanto você estava transando com sua futura esposa ela estava pensando em mim?

Collin arregala os olhos, que se enchem de lágrimas ao me encararem por cima do ombro de Tobias. A expressão dele é de devastação total.

Enfurecida, eu bato nas costas de Tobias.

— Desgraçado, solta ele agora!

— Eu tenho aquele *pau de bandido* que ela tanto deseja — zomba Tobias, deslizando a virilha pela barriga de Collin, enquanto eu soco os ombros dele. — Consegue fazê-la gozar com apenas um dedo e um sussurro no ouvido? Eu dominei essa técnica. — Tobias me encara com os olhos inflamados, então se volta para Collin, arrastando-o para fora da espreguiçadeira e colocando-o de pé. Ele arruma o paletó. — Se você estava precisando de umas dicas, era só pedir.

Os olhos de Tobias perdem o brilho e qualquer traço de humor desaparece. Ele limpa os ombros de Collin, que o encara, com o nariz ainda sangrando.

— Não me insulte de novo, bonitão, ou a brincadeira acaba. — Tobias o solta e se vira para mim. — Leve-o para casa, e aproveite para *ficar por lá*.

— Você é um filho da puta.

— Nunca afirmei ser um homem bom — retruca ele, dando passos largos em direção ao portão. — Nem uma vez. Isso faz parte da história que você inventou na sua cabeça.

Tobias bate o portão, e eu grito atrás dele.

— Não vou embora!

— Sim, você vai.

Como que do nada, um carro estaciona e Tobias entra no banco do passageiro. Eles arrancam para a entrada por meio da neve densa e pesada, desaparecendo de vista.

Volto-me para Collin, que me encara segurando o nariz ensanguentado.

Merda.

Mordo o lábio para segurar um sorriso ao encaixar outro algodão no nariz de Collin. Ele é o completo oposto de Tobias: cabelo loiro claro e macio como penas, olhos azuis profundos, um corpo atlético, esguio e musculoso, mas completamente despreparado para a força bruta contra a qual se lançou há pouco.

Eu o amo ainda mais por isso. Ele abriu caminho para dentro da minha vida com seu charme, suas peculiaridades britânicas e sua amizade dedicada, depois se infiltrou em meu coração. Eu o amo pela paciência, pelo cuidado, pela compreensão, pelo homem que ele é e pelo amigo que tem sido.

E, em troca, tenho sido egoísta.

Ele me olha completamente perplexo, o sotaque inglês abafado pelos algodões que tampam o nariz.

— Isso não é engraçado.

— Eu sei que não é. Sinto muito que você esteja machucado, mas eu avisei para não mexer com ele.

— Quem *caralhos* é ele?

— Mais do que um bandido de terno, mas, cara... — Não consigo conter meu sorriso. — Estou feliz por você ter dito isso.

— Esse é o homem que você diz ainda amar?

Assinto devagar, sabendo que a verdade o machuca.

— Por quê?

— Eu gostaria de saber. Pararia num piscar de olhos e iria encontrar você no altar se pudesse. Mas não o mereço. Nunca mereci.

— Ele não lutou por você, nem um pouco. Falou para você ir embora.

Tobias matou por mim, fez acordos com inimigos por mim. Ele me protegeu e pagou por isso com a vida do irmão, tudo enquanto negava a si mesmo a própria felicidade.

— Ele sacrificou mais do que qualquer homem deveria por mim.

— Como assim?

— É uma longa história, uma que não cabe a mim contar.

Recolho os guardanapos de papel cheios de sangue e sinto os olhos de Collin sobre mim enquanto limpo a mesa.

— Como não cabe a você contar?

— Porque entrei nisso muito depois de ter começado.

— Éramos melhores amigos antes de começarmos a namorar — lembra Collin, incrédulo. — E você nunca me contou *nada* disso. Só que seu pai morreu e vocês não eram próximos. Como viveu toda essa outra vida aqui sem eu saber? Como tem todo esse passado que nunca nem mencionou? Pensei que a conhecia, Cecelia.

Culpa, muita culpa me acomete quando o encaro. Outra vítima da minha história sórdida.

— Foi um ano. Apenas *um* ano, mas mudou minha vida inteira. Às vezes, na maioria delas, eu queria que nunca tivesse acontecido, mas, mesmo assim, me fez quem eu sou. — Eu me ajoelho diante dele. — Sinto muito. Muito mesmo. Nunca quis que você soubesse sobre ele. Ou sobre tudo isso, mas essa é quem eu realmente sou. E a mulher que você conheceu também sou eu. Só construída com mais camadas do que deixo transparecer. E estou cansada de esconder as outras partes de mim mesma.

— Porque você foi promíscua?

— Isso não é tudo, não é... — Eu suspiro. — Eu nunca deveria ter admitido isso para você.

— Vai ser difícil esquecer agora.

— E eu sinto muito. De verdade. Mas fiz isso para que você nunca precisasse encará-lo, para evitar *esta* situação, porque eu sou a vilã. Fique à vontade para me retratar da maneira que quiser para os nossos amigos. Eu mereço. Vai por mim. Já me martirizei o bastante tentando conviver com isso. Mas, no processo, neguei a mim mesma a liberdade de querer o que quero.

— E é ele o que você quer?

— É. Mas, Collin, o que você e eu tivemos foi especial. Foi construído sobre as bases certas: amizade, confiança, respeito. Era saudável, e sou muito grata todos os dias pelo que vivemos juntos, por você. Não tratei seu pedido de casamento de forma leviana, e devia ter seguido em frente com nosso relacionamento, mas não fiz. Eu estava me escondendo atrás dele.

— E você está aqui para, o quê, reconquistá-lo?

— Não quero machucar você mais do que já machuquei — digo, segurando a mão dele. — Não quero continuar contando coisas pelas quais você vai me odiar.

— E se ele a recusar?

— Ele já está me recusando, e vai continuar, e eu vou ter que conviver com isso, mas nunca mais vou colocar ninguém na sua posição. Machucar você foi o fundo do poço para mim e o fim da minha negação.

— E ele é um bom homem?

— Ele é um homem muito *complicado*, com certeza. Mas também é um homem que eu não consigo parar de desejar, não importa o quão complicado seja.

— Então você está realmente terminando tudo por um homem que talvez nunca tenha?

Eu me levanto e passo a mão pelo cabelo dele, então seguro seu rosto.

— Espero que acredite que nossa separação é sobre mais do que apenas eu. Terminei nosso noivado porque você merece uma mulher que possa esquecer o passado e ser exclusivamente sua, e eu quero muito que você seja feliz.

— E quanto à sua felicidade?

— Não sei, Collin. Acho que... — Repito as palavras de Tobias. — Não tenho direito a um final feliz. Só tenho um final.

Collin veste o casaco, destruído depois de horas colocando tudo em pratos limpos, de mais lágrimas e discussões e uma última tentativa de me fazer voltar para casa. E, enquanto o sigo até o carro, reconheço que minha vida em Atlanta acabou de verdade. Após uma negociação dolorosa, ele concordou em tirar minhas coisas da nossa casa e guardá-las num depósito. Quando eu partir de Triple Falls, vou seguir em frente, sem olhar para trás. Não haverá nada para que voltar. A vida, a mentira que vivi por anos, acabou. Ele se afasta com meu anel no bolso, e eu fico parada o encarando por longos minutos, lamentando a perda dele e me sentindo acorrentada à verdade.

45

Já se passou uma semana, mais uma semana solitária, dirigindo por colinas e vales, conversando com Dominic onde ele descansa, remoendo lembranças. Passo todos os dias pela oficina, mas nunca paro. Com a transição quase completa, especialmente com a surpreendente cooperação de Tobias, sei que meu tempo está quase acabando. Talvez eu só precisasse de um encerramento, mas, depois de tudo o que aconteceu, sabendo a verdade sobre os extremos a que Tobias chegou, a verdade sobre os sentimentos dele por mim naquela época e agora, é difícil simplesmente partir, deixar para trás e esquecer por completo. Mas ele tomou uma decisão e continua a sustentando todos os dias ao me manter à distância.

No entanto, meu coração tolo se recusa a esquecer o quão dividido ele estava na noite em que me levou para casa. As palavras que disse, o modo como me tocou, como queria me tocar. Ele disse coisas que eu só poderia sonhar em ouvir.

Ele ainda me ama, mas se recusa a se permitir amar.

Culpa. A culpa nos separa, mas foram nossos erros que nos moldaram.

Ele ainda me quer, apesar de nossos erros, apesar da nossa história.

Mesmo com a mulher deslumbrante que o espera na cama.

Mas Tobias está com ela.

E está com ela *agora*, ao entrar pela porta do restaurante. Atordoada pela aparição súbita, me afundo na cadeira e ergo meu livro mais alto. Olho por sobre a borda enquanto a garçonete se aproxima com mais uma taça de vinho.

Faço uma oração silenciosa, esperando que a anfitriã os coloque o mais longe possível de mim. Mas não consigo desviar o olhar quando ele tira o casaco de Alicia, que sorri para ele por cima do ombro.

É um inferno na Terra vê-los agindo como um casal. Levanto a taça, engolindo metade do conteúdo para combater o ciúme furioso que se agita dentro de mim.

Embora tenhamos vivido um faz de conta da vida doméstica por quase um mês, nunca tivemos o luxo de estar em público. Uma vez que deixamos a hostilidade de lado e nos entregamos um ao outro, aquelas foram as semanas mais satisfatórias da minha vida. Mas a escolha dele é clara esta noite, enquanto janta com ela. Meu apetite desaparece.

Agradeço à garçonete quando meu prato de massa é servido e detesto minha maldita sorte quando vejo que eles são acomodados em uma cabine ao meu lado.

Tobias está de costas, mas Alicia pode me ver claramente, sentada em uma mesa para dois, *sozinha*, perto da janela de frente para a rua. Passo uma página do livro que já não estou lendo e levo o garfo à boca, a comida sem sabor algum quando me forço a mastigar e engolir. Alicia sorri para Tobias, e sinto um nó na garganta.

Que se dane isso.

Levanto a mão para chamar a garçonete e pedir uma embalagem para viagem, mas acabo derrubando o vinho. O líquido se espalha pelo tapete, e agradeço pela queda silenciosa, mas é tarde demais. Os olhos de Alicia me encontram quando me levanto, puxando o guardanapo do colo para secar o tapete. Só que não é meu guardanapo, é a toalha de mesa, e agora meu jantar se juntou ao vinho. É do chão que vejo um lampejo de fogo quando a vela da mesa tomba e incendeia a toalha.

Ouço o grito aterrorizado de uma mulher à esquerda e ergo o copo d'água para apagar as chamas. Felizmente, o fogo se apaga, mas não antes de incendiar meu livro. Não dá tempo de erguer a toalha para abafar o fogo, porque sou empurrada para o lado, e alguém faz isso por mim. Um perfume cítrico paira no ar, e amaldiçoo o destino. Amaldiçoo minha incapacidade de sair de cena despercebida.

Não consigo olhar para ele. Eu me recuso.

— Obrigada.

Seu riso sombrio ressoa, deixando o clima mais leve entre nós com o som doce.

— Você está bem menos ágil do que aos onze anos.

— Isso é evidente.

Ele ergue o livro meio queimado, meio encharcado.

Lanço um olhar para a capa e sinto uma dor no peito, completamente arrasada por agora ser apenas mais uma peça arruinada da minha história, da *nossa* história. Lágrimas ameaçam brotar, e tento reprimi-las ao pegar minha bolsa.

— É só um livro, Cecelia.

Mas não é. É a última parte de mim que se agarrou à esperança. É mais do que um simples objeto, e ele sabe disso. Finalmente, ergo os olhos para os dele, fogo e água colidem, e neles vejo aqueles dias que passamos na casa de seu inimigo. Os dias e horas em que conversamos, rimos, brigamos, transamos e nos amamos enquanto ele sussurrava coisas que me faziam perder o ar.

— Sim. Isso é *nada*, não é mesmo?

— Meu Deus, você está bem?

A garçonete intervém ao se abaixar para recolher os pratos do chão.

— Sinto muito — digo baixinho, meus olhos fixos em Tobias. Minhas palavras são para ele, que as assimila. — J'espère que je pourrais...

— *Eu gostaria de poder ser...*

— Ser o quê? — pergunta Tobias, com a voz suave, as palavras envolvendo meu coração, a gentileza no seu olhar roubando meu fôlego.

Eu sei que Alicia está assistindo à nossa troca, mas me recuso a desviar o olhar.

A garçonete se levanta após recolher parte da bagunça do chão.

— Vou pegar outra toalha, outra taça e outro prato. — Ela ri gentilmente. — Desculpe não poder fazer nada a respeito do livro.

— Não se preocupe. E, para ser sincera, a minissérie foi melhor — brinco, numa tentativa ruim de disfarçar minha dor, mas o tremor em minha voz a deixa evidente. — E eu já estava indo embora.

Ela olha para Tobias e arregala os olhos um pouco.

Lindo, não é? Ele é meu espinho, e foi ao lado dele que cantei a canção mais doce.

— E depois ao perdê-lo — digo em voz alta, concluindo o pensamento.

Deixo que os segundos se passem, e ele baixa a guarda. Tobias me deixa vê-lo, *realmente* vê-lo, seu olhar igualmente cheio de saudade, repletos da nossa história compartilhada. Ele se lembra. Ele se lembra de nós. Ele se lembra de tudo.

— Pourquoi la vie est-elle si cruelle? — *Por que a vida é tão cruel?* Pergunto a ele, meus olhos embaçando.

— Isso é francês? — pergunta a garçonete, desatenta, ocupada com a tarefa de tentar, em vão, endireitar meu mundo despedaçado. — É lindo.

— Quanto devo? Porque não acho que posso pagar muito mais — pergunto, com tristeza, dirigindo-me ao homem diante de mim.

— Nada, querida. Pode deixar que vou cuidar disso. Você nem comeu.

Tobias engole em seco, a emoção clara e conflituosa nos olhos. Abro a bolsa e coloco algumas notas na mesa recém-forrada, com o olhar ainda fixo no dele.

— Vou pegar seu troco — diz a garçonete.

Ela pega o dinheiro e olha de mim para Tobias, ficando séria enquanto encaramos nosso passado.

Eu balanço a cabeça.

— Pode ficar.

Ela me agradece e nos deixa sozinhos, encarando um ao outro. E é isso que fazemos por um momento, enquanto a neblina das mágoas que guardávamos finalmente se dissipa e, pela primeira vez, nos enxergamos além disso.

— Talvez eu não devesse ter vindo, mas eu só queria ver...

Uma lágrima solitária cai pela minha bochecha. Falho em me recompor e balanço a cabeça. Olho para o livro que ele segura e fecho os dedos dele ao redor das páginas chamuscadas. Solto uma risada autodepreciativa, então as lágrimas nublam minha visão novamente e eu admito minha maior verdade.

— Je suppose que je serai toujours la fille qui pleure à la lune. — *Acho que vou ser para sempre a garota que chora pelo que não pode ter.*

Tobias continua parado, com o livro na mão, ao lado da mesa abandonada, quando saio para enfrentar o vento congelante da rua.

46

Acordo de um sobressalto, ainda exausta do meu último sonho, e meus membros protestam, pesados de sono. Tentando dissipar a sonolência, vejo o característico piscar duplo de um raio através das portas francesas.

O trovão deve ter me acordado.

Respirando fundo, tento me lembrar do sonho e agradeço quando não consigo. Mas o ar ao meu redor, o calor nas minhas bochechas, as respirações rápidas deixam claro que não foi inofensivo.

Meus sonhos quase nunca são. Fracassei em todas as tentativas de me livrar deles.

Blam. Blam. Blam.

Isso não é trovão.

Saltando da cama, olho ao redor, mas não encontro nada.

Isto é o presente, não o passado, Cecelia. Vá atender à porta.

Alarmada, visto o roupão e pego minha arma na bolsa, tentando afastar o medo.

Isto é o presente, não o passado, Cecelia.

Quanto mais tempo permaneço aqui, mais a distinção entre passado e presente se torna clara, e estou relativamente segura. Nunca mais vou ser a garota incapaz de lutar ou de tentar se salvar. Sou uma mulher armada desde que deixei Triple Falls. Collin e eu brigávamos muito por causa da minha coleção de pistolas. Eu sempre vencia.

Blam. Blam. Blam.

A chuva açoita a casa, levando embora a neve fresca, e mantenho a arma abaixada, descendo as escadas em silêncio.

Ding. Dong. Ding. Dong.

Dominic, não!

Respiro fundo para me acalmar ao chegar à porta e olhar para fora, avisto faróis brilhando através das cortinas de chuva. Não consigo identificar o carro.

Grito quando o estrondo soa novamente, e ele me ouve.

— Abre a porra dessa porta, Cecelia.

Acendo a luz da varanda e os pelos da minha nuca se arrepiam. Ele bate mais uma vez, e eu abro a porta, dando de cara com Tobias encharcado pela chuva, com o olhos cintilantes e a expressão severa. Ele ainda veste o mesmo terno que usava no jantar, a gravata pendurada em volta do pescoço com o nó desatado, o cabelo escuro e brilhante encharcado.

Seus olhos me devoram, pausando na camisola que me comprou anos atrás, então dá um passo agressivo à frente, e depois outro, até que estou pressionada contra a mesa do hall de entrada, minha mão estendida atrás de mim para me dar apoio.

Ele olha para a arma em minha mão e, num movimento rápido, a esbofeteia para fora do meu alcance. A pistola desliza pelo chão e para com o cano apontado contra a parede.

— Seu idiota! Estava destravada!

— Agora você está desarmada, e é *isso* que a preocupa?

Ele avança cambaleando, a postura intimidadora. Estava bebendo, e está furioso.

— Você não vai me machucar.

— Tem certeza?

— O que aconteceu? Qual é o problema?

— Você aconteceu. Por que não foi embora?

— Por que isso importa? Não estou fazendo nada para você. Não o estou incomodando.

— Sua presença me incomoda!

Ele está encharcado, a água escorre pela lateral do rosto. Ergo o queixo.

— Azar o seu.

Ele me encara, e o céu se ilumina às suas costas. O trovão ruge à distância.

— Você não vai me machucar.

— Pense melhor. — Ele segura meu rosto com tanta força que sei que vou ter hematomas amanhã. — Eu disse para esquecer isso. Mas você simplesmente não consegue. Quando vai entender que nós fomos só um momento de fraqueza?

— Tão nada que você ficou no bar ensaiando esse discurso por quanto tempo?

Ele abre meu roupão à força, e eu dou um tapa em suas mãos.

— Vá descontar suas merdas na sua namorada. Não sou obrigada a lidar com isso.

— Não vai lidar com isso? — sibila ele, deslizando um dedo pela alça da minha camisola, e então a arranca para expor um dos meus seios.

— Pense na Alicia, Tobias. Isso não é certo. — Empurro o peito dele em vão. — Você não é *esse* cara.

— Não, eu não sou. Você deu conta disso.

— Do que você está falando?

— Ela era uma mulher boa, que merecia toda a atenção que eu poderia dar.

— Vocês terminaram?

— Ela parece achar que temos assuntos inacabados. Eu concordo. Acho que devemos resolver isso.

Ele rasga minha camisola e revela meu outro seio, depois o agarra com força.

— Para, Tobias, já jogamos esse jogo antes.

Ele derruba o vaso vazio da mesa atrás de mim, que se despedaça no chão. Viro o rosto para evitá-lo.

— Para, seu filho da puta! Para. Somos melhores que isso.

— Não, não somos. *Isto* é o que somos. — Ele me pressiona junto à mesa, me prendendo com seu peso e sua força. — Isto é tudo que somos. E isto... — Ele belisca meu mamilo com força, enviando uma descarga elétrica pelo meu corpo. — *Este* é o motivo de você estar aqui, não é? Esperando por mim? — Tobias esfrega o membro duro pela minha barriga, e seguro um gemido. — Bom... — diz ele, a voz goteja ácido — aqui estou eu.

— É assim que você quer fazer as coisas? Tudo bem.

Empurro o peito dele, que tropeça para trás. Levanto a barra da camisola e a jogo no chão, ficando apenas de calcinha.

Ele percorre meu corpo com os olhos livremente, a luxúria obscurecendo parte da raiva. Suas narinas dilatam. A água pinga do cabelo grosso, as gotas caindo sobre meus seios e escorrendo pela minha barriga.

— Você não me assusta, Tobias. Nunca assustou. Isso é o que mais te irrita.

— Não. — Ele se inclina, e eu inalo a mistura de couro, limão e chuva. — O que mais me irrita é que eu a deixei partir porque *não quero* mais você, só que você é cega demais para perceber.

— Não, o que mais te irrita é que nenhuma mulher que você encontrar *vai ser como eu.*

Ele solta minha mandíbula e abaixa a cabeça, mordendo meu seio, e eu grito, puxando seu cabelo, enquanto ele perfura minha pele e me suga.

Em um piscar de olhos, ele me joga sobre a mesa e arranca minha calcinha pelas pernas. Suspiro quando ele roça a ereção na minha coxa, os dedos se apertando em volta do meu pescoço.

— Quantas noites você se tocou pensando em mim, fechou os olhos e me imaginou enquanto seu noivo estava fodendo você?

— Todas as noites — sibilo, arranhando cada parte dele para puxá-lo mais para perto. — Todas as noites.

Ele para e olha para mim.

— Tem razão. Você é doente. Isto, *nós*, somos doentes para caralho. E não vai acabar do jeito que você quer — diz ele, com ódio.

— Eu sei — digo, e suspiro quando ele me penetra com um dedo e aperta meu pescoço com a outra mão.

Grito seu nome com voz rouca. Estou encharcada, tanto que sinto o pau dele se contorcer através da calça quando ele me encontra faminta.

Relâmpagos rasgam o céu pela porta aberta, e ele me fode impiedosamente com os dedos ao som dos trovões. Tiro seu paletó com urgência, e ele beija meu pescoço. Quando Tobias ergue a cabeça lentamente, posso ver a sede refletida nos olhos ardentes. Ele se aproxima, e nossos olhos se conectam no momento em que ele desafivela o cinto e pega o pau. Eu arranco a gravata. As mãos dele me envolvem, mapeando meu corpo, o toque condenatório, me marcando, enquanto me agarro à sua camisa.

Ele interrompe meus movimentos e me pressiona contra a mesa com a palma da mão ao deslizar cabeça do pau pela minha entrada, então me penetra com um único golpe. Uma vez conectados, ele abaixa a cabeça e xinga baixinho. Eu grito, me agarrando a ele.

Tobias se move, a boca me provocando com um beijo que ele se recusa a me dar enquanto me fode descontroladamente, de modo selvagem e descuidado, com uma raiva inflexível. As estocadas são implacáveis, e seu rosto se contorce entre angústia e raiva. A luxúria me engole ao gritar o nome dele repetidas vezes, implorando, entre o céu e o inferno. O som de nossos corpos se chocando e a nossa conexão me consomem por inteiro, alimentando meu desejo, e começo a tremer com a intensidade do orgasmo que se aproxima. Ele se afasta, os olhos iluminados, e me penetra fundo, segurando meus seios e deixando a necessidade assumir o controle. Ele projeta os quadris, deslizando entre meus lábios e me contendo apenas com a palma da mão.

— Tobias — digo, e ele me penetra, possuído pela raiva ao se entregar a nós.

Tobias geme quando finalmente me dá o que quero, afastando minhas coxas e me penetrando. Inclina-se sobre mim, agarra meu pescoço e ergue minha cabeça, seus grunhidos atingindo meus lábios. Nossas bocas se chocam, a língua dele mergulhando profundamente. Estremeço ao redor de Tobias e me contraio ao soltar um gemido em meio ao beijo. Meu orgasmo parece estimulá-lo, e ele me fode fundo, prendendo minhas mãos ao lado da minha cabeça. Fazendo a mesa balançar a cada investida. Aceito as estocadas brutais porque é do que ele precisa e o que eu quero. Sua raiva, sua paixão, a prova da vida que ainda pulsa no peito dele. Seu arrependimento e ressentimento pelo amor que eu ainda alimento tanto pelo homem quanto pelo monstro que habita dentro dele.

É posse e reconquista. É muito de tudo que ele não consegue superar nem perdoar. Vislumbro os tormentos em seu rosto enquanto grunhidos doloridos escapam dele.

— Não somos nada — diz ele, mas sua voz falha com a mentira.

— Você me ama. Você ainda me ama — retruco.

Tobias ruge ao gozar, a testa pressionada na minha, então derrama o resto de si na mesa entre nós. Ele se afasta, ofegante, ao puxar as calças para cima. A luz da varanda nos envolve à medida que ele se retira, o rosto empalidecendo ao recolher o paletó e observar meu estado: rasgada, mordida e corada devido ao orgasmo. Sua expressão é de angústia, então ele abaixa a cabeça na soleira da porta.

Eu me recomponho. Minhas pernas ainda tremem, mas consigo manter a voz firme.

— É preciso uma rainha para amar e entender um rei. Você achou que isso me quebraria? Você me moldou!

O silêncio dele é resposta suficiente.

— Achou mesmo que isso resolveria as coisas? Que mudaria o que sinto por você e me tiraria da sua cabeça? Você devia saber que não seria assim, seu idiota de merda!

Eu me enrolo nos trapos de seda.

Tobias cobre a boca, paralisado no batente da porta, e lágrimas surgem nos olhos cheios de pânico. Há um pedido em seus lábios quando ele fala.

— Por favor, vá embora, Cecelia. Eu não posso dar o que você quer.

As sombras de nossa ruína o cobrem, lançando trevas sobre seus traços. Os olhos estão selvagens e assombrados quando um gemido cheio de agonia escapa de sua garganta. É então que enxergo a verdade: eu posso ser forte o suficiente, mas ele não é. Tobias se vira e sai, deixando a porta aberta.

47

Na manhã seguinte, ando impaciente pela casa, sentindo o corpo dolorido e pulsando, e pondero sobre qual será meu próximo passo. Sei que tenho que ir embora. Sei o que precisa ser feito. Estou tentando abrir uma porta que há muito tempo está fechada, soldada.

Vou partir, pelo bem de nós dois. Só estou nos machucando ao ficar aqui. Admito para mim mesma que tinha esperanças de que pudéssemos deixar isso para trás. Nunca Dominic, mas toda a tristeza e decepção. Fomos separados antes mesmo de termos uma chance. Não consigo entender completamente a ira irracional que ele sente por mim. Foram circunstâncias horríveis que nos arruinaram naquela noite, e agora eu sei que para ele é mais fácil culpar nosso relacionamento e me negar a si mesmo como penitência. E eu tenho que compartilhar essa punição, não importa o quanto deseje só um pouco de absolvição.

Desorientada, eu me pego no quarto do meu pai. Quando morava aqui, nunca, nem uma vez, tive a curiosidade de visitar os aposentos dele. Era só uma parte da casa em que eu nunca ousava entrar, exceto na noite em que Tobias apareceu ferido. Agora, olho para o quarto de um estranho. É todo de janelas que vão do chão ao teto e oferecem uma vista espetacular das montanhas. Os móveis são simples, de mogno escuro elegante, e carentes de vida. Exceto pelo cheiro fraco do lustra-móveis de limão, permanece intocado. Do jeito que ele deixou no dia que morreu. Abro a cômoda e pego algumas meias, depois uma camiseta. Nunca soube o cheiro do meu pai. Ele nunca me abraçou, nunca me pegou no colo. Nunca. O pensamento me entristece enquanto eu inalo o perfume da camiseta lavada. É então que me ocorre.

Roman morreu sem que uma única alma o lamentasse, nem mesmo a única filha.

O envolvimento ao encobrir a morte de Dominic selou meu destino com ele. Nunca mais tivemos contato, e raramente ele tentou me procurar.

Se eu não tomar cuidado, posso não ter muitos que me lamentem quando chegar minha hora.

Mas, até onde eu sei, éramos duas pessoas diferentes que viviam vidas diferentes. Ainda fico abalada com o fato de Tobias ter engolido o orgulho, se encontrado com meu pai, dito que me amava e jurado me manter segura ao mesmo tempo que o protegia, um homem que pagou para encobrir a morte dos pais dele, acidental ou não.

Tobias obteve o mesmo consolo que eu.

Dinheiro.

O mais necessário dos males, que pode mudar completamente uma pessoa, para melhor ou pior.

Minha mãe tem uma vida confortável agora, mas se acostumou com o dinheiro, e isso não a fez mais feliz. O que tampouco aconteceu com meu pai.

E, para mim, é um insulto. Odeio dinheiro. Odeio o poder que dá a quem não o merece e as vidas que rouba daqueles que se fazem escravos por um pouco dele. Odeio a ganância e as atitudes extremas tomadas para adquiri-lo, e o medo e a amargura que inspira naqueles que não o têm.

Odeio tudo o que o dinheiro representa.

Não é um Deus, mas é igualmente culpado por muitas das crueldades da vida.

Eu me deito na cama de Roman, sobre o edredom branco impecável, e encaro o teto. Apesar da minha necessidade de alguma coisa — encerramento, ou apenas a necessidade de viver o luto como mereço, já que me foi negado —, acabei causando mais dor a mim mesma.

Mas eu pedi por isso.

E agora estou recebendo o que mereço.

Na verdade, consegui um pouco do que vim buscar: respostas. E luto comigo mesma para me contentar com isso.

Na noite passada, transar com Tobias só abriu uma ferida antiga e nos ajudou a sangrar um pouco mais rápido. *Ainda estamos sangrando.* Ele terminou o relacionamento, mas isso não significa nada se não puder aceitar nós dois. E suas palavras e ações da noite passada me disseram que ele nunca vai aceitar.

É amor, mas é um amor perdido, não importa de quem seja a culpa, e está na hora de eu por um ponto-final nessa história.

De certa forma, brigar com ele me trouxe de volta à vida, e tê-lo dentro de mim, não importa o quão irado ele estivesse, foi a prova de que nada nem ninguém pode ocupar seu lugar. O toque de Tobias será para sempre o único que eu vou desejar.

Eu me viro na cama e olho pela janela, me perguntando por que os homens da minha vida nunca puderam abraçar ou confiar completamente no amor que senti por eles.

Será que eu tornei isso tão difícil assim?

Por um instante, só por um instante, imagino como teria sido minha vida se tivesse tido um pai. Alguém que me amasse como um pai deve amar a filha. Que fizesse mais do que me apoiar financeiramente.

Nunca tive grandes problemas na vida, pelo menos não no sentido geral.

Mas quando se trata do amor de um pai, eu simplesmente... nunca tive.

Não quero ficar me lamentando.

Mas, por apenas alguns segundos, faço isso. Lamento aquela garota que cresceu sabendo que era uma obrigação.

Uma raiva sutil borbulha e se infiltra em meu subconsciente. Eu me sento na beirada da cama, e o ódio começa a me engolir por inteiro.

Que se fodam todos.

Todos eles.

Eu desperdicei meu coração... completamente. Joguei fora, e ele jamais será meu de novo. E eu nunca mais serei inteira.

Quero recuperar os anos que perdi esperando e rezando por algum afeto. Pelos dias e noites, e anos, meses, horas, minutos, em que questionei a mim mesma, minha existência, e me perdi em todos eles.

Sinto ressentimento pelo meu pai e pelo amor que tive por ele.

Sinto ressentimento pelos homens que me moldaram.

Queria nunca ter conhecido nenhum deles.

— FODAM-SE VOCÊS!

Num acesso de raiva, esvazio a parte de cima da cômoda do Roman, espalhando cartas e frascos de perfume pelo quarto.

Tão rápida quanto veio, a raiva se dissipa, mas está presente, sempre esteve, meu orgulho, minha autoestima, tudo o que coloquei de lado apenas para dar uma chance ao meu maldito coração.

E por quê?

Sou uma amante que não recebeu nada em troca além de um coração partido e uma autoestima despedaçada. Traí a mim mesma pela chance de ser amada.

— Chega! Basta!

Nunca valeu a pena.

Mas eu, sim. Eu valho a pena.

Nunca pedi nada a Roman, mas por que ele teve que deixar tão dolorosamente claro que não me amava?

Não sou filha de ninguém.

Como minha mãe pôde amar um homem tão cruel?

Como eu pude seguir os passos dela e me apaixonar por um homem de mentalidade semelhante, cuja missão de vida vinha antes do meu afeto?

Dinheiro. Poder. Eu abriria mão de tudo só para me sentir inteira outra vez.

O perfume impregna o quarto, e eu abro uma das janelas, então me ajoelho para pegar os cacos do frasco quebrado. Abro a gaveta ao lado da cama para colocar os pedaços e vejo uma carta repousando debaixo de uma caixa de relógio. Estudo o envelope espesso e o puxo de debaixo da caixa. O bilhete em cima dele está endereçado a mim.

Cecelia,
Sou tudo o que seus olhos me acusaram de ser. Você estava muito melhor sem mim.

Me perdoe,
Roman

Retiro o envelope da gaveta e o abro. Em segundos, reconheço a caligrafia. É da minha mãe.

Roman,

Sinto muito por ter bombardeado você do jeito que fiz. Eu me humilhei de uma maneira que nunca vou conseguir esquecer. Por favor, me perdoe.

Voltei, depois de todos esses anos, para pedir desculpas. Para agradecer por tudo o que sacrificou por mim, carregando as esperanças da garota que baniu da sua vida.

Você ainda não se casou. Isso me deu esperança. Sempre me perguntei secretamente se meus sentimentos eram correspondidos. Espero que me perdoe por tentar descobrir.

Mas agora eu vejo. Preciso desistir.

Ainda lembro nitidamente do nosso tempo juntos. Parece que foi ontem que comecei a trabalhar na fábrica, quando você entrou, e ficamos apenas nos olhando.

Você salvou minha vida, de várias maneiras, ao me acolher, ao cuidar de mim.

Nunca havia tido esse tipo de amor antes de você, e nunca mais o tive. E todos os dias me pergunto se isso significou tanto para você também. Não consegui aceitar nosso fim. Ainda não me recuperei de perdê-lo, e nunca vou me recuperar.

Mas sinto que roubei sua vida com aquele segredo horrível. Daria qualquer coisa para desfazer isso. Minha consciência me corrói diariamente por ter trancado aquela porta. O fogo começou por minha causa, e foi meu julgamento estúpido que causou tanta perda. Se ao menos você tivesse me deixado assumir a responsabilidade, se ao menos permitisse agora, eu aceitaria mil vezes se isso o libertasse do fardo que carrega.

Mas, mesmo assim, você nunca me deixou dar um passo à frente e nunca deixará. E nunca vou entender. A única conclusão que consigo tirar é que, em algum momento, você me amou o suficiente para me salvar, para garantir que nosso bebê estivesse seguro, e vou lembrar de você assim.

Nossa filha é linda. Está bem, e sei que pode ser difícil para você olhar para ela e ver o erro que cometeu ao me amar, mas, por favor, tente se abrir, Roman, e mostre a ela o homem pelo qual me apaixonei.

Quando olhar para ela, espero que se sinta em paz com o motivo do seu sacrifício, porque banhei o pedacinho de você que você me deu com o amor que sempre sentirei por você.

D.

Li a carta repetidas vezes, calculando e recalculando a linha do tempo, enquanto rezava para que os fatos mudassem.

Minha *mãe* matou os pais de Tobias.

Minha mãe.

Não meu pai.

A Horner Technologies era uma fábrica química há vinte e seis anos. Ela cometeu um erro e matou duas pessoas. Acidente ou não, meu pai encobriu.

A única coisa pela qual Roman Horner era culpado era de ser um empresário barato, astuto e antiético.

Corro para o banheiro e vomito, depois afundo nos azulejos gelados.

48

Chego à casa da minha mãe, uma casa ampla com três quartos, situada à beira de um lago. Não é nada ostensiva, mas o jardim me lembra muito o do meu pai enquanto contorno a propriedade seguindo a música que ecoa de uma caixa de som ao ar livre. Encontro-a entre os galhos sem folhas com uma taça de vinho ao lado. Timothy está inclinado sobre ela, trocando palavras, pressionando um beijo em sua têmpora, então me avista por cima do ombro dela. Seu cumprimento é caloroso, assim como o sorriso.

— E aí, Cecelia. Não esperava ver você hoje.

Minha mãe se levanta, já com um sorriso ao se virar para mim.

— Ei, querida. Estava pensando em ligar para você.

— Fico feliz que esteja com vontade de conversar.

O sorriso dela desaparece quando percebe a expressão em meu rosto, e eu tiro a carta da bolsa.

— O que aconteceu?

Timothy se levanta e nos observa enquanto eu me aproximo dela. Minha mãe dá uma olhada na carta, e então seu rosto empalidece e ela se vira para Timothy.

— Amor, você dá um minuto para colocarmos o papo em dia?

Timothy acena com a cabeça e me encara, claramente percebendo a situação.

— Vai ficar para o jantar? Vou colocar uns bifes para assar daqui a pouco.

— Não, preciso voltar, mas obrigada.

A tensão aumenta, mesmo com o excesso que já há entre nós, e Timothy se despede. Minha mãe pega um cigarro e o acende enquanto me observa atentamente.

— Minha carta?

— Por que era mais seguro?

Ela solta uma nuvem de fumaça, apertando o suéter no corpo. Levanta a garrafa de vinho em oferta, e eu balanço a cabeça.

— Não estou aqui para papear.

— Deu para ver. — Ela engole em seco. — Me dá um segundo.

— Para inventar mais mentiras?

Ela baixa os olhos ao levar a taça até os lábios e beber um gole generoso.

— Por que era mais seguro?

— Seu pai foi o homem mais bonito que vi na vida. De verdade. Nenhuma mulher naquela fábrica passava um dia sem fantasiar sobre ele, tenho certeza. E eu era uma delas.

— Responde.

Ela me lança um olhar de lado e fala em um tom cortante.

— Quer a verdade completa ou uma resposta rápida?

— Como você pôde? Como pôde me fazer acreditar que ele não me queria, como ele pôde?!

— Porque era mais seguro assim.

— E você acha que ele amava você?

— Sei que sim, assim como amava você.

— Ele nos fez passar por dificuldade durante anos! Tratava você de um jeito horrível, como se fosse nada. Chama isso de amor?

— Chamo de penitência. Sente-se, Cecelia.

Eu me aproximo e vejo as cicatrizes brilhando nos olhos da minha mãe enquanto ela suplica para que eu a ouça.

Eu me acomodo em uma das duas cadeiras que cercam uma pequena mesa de jardim e pego a taça de vinho dela.

— Tá bom. Pode falar. E, juro por Deus, mãe, se deixar alguma coisa de fora, esta vai ser nossa última conversa.

Não deixo de notar o breve sorriso triste que ela dá.

— De certa forma, você é muito parecida com ele. Olhos que expressam tanto e ao mesmo tempo cortam tão fundo. Mas é péssima em esconder seus sentimentos. Tem um coração grande demais para ser qualquer coisa além de uma mulher linda e amorosa, não importa o quanto doa. Gosto de pensar que vejo um pouco de mim em você.

— Não considero isso uma bênção. Não sou nada parecida com você.

— Ah, querida, você é muito parecida comigo. Ama de forma cega e tola, e não tinha como impedir que você experimentasse isso por si mesma. Quando você era pequena, eu soube que tinha herdado o meu coração, e não havia como impedir que você amasse da forma como foi criada para amar. Não havia como evitar seu sofrimento. Acha que não percebi a mudança em você? Acha que, quando olho para minha própria filha, não noto que foi irrevogavelmente alterada pelo amor? Você havia aprendido tudo comigo muito antes de entregar seu coração a alguém.

— Não se dê tanto crédito por ser minha mãe nos últimos sete anos.

— Eu mereço isso. E coisas muito piores. Mas foi seu pai quem me salvou desse destino.

— Pode falar.

Ela apaga o cigarro e me encara.

— Ele era um canalha: durão, direto, com sede de poder e dinheiro e quase impossível de se aproximar. No começo, pensei que fosse apenas uma distração para ele, sabe? E Roman me fez acreditar nisso por um tempo. Estava focado demais em criar um império para se preocupar com uma garota de dezenove anos que não tinha nenhum futuro além daquela maldita fábrica. Eu sabia que era estúpido. Sabia que era imprudente amá-lo da maneira que amei, e, pode acreditar, ele me fez questionar minha sanidade mais de uma vez. Mas então, um dia, tudo mudou. Foi como se ele se permitisse me amar de volta. Escondemos nosso relacionamento muito bem. Sua avó estava completamente alheia. Foi difícil. Na verdade, só confiei em uma pessoa durante todo o tempo que estivemos juntos. Uma bela francesa chamada Delphine.

Quase deixo o copo escorregar da mão, mas consigo levá-lo aos lábios e dar um gole longo.

— Nós nos aproximamos porque ela se sentia deslocada; tinha se mudado da França alguns anos antes, vindo com um homem para os Estados Unidos e se casado com ele. Mas, na primeira vez que apareceu para trabalhar com hematomas... eu percebi que ela precisava de alguém em quem pudesse confiar. E, honestamente, com seu pai, eu também precisava. Ele era tão misterioso, tão difícil de amar. Parecia que ambas precisávamos de permissão para amá-los e encontramos isso uma na outra. Por mais errado que fosse, éramos vítimas de nossos corações tolos. Nós nos tornamos grandes amigas.

Ela engole em seco e pega outro cigarro do maço.

— Ela era a única que sabia?

Minha mãe assente, pegando o copo de mim.

— Naquela noite... na noite do incêndio, Roman e eu tivemos uma briga enorme sobre... você. Ele não queria que eu a tivesse, mas eu me recusei a permitir que ele me obrigasse a fazer um aborto.

— Então ele nunca me quis. Que surpresa.

— Não do jeito que você está pensando. Não tinha a ver com ele não querer ser pai.

— Não faz sentido.

— Cecelia, você veio querendo uma explicação. Uma que você merece. Então me deixa falar.

— Tudo bem.

— Nós nos apaixonamos profundamente. Nos amávamos muito quando você foi concebida. Tanto que eu pensei... eu pensei que ele poderia mesmo me pedir em casamento. Mas aconteceu tão rápido. Tão rápido. Em um momento eu era apenas uma distração para ele, no momento seguinte, Roman me fez sentir como seu objeto de obsessão. E foi a melhor sensação da minha vida, exceto pelo dia em que o médico colocou você nos meus braços.

Ela bate o cigarro, e eu contemplo a água tranquila do lago.

— Naquela época, havia alguns laboratórios na fábrica com diretrizes de segurança específicas e rigorosas, e eu, recém-treinada, simplesmente não estava pensando direito. A briga que tivemos foi horrível. Naquela noite, pensei que seu pai fosse um monstro; questionei todas as razões pelas quais o amava. Eu não conseguia acreditar no quão duas caras ele era. — Ela engole em seco, e seus olhos se enchem de lágrimas. — Enfim, eu estava distraída. Tão devastada que simplesmente não tinha cabeça para nada nem ninguém. Estava atormentada pela ideia de que ele não ficaria comigo se eu mantivesse você. Eu estava tão apaixonada que considerei... foi só por um instante, Cecelia, mas eu considerei. E o detestei por isso.

Permaneço em silêncio, embora as palavras me machuquem.

— O amor faz de você uma completa idiota, e eu não sou menos culpada do que qualquer outra mulher por ser escrava dele. — Minha mãe dá outro gole no vinho. — Então, eu estava trabalhando naquela noite com alguns outros técnicos que estavam na hora do intervalo. Eu simplesmente não estava... não estava totalmente presente. Quando cometi o erro, tentei conter. Em caso de incêndio, você tinha que evacuar e trancar a porta. Isso inicia uma sequência de eventos que isola a ameaça. Eu segui o protocolo, sem perceber que não estava sozinha no laboratório. Então, quando... — Ela se vira para mim. — Eu não os vi. Pensei que estivesse sozinha. No momento em que eles apareceram na porta, houve uma explosão. Eu não sabia... quando percebi que estavam lá, já era tarde demais. Ainda posso vê-los gritando, batendo na porta, um segundo antes da explosão. Ainda consigo ouvir os gritos de pânico. Eu vi tudo acontecer.

Fecho os olhos e posso ver a imagem dos pais de Tobias e Dominic implorando pela vida enquanto minha mãe assistia, em pânico, do outro lado da porta.

— Liguei primeiro para o seu pai, e Roman estava lá em cima... ele foi o primeiro a chegar e me mandou embora imediatamente. Se recusou a deixar que eu assumisse a culpa. Eu estava grávida de três meses.

— Mas foi um acidente. Por que você não poderia assumir?

— No começo, achei que era uma reação impulsiva para me proteger, mas foi por um motivo completamente diferente. Ele resolveu tudo. Tudo mesmo. E se recusou a me contar os detalhes ou o motivo. Estava tão... firme quanto a isso. E ele era um homem que você não questionava. Por meses, eu me perguntava o que diabos ele estava pensando... até depois que você nasceu.

Ela dá uma longa tragada no cigarro.

— Depois do funeral, larguei o emprego na fábrica a pedido de Roman. Mas no dia em que vi Delphine do outro lado daqueles caixões, tive certeza de que ela simplesmente sabia. Ela olhou para mim de uma maneira que eu percebi que sabia. Estava indignada; não sabia os detalhes da investigação e parou de falar comigo quando fiquei em silêncio ao ser questionada. Fingi não saber de nada. Roman e eu tentamos seguir em frente, mas foi o começo do fim. Ele me mudou para um apartamento, longe da minha mãe. Pensei que era para termos a liberdade de ficar juntos, mas, pouco depois, ele começou a me afastar aos poucos. Nunca fomos os mesmos depois daquela noite. Foi você quem nos manteve unidos. Às vezes, ele olhava para mim... para minha barriga, e eu podia ver claramente que ele queria ser mais, significar mais para nós duas. Às vezes, conseguia ver um vislumbre do que tínhamos sido. Mas, exceto pelas visitas ocasionais, Roman praticamente terminou nosso relacionamento.

— Ele se sentiu culpado?

— Eu sei que sim. Ele suportou o peso de tudo. Esse segredo poderia ter destruído tudo o que Roman havia construído.

— Mas se ele só tivesse admitido...

— Ele não queria correr o risco.

— Eu não entendo por quê.

— Porque não queria que ninguém soubesse sobre nós.

— Então você *era* o segredo sujo dele?

— Não, meu amor, você e eu éramos o maior medo dele. Eu sabia que ele era um homem frio. Sabia que era ambicioso nos negócios, mas não que existiam outros o vigiando de perto. Ele havia criado inimizades com antigos parceiros de negócios, e não queria que ninguém soubesse.

— Então vocês brigaram porque você estava grávida?

— Eu queria você. Ele, não. E eu não entendia completamente o porquê, até três meses depois do seu nascimento.

Ela solta um suspiro.

— Seu pai veio ver você pela primeira vez naquela noite. Não consigo colocar em palavras como foi difícil passar pelo parto sozinha, pensando que ele não queria ter nada a ver com a gente, que não se importava o suficiente para ver você chegar ao mundo. Ele ignorou minhas ligações, minhas súplicas para que viesse, e eu realmente o odiava por isso, mas tinha você como consolação. Você representava tudo de mais lindo sobre nós dois antes de as coisas ficarem feias. No dia em que você completou três meses, adormeci na poltrona de amamentação depois de colocá-la no berço. — Os olhos da minha mãe estão em algum lugar do passado, como se ela pudesse ver nitidamente a cena. — Acordei no meio da noite e me deparei com Roman de pé, olhando para dentro do berço, e não havia como negar. Os olhos dele estavam inundados de amor. E era isso para ele, algo que eu mesma experimentei no dia em que nossos olhos se encontraram pela primeira vez. Foi amor à primeira vista para nós dois no momento em que vimos você. Eu me levantei e fui até ele, e foi a primeira vez desde o incêndio que Roman baixou a guarda e me permitiu vê-lo. Foi um momento lindo que eu nunca vou esquecer. Ele olhava para você com tanta devoção, Cecelia, o amor de um pai. Mas, quando estendeu a mão para pegar você, ele empalideceu. — Ela olha para mim e engole em seco. — Quando afastou o cobertor para segurar você nos braços pela primeira vez, havia uma arma carregada no berço, ao seu lado, posicionada de modo inconfundível.

— Uma ameaça?

— Um aviso de retaliação. — Ela olha para o lago e depois para mim. — Eu surtei quando vi aquela arma, examinei você dos pés à cabeça. Nunca na vida fiquei tão aterrorizada. Foi aí que percebi que ele estava se afastando de nós para nos proteger. Roman não queria você porque sabia que significaria transformá-la em alvo. Foi então que percebi tudo que ele escondia de mim. Por mais cuidadoso que Roman tenha sido, eu soube imediatamente quem era responsável por aquela ameaça.

— Delphine.

Mamãe concorda com a cabeça.

— Meu erro idiota acabou com a família dela. Mas nunca havia passado pela minha cabeça que ela fosse capaz de algo assim. Presumi que o ódio era por minha conexão com Roman. Eu contei a ele. Seu pai ficou furioso.

Ela inspira fundo mais uma vez.

— Naquela noite, ele segurou você no colo pela primeira vez por horas, até que olhou para mim e disse sem rodeios que estava tudo acabado entre nós e que não nos queria mais por perto. Nós discutimos, mas, com a imagem daquela arma no berço, não precisou de muito para me convencer. Concordamos que eu pediria um teste de paternidade por ordem judicial e tomaria medidas legais para obter pensão alimentícia. Ele disse que pareceria mais convincente se você fosse uma obrigação no papel, fazendo parecer que era uma filha ilegítima. Como já tínhamos sido descobertos, ele tinha certeza de que a melhor coisa a fazer era tentar tornar tudo convincente. Contratou o melhor advogado para pagar o menor preço possível.

— E você concordou?

— Havia uma arma apontada para a cabeça da minha filha. Claro que concordei. Permiti que ele quebrasse meu coração. Permiti que nos tratasse como um segredo sujo. Eu o deixei para trás, assim como tudo ligado a ele, porque era perigoso amar Roman. E era perigoso ficar perto dele. Esse era nosso acordo.

— Então você se mudou para cá e nunca mais falou com ele?

— Não tive notícias dele por três anos. Nem uma palavra. E cada conversa depois disso foi sobre você e visitas planejadas. Roman fez questão de ser o mais cruel possível. Estava paranoico. Se recusou a olhar na minha cara no primeiro verão em que a deixei com ele.

— Por isso que ele me mandou para o acampamento nos primeiros verões que passei lá?

Ela assente.

— Roman contratou homens para nos vigiar vinte e quatro horas por dia. Estávamos sob vigilância constante. Você se lembra do Jason?

Concordo com a cabeça. Foi um dos relacionamentos mais longos da minha mãe, que terminou quando eu estava no ensino médio.

— Ele era um deles?

Ela assente.

— Aconteceu meio que por acaso.

— Que conveniente.

— Foi. Eu me sentia mais segura com ele. Mas minha razão era totalmente egoísta no início.

— Você queria uma reação.

Minha mãe confirma com a cabeça.

— Uma que nunca recebi. — Ela franze a testa. — Deve ter acontecido algo naquele último verão que você passou com ele. Outra ameaça, imagino. Ele soube de algo e se recusou a recebê-la novamente até o ano em que você foi morar lá. E, ainda assim, fez tudo parecer uma transação comercial.

— Foi por isso que ele entrou em contato comigo por e-mail?

Ela confirma com a cabeça.

— Registros para quem estivesse observando.

— Por que você não me contou?

— Porque não saber a manteve segura.

— Por que entrou em contato com ele depois de todo esse tempo?

— Porque, por dezenove anos, eu o amei. Por dezenove anos, eu o desejei. Por dezenove anos, paguei pelo meu erro, e eu só precisava saber. Eu precisava saber se ele se arrependia. Se sentia algo por mim. Ele me rejeitou de um jeito cruel quando fiz contato, mas, na sua formatura, alguns meses depois, eu o peguei olhando para mim. Timothy estava ao meu lado, segurando minha mão, e Roman olhou para mim de uma forma que eu soube que não estava sozinha no que guardei por todos esses anos. Ainda estava lá, entre nós, o homem por quem me apaixonei ainda estava lá. E eu sabia. Simplesmente sabia. Uma mulher sabe dessas coisas. E quando ele olhou para mim daquele jeito... foi pior do que não saber. Aquilo me destruiu. Mas era tudo o que ele tinha para dar. Aqueles poucos segundos num estádio lotado.

— Meu Deus, mãe.

— Pensei naquele olhar todos os dias. Ainda penso *nele* todos os dias. Roman era um homem bom? Não. Mas é o homem que vou amar até morrer.

— E você acha que isso é justo com Timothy?

— Não foi justo com nenhum homem, e às vezes a culpa me devora, mas o que espera que eu faça? Timothy perdeu a primeira esposa, e sei que às vezes ele sente a mesma culpa que eu. Nem todos acabamos com quem esperávamos. Ele não fica ressentido, nem eu. Fizemos as pazes com isso. E somos felizes. — Ela se vira para mim. — Nós somos felizes. Estamos satisfeitos.

— Satisfação não é amor.

— É nossa versão do amor. Não acho que Roman teria me feito feliz. Na verdade, sei que não teria. O que não torna meus sentimentos por ele menos paralisantes.

— Isso é...

— Roman amava você, Cecelia, ele amava. Mas era difícil amá-lo e ser amada por ele. Impossível. E não foi só meu erro que cobrou um preço. Foi o dele também. Ele precisava possuir um pedaço do mundo. Havia algum impulso insaciável dentro dele, e era essa ambição que criava inimigos, que o fez perder a família. Toda a riqueza que Roman acumulou não o protegeu nem minimizou o estrago que ele já havia causado.

Não cometa o mesmo erro que ela cometeu.

Coloco o copo de vinho na mesa e me levanto.

— Você tem razão, mãe. Herdei seu coração. Mas não se iluda, porque não tem sido nada além de uma maldição.

— Também sei disso. — Ela lê minha postura e me implora de onde está sentada. — Por favor, não vá, Cecelia. Não vá embora assim.

Eu a encaro e balanço a cabeça.

— Você mentiu para mim durante toda a minha vida.

— Se eu tivesse contado quando você era mais jovem, você teria se sujeitado à rejeição dele. Ele a amou da única forma que pôde, de longe.

— O que não torna isso aceitável! Eu o tratei de um jeito horrível. Você não conseguiu ser honesta nem quando ele estava morrendo?!

— Ele não queria você lá.

Chocada, eu a encaro.

— Mas você estava?

— Fiquei ao lado dele e o beijei antes que ele partisse.

— Pelo amor de Deus, mãe!

— Ele não queria você lá porque não queria que se sentisse culpada, porque você não merecia. Roman não queria absolvição. Ele *foi* um pai ausente. Escolheu construir um império em vez de nós duas. Era incapaz de expressar sentimentos ou demonstrar as verdadeiras emoções. Você não teria tido o que queria.

— Eu deveria ter tido a escolha!

— Você teve uma escolha. Conheceu o homem que ele era. Aquele era Roman. Vou ser clara. Não houve confissões no leito de morte. Ele não era essa pessoa.

Então eu me lembro do dia em que ele me interceptou ao pé da escada, os olhos implorando para que eu o visse além dos erros. Mas eu supliquei pelo afeto dele naquela sala de reuniões e não recebi nada além de um vislumbre do mesmo olhar.

— Aquela casa que ele construiu — sussurra ela — era um devaneio que compartilhávamos quando éramos mais felizes. Cada detalhe, até mesmo aquele jardim que era para ser meu. Ele se puniu construindo-a, um monumento sórdido ao que nós poderíamos ter sido.

Seco as lágrimas dos olhos, furiosa.

— Levei vinte e seis anos para me perdoar, Cecelia. E vou passar o resto da vida amando apenas um homem com todo o meu coração. Não me entenda mal, eu amo Timothy, muito. Ele é bom para mim, e eu dei a ele tudo o que me restava, mas seu pai foi o amor da minha vida. Merecesse ou não. Realmente não temos escolha.

— Você tem ideia de tudo que perdi por esconderem isso de mim?! Você se importa? Claro que não. Estava ocupada demais se lamentando quando eu mais precisava de você. Você foi egoísta. Ele foi egoísta.

Ela estende a mão e segura a minha, e eu a encaro com raiva.

— Eu me importo. Cecelia, eu amo você de corpo e alma. Fiz o que achei que fosse o melhor para você. Nós dois fizemos. Você também é o amor da minha vida, e sinto muito por ter sido egoísta, por ter ficado doente, mas espero que um dia você me perdoe, que perdoe nós dois.

— Eu preciso ir. — Puxo minha mão, e ela assente, os olhos se enchendo de lágrimas.

— Por favor, não faça o que ele fez. Por favor, Cecelia, não me exclua. Eu não posso perder você também.

— Você não é a única que pagou. Não entende isso?

Ela franze as sobrancelhas, e eu balanço a cabeça diante da ignorância total da minha mãe.

— Eu paguei *caro* por *suas* mentiras, pelos erros *dele*, e ainda estou pagando.

— O que quer dizer com isso?

A decisão vem fácil.

— Acho que todos nós temos nossos segredos, mãe.

Eu me afasto e vou para o carro. Quando bato a porta e a vejo me observando ao lado da casa, saio rasgando pela entrada.

49

Com a urna em mãos, paro na extremidade do jardim, tentando imaginar como teria sido crescer nesta casa. Imagens de mim correndo enquanto meus pais me observavam brincar. Posando com meu par para o baile sob o dossel de glicínias enquanto minha mãe disparava cliques incessantes e Roman encarava o garoto com um olhar de advertência, exigindo que eu estivesse em casa antes do toque de recolher. Descendo as escadas na manhã de Natal para abrir presentes ao lado de uma lareira crepitante. Durante o ano que vivi em Triple Falls, lembro-me de imaginar, mais de uma vez, uma família aqui, uma família feliz, e pensar que a casa era um desperdício, mas era exatamente isto que este lugar representava... a vida que poderíamos ter tido.

— Você foi o primeiro homem que partiu meu coração e acho que é justo que tenha sido. Mas não precisava disso. Não precisava nos punir. Eu vim aqui para receber sua fortuna, mas devolveria cada centavo por apenas alguns minutos com você. Só para dizer que talvez eu nunca o entenda completamente, mas, ao descobrir o que você fez, me senti como sua filha pela primeira vez na vida.

Minha respiração falha ao lembrar do sonho da noite passada: uma garotinha estendendo a mão para o pai repetidas vezes, apenas para se deparar com o vazio. — Mas eu me recuso a ser covarde como você foi. Afinal, foi o que você me ensinou. Não vou cometer os mesmos erros. Prefiro ser imprudente e apaixonada do que morrer em segurança e sem um legado de verdade. E isso não tem nada a ver com dinheiro ou posição. Acho que foi isso que você percebeu. Só me pergunto quando. — Eu desmorono um pouco. — Pelo menos agora sei que você era capaz de amar, e isso já é alguma coisa. Mas saiba que não construiu esta casa em vão. Este é o lugar onde eu vivi a época mais feliz da minha vida, então estou compartilhando com você.

Abro a urna e espalho as cinzas ao vento cortante; elas pegam carona em uma rajada e se dispersam entre os galhos ressecados das videiras. E, por um breve momento, eu imagino Roman no jardim repleto de flores, lamentando a mulher que amou e a filha que abandonou. Com essa imagem, faço as pazes com a casa assombrada pela família que nunca existiu.

O chão treme com a chegada de mais uma tempestade enquanto me aproximo do túmulo. Observo as lápides ao lado da de Dominic enquanto lamento pelas pessoas que sinto que agora conheço; duas vidas que meus pais tiraram, criando dois meninos órfãos que cresceriam com raiva, confusão e sede de vingança. Meus futuros amores, professores; dois homens que me amaram plenamente e se sacrificaram para me manter segura.

Está tudo errado... tudo.

Eu me permito lamentar ao me ajoelhar junto ao túmulo de Dominic, minhas mãos sobre a terra congelada.

A tristeza me envolve enquanto soluço minhas desculpas.

O rosto lindo de Dominic faísca em minha mente. E, quando o vento sopra, juro que o sinto, como um cobertor fresco que me envolve. Finalmente faço o pedido que nunca ousei fazer.

— Você me perdoa? Por favor, nos perdoe.

Faça-o feliz.

Cuide dela por mim.

Será que ele ficaria bravo ao saber que nenhum de nós fez o que ele pediu, o que ele queria? Nenhum de nós honrou o seu sacrifício. Deixamos que sua ausência fosse a razão para nossa ruína.

— Il ne me laisse pas l'aimer. Il ne me laisse pas essayer. Je ne sais pas quoi faire. — *Ele não me deixa amá-lo. Não me permite tentar. Não sei o que fazer.* — Eu daria qualquer coisa para voltar atrás, para ser mais corajosa. Tive tanto medo. Fui covarde, e você se foi. Você se foi... Eu nunca pude dizer o quanto o amava. O quanto você significava para mim, o quanto me transformou. O quanto eu o respeitava. Você era tão corajoso, Dominic, e tão forte. Eu tive o privilégio de conhecer você. De amar você. Por mais que tentasse ser o contrário, você sempre foi um homem inesquecível. Vou sentir sua falta todos os dias da minha vida.

Pressiono minha mão no peito.

— Attends-moi mon amour. Jusqu'à ce que nous nous revoyions. Jusqu'à ce que nous puissions sentir la pluie sur nos deux visages. Il doit y avoir une place pour nous dans la prochaine vie. Je ne veux pas d'un paradis où je ne te vois pas. — *Espere por mim, meu amor. Até nos encontrarmos de novo. Até podermos sentir a chuva em nosso rosto. Tem que haver um tempo para nós na próxima vida. Eu não quero um paraíso onde você não exista.*

No portão, dou uma última olhada em direção à lápide dele.

— A bientôt. Merci. — *Até logo. E obrigada.*

50

Fecho a porta do escritório assim que ele encerra a ligação. Tobias percorre meu corpo com os olhos em uma inspeção cuidadosa, então os desvia. Culpa.

Ele se levanta e engole em seco, virando-se para olhar pela janela.

Tem uma vista da parte superior da fábrica e da maior parte de Triple Falls. É neste momento que percebo que me sinto indiferente quanto a ele ocupar o lugar do meu pai. De certa forma, parece justo.

— Procurei por você ontem, e você não estava lá.

Será que ele pensou que eu tinha ido embora? Pela expressão dele, parece que sim. Mas não deixo isso me desanimar.

— Precisamos conversar.

Ele se vira para mim, deslizando as mãos pelas calças feitas sob medida.

— Eu a machuquei?

— Você sabe que não.

Ele olha de volta para a janela.

— Eu não sei de nada.

— Acho que ambos sabemos que isso é mentira.

Ele resmunga. Silêncio e tensão pairam na sala, até que ele fala, devagar:

— Cecelia, sinto muito. Eu não tinha direito algum de...

— Se for pedir desculpas, olhe nos meus olhos.

Ele não dormiu, a jaqueta e gravata não estão em lugar algum, e a camisa está amarrotada e desabotoada. Tobias parece tão derrotado quanto eu me sinto. Abre a boca para falar, mas eu o interrompo.

— Eu permiti porque sempre foi assim. Uma decisão. Eu quis que acontecesse. Talvez estivesse esperando por aquilo, eu não sei. Mas não importa. Estou indo embora.

Ele engole em seco e inclina de leve o queixo.

Era uma vez eu. Uma garota solitária que encontrou um rei solitário, e ambos éramos orgulhosos demais e, ah, como nos apaixonamos. Entre minhas ideias românticas e as ambições dele, nos enganamos, e tudo o que sinto agora é tristeza.

Tristeza pelos três órfãos que foram deixados para se virar sozinhos por causa dos erros dos pais.

E é por isso que estou aqui, para falar com o garoto que habita dentro deste homem e dar a ele a explicação que merece. Mas como vou transmitir a mensagem? Vou simplesmente dizer que ele construiu um império baseado em uma mentira? Que nossas vidas se cruzaram porque duas pessoas se apaixonaram, e uma delas cometeu um erro que iniciou uma guerra? Uma guerra que tem *tudo* a ver comigo.

— Eu tenho que lhe contar uma coisa.

Tobias me analisa de perto, e eu sei que meu rosto está empalidecendo. Por mais que eu esteja magoada com ele, a culpa me corrói.

— Eu...

Balanço a cabeça com vigor e puxo o envelope da bolsa.

— Cecelia.

Uma ordem.

As palavras simplesmente saem.

— Minha mãe iniciou o incêndio que matou seus pais. Foi um acidente. Um acidente horrível.

Observo-o atentamente em busca de alguma reação, mas ele não se move nem um centímetro. Seus olhos se enchem de curiosidade.

— Como você sabe disso?

— Encontrei uma carta dela para Roman. — Eu a estendo para ele. — Fui à Geórgia ontem e falei com ela. Está tudo aqui, a confissão.

Foi escrita alguns meses antes de eu me mudar para Triple Falls. Esta carta é o *motivo* de eu ter vindo aqui. É a verdade, e você merece saber.

Ele levanta a carta e a estuda brevemente, depois a coloca na mesa.

— Você não vai ler?

— Não.

— Então você deveria saber que Roman fez isso porque ela estava...

— Eu sei.

Estou tremendo tanto que leva um segundo para entender a resposta.

— Espera, o quê?

— Eu sei. Roman me contou no dia em que o encontrei.

— No dia em que o encontrou... você *sabia*? — A raiva me atravessa, e bufo, incrédula, recusando-me a derramar mais uma lágrima. — E não pensou em compartilhar isso comigo?

— Era uma das condições do nosso acordo.

— O acordo de vocês?

Minha bolsa escorrega no ombro, e minha postura desaba com o impacto da adrenalina.

— Seu desgraçado. — Desvio os olhos e ando em direção à janela do escritório, olhando para fora por vários segundos, tentando assimilar tudo. — Porra, eu quase enlouqueci tentando pensar em um jeito de confessar isso para você.

Viro-me e vejo que ele está próximo.

— Se sente melhor?

Ele me oferece um sorriso fraco.

— Por Deus, Tobias. Eu não achava que poderia odiar você, mas...

Luto contra todas as emoções que estão brotando dentro de mim.

— Mas deveria. Deveria ter me odiado desde o início.

— Mas não odiei.

Sinto-me entorpecida. Quase paralisada, mas ele nunca conseguirá destruir meu coração por completo. É a única coisa que guardei apesar de todas as perdas, mágoas e traições. A única coisa que meu pai nunca permitiu a si mesmo entregar, e que Tobias luta para manter fora do alcance de todos que já o amaram, especialmente de mim. Mas não é porque não me ama, é porque não pode me perder. Eu não posso ser mais uma vítima de sua guerra com a vida.

Foi isso que nos separou.

A história está, dolorosamente, se repetindo.

E eu vi quando aconteceu, o momento exato em que algo dentro dele se partiu. Foi o olhar dele enquanto eu segurava seu irmão morto em meus braços. Era o equivalente ao de Roman ao ver uma arma apontada para a filha recém-nascida.

O olhar que ele me lançou naquele dia, antes de ir embora, foi de total resolução.

O amor nunca vencerá com homens como Roman e Tobias.

Ele preferiria me perder em vida do que arriscar minha morte, ter meu sangue nas mãos.

É o caminho dos covardes. O conformismo em deixar o coração de fora. Em me deixar de fora.

Mas nunca deixarei o meu esfriar, apesar de toda a dor causada. E, por essa única vitória, sou grata por meu sangue ainda correr, sou grata por meu coração ainda bater. Eu o observo com cuidado e não encontro nenhum traço de mágoa.

— Não entendo porque você está tão calmo.

— Tive anos para lidar com isso. Para enxergar tudo por outro ponto de vista. Não tenho muitos arrependimentos. Ainda estou fazendo o que deveria, independentemente dos motivos pelos quais comecei e...

Ele solta um longo suspiro.

— E?

— E na noite em que encontrei seu pai, minha guerra com ele terminou.

— Mas você ainda comprou a empresa dele.

— Porque o conselho está cheio de filhos da puta corruptos que roubam os funcionários constantemente; Roman era um deles, e foi um bom negócio.

— Então você nunca iria me contar?

— Eu sabia que poderia destruir seu relacionamento com sua mãe.

— Estou completamente perdida — digo, com a voz rouca, então solto uma risada descrente. — E com você, sempre vou estar.

— É por isso que precisa ir embora, Cecelia. Este lugar nunca foi bom para você.

— Pare de culpar o lugar. É só a merda de um *lugar*. Foram as *pessoas* na minha vida que me enganaram e tiraram minha sanidade. Não acredito que você sabia.

Ele se apoia na mesa, entrelaçando as mãos.

— Mesmo que seu pai tenha sido desonesto pra caralho por encobrir isso, ele não os matou a sangue frio. Em vez de perder a cabeça, eu fiquei aliviado. Fiquei feliz por não precisar mais odiá-lo, porque significava que eu poderia manter minha promessa sem odiar você por isso. Até...

— Dominic morrer.

Mal consigo ouvir minha própria voz. Não sei como vou olhar para minha mãe da mesma maneira. Talvez não olhe. Talvez eu desapareça da vida dela da mesma forma que ela fez comigo. Sofri muito por causa dos segredos que ela guardou. Talvez eu a castigue pelos anos que passei no purgatório para garantir que ela fosse cuidada. Anos depois de tudo que aconteceu, ainda estou tentando me recompor, enquanto minha mãe vive uma vida de luxo com aquele maldito silêncio. Talvez eu a culpe por isso, pela vida que meu pai perdeu cobrindo o erro dela e pela explicação que eu merecia sobre a ausência dele.

Tobias se manifesta.

— A verdade é que meus pais morreram em um incêndio provocado por uma garota adolescente grávida e assustada, por acidente.

— E você a perdoou?

— Tive que perdoar. Um dia talvez você também faça isso.

— Não sei quanto perdão ainda existe dentro de mim.

Tobias assente silenciosamente e, mesmo parecendo derrotado, há calma dentro dele, uma que não vejo há anos.

— Você parece... diferente.

— Ver você... você voltar para cá mexeu com as coisas... coisas que tenho evitado por muito tempo.

— Bom, espero que faça as pazes com isso. A vida é curta, como Dominic bem nos ensinou. Mas meu oponente nunca foi invisível. — Ele mantém o olhar firme no meu. — Você sempre foi a pessoa que levaria a melhor sobre mim. Você sabia, eu sabia, e ainda assim eu lutei contra isso. Mas estou me dando uma vantagem ao lhe entregar minha rainha, então, aqui está seu xeque.

Silêncio. Não sei por que esperava algo mais.

— Uma coisa é certa — digo —, por mais que tenha lutado contra isso ao longo dos anos, eu *sou* filha da minha mãe.

Tobias parece confuso, e eu aceno na direção da carta.

— Leia. É a mesma merda patética. Acabei morando aqui todos esses anos porque minha mãe teve a audácia de tentar voltar e conquistar o coração de um homem que não a amava o suficiente para deixá-la a par de seus segredos. Que não conseguia perdoá-la por ser jovem e imprudente. Que a puniu por erros terríveis dos quais ele mesmo a ajudou a se libertar, enquanto a amava à distância porque se recusava a confiar que ela tomaria as próprias decisões. Meu pai bateu a porta na cara dela. E a destruiu. É justiça poética, na verdade.

— Cecelia, eu nunca odiei você.

— Sim, odiou, e eu não posso me dar ao luxo de me importar. Amar você é muito caro, e não vou pagar por isso nem mais um minuto. Você já roubou o suficiente de mim, o restante eu deixo com você, pode ficar com tudo.

Pela primeira vez na vida, estou bem em deixar o amor perder.

Serei sempre uma tola romântica, perseguindo a adrenalina, embora nada nunca vá se comparar àquela que senti com Tobias. E acaba aqui.

Não sei como ser poderosa e estar apaixonada ao mesmo tempo, e esse é o meu maior erro.

Nós tivemos nossa música, e é hora de nos tirar do pause e deixar o resto da história se desenrolar. Do jeito que sempre foi para acontecer.

Meggie se apaixonou por um padre. Eu me apaixonei por um profeta. Declaramos guerra ao chamado e à causa deles, e nenhuma de nós venceu.

Mas eu vou guardar minha história de amor, não porque ela conta com um mártir e um sacrifício, nem por ser a história que eu queria, mas porque eu jamais a reescreveria. Na verdade, eu viveria tudo de novo apenas pela chance de cantar com ele.

— Finalmente encontrei minha razão para odiar você, Tobias.

Ele fixa os olhos nos meus.

— Não por causa do nosso passado ou de como me afastou, mas pela maneira como está nos punindo... como Roman fez. Amor não é um inconveniente, não é um erro, e o perigo faz tudo valer a pena.

Atravessei o fogo por você. Sobrevivi ao inferno *por você*. Você não me merece. *Nunca* mereceu, de jeito nenhum. Mas eu mereço você. *Eu. Mereço. Você.* Mas mereço o rei. É o rei que eu quero. — Cerro os punhos. — Eu amei o filho da puta que conheci, o bandido que me roubou, e o rei que me reivindicou, mas me recuso a amar o covarde. Eu *odeio* o covarde.

Desviando o olhar, pego outro envelope da minha bolsa e o jogo em sua direção. O envelope bate no peito de Tobias e cai, repousando na ponta de seus sapatos.

— Um aditivo ao contrato original que anula minha participação na *sua* empresa. Acabou. Vínculos rompidos. Estou *deixando* você vencer. Adeus, Tobias.

Meu coração me atormenta a cada passo que dou para longe, implorando para que eu o torne inteiro, mas fecho a porta silenciosamente atrás de mim.

51

— Deve vender rápido. Principalmente considerando o preço que você está pedindo. Tem certeza de que não quer aumentar a proposta?

Balanço a cabeça enquanto ela apoia a placa de "À venda" no chão antes de fincá-la com um martelo de borracha.

— Vou entrar em contato com você no número que me deu.

— Obrigada.

Ela olha ao redor.

— Uma casa tão bonita.

— É.

Não posso discordar. Era um lugar construído para uma família. Um projeto que brotou dos sonhos irreais de duas pessoas que foram apaixonadas uma pela outra durante um tempo. Destinado a uma família que nunca teve a chance de existir.

Dois sonhos morreram nesta casa, mas a base dessas duas histórias de amor é espetacularmente similar. E agora é um lembrete de tudo o que foi perdido.

Uma tragédia grega com um toque shakespeariano.

E, apesar de me esforçar muito, não consigo renunciar ao meu nome. Vou ser para sempre uma Capuleto sem um Romeu.

Não há cigana para nos livrar da maldição, nenhum boticário com uma poção mágica. Tudo o que habita aqui é uma história dolorosa se repetindo.

E é assim que a vida segue.

Todos são punidos.

Assinto ao vê-la colocar o cofre da imobiliária na maçaneta, então avisto o envelope enfiado ali.

— Preciso ir, mas entro em contato com você. Vou levar Melinda para almoçar por ter me indicado para o anúncio.

— Por favor, diga a ela que me despedi e que agradeço pela ajuda — falo, distraída, pegando o envelope e correndo os dedos pelo conteúdo.

Meu coração dá um solavanco.

Vários minutos depois, quando meu carro estaciona na entrada, pego minha mala, dou uma última volta pela casa e a tranco, deixando a chave no cofre.

Um último assunto a tratar, e minha vida será novamente minha.

Ao sair do táxi com a mala na mão, escuto os acordes inconfundíveis do rock sulista e me animo ao som da música conhecida. Assim que me aproximo do portão, o sol irradia entre as nuvens, e encaro isso como um sinal de incentivo. Com o coração acelerado, dou uma espiada na oficina e o vejo curvado sob o capô de uma BMW.

O tilintar das ferramentas e um palavrão exalado me arrancam um sorriso. Eu o olho por um momento, o pouco que consigo ver — jeans escuros e botas de trabalho bege besuntadas de graxa.

— Com licença.

— Já falo com você — responde ele, ríspido, o que não tem nada a ver comigo e tudo a ver com sua frustração.

Meu sorriso se alarga.

— Sou nova na cidade e estava pensando se você sabe onde posso arranjar um pouco de encrenca por aqui.

Seu corpo se retesa inconfundivelmente ao reconhecer quem chegou, e ele se levanta devagar. Vira a cabeça, desviando do capô, e olhos cor de avelã encontram os meus em uma atração dolorosamente familiar.

Ele ainda é dourado, a pele banhada pelo sol incessante que parece abraçá-lo. Embora o cabelo esteja mais curto, ainda consigo ver o tom de platina se infiltrando nos fios densos. Ele se parece tanto com o mesmo Sean de sempre que rouba meu fôlego.

— Encrenca? — repete ele, arrastado. — Ah, acho que eu devo perguntar a você, já que a encrenca acaba de entrar na minha oficina.

Sean me estuda por um momento, e percebo quando toma a decisão.

Ele se aproxima de mim, confiante, me abraça e me gira como se nem um único dia tivesse se passado. Cedro e sol, e Sean. O perfume característico dele. Isso faz minhas emoções entrarem em conflito, e inspiro o mais fundo que posso. Ele me coloca de volta no chão. Rugas profundas marcam os cantos de seus olhos quando seu sorriso se ilumina, me preenchendo a ponto de uma lágrima rápida brotar e cair.

Nós nos encaramos por alguns segundos, e eu me agarro a isso com todas as forças, sentindo-o escapar no momento em que a memória entra em ação, e a luz em seus olhos se apaga. A dor atinge meu peito quando ele se afasta e tira um pano do bolso para limpar as mãos.

— Ouvi dizer que você estava na cidade, bebê.

— E mesmo assim ainda não foi me ver.

— Não tinha certeza se queria, ou se deveria.

E aí está, a mágoa. Um pouco por mim, um pouco pelo que aconteceu. Mas, durante aqueles poucos segundos, momentos atrás, ele se lembrou de mim, se lembrou daquela época, se lembrou de nós, antes que tudo desandasse. Eu deveria sentir gratidão por ele se lembrar, mas tudo o que sinto é... a dor da perda.

— Bom, o lobo chegou até mim *primeiro*, então você não pôde me proteger desta vez.

— Eu nunca fui bom nisso mesmo — diz ele, suavemente.

— Você estava ocupado demais me tornando durona.

Não deixo de notar o brilho de orgulho nos olhos dele.

— E fiz um belo trabalho.

Dou um passo para trás, sem conseguir suportar o fato de que ele ainda está tão perto, mas, ao mesmo tempo, tão longe. Anos de distância, uma vida inteira de distância. Uma vida que nunca vou recuperar.

— Ouvi falar das surras que você deu por aí.

— Alguém muito incrível abriu meus olhos, então não posso levar todo o crédito.

— Claro que pode.

— Mas não vou fazer isso, então deixemos assim.

Olho ao redor.

— Então é isso que você faz agora?

— Sim, velhos hábitos. Por mais que Tobias tenha tentado, a vida num terno não é para mim.

— Sim, estou vendo. Ainda faz trilhas?

— Não tanto quanto antes. Mas saio quando posso.

— Uma esposa e dois filhos.

Ele sorri largo, mas desvia o olhar, e eu me arrepio, sem fazer a menor ideia de como deixá-lo escapar. Sean tomou a decisão de não me ver, e preciso respeitar isso.

— Vou indo, mas eu... imagino que foi você?

Pego o envelope do meu bolso e o abro, sabendo o que há dentro. Ele me observa atentamente enquanto a chave cai na minha palma.

— Está impecável. Dei uma olhada nele. Os freios estão bons. — Ele olha por cima do ombro para o carro. — Ele gostaria que ficasse com você.

— Eu quero muito. Isso é errado?

— De jeito nenhum. É seu.

Olho para onde o Camaro de Dominic está estacionado e volto meu olhar para Sean.

— Você acredita mesmo nisso?

Ele tira um cigarro do maço.

— Você foi a única que amou esse carro tanto quanto ele. O documento está no painel.

Aponto para o cigarro.

— Você deveria parar com isso.

— Já me disseram mil vezes — responde ele ao expirar, o tom de voz brando por um segundo.

— Ela é linda, Sean, de verdade.

— É. — Não há nada além de orgulho na voz dele. — Ela é.

— Fico feliz que você tenha encontrado... — Balanço a cabeça, sentindo uma pontada de vergonha, e ele solta uma nuvem de fumaça ao meu lado. Meus dedos coçam para percorrer a pequena cicatriz onde ficava o piercing dele. — Bom, eu provavelmente deveria... — Aponto com o polegar para trás. — Tenho umas coisas para resolver — Ambos sabemos que é mentira, e os olhos castanhos dele me desmascaram. — Obrigada por isso mais uma vez, significa muito, mas... principalmente, eu queria muito ver você. Faz tanto tempo.

Ele assente, baixando o olhar ao apagar o cigarro.

— Faz.

— Eu quis procurar você tantas vezes... — Minha voz começa a tremer quando sinto a hesitação dele. — Eu simplesmente... não conseguia... voltar para casa sem... eu só estou muito feliz que você parece estar bem. Isso é ótimo.

Não chore. Não chore.

Eu me permito um último olhar demorado para ele e solto um suspiro trêmulo.

— Foi bom ver você. Se cuida, Sean. E obrigada — digo, erguendo as chaves.

— Você também.

É tudo o que ele diz, e eu me afasto, segurando minha bolsa. Tento gravar a imagem dele em minha mente pela última vez.

Chego ao Camaro com as pernas tremendo, e o sol volta a se esconder atrás das nuvens, como se estivesse debochando de mim. Espiando dentro do carro, prendo a respiração e seguro a maçaneta antes de abrir a porta. Só o cheiro faz meus olhos lacrimejarem.

— Você pode ser problema. Mas ainda é mais do que isso. *Muito mais.*

Ouço o rugido da voz dele e olho para trás, em direção à estrada, para que ele não me veja desmoronar. Não ergo a cabeça, paralisada, enquanto ele se aproxima do carro. Meus pulmões queimam com os soluços que estou contendo. Permaneço com a cabeça virada, o olhar desviado, sabendo que não conseguirei olhar para Sean novamente sem deixá-lo ver o que estou sentindo.

Ele afasta o cabelo do meu ombro, e eu luto contra a avalanche de emoções que seu toque gentil provoca. Quantas vezes ele me tocou assim? Tremendo, me seguro firme à moldura da porta do carro para não desmoronar.

— Eu só... queria muito ver você.

— Não pode fazer isso se não me olhar.

Ele gentilmente segura meu queixo e me vira para encará-lo, e minhas lágrimas escorrem em rápida sucessão. Em seus olhos, vejo os vestígios do homem que me olhou não muito tempo atrás com nada além de adoração, amor, desejo e anseio. Por alguns segundos, vejo tudo isso, o amor que tínhamos, o amor que distorcemos, nossa amizade, nossa época juntos... meu sol dourado. Tanto para dizer, e o medo de que eu nunca consiga expressar, que ele talvez nunca queira ouvir.

— Ainda penso em você, Cecelia. É impossível não pensar.

Desmoronando, mordo o lábio para firmar minha mandíbula que treme. Ainda sinto tantas coisas por esse homem. Mas esta é a parte que jurei me permitir ter, me permitir sentir, me permitir confessar. Eu devo isso a nós dois.

— Não consigo dizer... — Eu me deixo envolver pelo olhar dele e pela vulnerabilidade que Sean está permitindo que eu veja. Seus olhos estão inundados pelas nossas lembranças. Mais do que isso, por amor. Ele me concede segundos preciosos, e eu simplesmente não consigo desviar o olhar ou negar esse presente. — E-eu... Eu também. — As comportas se abrem, e as emoções me inundam. Sean foi o primeiro homem que eu realmente amei e um dos homens mais belos que já conheci. — Você está feliz?

Ele assente com facilidade, mesmo com os olhos transbordando de emoção.

— Muito feliz, bebê. Estou mesmo.

— Q-q-ue bom. Eu só... simplesmente, nunca consegui me despedir. —Engulo em seco. — Nunca consegui dizer adeus e... — Soluço brevemente com as mãos no rosto e sinto os braços dele me envolverem. — Você foi meu melhor amigo, e mais do que isso, muito mais. Tudo ficou tão complicado, e eu só... meu Deus, senti sua falta por tanto tempo. Você foi meu primeiro amor, e eu amei você, Sean. Amei você de verdade. E eu sinto muito. Sinto muito mesmo.

— Ah, que se dane — murmura ele, baixinho, puxando minha cabeça para seu ombro. — Eu sinto muito. Sinto muito mesmo por não ter procurado você depois do que aconteceu, sinto muito por deixar ele se meter entre nós, por não ser homem o suficiente para... Eu culpei você, porque era mais fácil. Eu também estraguei tudo. Eu estava... perdido, muito perdido.

— Eu sei — sussurro —, eu também.

— Nunca quis que você sofresse, espero que acredite em mim — sussurra ele em minha têmpora.

Eu assinto, reunindo meus fragmentos e minhas cinzas para tentar me recompor.

— Eu acredito. E se você está feliz... é tudo o que eu quero.

— Tenho uma esposa que não mereço e dois filhos lindos que nunca pensei ser capaz de amar como amo. Chamei meu filho de Dominic, e o moleque age exatamente como ele. É uma maldição, mas sempre vou ter um pedaço dele comigo — diz Sean, com a voz carregada de arrependimento e saudade. — Assim como sempre vou ter um pedaço seu. — Ele acaricia minhas costas daquela maneira reconfortante da qual senti falta por tanto tempo. — E você sempre vai ter um pedaço meu.

Ele recua e segura meu rosto.

— Mas dá para ver, sabia? Você ainda não o deixou partir. Precisa deixá-lo ir para que também encontre a sua felicidade. Nunca foi culpa sua. Nunca. E eu sei que Dominic diria a mesma coisa se pudesse. A decisão foi dele. E ele amava você.

Concordo com a cabeça. Sean enxuga minhas lágrimas intermináveis.

— Eu me arrependo de muita coisa daquela época, muita coisa, mas não me arrependo de você. Eu amava você antes e amo agora, como sempre vou amar — conclui ele.

Nossos olhos se encontram, e uma parte de mim se despedaça, mas uma parte maior se cura. Sinto a primeira sutura e o doce alívio que vem depois. Ele se inclina e encosta a testa na minha, nossas respirações se misturando.

— Lá no fundo, mesmo tendo tudo o que eu poderia querer, mais do que eu poderia esperar, alguma parte sempre vai desejar que fosse eu.

— Eu sinto muito — sussurro através das lágrimas que cobrem meus lábios e olho para cima. — Às vezes, gostaria de nunca o ter conhecido, nunca ter posto os olhos nele.

— Não sinta. Tudo aconteceu como deveria. Você sempre esteve destinada a ser o segredo de Tobias.

É a primeira vez que eu odeio a sinceridade de Sean, odeio a verdade.

— Sempre vou amar você também.

Ele ergue o queixo, os olhos brilhando e repletos de nossos erros.

— É, eu sei. Agora *vai*.

Ele me solta, o olhar gentil me sondando, suplicando para que eu faça o mesmo. Assinto e me afasto, e ele abre a porta para que eu entre no carro.

Na respiração seguinte, viro a chave na ignição enquanto ele permanece do lado de fora. Não olho para Sean, mas sei que ele está espiando para dentro do carro, preso no passado comigo, para onde eu o levei, lembrando-se de mim, lembrando-se de *nós*, com um arrependimento tão pesado quanto a palma da mão que ele repousa na janela. É quando engato a marcha e olho pelo retrovisor que vejo o brilho de algo familiar, algo que já foi meu. Ergo a mão e seguro aquele símbolo, tentada a fazer a pergunta, mas decido que é melhor deixá-la sem resposta. Solto o colar que pende do retrovisor assim que Sean se afasta. Recuso-me a olhar para ele, com medo de que qualquer ressentimento se insinue de novo. Estou levando o amor dele comigo, tudo o que ele poderia me conceder, ao ir embora. E torço para que ele saiba que sempre vai ter uma parte de mim.

Tomei a decisão de encarar os fantasmas do meu passado, de verbalizar minhas verdades, e eu fiz isso, coloquei um ponto-final em tudo, mas mesmo assim o alívio é pesado. Fico parada na estrada, agarrada ao volante, ponderando sobre qual direção seguir.

Meus olhos se erguem para a névoa cinzenta que se espalha pelas montanhas à distância, quando um pensamento me ocorre. Aciono a seta e piso no acelerador, o que fica um pouco mais fácil a cada quilômetro, cada rajada de vento que açoita meu cabelo cheio de uma liberação agridoce. Pego o celular e aperto o play. As letras iniciais de "Keep on Smilin", de Wet Willie, me embalam em um estado de paz que não sentia há anos. Posso estar partindo, mas estou levando todos eles comigo. Acelero o carro e disparo para a estrada, agradecida por ter sentido e vivido o amor em todos os graus, pelo presente de conhecê-lo, por cada lembrança que levo comigo. Pelo amor que tive e perdi, e pelos lembretes ardentes ao redor, carbonizados em mim, dizendo que não, nunca vou ser a mulher que consegue deixar o passado para trás, mas posso levá-lo comigo.

Com a música de Sean preenchendo o ar e o zumbido de Dominic aos meus pés, aumento a velocidade sobre a linha do condado, e o sol espreita novamente por entre as nuvens. E então estou voando. Decido que as asas tatuadas em minhas costas pertencem a mim. E, com elas, me liberto.

52

OITO MESES DEPOIS...

— Do que ele está falando agora? — pergunta Marissa, fechando o caixa com o quadril. Olho por cima do ombro e vejo que ela encara a TV, depois se vira para esquentar o café do homem sentado no balcão. — Mais alguma coisa?

— Não, obrigado — responde ele, sem conseguir encontrar meu olhar enquanto deposito a conta na mesa.

É a terceira vez que ele vem esta semana. Ele é bonito, mas não sou idiota. Não estou nem perto de estar pronta — um dia.

Um dia.

Talvez.

Quando deixei Triple Falls pela segunda vez, ganhei algo que nunca pensei que teria de novo: fé.

É oposta ao amor, no sentido de que não o destrói. Você pode ter pouca fé, ou muita, mas ela não o aprisiona. Fé é cura, e dá origem à esperança. E esperança é meu próximo passo, mas, por enquanto, descanso tranquila na fé.

— Cee, duas gemas moles — chama Travis, nosso cozinheiro de pratos rápidos, e pego os ovos e os entrego ao homem mais velho apoiado no banco.

Ele acena em direção à televisão, desembrulhando os talheres.

— Pode aumentar o volume?

Dou uma olhada na TV e vejo que é outro pronunciamento presidencial. O segundo na semana. Nosso novo presidente, eleito no outono passado, foi empossado como o mais jovem a assumir o cargo.

— Nossa, parece que estamos em 2008 de novo; nosso dinheiro não está seguro em lugar nenhum — diz o cara, balançando a cabeça.

Pego o controle remoto e aumento o volume da TV, depois despacho o sr. Bonitão, deixando o troco e o recibo no balcão. Por um momento, penso em Selma, e um sorriso aparece em meu rosto. Só que eu não me incomodo em roubar deste dono. Afinal, é meu nome nos contracheques.

Ah, a ironia.

— Mais besteira. Mais promessas que não vão ser cumpridas — diz Billy, um cliente rabugento que está entornando ketchup nos ovos mexidos, grunhindo em concordância. — Não gosto da aparência dele. Dá para perceber que é um vigarista.

Dou risada.

— É o terno dele, o corte de cabelo?

Billy me olha como se eu tivesse acabado de ganhar uma cabeça extra, e reprimo a risada ao completar o café. Ele bate o sachê de açúcar com o dedo, uma, duas, três vezes. Engulo a pontada que isso me causa quando falo:

— Sabe, ainda somos um país jovem, com mais de duzentos e quarenta anos, em comparação com outros que têm mil anos ou mais. Talvez, um dia, a gente se acerte.

O sr. Bonitão concorda, me olhando de forma reflexiva.

— Nunca pensei por esse lado.

— É, bom, eu sou só a mensageira — sussurro, principalmente para mim mesma.

— Ele é um charlatão — diz Marissa, e desta vez eu realmente explodo em risadas estrondosas. Ela me lança um olhar de esguelha. — Qual é a graça?

— Nada.

Olho rapidamente para a TV, onde o novo presidente está falando sobre a última merda que deu nos Estados Unidos. Nos últimos seis meses, bancos inquebráveis foram à falência, juízes federais foram demitidos, e o presidente Monroe limpou todo o seu gabinete e substituiu noventa por cento da equipe da Casa Branca. Em essência, fez uma faxina, e ninguém gosta de mudanças. Eu gosto de manter a mente aberta. Rapidamente, leio suas garantias na legenda. É mais do mesmo, sobre como nosso país vai sobreviver, se unir, superar as dificuldades e sair mais forte.

São palavras que todos precisam ouvir, mas que são igualmente enganosas. Mas, ao olhar mais de perto para o ambiente ao redor dele, é o homem à direita que me faz pausar. Então sinto o choque elétrico.

Pego o controle remoto e aperto o botão de rebobinar.

— *Ei*, eu estava assistindo — protesta Billy.

— Desculpe — sussurro baixinho. — Desculpe, só um segundo. Já vou voltar.

Quando volto o vídeo alguns segundos para ter uma visão clara, aperto o pause e cubro a boca.

— Meu Deus.

Eu reconheceria aquele rosto em qualquer lugar, aquele cabelo, aqueles olhos e, se ele estivesse sorrindo, aquela covinha.

Tyler.

Marissa reaparece e me encara.

— Cecelia? O quê? O que aconteceu?

Vejo Tyler entre a linha de guardas atrás do presidente e o examino dos pés à cabeça. A postura é rígida, os olhos estão afiados, atentos, e o rosto é estoico. Aquele homem montando guarda não se parece em nada com o cara brincalhão que conheço e amo. Mas é ele. É Tyler.

Tyler é segurança do presidente.

Não consigo nem articular palavras, e todos no balcão me encaram com olhares estranhos. Dou a mim mesma um segundo para processar.

Pigarreio e dou de ombros.

— Nada, juro, pensei que tinha visto uma pessoa que conheci. Foi mal, gente.

Aperto o play e mal consigo ouvir Marissa.

— Ele até que é bonitinho, eu acho, mas poderia pegar um bronzeado, né?

Com a mão visivelmente trêmula, consigo colocar a jarra de café na bancada, ainda chocada.

Eles estão por toda parte. Nos bancos, na bolsa de valores. Em todo lugar. Foram eles.

Eles se infiltraram na porra da Casa Branca.

Não sei por que isso me surpreende, mas a visão de Tyler em uma posição tão alta me deixa completamente atônita. Com as palmas das mãos suando, tento organizar os pensamentos, mas falho.

Eles conseguiram.

Ainda estão conseguindo.

E isso me reconforta muito. Sinto-me mais segura sabendo que, seja lá qual for a missão deles, é correta. Uma lágrima cheia de orgulho brota em meus olhos, e eu saio correndo pelos portões de serviço até a cozinha. Eu me encolho em um canto perto do suporte do padeiro.

— Seus filhos da puta — sussurro, cobrindo a boca, e meu sorriso se alarga enquanto balanço a cabeça e as lágrimas caem livremente pelas minhas bochechas.

Por dentro, estou exultante.

Depois de alguns minutos e algumas respirações profundas, controlo minha expressão e volto para o café.

— O adiantamento está na minha mesa. Você poderia pegar hoje? — pergunto para Marissa

— Claro, querida, está tudo bem com você?

Ela está com uma expressão preocupada.

— Está. Eu só... quero voltar para casa cedo para passear com meu cachorro. Tem uma tempestade vindo aí e ele tem medo.

— Sem problema. Até de manhã, querida.

Querida.

É estranho como essa palavra pode ser usada como uma arma ou um termo de carinho. Dominic a usou uma ou duas vezes. Mas eu não olho mais para o passado com ressentimento. Agora, é orgulho que sinto quando me lembro do meu tempo no purgatório da vida que meus pais escolheram. Não são os momentos difíceis em que penso, mas em quando fazia trilhas com Sean, ou observava Dominic ler, ou bebia vinho e via vaga-lumes sob o céu noturno com Tobias.

É o amor que tive, e o amor que levo comigo.

E é minha maior força. Meu verdadeiro superpoder.

Sentindo o estrondo do trovão, saio do café e faço metade do caminho até o carro, quando sinto o ar congelar. Vasculho o estacionamento e não encontro nada, então me dou um segundo para racionalizar. A eletricidade não é nada além da tempestade que se aproxima. Afasto a parte de mim que quer lamentar, desapontada. Já fiz isso o suficiente. Minhas lágrimas já secaram há muito tempo.

Estou vivendo a vida que escolhi, dia após dia. Sem expectativas, com pouca responsabilidade. Sem um objetivo ambicioso, sem lutar contra minha própria consciência. Simples. Descomplicada. Uma vida que me recuso a desperdiçar olhando para trás. Assumi um papel sem importância não para pagar penitência, mas pela paz de espírito e pela capacidade de pensar no que eu quero para o futuro. Quero estar em paz com a simplicidade, aquela que envolve trabalho honesto e pés doloridos. É gratificante. E, pela primeira vez, faz sentido para mim. Quero sorrir ao fazer isso.

E, em alguns dias — na maioria deles —, sorrio.

Não guardo mais rancor do meu passado porque tenho um futuro. Um futuro que está completamente em aberto. Mas, por enquanto, estou mantendo as coisas simples até elaborar outro plano. Com a bolsa pendurada no ombro, caminho para o carro e entro. Ao me ajeitar, franzo a testa quando vejo a janela do lado do passageiro abaixada. Não me lembro de tê-la deixado assim. Agradecendo por ter escapado da tempestade, ligo o carro. Dou um salto no banco quando "K.", do Cigarettes After Sex, explode nos alto-falantes.

Não ouço essa há anos, desde o dia em que toquei no volume máximo no meio da floresta...

Salto para fora do Camaro e dou um giro completo, vasculhando o estacionamento.

Só mais uma pessoa tem a chave desse carro, e nunca vai usá-la.

Não. Não. Não.

A melodia assombrosa se infiltra pela janela do carro parado, me levando de volta ao dia em que minha vida mudou para sempre.

Desesperadamente, olho ao redor do estacionamento de novo, mas não encontro nada. Eu não teria colocado essa música, de jeito nenhum. Dou uma olhada para dentro e vejo que está conectado ao bluetooth; pego meu celular rapidamente, fechando todos os aplicativos, mas a música continua tocando. Não é meu celular que está conectado. Pressiono as mãos no capô. Quente.

Isso é outro jogo?

Não aguento mais.

Eu enterrei tudo — o passado. Parti. Fiz o que ele pediu. Qual é o sentido disso? Procuro pelo centro comercial de novo, e é aí que vejo Tobias saindo da mercearia com uma sacola de compras nas mãos. É estranho vê-lo de jeans escuros e camiseta, mas eletrizante. Sua postura está relaxada, mas as sobrancelhas estão franzidas em concentração. Percebo o momento exato em que me nota ali parada, e ele se tensiona e para no meio do caminho, um segundo antes de os olhos âmbar encontrarem os meus.

Ele me encara da cabeça aos pés, e eu cruzo os braços e assobio.

— Uau. Você não só roubou o carro para dar uma voltinha, mas decidiu fazer compras *depois*? Você tem coragem, né? E sua arrogância não tem limites.

Ele se aproxima, e não deixo de notar o leve sorriso, que logo desaparece. Desvio o olhar, pois meu orgulho só me leva até certo ponto. Ele é inacreditavelmente bonito, de uma maneira que me rouba a sanidade. Não posso me dar ao luxo de perder mais nada.

— Eu sabia que você tinha pegado.

— Foi um presente de despedida de Sean. E é legitimamente seu se quiser, mas, por favor... — peço com a voz rouca — não leve.

— Consigo o que eu quero, não importa o quê. Você sabe disso, e seu turno encerra às quatro.

— Bom, eu saí mais cedo. E acho que não deveria duvidar que você roubaria a única coisa importante para mim. — Entro no Camaro e o desligo, batendo a porta após pegar a chave e minha bolsa. — Todo seu. Agora eu realmente odeio você. Está feliz?

— Não. De jeito nenhum. Você é uma garçonete que abriu mão de milhões de dólares e está vivendo em outra cidadezinha no meio do nada, na Virgínia. Acha que isso me faz feliz?

— Não me importo com o que você acha disso. *Eu estou feliz.* Amo esta cidade. E não estou sem dinheiro. Eu sou dona daquele café e da casa em que estou morando. Acha mesmo que eu sou burra o suficiente para abrir mão de cada centavo? Eu cresci pobre. Nunca vou ser tão generosa.

A expressão dele é de confusão.

— Você é dona do café?

— Tecnicamente, minha mãe é.

— Por que *Meggie's*?

Quase rio com o fato de que ele ainda não ligou os pontos.

Homens.

— É uma longa história.

Ele franze a testa.

— Eu a conheço?

— Intimamente *e* como um estranho.

— Vai me dar uma resposta direta?

— Esse vai ser *meu* segredo. — Eu o encaro. — O discurso presidencial me abalou um pouco. Foi por isso que saí mais cedo.

Não deixo de notar o orgulho nítido nos olhos dele.

— Caiu a ficha, né?

— Todo esse tempo pensei que estava jogando no seu tabuleiro, e você já tinha mudado para outro. Ver Tyler lá... Caramba, não tenho nem palavras para o que isso me causou. É notável, de verdade, o que você fez, o que está fazendo. Nem nos meus sonhos eu pensaria que... Me considero sortuda por poder presenciar tudo isso. — Eu murcho. — Só queria que você tivesse me deixado participar... — Balanço a cabeça. — Não importa.

— Você vai receber cada centavo de volta, Cecelia.

— Estou bem.

— Olhe. Para. Mim.

— Não. Olha só, eu não preciso dele. Só de um minuto para processar isso.

— Cecelia...

— Você não deveria saber sobre o dinheiro. O dinheiro não importa. Está onde deveria estar, de volta nas mãos das pessoas que trabalharam por ele. Você vai garantir que o restante seja usado de uma maneira que faça a diferença. Eu sei que vai.

— Você achou que eu não perceberia tanto dinheiro? Olhe para mim, Cecelia.

Nossos olhares se encontram, e eu amaldiçoo o formigamento que percorre meu corpo. Ele é o homem que eu conhecia, e, ainda assim, tanta coisa mudou. Mas uma coisa nunca vai mudar. Nossa conexão... e é essa conexão que me mantém cativa, não importa o quanto eu afirme ser uma mulher livre.

Quando finalmente lhe dou a atenção absoluta que ele quer, há algo em seus olhos que raramente vi. Transbordam de emoção quando me examinam.

— Vim reivindicar o que é meu. E você sabe que não se trata da porra do carro.

Tobias coloca a sacola no chão e se aproxima, mas dou um passo para trás.

— Nesse caso, é melhor você tentar o *carro*.

Percebo o tremor nos lábios dele.

— Você vai dificultar as coisas?

Arregalo os olhos.

— Não, vou torná-las *impossíveis*.

Ele dá mais um passo na minha direção.

— Ótimo. Eu já espero oposição. Retaliação. Ser surpreendido pela natureza humana. Um exemplo disso é *você*. Mas não se engane, eu *conheço* meu oponente.

— Cansei de você.

— Não, não cansou.

— Sorrateiro, arrogante, ignorante e completamente sem noção. Acha que vou aceitar você *agora*?

— Não, eu acho que vou ter que enfrentar o inferno todos os dias por meses a fio, mas estou disposto a tentar e ganhar a admissão.

— Você está perdendo seu tempo.

— Há controvérsias.

— Isto não é bonitinho. Não acho nada engraçado. Você está fora de si. Me poupe das suas merdas.

Ele engole em seco, os olhos cheios de um medo raro, toda a diversão o deixando.

— Então, que tal um pouco de sinceridade?

— Foi uma piada, né?

— Não.

— Bom, eu nunca vou acreditar em você.

— Foi real. Tudo. Foi real.

— Pare — retruco, baixando o olhar. — Você não pode fazer isso.

— Por favor — murmura Tobias. — Por favor, olha para mim.

Com o maxilar cerrado, levanto os olhos.

— Beau me ensinou que um "homem de verdade" marca seu território e não deixa *nada* nem *ninguém* se intrometer entre ele e o que não pode viver sem. E eu estava pronto para isso. Estava preparado. Iria lutar contra meus irmãos com unhas e dentes, lutar contra você todos os dias até que me perdoasse. Eu tinha mil sonhos, e você fazia parte de cada um deles.

Ele me puxa para perto, me prendendo em um abraço e erguendo lentamente minha blusa de onde está enfiada na calça para então deslizar as palmas das mãos quentes pelas minhas costas e tocar minhas asas com as pontas dos dedos.

— Isso — Ele acaricia minhas costas — é a pior coisa que já fiz a alguém, mas... — Tobias engole em seco. — Você é a única coisa que já roubei para mim mesmo. Deixei o ciúme estragar o começo, e perder o Dominic arruinou todo o resto — admite ele, com um olhar suplicante. — Quando o vi nos seus braços, quando vi o quão aterrorizada você estava, não consegui suportar a ideia de não saber se perderia você em seguida. Não consegui suportar. Nunca senti tanto medo na vida. Você era tudo o que tinha me restado. E eu a queria naquela época, e ainda quero. Mas mais do que isso, eu queria merecer você. Não podia anular *nada* do que eu havia feito. Eu me senti como o pior homem vivo. Fiz coisas pelas quais você nunca deveria me perdoar. E, quando você voltou, eu não conseguia acreditar que ainda me amava, depois de todo o inferno pelo qual a fiz passar. Não conseguia acreditar que ainda olhava para mim da mesma maneira. — Ele balança a cabeça em descrença, deslizando os polegares ao longo das minhas costas. — Talvez isso não seja um final feliz, mas está tudo bem se lidarmos com o quer que seja... certo? Desculpe por ter demorado tanto, mas nunca, nem uma vez, esperei que você me perdoasse, que me quisesse de volta. — Lágrimas inundam seus olhos. — Não podemos trazê-lo de volta, você pode não me perdoar por tudo, mas podemos tentar ser... seja lá o que fomos amaldiçoados a ser. Não me importo se isso vai acabar muito mal, contanto que eu tenha você.

— P-p-por quê... — Pigarreio. — Por que agora?

— Porque amar você me deixou doente pra caralho e perder você duas vezes me tornou um paciente terminal. Não quero viver um final que não inclua você.

Apoio a mão no peito dele e o empurro.

— Tobias...

— Acabei de começar a me provar para você. Me deixa fazer isso. Por favor, me dê essa chance. Se nunca mais disser que me ama, vou merecer, e nunca sequer vou pedir por isso. Nunca. Mas seu coração é o que eu mais quero, Cecelia, não seu rosto bonito nem seu corpo. É seu coração o que me atrai, o seu coração é a parte mais linda em você e o que faz de você minha maior e mais digna adversária. — Tobias enterra a cabeça em meu pescoço. — Por favor. *Por favor*, Cecelia, me deixe finalmente amar você do jeito que merece.

Ele se afasta, as palavras se infiltrando em minha armadura, atravessando o tecido e penetrando a pele, dentro de mim.

Balanço a cabeça diante da minha idiotice.

— Você me forçou a ir embora. Está pedindo demais de mim.

— Acha mesmo que eu não sei disso? Acha que não tentei me convencer a desistir disso para poupar você da minha ganância? — Ele encontra meus olhos. — Eu enviei a proposta para comprar a Horner Tech no dia seguinte ao do seu noivado. Foi minha *única* jogada. E, quando não obtive resposta, achei que você a havia ignorado porque tinha realmente seguido em frente. Pensei que outro a havia conquistado, e que você tinha aceitado. Foi o pior dia da minha vida. Mesmo estando com Alicia na época. Eu tomo decisões muito ruins quando fico com ciúme de você, e aquela foi uma decisão egoísta. Um momento de fraqueza. Uma jogada covarde, mas nunca consegui me comprometer inteiramente com ela. — Ele coloca minha mão no próprio peito. — Você me deu uma escolha no dia em que partiu, ser covarde ou ser rei. — Tobias me solta, tirando uma peça de xadrez do bolso e a depositando na palma da minha mão. — E você estava certa, você sempre teve o coração de uma rainha, mas tem que saber que conquistar seu amor é a *única coisa* que fará de mim um rei.

Estudo a peça em minha mão — uma das peças do tabuleiro do meu pai. Uma que eu não tinha percebido que estava faltando. Na noite em que cheguei. O gim. Ele estava lá.

Solto um suspiro frustrado.

— Você é um canalha inimaginável.

— *Seu* canalha — acrescenta ele, um sorriso fraco nos lábios cheios, embora os olhos estejam marcados pela preocupação.

É necessidade que sinto emanando dele. E, por um segundo descuidado, permito-me ficar feliz. Tobias acaricia minha pele enquanto me segura nos braços, os olhos suplicando com uma ternura que me faz agonizar.

Seu coração bate forte junto ao meu, me incitando a obedecer. E não importa quantas mentiras eu conte, ele não vai acreditar. Este homem é o único capaz de me dar isso. Vou ser para sempre escrava de seu coração. Ele examina meu rosto com os olhos brilhando. Mas não vou facilitar as coisas, não até que ele mereça.

— Vamos brigar o tempo todo.

Ele sorri.

— Eu sei.

— Você é um lunático por me marcar.

— Também sei disso.

— Então você saiu? — pergunto, com medo. Porque se isso for verdade, é a maior mentira que ele poderia contar. A irmandade é sua identidade. Qualquer outra vida seria uma mentira. — Porque eu não quero que você desista por mim. Esse não é quem você é.

— Estou de férias estendidas por enquanto. O que mereci pra cacete.

— Não vou deixar você desistir.

— Não vou deixar você me deixar. — Ele desliza as mãos para cima e para baixo nas laterais do meu corpo, a voz determinada quando fala. — Se você partir, eu vou atrás de você. Se você mudar de ideia, eu vou fazê-la mudar de novo. Todos os dias, vou lutar com todas as minhas forças por você, para que você nunca questione se fez a escolha certa.

— Chega de segredos entre *nós*, Tobias. Chega de omissões convenientes, de joguinhos e de me proteger porque acha que é o melhor. Ambos tomamos as decisões importantes.

Ele assente.

— Eu prometo.

— Bom, você é um *mentiroso*.

Isso me rende um sorriso fraco.

— E você é a única mulher que já teve coragem de dizer isso na minha cara.

— Então, depois de fazê-lo passar por meses de inferno, estamos nessa juntos de novo?

— Oui. — Ele assente devagar. — Sempre estivemos, não é mesmo? Querendo ou não.

Concordo assim que ele solta um suspiro tenso e me esmaga junto a si, o beijo durando uma eternidade abençoada. Tobias me beija com profundidade, correndo as mãos ao longo das minhas costas. Quando se afasta, consigo sentir parte da tensão deixando-o.

— Merda. — Ele baixa a cabeça. — Obrigado. Vamos para casa.

Franzo as sobrancelhas.

— E onde fica isso?

Ele pega a sacola e dá de ombros.

— Você que precisa me dizer.

— Então você anda dormindo na floresta esse tempo todo?

Não deixo de notar o sorriso dele.

— Talvez.

— Eu tenho alguém em casa, sabe? Você vai ter que brigar com ele pelo lugar na cama.

— É mesmo?

— É. E ele é tão tirano quanto você. Francês também. Prepare-se para lutar.

— Eu posso vencê-lo.

— Não tenho tanta certeza.

Eu me viro para ir para o lado do passageiro, mas ele balança a cabeça, contornando o porta-malas.

Arqueio as sobrancelhas.

— Vai me deixar dirigir?

Nós nos encaramos por cima do carro.

— Confio em você.

Três palavras.

Três palavras que eu nunca pensei que ouviria de Tobias King. Mais fortes do que quaisquer outras que ele pudesse me dizer. Sinto o peso delas ao me ajeitar no banco do motorista, e Tobias entra, mordendo o lábio para esconder o sorriso quando "Father Figure" toca ao ligar o carro. Eu o observo atentamente, sua expressão... satisfeita, os olhos cheios de carinho quando ele se vira para mim.

— Eu confio em você e a respeito mais do que a qualquer outra pessoa, Cecelia. Ouvi você claramente. Sempre ouvi. Aquela marca era para ser uma promessa de que eu sempre ouviria.

Meu futuro não tem mais espaço para lágrimas. Derramei o suficiente delas por nós dois. Mas não consigo evitar a que escapa sorrateiramente, com um toque incomum que exala euforia. E isso me aterroriza. Tobias estende a mão para meu rosto.

— Há mais uma coisa que você tem que saber.

Ele passa o polegar suavemente pela minha bochecha.

— Eu assisti. Naquela noite você me disse que queria que eu estivesse assistindo. Eu estava. Sempre assisti — sussurra ele, suavemente —, não conseguia desviar o olhar.

Um soluço escapa de meus lábios quando ele faz com que nossa testa se toque.

— Vou compensar você. Cada dia que eu a neguei, que eu me neguei. Vou compensar pelo resto da nossa punição. *Je t'aime*, Cecelia. Eu amo muito você. Mon trésor.

O beijo não é suave. É possessivo, e nos condena um ao outro pela eternidade. Uma punição que eu vou viver de bom grado e levar para sempre. Quando se afasta, dou uma olhada para o banco de trás.

— O que tem na sacola de compras?

— Café da manhã. Ingredientes para rabanada.

Arqueio uma sobrancelha.

— Questionável. Tem canela?

Ele assente.

— Dois frascos.

Não consigo conter o sorriso. Afivelo o cinto de segurança, coloco o carro em marcha e olho para ele.

— Já aviso logo que minha casa não é exatamente um palácio.

Não é um palácio, mas um sonho desperto.

Uma visão que tive na noite que Dominic me disse que não queria nada para o futuro. Um sonho vívido de uma longa entrada ladeada por pereiras que dão flores brancas na primavera. Uma entrada que leva a uma casa no topo de uma colina no meio das montanhas. Uma casa pequena, com muitas estantes embutidas, cantos aconchegantes de leitura adornados com mantas macias e almofadas decorativas. E, nos fundos, um jardim transbordando com todos os aromas e cores imagináveis. Procurei por quase um mês até encontrar algo parecido com o que sonhei. No dia em que finalizei a compra, pintei a porta da frente de vermelho sangue. E abasteci a geladeira com um vinho raro. O toque final foi meu Bulldog Francês, Beau.

Com os pés doendo depois de um longo dia no café, eu me sento no jardim com música flutuando de cada canto da casa até onde Beau e eu estamos no pátio, observando as novas flores desabrocharem. Pode não ser o palácio de um romano, mas é um lar *de verdade*. Confortável. Sem segredos ou mentiras. Envelhecido, mas intocado pelo mundo implacável que o cerca. Um refúgio.

Tobias se inclina sobre mim e desliza um dedo ao longo dos meus lábios e pela minha garganta, os olhos se acendendo com promessas.

— Tem um fogão onde eu possa fazer café da manhã para você?

— Aham.

Ele percorre meu esterno, e meu pulso dispara. Olhos cheios de cílios queimam em mim, e ele sussurra sobre meus lábios.

— Uma cama onde eu possa fazer você gozar, e com frequência?

— Aham.

Ele pressiona os lábios nos meus e se afasta.

— Então de que mais precisamos?

— Nada.

Seu sorriso se abre com o céu, que começa a desabar. Lençóis de chuva batem forte no para-brisa quando eu me aproximo da estrada principal e aciono a seta.

Eu me viro para Tobias, que observa a água martelando no capô e depois volta o olhar para mim. Trocamos um sorriso irônico.

Com certeza não estamos cavalgando em direção ao pôr do sol.

Ele dá de ombros.

— A primeira de muitas. Merde, c'est nous. — *Porra, somos nós.*

— Não é uma tempestade, Tobias — digo, olhando para o céu. — É uma bênção.

AGRADECIMENTOS

Antes de mais nada, gostaria de agradecer aos meus leitores pelo apoio contínuo, que significa muito para mim. Minha vida é incrivelmente abençoada por causa de vocês.

Um agradecimento especial à minha extraordinária e paciente editora, Donna Cooksley Sanderson. Sem você eu estaria perdida como escritora e como ser humano. Esta série não seria o que é, e eu também não.

Agradeço ao meu editor de conteúdo, Grey, pelas cutucadas delicadas e empurrões criativos. Sua exigência foi exatamente do que eu precisava para finalizar esta série. Você é incrível.

Um enorme agradecimento à Maïwenn Bizien por traduzir todo o francês. Não teríamos conseguido fazer isso sem você.

Obrigado aos meus betas pelo feedback incrível e à minha equipe de revisão, Bethany e Marissa. Sem vocês, publicar estes livros teria sido um desafio bem mais difícil.

Agradeço ao restante da minha equipe na KLS PRESS, especialmente à Autumn Gantz, Bex Kettner e Christy Baldwin. Vocês são verdadeiros anjos salvadores.

Por fim, agradeço de coração à minha família e aos amigos incríveis pelo apoio sem limites. Não importa em que mundo eu me aventure, vocês estão comigo.

Confira a seguir um trecho do próximo livro da série *The Ravenhood.*

PRÓLOGO

TOBIAS, QUARENTA E QUATRO ANOS DE IDADE

SAINT-JEAN-DE-LUZ, FRANÇA

"Viens ici, Ezekiel." Venha cá, Ezekiel. *Eu me aproximo do lugar onde ele está, a mão abaixada, uma concha marrom e redonda com uma base plana repousando em sua palma. Quando eu vou pegá-la, ele a move para fora do meu alcance.*

"Qu'est-ce que c'est?" O que é isso?

"Un clypéastre, un dollar de sable. Lorsque tu en trou-veras un, garde-le. Et lorsque tu seras prêt, alors tu le casseras. Mais tu dois le faire bien au milieu pour pouvoir en récupérer son trésor." Uma bolacha do mar. Quando encontrar isso, guarde bem. E só quando estiver pronto, você quebra. Mas tem que ser bem ao meio para reivindicar o tesouro.

"Quand serai-je prêt?" Quando estarei pronto?

Ele bagunça meu cabelo.

"Tu le sauras." Você saberá.

*

De pé na beira da praia, jogo pedrinhas sobre as ondas espumantes que vêm inundar meus pés. Nunca me lembrei da conversa completa daquele dia em que meu pai me trouxe aqui, apenas da visão do mar, um vislumbre de areia, o lampejo do sol nascente por trás dele, e a estranha concha em sua palma. Foi em minha última visita à instituição que ele lembrou nossa discussão literalmente durante um de seus raros momentos de lucidez. Ele me contou a história de seu filho, Ezekiel, e repetiu nossa troca naquele dia com uma clareza surpreendente minutos antes de me pedir para procurá-lo.

Se foi um sinal, ou destino, ou a influência de algo mais, encontrei uma bolacha do mar na praia em condição impecável no dia em que comecei a construir a casa. Embora ela não tenha acionado minha memória até anos depois, o motivo de eu tê-la guardado quando a encontrei ficou claro. De alguma forma, sem saber os detalhes, eu sabia da sua importância.

É irônico e cruel como a mente funciona, especialmente a minha. Algumas lembranças eu revivo regularmente, mas faria qualquer coisa para esquecer. Os detalhes são tão vívidos, tão arraigados, que podem ser torturantes. Enquanto outras, as lembranças mais queridas, às vezes me escapam. Mas foi minha memória volúvel que plantou uma semente naquele dia e o instinto que me fez esconder aquela concha — o que torna tudo ainda mais significativo. E foi só quando pesquisei o significado do "tesouro" que entendi seu estado de espírito naquele dia, um estado muito semelhante ao meu próprio agora.

Nunca fomos próximos por conta da minha mãe ter fugido dele devido ao temperamento e à doença mental — diagnóstico de esquizofrenia —, mas sinto alguma conexão com ele agora. No entanto, desde o dia em que o encontrei, décadas depois, coberto pelas próprias fezes e falando freneticamente em francês para qualquer estranho que passasse por ele naquela rua em Paris, tenho sentido medo. Vê-lo naquele estado deu lugar à apreensão de que um dia eu sofreria o mesmo destino — que todos que afirmavam se importar comigo eventualmente me abandonariam — devido à doença mental e à falta de controle. Um medo que me paralisou por anos e me impediu de investir, de acreditar plenamente nas pessoas.

Para mim, o amor sempre foi condicional — até conhecê-la.

Minha mãe nunca compreendeu completamente a gravidade da doença de meu pai. Acredito agora que ela pensava que ele simplesmente enlouquecera. Embora isso seja em parte verdade, não foi uma decisão consciente. Não foi como se ele deixasse algum lado obscuro dele assumir o controle, o que, em minha opinião, era a visão dela até o dia em que morreu. Foi a doença que o consumiu e o medo da doença hereditária que me assombrou por tanto tempo.

Mas nesta fase do jogo, as probabilidades e minha idade estão a meu favor, então é bem provável que eu nunca sofra o destino dele.

Recuperando a pedra desbotada pelo sol de onde a escondi uma vida atrás, começo a caminhar em direção à sinuosa escadaria na beira do penhasco que leva à minha linha de chegada. Fica mais evidente do que nunca que não era a casa que eu estava esperando. Era hoje, este momento de clareza — um dia em que minha mente e meu coração não estão mais em conflito.

Se eu tivesse que resumir minha vida, minha jornada, em uma palavra, seria hoje. Fiz tudo por este momento. A ironia é que, ao planejar e conspirar, eu nunca soube que um dia assim poderia existir para mim. O destino me deu as cartas enquanto o carma me atingia de forma cruel. A sorte nunca foi considerada, mas acabou favorecendo este oportunista o suficiente para perceber que, às vezes, estava presente e, em outros momentos, me abandonara completamente.

Anotado, sorte. E foda-se por isso.

Mas, se eu tiver que medir minha vida em relação aos poderes incontroláveis do que poderia ser, a qualquer momento, a favor ou contra mim, terei que afastá-los todos. Terei que escolher algo diferente para medir minha vida, uma entidade completamente diferente, uma força cósmica para superar todas as outras, *ela*.

Sem ela, meu propósito pareceria vazio, tal qual este dia.

Porque ela não estava errada. Nós, o que temos e o que encontramos um no outro, é tudo o que importa. O caminho que percorri para chegar aqui não significaria nada sem alguém para refletir sobre ele. E não há narrador melhor, não há reflexo maior do meu valor do que o que há nos olhos da mulher com quem compartilho minha jornada e que me ajudou a navegar pelos piores momentos dela.

Ela é meu espelho, minha juíza, e se revelou como meu único propósito. Ela trouxe direção de volta à minha alma entorpecida quando me perdi, e continua a me guiar de volta, uma estrela brilhante demais para ser ignorada, não importa o quão longe eu me afaste.

Não há força na vida maior do que o propósito de um homem. Por muitos anos, pensei que o meu fosse algo completamente diferente, até que ela me mostrou a verdade. Sempre me considerei um viajante solitário, até que ela surgiu em meu caminho como minha adversária, minha amante, professora, confidente e melhor amiga.

Qualquer quantia significativa de todos os dias que passei nesta Terra sempre se resumirá a ela.

Se eu tivesse conseguido jogar meu propósito fora, se fosse bem-sucedido em me autossabotar, eu não conheceria a existência de um sentimento tão completo. Nunca teria encontrado tamanha paz dentro de mim. O pânico teria me dominado há muito tempo e me deixado doente a ponto de não ter mais volta.

Assim que cruzar a porta da casa, nunca mais olharei para trás, para a crueldade do caminho ou a quantidade de passos que dei sozinho. Em vez disso, vou valorizar cada curva da jornada, exceto por um golpe tão desgraçadamente impiedoso que nunca conseguirei superar. Nunca. Uma perda tão dolorosa que nunca haverá um único dia em que não doa.

Meu irmão.

O salvador dela.

Uma cicatriz irreversível que nunca cicatrizará por completo. Uma prova de minhas viagens cansativas. Estou a meio caminho do topo do penhasco quando meu telefone vibra no bolso.

O pássaro está no ninho.

No entanto, já senti ela por perto. Lá de cima, ouço ela gritar meu nome enquanto corre pela casa, um pânico claro e excitação em sua voz enquanto começo a subir as escadas dois degraus de cada vez, o coração martelando.

— Eu a escuto, Mon Trésor — respondo, apressando meus passos, o peito pulsando, a delicada oferta segura em minha mão. *Sempre vou escutá-la.*

Já meio engasgado de emoção, aceno para os dois Corvos que fazem guarda no fundo da propriedade enquanto passo e entro pela porta dos fundos. Beau me saúda com sua típica checagem antes de me deixar acariciar suas orelhas. Com o tempo, aprendi a tolerá-lo, mesmo que ele continue absurdamente territorial em relação à nossa mulher.

— Bonjour, seu egoísta do caralho.

De todos os planos que fiz em minha vida, este é ao que mais me fixei para que se concretizasse. Mas se Beau está aqui com ela, significa que não só ela recebeu minha mensagem, como também captou claramente o duplo sentido.

Encontre-me na linha de chegada.

Embora eu nunca tenha posto os pés nesta casa e tenha me recusado a fazê-lo sem ela, eu mal dou atenção enquanto passo pelo corrimão da escada de ferro forjado, sabendo exatamente onde a encontrarei. Sonhei esse sonho mil vezes ao longo dos anos, e tanto meu coração quanto minha mente conhecem o caminho.

Uma brisa suave me conduz pelo longo corredor de azulejos espanhóis, passando pelas paredes de caramelo texturizadas como areia. A casa está a apenas alguns cômodos de ser uma mansão, mas é adequada o suficiente para uma rainha.

Os detalhes que absorvo ao passar são poucos, pois meu foco está completamente voltado para algo muito mais atraente. Não há nada além de fogo e necessidade em meu peito pulsante, que bate tão forte quanto da última vez que me aproximei dela com um pedido. Naquela ocasião, eu estava igualmente aterrorizado. Aterrorizado de que ela recusasse me aceitar de volta. Aterrorizado de que ela acreditasse em minhas mentiras. Aterrorizado de que eu mesmo tivesse acreditado nelas por tanto tempo, a ponto de convencer a mim mesmo de que eram verdadeiras.

Doze anos atrás, eu a expulsei da minha vida. Ao fazer isso, me perdi, perdi meu propósito, meu significado e minha maldita sanidade.

Mais da metade dos anos que passei sem ela foram por medo, culpa e autocondenação.

Hoje, venho até ela como um homem transformado por causa dos anos que perdemos e pelos que nos trouxeram até aqui. Pode ser que ela não tenha acreditado em minhas mentiras, mas eu sempre acreditei nas *verdades dela*, em seu amor, na certeza de seu coração.

Porque ela me salvou.

Ganhá-la e ganhar seu coração foi minha maior conquista, tornando-a minha posse mais valiosa.

Um tesouro que qualquer ladrão de respeito tentará roubar.

Um tesouro que muitos *tentaram* pegar e fracassaram. Porque eu me certifiquei disso. Antes, eu nunca teria me gabado da proeza de conquistá-la por causa do preço. Antes, a culpa tornava impossível fazer tais declarações.

Antes... era doloroso demais.

Eu era egoísta naquela época, assim como sou agora com ela, sem muitos pedidos de desculpas, porque a necessidade supera a culpa. Na maioria das vezes.

Depois de quarenta e quatro anos de vida, tenho certeza de que ela é a única coisa sem a qual não posso viver.

E pelos próximos quarenta e três, *nunca* amarei outra.

Ela amou muitos. Essa é a natureza dela. É o que a moldou, mas fui ganancioso com meu coração, e ele tem um único dono. Nada nunca pôde, ou poderia, se comparar ao que ela mexe dentro de mim.

Meu egoísmo, minhas ambições, meu ciúme e minha ganância quase me custaram o futuro, quase me custaram ela.

Desde que ela me aceitou de volta, tenho passado cada minuto do nosso tempo juntos pagando penitência, esperando pacientemente por este dia.

Sentença cumprida.

Meu tempo acabou, e oficialmente sou um homem livre.

É exatamente por isso que preciso encontrá-la. Neste. Maldito. Instante.

É um desejo abrasador, junto à dor no peito, que me faz correr em direção a ela enquanto Beau se exibe ao meu lado, determinado a ser o primeiro a buscar sua afeição.

— Vaza, vira-lata, ela é minha pelo restante da noite.

Beau continua a desfilar ao meu lado, ignorando minha ordem.

Levou mais de um mês para trazê-lo até aqui e outras seis semanas de quarentena para instalá-lo em casa. Agora parece que ele já marcou seu território como o chefão da parada.

— Vai. Agora. Ou eu nunca mais preparo outro bife para você.

As orelhas dele se aguçam como se percebessem a implicação da ameaça, e ele para quando eu paro, circulando aos meus pés. Estalo os dedos, ele devolve meu olhar, impassível, antes de sair se pavoneando.

Filho da mãe.

Quando chego ao meu destino, a encontro exatamente onde imaginava que estaria, empoleirada na varanda, o longo cabelo ao vento se emaranhando em seu rosto. As mãos repousam planas na espessa beirada de argila enquanto ela contempla o mar cintilante. Ela está vestida de branco, o material sedoso mergulhando profundamente em um decote em v nas costas, expondo cada centímetro da coluna. A pele dourada pelo sol, mas é a visão das delicadas asas ao longo de seus ombros que me deixa excitado. Meus olhos sedentos a absorvem com uma mistura de desejo e alívio.

Trazê-la aqui foi o passo final de incontáveis outros.

Espero que ela perceba que estou perto, e a quase um segundo de eu ficar parado à porta, vejo-a ficar tensa, consciente da minha presença. Olhos furiosos, líquidos, azul-escuros encontram os meus enquanto a observo, a emoção entalando minha garganta.

Chegamos tão longe desde aquele dia no estacionamento na Virgínia, onde tudo o que eu tinha, literalmente, era a camisa nas costas, um pedido de desculpas que nunca seria suficiente, e a batalha que ela despertou dentro de mim para conquistá-la, mantê-la, recuperar o que roubei todos aqueles anos atrás.

E chegamos tão longe.

Longe. Para. Caralho.

Daquele tempo até agora parece uma vida atrás.

De certa forma, tenho esperado... mas neste momento, acabou.

Em questão de segundos, terei feito tudo o que planejei. No entanto, é o primeiro dia da minha sentença que me vem à mente quando atravesso a porta e avanço em direção a ela. No piscar de olhos que levo para alcançá-la, revivo tudo.

Fontes ALTERNATE GOTHIC e BELY
Papel PÓLEN BOLD 70 G/M2
Impressão IMPRENSA DA FÉ